Fhiiaral

Editora Appris Ltda.
1.ª Edição - Copyright© 2021 do autor
Direitos de Edição Reservados à Editora Appris Ltda.

Catalogação na Fonte
Elaborado por: Josefina A. S. Guedes
Bibliotecária CRB 9/870

M435f 2021	Matta, Marcos Rogério Nogueira da Fhiiaral / Marcos Rogério Nogueira da Matta. - 1. ed. - Curitiba : Appris, 2021. 419 p.; 23 cm. (Artêra)
	ISBN 978-65-250-1680-1
	1. Ficção brasileira. 2. Ficção fantástica 3. Fantasia na literatura. I. Título.
	CDD – 869.3

Editora e Livraria Appris Ltda.
Av. Manoel Ribas, 2265 – Mercês
Curitiba/PR – CEP: 80810-002
Tel. (41) 3156 - 4731
www.editoraappris.com.br

Printed in Brazil
Impresso no Brasil

Marcos Rogério Nogueira da Matta

Fhiiaral

Appris
editora

FICHA TÉCNICA

EDITORIAL	Augusto V. de A. Coelho
	Marli Caetano
	Sara C. de Andrade Coelho
COMITÊ EDITORIAL	Andréa Barbosa Gouveia (UFPR)
	Jacques de Lima Ferreira (UP)
	Marilda Aparecida Behrens (PUCPR)
	Ana El Achkar (UNIVERSO/RJ)
	Conrado Moreira Mendes (PUC-MG)
	Eliete Correia dos Santos (UEPB)
	Fabiano Santos (UERJ/IESP)
	Francinete Fernandes de Sousa (UEPB)
	Francisco Carlos Duarte (PUCPR)
	Francisco de Assis (Fiam-Faam, SP, Brasil)
	Juliana Reichert Assunção Tonelli (UEL)
	Maria Aparecida Barbosa (USP)
	Maria Helena Zamora (PUC-Rio)
	Maria Margarida de Andrade (Umack)
	Roque Ismael da Costa Güllich (UFFS)
	Toni Reis (UFPR)
	Valdomiro de Oliveira (UFPR)
	Valério Brusamolin (IFPR)
ASSESSORIA EDITORIAL	Manu Marquetti
REVISÃO	Katine Walmrath
PRODUÇÃO EDITORIAL	Rebeca Nicodemo
DIAGRAMAÇÃO	Juliana Adami Santos
CAPA	Eneo Lage
ILUSTRAÇÃO DA CAPA	Yasmim Amábile Tosatto da Matta
COMUNICAÇÃO	Carlos Eduardo Pereira
	Débora Nazário
	Karla Pipolo Olegário
LIVRARIAS E EVENTOS	Estevão Misael
GERÊNCIA DE FINANÇAS	Selma Maria Fernandes do Valle

Para a mãe, Cida, pela vida.

Para Cristiane, pelo imenso e eterno amor. Também por ouvir cada retalho escrito antes de dormir, por quase um ano.

Para meus filhos, Eduardo e Yasmim. Eles sabem por quê.

Para Alana Morial, pela primeira análise da obra.

Para meus irmãos, pela colaboração involuntária na inspiração.

Sumário

UM

Já eram quase cinco horas da tarde, quando saí depressa de casa em busca de um lugar silencioso onde pudesse me acalmar. Sentia os nervos aflorando por todo o meu ser e a preocupação latejava em minhas fontes em decorrência da situação recorrente vivenciada no relacionamento conjugal de meus pais. Os fatos anteriormente ocorridos em casa, resultantes de uma discussão feia e sufocante, levaram-me para fora do ambiente em busca de ar para ventilar meus pulmões e travar a minha boca para que eu não me intrometesse, dizendo palavras germinadas na impetuosidade. Minha irmã Maria Lúcia e eu temíamos que aquele relacionamento não fosse se prolongar, mas, por outro lado, no fundo da alma levávamos a esperança da insistência do amor, mesmo sendo testemunhas da recalcitrância desde nossa infância, portanto tudo poderia voltar ao normal, como sempre. O semblante assustado de meu irmão Pedro — o caçula —, cuja diferença de idade passava de onze anos, causa-me inquietação, ao notar que ele parece sentir muito as desavenças dos pais, tanto que durante o entrevero se refugiou em seu quarto e, provavelmente, lá permaneceu por muito tempo; Maria Lúcia se ateve a apressadamente, com a cabeça baixa, arrumar o ambiente da cozinha e da sala, como se nada estivesse acontecendo.

Eu, pela primeira vez, deixara tudo para trás para nem mesmo saber qual o resultado que traria o desentendimento e, caminhando pela estrada de terra, a umas cinco quadras de nossa residência, avistei o casebre muito antigo e abandonado, inspirador de tantas estórias de assombração esparramadas pelos quatro cantos da cidade, nas animações dos botecos, nas noites das fogueiras de São João e São Pedro, nas rodas de crianças em brincadeiras noturnas. Era uma construção remota, terminada antes mesmo do nascimento de meus pais, quem sabe dos meus avós. Geralmente surgia como personagem principal o "Vurto", que perseguia principalmente mulheres e crianças. Os perseguidos ou as perseguidas relatavam com os olhos arregalados que escaparam por pouco. O vulto usava túnica escura e nunca alguém pôde ver o seu rosto. Entre tais relatos fantasmagóricos, havia entre todos os mais antigos a convicção sobre o sumiço de pessoas no passado. Quando éramos crianças, nem passávamos perto daquele lugar à noite; durante o dia, às vezes, no entanto, amedrontados, imaginando que algo nos observava lá de dentro da casa.

Por incrível que pareça, o casebre tinha proprietário, registrado, inclusive no Cartório. Tratava-se do Senhor Abelardo Celestiano, bastante conhecido pelos mais antigos, residente no estado do Ceará. Seu Abelardo visitava nossa cidade uma vez por ano, para pagar os impostos e rever os velhos amigos. Porém, o comentário corrente na cidade plasmava-se sobre uma eventual doença que o deixara acamado, alguns chegando a afirmar que ele tinha morrido, haja vista sua ausência por mais de cinco anos, deixando de cumprir seus compromissos, fato que causava muita estranheza. Seu Abelardo nunca reformou o imóvel e fazia questão de deixá-lo intacto. Dizia que um dia iria fazer nele os reparos necessários e quem sabe fixar residência definitiva em nosso município, vivendo seus últimos dias feliz, sozinho como sempre foi, sem família, sem parentes. Lembro-me de suas risadas alongadas, mas sem expressão facial, nem mesmo mexia o seu corpo arcado, tinha os cabelos crespos, usava óculos fundos de garrafa, nariz fino, olhos pequenos e claros, um azul meio cinzento, que ficavam ofuscados pela sua cor clara. Enfim, o casebre tinha dono e era uma pessoa querida, ninguém mexia nele.

Ocorre que naquele dia, agora que já não era mais criança, com 20 anos de idade, não acreditando em estórias de fantasmas e assombrações, resolvi entrar no casebre, desobedecendo à ordem da placa: "proibida a entrada". Pulei o muro, que não era tão alto (um metro e meio talvez). Só havia quiçaça onde era o jardim; árvores sem poda, algumas com galhos secos, outras secas totalmente; mais para os fundos, uma mangueira frondosa e, perto do muro dos fundos, um pé de cedro bem alto. Por tal abandono, fiquei com receio até mesmo de encontrar algum animal peçonhento e passei direto para a porta, que se protegia embaixo da varanda com laje. Por incrível que pareça, a porta abriu quando abaixei a maçaneta. Empurrei-a e ouvi o rangido do piso atritado com o peso de sua madeira maciça. Com o corpo do lado de fora, posicionei somente a cabeça para dentro e não pude esconder o meu espanto: tudo se encontrava bem cuidado, apesar da poeira. Entrei de corpo inteiro e, animado pela descoberta, refleti: "como pode um lugar abandonado por tanto tempo estar assim tão conservado? Será que alguém vem limpar isso de vez em quando?". Então me veio o receio de que o lugar era habitado. Com toda a cautela, inspecionei cômodo por cômodo, até os banheiros e a despensa. E nada! Nenhum sinal de vida. Sequer sinais de ratos, morcegos ou então abelhas em alguma das paredes. Observei que as janelas também se encontravam intactas e que a luz noturna era fornecida por velas presas nos candelabros. Notei que algumas velas foram bastante utilizadas, pela cera derretida formando imagens variadas e aleatórias, mas há mais de ano. Na parede, os quadros traziam imagens de personagens antigos, a contar pelas vestimentas e pelo desgaste das peças. Mais atentamente, consegui identificar o Senhor Abelardo em um dos quadros, o qual parecia olhar para mim, para qualquer lado que eu me dirigisse na sala.

Admirando aqueles quadros maltratados pelo tempo e tantos outros objetos arcaicos sobre a estante na parede e nas cantoneiras dispostas nos cantos, e já sentindo a serenidade suavizante a dominar meu espírito, deitei-me na poltrona imponente e empoeirada no meio da sala. Inspirei profundamente, como se buscasse o mal lá nas profundezas de meus pulmões, e expirei vagarosamente, repetindo o rito por alguns minutos. A cada expiração, sentia que expelia um pedacinho daquilo que me prejudicava a alma, até entreouvir a última fagulha perder a sua resistência. O espaço aberto na mente aos poucos se inundou com airosas recordações das horas felizes vividas em família. Nossa convivência não se fez apenas de momentos negativos. Eles de fato existiram, mas não havia como não reconhecer o peso maior das sobejantes situações boas que materializamos juntos, principalmente nos ensejos de aflição e de dor, quando a união cravou sua força fecunda. Não restavam dúvidas para mim de que a causa das desavenças entre meus pais advinha da rijeza ígnea da impetuosidade de ambos, que até os dias hodiernos não a haviam conseguido superar. Só o perdão, às vezes verbal, outras vezes, silencioso, sobrevindo de uma atitude de carinho, de uma simples brincadeira, um sorriso gentil ou algo absolutamente banal, retornava nosso mundo ao estado anterior. Apesar disso, uma preocupação franzia minha testa: quantas vezes ainda teriam que perdoar e pedir perdão?

Refletindo sobre esses aspectos, adormeci ali mesmo naquela velha poltrona. Não me lembro de ter sonhado, nem aferi por quanto tempo o meu sono durou. Só posso dizer que, num sobressalto, acordei com o canto da coruja agarrada num galho seco de uma das árvores do jardim, bem rente à janela. Já havia anoitecido e, naquela escuridão profusa, uma luz dissonante passava pelas frestas de uma das portas no final do corredor. Então me levantei e, guiado pela claridade da lua cheia que passou a se infiltrar pelas janelas, dirigi-me até aquela vistosa novidade, pois não a notara durante o dia, mesmo porque na casa, ainda que com o dia ensolarado, no local onde a luz refletia, nada fora notado por mim.

Entrei no quarto de onde vinham os raios luminosos e mais uma vez fiquei espantado: o brilho era simplesmente maravilhoso, branco e esverdeado, lembrando a passagem dos raios do sol pelo prisma. Lindo, lindo mesmo. Originava-se de um objeto pequeno, mais ou menos de uns 10 centímetros de comprimento por cinco de largura, com sete lados, não uniformes, numa das pontas um olho bem arredondado e na outra algo parecido com lábios.

Fiquei alguns minutos admirando aquela peça nada convencional e provocadora de fascinação. Pensei: "Volto para casa e relato tudo aos meus irmãos e meus pais e amanhã voltamos juntos para averiguar do que se trata". Era irresistível: "E se amanhã ele não estiver mais aqui? Vou levá-lo para casa, é mais seguro". Eu não tinha a intenção de me apossar daquele objeto, mas pensando bem "pode ser que cause rumores o fato de toda a família entrar aqui, além do mais, meus pais vão me dar uma tremenda represália se eu contar que aqui entrei". "Por outro lado, seria interessante levar para casa um assunto totalmente novo. Poderiam até se esquecer da briga do dia anterior...". De modo impetuoso, retirei-o do lugar em que se encontrava e olhei diretamente para o olho verde, que de repente se tornou roxo e em seguida amarelo.

Dois

Foram os segundos necessários para que me encontrasse caído no chão arenoso fora da casa, com uma claridade intensa ofuscando minha visão. A areia pude perceber com as mãos e a luz devia vir de grandes lâmpadas incandescentes com certa proximidade. Não compreendia o que estava acontecendo, pois há poucos minutos me encontrava no casebre abandonado, à noite, olhando para aquela luz esverdeada que me atraíra com tanta veemência, por sua beleza apaixonante. "Quem me levou para fora?" Então alguns pássaros cantaram e percebi que já era dia, portanto não me queimavam a pele as luzes artificiais de lâmpadas, e sim o próprio calor do Sol. Será que desmaiara e alguém me descobrira dentro da casa e então, generosamente, tirara-me de lá, abandonando-me aqui neste local? Fiquei, de fato, atônito e, enquanto buscava uma explicação racional para toda aquela esquisitice, ouvi vozes de pessoas que vinham em minha direção.

— Térço, vamos rápido. Aquele fhiio parece precisar de ajuda — partiu de uma voz bem aguda, talvez de uma criança ou de mulher.

— Sim, senhor Zauhquin — a resposta expressa por voz grave e um pouco gutural.

Ouvi os passos rápidos se aproximando e o sujeito da voz grave, tendo chegado primeiro, exclamou, estendendo a última sílaba:

— Não é um fhiio! É! Não é não!

— Depressa, vamos colocá-lo no carro, antes que outros o encontrem.

Antes que me tocassem, projetei meu corpo para trás, empurrando areia com os sapatos e disse:

— Eu não vou a lugar algum com vocês! Afastem-se! Por favor, eu não tenho dinheiro nem bens, nem mesmo sei onde estou!

— Acalme-se e fale baixo! Nós queremos apenas ajudar você. Somos da paz — a voz mais aguda se adiantou —, se você ficar aqui poderá ser pego por sujeitos maus, acredite em mim.

Eu ainda permaneci com os braços indicando para se afastarem, quando alguém me ergueu em seu ombro, como se estivesse levantando uma pena, levando-me rapidamente para o carro, amordaçou minha boca, amarrou minhas mãos e pés, colocou-me deitado no porta-malas. Ouvi o fechar de uma porta e tudo ficou escuro. Não aceitei tudo isso passivamente, ocorre que o homem pelo jeito era grande, forte e extremamente rápido. Conteve todas as minhas reações, com muita tranquilidade e perícia, sem falar uma palavra.

— Muito bem, Térço, vamos em diante — sussurrou a voz aguda.

O Carro começou a andar, senti uma enorme trepidação e não ouvi barulho de motor. Supus que o veículo se locomovia vagarosamente em uma zona rural, não restando dúvidas de que o veículo de transporte não passava de uma carroça.

Daquele momento em diante, não ouvi mais nem uma conversa entre os dois supostos sequestradores, nem mesmo um assobio, apenas o ruído das rodas, o ranger de molas e os passos de animais que substituíam o motor, possivelmente dois cavalos. Nossa viagem deve ter demorado mais ou menos umas três horas, até o momento que senti a parada e ouvi o latido de um cachorro.

Sem nenhuma palavra, abriram a porta e, antes que eu visse a luz, fui carregado para dentro de uma casa ou algum tipo de abrigo.

— Eu sou Zauhquin e preciso que você acredite em mim. Se eu tirar o pano de sua boca, promete não gritar? Mesmo porque aqui não terá ninguém para socorrê-lo. Estou lhe fazendo esse pedido para que não acorde minha esposa e filhos. Promete?

Acenei que sim. Zauhquin tirou a mordaça de minha boca — Psiuuu! — sussurrou. — Você deve estar assustado com tudo o que lhe aconteceu, mas acredite que teve uma sorte muito grande por ter sido eu quem o encontrou. Não se inquiete! Tudo ficará bem claro amanhã. Nisso ouvi passos em nossa direção e Zauhquin disse:

— Obrigado, Térço, pode ir dormir.

Enquanto ouvi os passos voltando de onde vieram, Zauhquin pediu-me para novamente acreditar nele e tomar o chá que o Terço havia preparado. Se assim o fizesse, dormiria como uma pedra e voltaria a enxergar como antes, novamente. A dúvida acerca das afirmações propaladas pelo estranho me deixou com um pé atrás, no entanto havia uma boa presunção a respeito daquele sujeito, principalmente depois que me pediu a gentileza de fazer silêncio, motivado pelo cuidado com o sono de sua esposa. Bebi o chá, ele desamarrou as cordas que prendiam minhas mãos e pés. Encaminhou-me para o quarto de hóspedes e direcionou-me para a cama, tendo em vista que eu me encontrava cego. Deitei quase que involuntariamente na cama e tudo sumiu da minha consciência, permanecendo apenas um sono que atingiu as profundezas do descanso.

3 TRÊS

No outro dia, bem cedo, acordei e pude notar que enxergava novamente quando, pela janela do quarto, vislumbrei um colorido admirável dos primeiros raios do sol. Fiquei ainda deitado e um pouco apreensivo, enquanto ouvia o som da batida de panela, lata, caneca e outros barulhos próprios de cozinha. Logo chegou às minhas narinas o odor delicioso, talvez de um chá ou quiçá de outra erva desconhecida, não de café. Levantei-me, arrumei a cama, dobrando o cobertor e esticando bem o lençol. Arrisquei abrir a porta e fiquei mais confiante quando abaixei a maçaneta, sentindo que não estava trancada. Enveredei pelo corredor, que não era tão comprido e, ao chegar aonde o cheiro me atraía, avistei uma pessoa, que continuou a olhar pela janela enquanto lavava a xícara que eu havia utilizado na noite anterior e me dirigiu a palavra:

— Bom dia! Acordou cedo! — reconheci que era a voz de Zauhquin.

— Bom dia! Sim, é meu costume levantar-me cedo, mas quase nunca tão cedo. Parece que dormi satisfatoriamente — respondi um pouco ressabiado.

Zauhquin soltou uma risada nunca antes ouvida por mim (um som semelhante a tchá, tchá, tchá) — e acrescentou — aqui você vai achar tudo estranho, até a minha risada — então virou-se e ficou a me olhar, esperando por meu espanto.

Confesso que não pude me conter e sorri delicadamente, como se não acreditasse no que via ao encarar aquela figura simpática e ao mesmo tempo incomum. Para mim, ele me pregava uma peça, fazendo algum tipo de brincadeira, ao usar uma máscara com um

MARCOS ROGÉRIO NOGUEIRA DA MATTA

nariz bem fino e comprido ligado diretamente à testa. A boca, quero dizer um bico enorme, sem queixo, aliás, onde acaba o lábio inferior há uma ligação direta com o pescoço, os olhos bem arredondados muito parecidos com os das aves galináceas. As orelhas com formato dos desenhos de rim que os livros de biologia ilustram as resenhas neles escritas. O restante do corpo igual ao meu. Estava vestido com um pijama parecido com uma túnica, listrado de amarelo e vermelho.

— Ora, ora, vejo que você é educado. Outros que conheci ficaram deveras assustados, estando nessa sua situação. Gostei de você! Sente-se e fique aqui me aguardando. Já volto para o nosso desjejum.

Pegou uma bandeja sortida com algumas frutas coloridas, pão de forma fatiado, leite e chá ou café; do lado uma flor vermelha; e levou-a com solenidade para dentro da casa. Depois de alguns minutos, voltou todo sorridente e disse: — Que O Existente seja louvado; ah, como eu sou feliz. Olhando para mim, disse: — Vamos, sirva-se! Sinta-se em casa.

Permaneceu aguardando uma reação de minha parte, com um sorriso no bico entreaberto num semblante acolhedor e, enquanto eu me servia, perguntou:

— Qual o seu nome?

— Joaquim.

Sorriu novamente: — Muito parecido com alguns nomes daqui.

Como ele falava muito daqui, aqui, acabei perguntando em que país eu estava.

— Você não está mais no seu mundo, pelo que sei chamado de Terra.

— O quê? — tossi engasgado com um pedaço de pão e já recuperado em seguida: — Não é possível. Que brincadeira sem graça! Ou eu morri? Por favor, tire a sua máscara e vamos falar sério.

— Não, filho. Muitos iguais a você já vieram para cá, também não sei como isso ocorre, sei que já faz muitos anos que esse fenômeno acontece. Houve anos que chegaram nove, outros oito, outros cinco, sendo que o número máximo de chegada, já faz alguns anos, atingiu dez pelo que contamos, quando contamos os mortos. Neste ano, você é o primeiro e teve muita sorte de o termos encontrado.

— Se não é um país da Terra, onde estamos então?

— Aqui é o Fhiiaral, o mundo dos fhiios. Eu não estou usando máscara. Eu sou assim, essa é minha aparência real. Você vai encontrar muitos parecidos comigo, outros bem diferentes. Alguns com bicos grandes, outros com orelhas enormes, enfim há alguma diversidade por aqui, mas procuramos viver bem uns com os outros.

— Por que você disse que eu tive sorte em ser encontrado por você? Onde estão os outros humanos? — falei um pouco exaltado.

— A história é um pouco longa, então a resumirei para você não ficar entediado ou aflito. Há um docente, que não sei por que razão desenvolveu em seu espírito um estado de total aversão pelos humanos. Ele tem boa eloquência e conseguiu envolver a mente de docentes de outras partes, que, por sua vez, fizeram o mesmo com suas populações, que assumiram a falsa notícia sobre a índole terrível da raça humana. O tal docente tanto falou, que, no Círculo Hierático, a votação resultou favorável em escolher uma terra inóspita, para onde expulsou todos os humanos, abandonados à sorte sem qualquer tipo de subsídio para uma digna sobrevivência. Os humanos deram o nome àquele lugar de Nova Babilônia, até hoje não entendi o porquê. Decidiu-se ainda naquele desventurado Círculo que qualquer humano que for encontrado fora daquelas fronteiras deve ser imediatamente eliminado, sem necessidade de justificativa ou questionamento e, se alguém os proteger, abrigando-os em sua casa, visitando-os por qualquer motivo, com o agravante de intenção de ajuda, sofrerá sérias represálias, inclusive com possibilidade de perda de propriedade ou prisão, conforme julgamento próprio.

— Meu Deus — murmurei — o que é parte, docente, círculo?

— Parte é uma circunscrição onde habita certa população. O círculo é composto por fhiios escolhidos por vários segmentos da parte e estes escolhem um fhiio — o docente — para dirigir os trabalhos das proposições, discussões, votações e decisões em benefício do bem comum — Zauhquin serviu-se com um pouco de chá e continuou: — Já o Círculo Hierático é composto por todos os docentes de todos os círculos locais, os quais também escolhem um docente-mor, que apenas dirige os trabalhos.

— E você o que...

Fui interrompido por uma cantiga que vinha de dentro da casa, entoada por uma voz muito bonita e aguda, bem afinada. Absorvida em seus movimentos delicados de dança, entremeados com ensaio preciso de luta, cantando com entonação contagiante: "O meu amor por você é eterno. Sou tão feliz no verão ou no inverno...", surgiu na porta do corredor, parou embaraçada de repente e colocou a mão na boca, com claros sinais de que estava surpresa.

— Zauh, por que você não me disse que...

Antes que ela terminasse, Zauhquin já estava com as mãos em seus ombros e com ar de solenidade a apresentou:

— Caro Joaquim, esta é Ctasrailo, o meu único e total amor, minha esposa amada, a quem devo, por toda a minha vida, devoção e gratidão.

Ela deu-lhe um tapa nas costas e ficou ruborizada. Zauhquin acrescentou:

— Ctas, esse é Joaquim e, como você mesma pode notar, ele é humano. Sem respirar continuou: — Antes que você me pergunte qualquer coisa, esclareço que o encontrei caído na estrada perto de Khorolmingol. Estava cego e eu não poderia deixá-lo sem amparo naquele estado — sorriu aguardando a reação de sua esposa.

— Se foi assim, fez bem feito — disse Ctasrailo olhando para mim com seriedade. Depois sorriu e os dois sorriram abraçados.

Vendo aquela cena, concluí que o casal parecia bem resolvido e feliz. Ctasrailo, com aparência bem mais delicada que Zauhquin, os olhos azuis, bem menores que os do marido, cabelos brancos e loiros, formando uma composição graciosa, seus lábios também com a formação de um bico, bem menos exagerados. Uma beleza singela, principalmente pela delicadeza e simpatia, já que eu ainda não havia me acostumado com aqueles semblantes tão diferentes.

— Prazer em conhecê-la, senhora Ctasraio — apressei-me em dizer. Os dois novamente olharam um para o outro. Ela me advertiu com simpatia: — Ctasrailo! Não precisa me chamar de senhora. Zauhquin, também erguendo o dedo indicador, acrescentou, orgu-lhosamente: — A graciosa! É o significado de Ctasrailo.

— Desculpe-me, Ctasrailo. Aliás, sua voz é muito bonita. Parabéns!

— Ah. Obrigada. Eu faço parte do grupo que canta na Casa de Deferência. E, antes que você me pergunte, a Casa de Deferência é o local santo no qual nos reunimos para relembrar os grandes feitos do

Deus, O Existente, com orações e cantos. Fazemos isso todo nono dia da semana. Todos os que moram na redondeza, aproximadamente 15km, e aquelas poucas famílias que moram no povoado se dirigem para lá, com o intuito de agradecimento por tudo o que somos e temos. Na cidade de Khonhozin, à qual pertencemos, inclusive temos uma casa lá, celebramos as deferências também, mas sempre em pequenos grupos, no máximo de 30 pessoas. É um momento de grande festa para nós. Lá conversamos sobre os nossos trabalhos, sobre a semana, falamos dos problemas comunitários, falamos sobre as decisões do Círculo e também do Grande Círculo — Ctasrailo, desconfiada porque tagarelava seguidamente, e eu só a ouvia, parou e olhou para Zauhquin. — Bem, pelo jeito o Zauh já lhe deve ter explicado sobre isso.

— Nem tudo — interrompi enquanto Zauhquin balançava a cabeça negativamente. — Por favor, continue. Estou sinceramente interessado no assunto, apesar de assustado em saber que não estou no meu planeta.

— Os nossos cantos são autóctones, raramente usamos cantos de outros lugares distantes, a não ser que sejam bem recepcionados pelos habitantes da parte, ou seja, aquelas músicas que a cultura nossa aprove, que entre em nossos corações e nos traga a emoção da letra e da melodia. Então nossos cantos são produzidos quase todos aqui. O compositor que vive aqui, que nasceu aqui, tem muito mais condições de produzir algo que emociona e que seja logo acolhido. Assim como toda a Casa de Deferência acolhe um filho novo da família da qual faz parte. Mas há o mais importante que ainda não lhe falei. Lá... — Ctasrailo foi interrompida por um menino, que contava, pelo jeito, com seus nove anos. Coçando os olhos, abraçou-a e disse "bom dia, mamãe, bom dia, papai". Os pais responderam em conjunto "bom dia, querido". Então, Zauhquin disse ao filho para cumprimentar-me. O menino nem estranhou a minha presença e já se sentou à mesa para o desjejum, apesar de engambelar os pais não levando nada à boca.

— Este é o nosso filho mais novo: Tebhotin — exclamou Ctasrailo e continuou sua fala: — Como eu ia lhe dizendo, o mais importante que acontece na Casa de Deferência é a refeição conjunta que fazemos. Quem gosta de cozinhar chega um pouco mais cedo e prepara o tão apreciado e significativo mingau de ozólithi. Depois de praticamente pronto, os fhiios e fhiias cozinheiros deixam as panelas no fogão para que o conteúdo permaneça aquecido, vão para a reunião e também participam dela. Quando se pronuncia em conjunto a última oração, que não pode ultrapassar o período de uma hora e meia, a fim de se evitar que o mingau perca a sua essência, correndo o perigo inclusive de queimar, outro grupo que se dispõe a servir o banquete distribui aquele manjar delicioso para todos os participantes, mas também se servem, já que ninguém pode ficar de fora desse momento relevante e intenso para todos. Tudo é feito com muita simplicidade e com muito amor. Ninguém deixa a mesa até que todos tenham se alimentado. No final todos se abraçam e cantam em unanimidade a canção de Wajumajé, porque têm consciência plena do quão importante é não ficar alheio ao pontificado momento da unidade. Então...

Mais uma vez, Ctasrailo é interrompida, quando desponta uma jovem com aspecto sonolento e ocluso, agindo da mesma forma como a maioria dos adolescentes quando acordam cedo. Atrás dela, seguiu um jovem um pouco mais alto que Zauhquin, possivelmente da minha estatura, esbelto e mais desperto, porém cerrado em sua seriedade. A garota, vestida com roupas curtas, ao perceber minha presença, voltou correndo para o interior da casa, enquanto o jovem colocou a mão na cintura e, num porte aprumado, com tom de reprovação, disse aos pais:

— Vocês são corajosos, hein? — Zauhquin e Ctasrailo fizeram de conta que nem ouviram, ao mesmo tempo em que a menina voltou vestida com um roupão e exclamou sorridente:

— Um humano por aqui! Prazer, eu sou Yambho! Seja bem-vindo!

Yambho puxara a aparência da mãe, a não ser a cor dos olhos, que herdara do pai. Mais tarde eu descobriria que ela contava com 16 anos.

— E esse aqui todo na dele, e já que não se apresentou, é meu irmão mais velho que carinhosamente chamamos Oduithin — Yambho pegou a mão de seu irmão, forçando-a em direção à minha, para que ele me cumprimentasse. Embora contrariado, não esboçou reações mais enérgicas e apertou minha mão, depois se voltou para a mesa para o seu café da manhã, que serviu compassadamente, à medida que ia se defendendo das acusações e provocações de Yambho. Ctasrailo e Zauhquin observavam seus filhos enleados em suas palavras e brincadeiras, ora com sorrisos, ora com gestos faciais de reprovação simpática, ora mexendo os lábios como se soubessem o que iriam exatamente falar. Percebendo que todo aquele envolvimento familiar demandaria tempo, retomei a conversa anteriormente interrompida, lembrando a Ctasrailo que mencionara o canto do Waj não sei o quê.

— Wajumajé, aquele que esteve perto dO Existente — precipitou-se Yambho, ficando em pé e colocando a mão direita no peito.

Ctasrailo sorriu erguendo os dois braços para cima e levantou-se inesperadamente em silêncio, dirigiu-se ao cômodo do lado e voltou com um instrumento musical em mãos semelhante a um violão, a não ser pelo seu formato quadrado. Também notei que as cordas, que somavam nove, passavam por orifícios no final do braço, o qual não possuía cravelhas, passavam pela boca retangular e, só então, prendiam-se em tarraxas na parte de baixo da caixa de som quadrada. Imaginei que as tais tarraxas eram responsáveis pela afinação do instrumento. Enquanto esperei em silêncio, Zauhquin aguardava com semblante satisfeito e visivelmente admirado com as atitudes livres da esposa. De fato, ela afinou as cordas que não correspondiam ao seu ouvido, tocou o acorde e começou a cantar: O Existente! És o Deus, O Existente. Eterno e bom, de tudo o criador. Sendo logo acompanhada no canto por Zauhquin; Yambho e Tebhotin a acompanharam e cantaram a música toda: Tua bondade impede o luto. Sem limites é o Teu amor. Com todo o nosso trabalho. Alimenta-nos com o mingau. Livra-nos da ação do inimigo. Então unidos vencemos o mal. Louvado sejas em nossas mesas. Louvado sejas na vida e na arte. Louvado sejas por toda a história. Louvado sejas por toda Parte.

Fiquei de boca entreaberta, com a beleza das vozes e do som produzido pelo instrumento, com efeito parecido com o do violão, com um quê sonoro harmonioso e aprazível, que me escapa conhecimento técnico para descrever. Quando terminaram o canto e a instrumentista vibrou o último acorde, o silêncio também se fez estético, sendo em breve tempo substituído por risos de contentamento. Espontaneamente, aplaudi de todo o coração.

Talvez atraído pelo som da música, apareceu na porta um sujeito com aparência bem diferente daquela que até aquele momento eu havia conhecido, semelhante aos humanos, um pouco mais alto que eu, sobrancelhas levemente levantadas, estrábico acentuadamente, com orelhas grandes, cabelos curtos e espetados e os dois dentes superiores por cima dos lábios inferiores. Parou no espaço da porta e ali ficou, como se fosse alheio ao mundo, com uma mão sobre a outra, apoiadas no abdômen, com o joelho da perna direita tocando o joelho da perna esquerda e o pé direito voltado para dentro. Zauhquin se levantou e foi em sua direção com saudação amorosa e lhe disse: — Apresente-se, por favor, e cumprimente o hóspede que você ajudou a salvar, ontem.

Ele falou sem modificar um músculo de sua face, como se estivesse olhando para além de mim: — Bom dia! Meu nome é Térço Tercilho Tércius. — estendeu-me a mão e virou-se para sair do mesmo jeito que entrou. Ainda tive tempo de lhe agradecer por tudo, inclusive pelo chá, ainda assim ele apenas parou para ouvir, fez sinal positivo com a cabeça, nem se virou e continuou.

— Muito bem! Térço é pontual. Sua chegada até a porta quer dizer que chegou a hora de ir — disse Zauhquin. — Hoje tenho reunião no Círculo e não posso chegar atrasado — e dirigindo-se a mim: — Sinta-se em casa, prezado Joaquim, mas não saia por aí sozinho, pois nunca se sabe se há fhiios andando pela propriedade. Você já sabe que seria desastroso tanto para mim quanto para você, caso seja encontrado fora da Nova Babilônia — entrou pelo corredor, voltou vestido com uma bata com listras pretas e amarelas, sem gola, com calça preta tipo moletom, presa por um suspensório formado com três tiras de couro na frente que passam por três orifícios na bata e uma tira de couro nas costas. Os pés protegidos por um sapato em couro amarrado na canela. Encaminhou-se para a mesa, deu um beijo em cada filho e um abraço apertado seguido por um beijo apaixonado na esposa.

Enquanto Oduithin ficou lavando a louça e arrumando a casa, com o irmão caçula, Ctasrailo e Yambho me chamaram para conhecer a casa, com exceção dos quartos. A sala de entrada abrange um espaço de aproximadamente 20 metros quadrados, composta por uma lareira, bancos confortáveis e uma variedade de folhagens, numerosas fotografias em quadros, estas, porém, chamaram-me atenção de forma bem particular: as imagens se movimentam por dez segundos, ao serem acionadas por um sensor de presença, como se fosse um minúsculo filme. Sentindo o meu estado estupefato, Ctasrailo deixou bem claro que tais fotografias não eram comuns, que praticamente só ali eu as veria, tendo em vista que a máquina e os quadros foram presenteados por um velho cientista amigo do pai de Zauhquin. Ora Ctasrailo, ora Yambho descrevia, com riqueza de detalhes, os momentos eternizados nas imagens fotográficas. "Esta foi tirada quando a mamãe estava grávida de mim"; "Esta do Oduithin"; "Aqui, a nossa família reunida no dia do aniversário do papai"; "O nosso casamento"; "A chegada do Térço"; "Eu ainda solteira"; "Papai tinha 15 anos aqui, não é, mamãe?" Enfim, uma grande euforia e alegria das duas ao recordar os acontecimentos memoráveis da família ao fitarem aquelas reproduções. Também exibiram quadros mais antigos, alguns meio amarelados pelo tempo, estes, entretanto, não se moviam. Apontaram fotos pequenas delineando a história da família, cujas imagens iam estampando os galhos e ramos da árvore genealógica de Ctasrailo e de Zauhquin. A dele ia mais longe, inclusive quando não havia a imagem do ascendente, ao menos o nome devidamente escrito. Impressionante.

Seguimos para a adega localizada no espaço subterrâneo, quase que totalmente escura a não ser pela irrisória quantidade de luz que se metia para dentro por uma pequena janela na altura no solo. O espaço dedicado à conserva de bebidas parecia insuficiente, mas não, a verdade é que se encontrava abarrotado com muitos vinhos antigos, alguns envoltos com teia de aranha. Yambho logo esclareceu que seu pai não permitia que fossem asseados e fazia questão que tudo fosse mantido inalterado, porque, segundo ele, era o charme do ambiente e o vinho, quando aberto para ser tomado, apresentaria o cheiro e o sabor apinhado de originalidade. Ela asseverou que muitos litros foram produzidos ali mesmo naquela propriedade e que alguns já contavam com mais de 100 anos de envelhecimento. Na adega também havia aguardente, com diversos rótulos, e um barril médio com cachaça de alta qualidade, envelhecida numa madeira chamada Ghaghabhá.

Voltamos para a sala de entrada e subimos uma escada de pedras polidas e nos deparamos com um jardim muito florido com rosas e margaridas, com pequenos arbustos verdes ou floridos, palmeiras baixas, grama bem cuidada e podada. Toda essa vegetação recebia a visita de abundantes borboletas matizadas e outros insetos por mim desconhecidos, pássaros múltiplos e coloridos, certo que alguns eu nunca tenha visto na minha cidade. Jardim esse, corretamente ecológico, na verdade forma o telhado da casa, o qual foi construído com uma pequena inclinação e, a cada três metros, uma rampa um pouco mais declinada, até atingir o plano de terra, na parte traseira da edificação. Ctasrailo se virou para a descida, porém Yambho foi mais perspicaz e puxou-me pelo braço para subir, forçando sua mãe a nos acompanhar. Ao chegarmos à parte mais alta do jardim, reduzi--me estático mirando o céu, causando estranheza às anfitriãs, que se olharam e seguiram o olhar para o alto onde meus olhos assinalavam.

— São lindas, não? — Ctasrailo sorrindo disse.

— Quantos seres originais. Nunca vi algo igual. Tudo é mara-vilhoso — expressei-me como se estivesse sozinho, com as mãos estendidas para o infinito e inclinei meus olhos para o chão, com-preendendo que, definitivamente, tinha sido levado para outro planeta. Antes disso, mantinha ainda alguma esperança de estar em algum país desconhecido da Terra, mas o que vi foi para mim a batida de martelo, o ponto final, o soar do gongo, o apito final na partida de futebol: no céu azul e limpo, três luas do mesmo diâmetro, um pouco maiores que a nossa, desempenhavam majestosamente o seu papel no cosmo. Medi a distância de uma para outra com a palma da mão. "Todas cheias..."

Ctasrailo pediu licença para entrar e trocar de roupa e pediu que Yambho continuasse a apresentação da casa. Ainda no topo do telhado do jardim, avistei uma plantação próxima da casa, dividida em três cores: verde, amarela e vermelha, seguida de uma área similar às demais coloridas, com a terra tombada na espera de semeadura. Mais adiante uma floresta com árvores baixas que acaba em um rio de médio porte. Do outro lado do rio, é possível contemplar mon-tanhas com formato pontiagudo, constituídas de pedras brancas e pretas e outras rajadas. Na direção oposta, há uma pequena casa e um barracão bem conservados, seguidos por parreirais, horta e pomar. Do lado esquerdo do pomar, a área é composta por uma plantação menor na coloração vermelha. Finalmente, divisei um pasto cercado com grama verde alta e farta, com dois animais deitados perto de uma árvore frondosa. As divisas das propriedades são corredores de mata preservada, assim, após o espaço verde, surge um sítio após outro até chegar, bem mais adiante, a um povoado e, ainda mais distante no planalto, uma cidade. Admirei-me com a excelente organização das divisas dos sítios e suas plantações, elogiando os cuidados ecológicos.

— Yambho, pelo pouco que vi até agora, vocês são mais conscientes do que aqueles de onde eu vim.

— O seu olhar — Yambho me disse com ternura — para tudo o que observa por aqui traz-me lembranças dos encontros com as coisas desconhecidas ocorridos na infância. É o mais singelo e original conhecimento pela experiência. Ainda nos dias de hoje, me recordo de odores sentidos pela primeira vez, de cores em objetos novos ou brinquedos, como, por exemplo, um porquinho de cerâmica pintado de prata. Como aquela cor chegou tão nova aos meus olhos naquele momento da infância e isso impregnou meu espírito de tal forma que a lembrança me vem como uma brisa suave tocando a minha pele em situações inesperadas.

Tentei lembrar algo parecido na minha infância, mas, antes que eu falasse qualquer coisa, Yambho continuou e, fazendo um movimento com a mão direita como se estivesse riscando um desenho, esclareceu-me:

— Essa área é da nossa família. Aquele espaço grande coberto de árvores até o rio nós devemos cuidar e preservar. O rio Thingus passa pela Parte Khonhozin, vem para nosso lado sinuosamente e deságua no mar. É muito bonito e grande, além de ser navegável, mas essa última característica somente começa na Parte, pois um pouco antes há uma cachoeira alta e imponente. As propriedades são muito parecidas nos tamanhos, apesar de existirem algumas maiores. Cada sítio é dividido por uns 100 metros de mata, que fazem corredor para os animais silvestres, pássaros, principalmente, e variados insetos policromáticos. Logo após vem o povoado, onde habitam poucas famílias, com um comércio pequeno, que atende principalmente às necessidades rurais. Mais ou menos 150km, lá em cima no planalto, você consegue ver a Parte Khonhozin, com mais ou menos 80 mil habitantes.

— E essas plantações divididas em três cores o que são?

— Ah, é mesmo! Você nem tem ideia do que seja. É a mais importante de todas as nossas culturas. É o ozhóliti. Fazemos o plantio direto, mas respeitando o tempo certo. Todo mês ele muda de cor e não há época para o plantio. Aquela parte verde é a mais recente, a amarela já está com dois meses e a vermelha com quase três meses e, na semana que vem, vamos providenciar a colheita e, enfim, plantar o mesmo ozhóliti na área que ainda não tem nada. Ali a terra está descansando, esperando a semente.

— Formidável! E assim acontece com os demais sítios?

— Nem todos! Alguns são parecidos com o nosso sítio, outros cuidam mais da criação intensiva de gado, de cabritos e porcos, outros ainda só trabalham com frutas, assim como há aqueles que só lidam com verduras, enfim há uma variedade de culturas. Nós também temos o nosso pomar, como você vê ali, e também nossa horta. Temos um pasto para nossos auxiliares de transporte e fornecedoras de leite, que mais tarde você poderá conhecer.

Yambho puxou-me pelas mãos, com aquele jeito despretensioso e festivo de adolescente extrovertida, e me convidou para descer pelo próprio telhado-jardim até a parte térrea, enquanto destrambelhada não parava de falar, como se fosse uma bióloga a informar sobre as espécies plantadas e, principalmente, repassar seus conhecimentos acerca das borboletas e pássaros. Antes de findar o telhado, passamos por uma rampa formada por um aterro que se projeta para a direita e para a esquerda, e em ambos os lados, ao redor da casa, o jardim não se interrompe, conservando o mesmo cuidado e beleza. Para mim, era tudo muito belo, apesar de que tal asserção não possa ser completamente assimilada, mesmo porque o belo não chega aos olhos de todos de forma igual ou na mesma intensidade. Eu mesmo me questionava: "Será que Yambho consegue ver a mesma intensidade que vejo no vermelho desta rosa? Será que essa cor amarela da margarida lhe causa as mesmas emoções que provocam em mim? Ou será que o belo sofre alterações de acordo com o nosso estado de espírito?". No jardim de baixo, nos sentamos num banco entalhado de frente para a estrada de chegada ao sítio. Yambho precisava cumprir seus afazeres e me deixou sozinho, todavia não antes de me advertir para não me aventurar sozinho pelos espaços do sítio, alertando que, se eu visse alguém a se aproximar na estrada, que entrasse rapidamente para o interior da casa. Fiquei sozinho e muito intrigado, pensando no fenômeno que havia me trazido para aquele planeta ou sei lá o quê. Como isso foi possível? Como estariam meus pais e meus irmãos? Deveriam estar todos desesperados à minha procura. Quanta coisa diferente que eu estava conhecendo: seres com aparência totalmente diferente da feição dos humanos! Ozhóliti! Insetos e plantas desconhecidas! Partes! Docente, Círculo, montanhas nunca vistas! Por que será que eles haviam me acolhido tão bem? As pessoas agem comigo como se já me conhecessem, são amáveis, têm total confiança. Nem se questionam sobre a solidez de meu caráter? O Zauhquin disse que os humanos não são bem vistos ou benquistos por aqui. Preciso dar um jeito de fugir deste lugar, antes que me peguem... A minha permanência pode causar prejuízos a esta família tão amável e confiável.

Entrei novamente na casa da família e me atentei de que não havia ninguém na cozinha. Ouvi conversas na sala e cheguei mais perto para escutar melhor.

— Nós não podemos ficar com ele aqui — ouvi a voz de Oduithin. — O papai já tem muitos problemas com o Círculo e pode até ser expulso, além de parar na cadeia, por descumprimento da lei.

Ctasrailo pediu para que ele falasse mais baixo e arguiu:

— Meu filho, seu pai tem planos para ele.

Chateado, não quis mais ouvir, fui direto para o quarto no qual dormi na noite anterior e reparei que o quarto frontal achava-se com a porta entreaberta. Após espiar pela fresta, constatei que se tratava do quarto de Oduithin, a julgar pelas vestimentas à mostra no armário aberto. Entrei naquele cômodo com a finalidade inequívoca de surrupiar qualquer roupa que me servisse, visto que, para mim, ante o ímpeto que tomou conta de minha consciência, necessário se tornava a troca daquelas que eu estava vestido, que sem dúvidas chamariam atenção dos habitantes daquele lugar, caso fosse avistado. Ali mesmo me troquei, abandonando minhas roupas originais dobradas na cama desarrumada do jovem e me desloquei, cautelosamente, para a saída da casa. Antes de me retirar, ouvi ainda a conversa inflamada na sala, com exaltação da Yambho, que destoava das ideias de seu irmão mais velho, na busca vã em convencê-lo. — Ele é bom. Eu pude constatar na nossa conversa. Passou-me a impressão de que nasceu aqui, que foi criado por nossos pais.

Escrevi um bilhete esclarecendo minha decisão de deixar a família: "Querida família, quero agradecer de todo o coração pela acolhida que recebi nesta casa. Sinto, porém, que não posso ficar por ser arriscado para mim e para vocês. Não sei para onde vou e espero, um dia, reencontrá-los em situação mais tranquila. Estou levando comigo um conjunto de roupas de Oduithin, um acendedor de fogo e uma faca, bem como um embornal lotado de biscoitos e uma garrafa de chá. Desculpem-me por isso. Quando puder, pagarei. Muito obrigado por tudo". Deixei a mensagem em cima da mesa da cozinha, saí andando na ponta dos pés, atravessei a plantação de ozhóliti e logo me embrenhei na mata.

QUATRO

Não sabia para qual direção ir e adentrei impávido cada vez mais o arvoredo cerrado. Caminhei sem parar por volta de três horas ininterruptas, por não descartar a hipótese de ser seguido por alguém da família, até mesmo por Térço e Zauhquin se tivessem voltado da viagem. O cansaço e um princípio de desidratação me saqueavam a coragem, até que meus ouvidos me transportaram para o alijamento da visão de uma indulgente bica de água borbulhando de um amontoado de pedras sombreadas por folhagens semelhantes ao inhame. Bebi a água fresca e aproveitei a oportunidade para interromper minha caminhada para o "não sei onde" e para comer bolachas e beber o chá, sem deixar conveniência para a desatenção. Retomei a caminhada e mais alguns metros à frente, pelas frestas das árvores, avistei a claridade do rio. Era o Thingus e, ao me abeirar de sua margem, concluí que para mim era impossível atravessá-lo nadando. Segui costeando o rio por pelo menos duas horas, quando notei que o Sol já tinha andado bastante também, com breves minutos para sumir por detrás das montanhas pontiagudas. Subi em uma árvore e visualizei, num espaço mais descampado, uma gruta na rocha branca. Chegando à gruta, resolvi pernoitar ali mesmo. Juntei uma boa quantidade de lenha, acendi fogo e esperei a noite chegar. O sol recolheu seus últimos raios e deu lugar a uma escuridão acentuada, a qual cedeu seu sucinto reinado, com reverência, a uma claridade anômala para mim, das três luas cheias exuberantes.

Ouvi grunhidos, uivos e outros sons noturnos igualmente desconhecidos e mantive a atenção na fogueira durante a noite toda, ora cochilando, ora acordado, sempre com a sensação de que estava sendo observado por algo ou alguém.

No outro dia, segui a caminhada com um cajado que havia confeccionado à noite enquanto apreciava as luas. Com ele fiquei mais seguro com relação às cobras, pois enquanto andava ia afastando os arbustos. A questão é que ainda me incomodava a sensação de ser seguido e observado e de quando em quando olhava para trás, repentinamente, para averiguar e ouvir. Mas, nada, somente o cântico dos pássaros da floresta. Encontrei uma bananeira com um cacho de bananas relativamente maduro e, enquanto comia as bananas com certa voracidade, ouvi uma voz de locutor, somente a voz:

— Não mexa na minha comida. Quem lhe deu a permissão?

Assustado, cuspi a banana que estava na minha boca, peguei o cajado e a faca e em posição de defesa gritei com intimidação, embora com medo:

— Quem está aí? Apareça! Eu só estou de passagem!

Ouvi um riso alto, sonoro e divertido e sem entender estaquei-me na pose de resistência, mesmo quando irrompeu de trás de um tronco um homem maltrapilho. Sim, um homem, não era um fhiio, com barbas e cabelos compridos, vestido com roupas velhas adaptadas ao seu corpo, costuradas com cordões vegetais.

— De passagem? — sorriu com ar debochado. — Pobre rapaz, não sabe o que fala. Deste mundo, não conheci alguém que tenha saído, a não ser que aquilo em que acreditamos se torne verdadeiro quando morremos. Então, aqueles que acreditam em outra vida, sim, estes saíram e estão nesta outra vida. Do contrário, o que resta são os esqueletos daqueles que aqui morreram. Ninguém jamais daqui saiu. Logo, você não está de passagem. Às vezes, chego a pensar que os humanos que vieram para cá morreram e não sabem que estão fazendo uma breve passagem nesta dimensão desgraçada. O homem chegou bem perto de mim, que continuava tenso, e me pediu para abaixar a faca, visto que não pretendia nem teria qualquer vantagem em me fazer mal.

— Meu nome é Roberto — estendeu-me a mão e gracejando esclareceu: — Quanto a não mexer na comida é brincadeira! Isso é farto nesta floresta. Fique à vontade e continue comendo — dirigindo seu olhar para o céu, com a mão rente à sobrancelha para proteger os olhos do Sol. — Fique tranquilo! Estou acompanhando seus passos desde que chegou perto do rio e logo percebi que você não é uma ameaça, caso contrário já o teria matado — mais uma vez riu alto.

— Eu sou Joaquim e, apesar de aparentar o contrário, estou aliviado por tê-lo encontrado. Afinal, pelo que entendi, os humanos são raros neste mundo. Além disso, nem tenho noção de para onde estou indo. Não compreendi ainda como cheguei neste lugar. Há muita coisa nova por aqui...

Antes que eu terminasse, Roberto virou-me as costas e deu ordem para que o seguisse, o que atendi sem qualquer questionamento. Afinal, tive mesmo muita sorte em encontrar um humano. Andamos bem uns 30 minutos nos infiltrando cada vez mais naquela floresta fechada, ao ponto de chegarmos a um ambiente no qual, sobre as árvores, desciam até o chão trepadeiras formando autênticas cortinas naturais, pelas quais passamos e nos deparamos com uma caverna esculpida em rochas brancas. Logo na entrada, que quase se fechava com samambaias e outras folhagens, a cavidade se curvava para a esquerda em aclive, em seguida para a direita em declive, impelindo-nos para um salão espaçoso. Roberto acendeu uma das tochas, cuja luz foi mais que suficiente para clarear não mais que o indispensável para o ambiente e me serviu carne de sol com um copo de vinho. Tudo fez em silêncio e assim permaneceu apenas me olhando:

— Por que você está aqui nesta selva e sozinho? — perguntei enquanto bebia um pouco de vinho.

— Logo que cheguei neste planeta, fui encontrado por fhiios de diversas estirpes, entre eles estavam os soldados (conhecidos como armíferos) da guarda de Khonhozal, que é comandada pelos leithoahs, os mais fortes e maiores fhiios do Fhiiaral. O general, que conhecemos como comandante do exército, aqui é chamado de adagão, e o adagão de Khonhozal é Fhenemeh, o indivíduo mais impiedoso e ambicioso de que já ouvi falar, além de ser obstinado cumpridor de leis contra os humanos, fidedigno exacerbado ao pensamento de seu docente Vhenias — virando um copo de vinho goela abaixo continuou: — Caro rapaz, o pior de tudo é que existe uma lei aprovada no Círculo que nos quer ver mortos...

— Já fiquei sabendo — interrompi.

— Estranho! Pelo pouco tempo de sua chegada, parece estar bem informado. Com quem você esteve?

— Um fhiio chamado Zauhquin, que me acolheu em sua casa.

— E por que você saiu da casa dele? Foi ameaçado?

— Não! Não me senti bem, apesar de ser bem acolhido pela família. Pensei que poderia ser um estorvo ou mesmo um perigo para eles.

— Fez bem. Esse Zauhquin foi quem me defendeu abertamente.

— Por favor, continue falando sobre a sua chegada.

— Bem... Todos eles ficaram assustados, pois apareci do nada em sua frente. Talvez, por essa razão, ainda estou vivo. Fhenemeh veio para cima de mim com sua espada, pelo jeito decidido a matar-me, quando um grito agudo lhe ordenou para parar, argumentando que se assim o fizesse estaria transgredindo a lei e seria preso e deposto da patente. A espada já estava perto do meu pescoço quando ele parou e sorriu olhando de lado. Então, colocaram-me no meio de um bloco formado por cinco fhiios para decidir o que fariam a meu respeito. Eu, sem nada entender, muito assustado com tudo e com aqueles seres estranhos, mantinha-me mudo. Tudo foi tão repentino, que até hoje não encontro resposta sobre o que realmente aconteceu comigo. Só me lembro de que na minha cidade tinha descido a um poço a pedido de um fazendeiro, que me chamou para tirar um porco que nele havia caído. Salvei o porco levando-o para cima e, quando voltei para o poço para buscar uma ferramenta utilizada no trabalho, vi um objeto brilhante cravado nas paredes revestidas por tijolos na parte inicial do reservatório. Curioso com seu formato, peguei-o para levar para cima. Porém, antes de subir, olhei fixamente para aquela luz verde e, de repente, estava na frente daqueles malucos.

— A luz verde que você mencionou, também aconteceu comigo — interrompi novamente, eufórico, e me contive. — Desculpe--me, continue.

— Eu estava com minha roupa de bombeiro, mas eles nem sabiam o que era isso. Zauhquin argumentou que, se me matassem, estariam transgredindo a lei, já que a norma é clara: se forem encontrados humanos fora do território dos exilados, estes devem ser mortos sem piedade. No entanto todos os presentes puderam constatar que eu havia aparecido na frente deles e que, portanto, não era um fugitivo, fato que não me enquadrava no tipo legal. Outro docente, de que agora não me recordo, salientou que deveriam me matar, pois a raça humana é cheia de mistérios, quem sabe a minha aparição ali não era obra do divisor, nome que dão ao diabo — piscando, com um sorriso patife para Fhenemeh, o qual não tinha o direito de opinar, nem de votar, por ser militar. Colocaram a questão em votação, após uma discussão de quase uma hora. Nesse período de tempo, tive uma aula sobre o que grande parte desses seres estranhos pensa sobre nós e por que nos querem ver mortos. Por três a dois votos, escapei da morte sumária. Decidiram mandar-me para a Nova Babilônia. Ufa — Roberto olhou para o chão e suspirou profundo, um tanto quanto emocionado.

Respeitei seu momento por uns instantes e perguntei:

— Como é essa Nova Babilônia? É longe daqui? Gostaria de conhecer...

Antes que eu terminasse de falar, Roberto me mostrou sua mão esquerda. Notei que faltava o dedo mindinho e no dorso havia uma marca da letra F queimada a ferro — a votação tinha ficado em dois a dois. O docente que felizmente desempatou impôs uma condição sob a qual eu deveria ser levado, antes do desterro para a Nova Babilônia, ao Círculo Hierático, para onde eles estavam se dirigindo, visando à solução definitiva de casos como o meu, pois os humanos continuam a aparecer do nada por aqui, assim como aconteceu com você... — pegou a minha mão esquerda, ergueu-a e virou para o lado inverso da palma — que teve sorte de ainda não ser encontrado por fhiios. Fui conduzido sob a guarda de Fhenemeh e seus armíferos, sofrendo as agruras da brutalidade. Sorte que tenho um bom preparo físico para suportar as hostilidades a mim dispensadas. Chegando a Khonhozal, me prenderam em um cárcere fedorento durante toda a noite e parte da manhã, quando de lá me tiraram com escolta de dois armíferos até o ponto central do prédio, onde já tivera início a reunião do Círculo, em que a distribuição dos lugares é correspondente ao nome, ou seja, circular e cada docente tem sua cadeira a distância de pelo menos dois metros do outro. Cada docente leva consigo dois ou duas conselhistas que se sentam em cadeiras em sua retaguarda para ajudarem no discernimento do assunto debatido. Com a proposta apresentada, os pronunciamentos e as discussões têm início e se prolongam de acordo com o tempo e o jogo de cintura do Docente Geral. Nesse meu julgamento, o docente de Khonhozal, o Vhenias, demonstrou-se o mais inflamado, com gestos nervosos e palavras convictas, insistindo na morte dos humanos em qualquer situação, aliás, ele repisou tanto o tema, que induziu o extermínio cabal, mesmo daqueles que moram na Nova Babilônia. A todo instante, por frações de segundos, voltava os ouvidos para se atentar aos conselhos de uma fhiia muito charmosa, que usava de discrição invejável — Roberto se ateve um instante para tentar recordar de algo. — Como ele chamou aquela fhiia? — agora, fitando o teto da caverna como se procurasse o nome. — Ah, sim! Simbholéria. Aquela desgraçada! Pelo jeito, ela botava fogo na mente do docente, sussurrando aquelas ideias diabólicas e perniciosas. Nenhuma de suas propostas ligadas à matança foi aprovada, após as discussões e discursos acirrados. Derrotado, mas visualmente satisfeito, Vhenias sugeriu algo mais tênue: o corte da mão e uma marca com ferro quente na testa dos humanos.

— Mas por que tanto ódio? O que foi que os humanos fizeram para despertar esse sentimento tão macabro? — indaguei indignado.

— Ainda não cheguei a uma conclusão sobre isso. Fiquei pouquíssimo tempo na Nova Babilônia e, mesmo assim, foi o suficiente para me irritar com aquelas pessoas apáticas e conformadas com a falta de liberdade e dignidade. Depois eu falo mais sobre isso. Naquela reunião do Círculo, antenei-me no ódio de Vhenias e na satisfação de Simbholéria ao ouvir suas palavras: "Cantamos em nossas Casas de Deferência as verdades proferidas por Wajumajé: Tua bondade impede o luto. Com todo o nosso trabalho, nos alimentas com o mingau, nos livras da ação do inimigo, então unidos vencemos o mal. Palavras sábias do nosso ancestral. Palavras que ninguém pode duvidar ou deturpar. O Existente é muito bom para todos nós. Ele não nos quer ver tristes. A felicidade para nós que nele cremos é infinita. Não haverá tristeza para quem anda em seus caminhos. Só que para isso acontecer precisamos obedecer à Sua vontade. E qual é a vontade dO Existente, meus caros docentes?" — Vhenias fez uma pausa e dirigiu seu olhar para os docentes. Estes, por sua vez, passaram a rumorejar a respeito das palavras lançadas pelo questionável orador, com seus assessores, e então continuou: "A vontade dO Existente foi articulada por intermédio da voz do fhiio mais sábio de todos os tempos, conforme letra célebre da música que citei há pouco, mais precisamente no fragmento que se refere ao combate ao inimigo. É isso mesmo! Imperioso se torna vencer o mal. Qual o mal? Qual é o inimigo nosso nos dias de hoje? É aquele que não obedece às ordens deixadas por Wajumajé — aquele que ouviu O Existente e nos transmitiu o que ouviu. Quem não cumpre tais ordens são os humanos, que nem mesmo se alimentam do mingau de ozhóliti. Eles fazem outros cultos a um diferente deus, ou melhor, cultuam três deuses que chamam de Trino. Além disso, nós não sabemos de onde veio essa raça estapafúrdia e desagradável aos nossos olhos. Se alguém aqui dentro sabe algo que ainda não sabemos sobre eles, poderia nos ajudar. Alguém tem essa informação? Se a tem, erga sua voz e diga-nos!" — no salão ocorreu, primeiro, apenas troca taciturna de olhares, seguida por exaltação de falas concomitantes e até exaltadas entre os docentes que se avizinhavam. Percebi que Vhenias sorria com satisfação e Simbholéria se deleitava, então o orador soltou um forte grito: "Os humanos vieram por parte do divisor!". Isso inflamou os ânimos de alguns docentes, que levantaram os braços e irados esbravejaram: "Morte! Morte!". A grande maioria não se mobilizou, apenas se demonstrou inquieta, enquanto o eloquente e cruel orador continuou, citando parte da música religiosa hino do Fhiiaral: "Sim! O Existente impede o luto, quando somos unidos no combate do mal! Se agora nos é dado conhecer o mal — os humanos —, vamos impedir que o luto se transforme em nosso parceiro, quando perdermos nossos parentes, descendentes ou ascendentes, que, por serem simples e receptivos, podem correr o risco, por curiosidade envolvendo-se no chamariz de que o mal é capaz, com sua aparência graciosa. Caros docentes, esse é o nosso momento! A verdade se apresenta clara". Com veemência ergueu o braço e novamente bradou: "Votemos unidos para extirparmos o mal".

— Pelo seu relato, alguns docentes estavam bem indecisos? — indaguei.

— Sim, alguns. A maioria é bem equilibrada, principalmente Zauhquin, que pediu a palavra e com voz tranquila e suave principiou seu discurso: "O docente Vhenias sabe usar bem as palavras". Vhenias levantou-se sisudo, encarou Zauhquin, abriu os braços, abaixou a cabeça e sorriu sarcasticamente. O orador da vez continuou: "Mas por que motivo deixou de citar uma frase não menos importante do profeta Wajumajé? Frase que cantamos logo em seguida de 'Tua bondade impede o luto'. Se atentaram para isso, prezados e prezadas docentes? Não mencionou nem mesmo sussurrando: 'Sem limites é o teu amor'. Mas, antes de me ater nesse aspecto, quero suscitar a lembrança em nossa memória das frases exordiais de nosso amado canto: 'O Existente, O Existente, O Existente. Eterno, de tudo és o criador'. O Existente é o criador de tudo. A palavra tudo é também plena, nela não há lugar para quase, alguns, certo número, os escolhidos ou os eleitos. Tudo é tudo! Toda criatura, todo ser que se move ou que não se move. Todos os animais, todas as pedras, todas as árvores, todos os vermes, todos os insetos, todos os fhiios, e olhem que há muitos fhiios diferentes em suas aparências e em seus costumes, mas em todos nós há algo igual que nos anima e que ninguém pode jamais ver. Essa luz invisível que temos é igual em todos. Nós podemos modificá-la conforme a direção que tomamos em nossas vidas, conforme nossas decisões, mesmo assim ninguém poderá ver se essa luz muda de cor. O fato externo advindo de nossas ações é a parte visível. Se O Existente criou tudo, tudo é uma palavra absoluta, então os humanos fazem parte desse tudo, mesmo porque o divisor não tem a força criadora. Ele tem a força destruidora, que pode ser representada pela desunião, a fome, a destruição das nossas florestas e principalmente a morte". Nesse momento, Zauhquin abaixou sua cabeça e houve um silêncio geral. Em seguida voltou a falar: "O Existente não quer ver o luto, ou seja, não quer ver a morte, a não ser a nossa morte natural, o que para Ele é natural e para nós também deve ser, haja vista não haver possibilidade de enganá-la, comprá-la ou vencê-la em uma luta corporal ou verbal. Ele não quer ver o nosso luto. Verdade! Não quer ver nossa tristeza gerada pelo individualismo! Quer, sim, nos ver juntos lutando contra toda espécie de mal e seus rebentos. Agora retomo o início de minha fala, relativamente à frase esquecida pelo nosso renomado docente Vhenias: 'Sem limites é o teu amor'. Se O Existente não tem limites para amar, se ele criou tudo e os humanos fazem parte do tudo, não poderemos nós fhiios — suas criaturas também amadas — matar os humanos, que até hoje não nos causaram nenhum mal ou aborrecimento considerável, pois, se assim agirmos, estaríamos causando aO Existente uma grande decepção. Portanto, amigos docentes, pensem bem antes de votar".

— Essa questão da morte dos humanos já não havia sido superada anteriormente, quando decidiram mandá-los para a Nova Babilônia?

— Sim, é que tendo em vista a recalcitrância no aparecimento involuntário dos humanos, por azar, logo na minha vez, resolveram rediscutir o caso. E como eu já disse anteriormente, as primeiras propostas de Vhenias foram derrotadas pela maioria. Vhenias foi muito esperto, ao pedir o exagerado, poderia ter chances no comedido. Então começaram a discutir o que fazer com os humanos, em decorrência de minha inusitada aparição e que, nesse caso particular, como foram testemunhas oculares, não poderiam me matar. Todos os docentes se voltaram para seus conselhistas e conversaram entre si por determinado tempo. Passaram então para as proposições. Alguns entendiam que deveria haver uma investigação antes de matar um humano encontrado fora do exílio. Outros consideravam que a lei anterior deveria ser revogada para que os humanos não fossem obrigados a ficar na Nova Babilônia, obtendo, com isso, direito ao acesso livre em qualquer lugar. Outros, que deveriam ser presos e depois torturados. Outros, que os humanos deveriam ser primeiro educados na fé dos fhiios e depois libertados se fizessem a promessa de participar das Casas de Deferência com assiduidade. Até que Vhenias, depois de conversar bastante com suas conselhistas, discursou novamente sobre o perigo dos humanos e apresentou uma proposta no sentido de cortar a mão direita e marcar com um ferro quente a testa de todos os humanos, assim, aqueles que porventura fossem encontrados sem as respectivas marcas teriam poupadas as suas vidas, porém marcados e enviados para a Nova Babilônia. Novamente desencadeou-se a conversa paralela no ambiente, com alguns se mostrando indignados e outros propensos à anuência, entendendo que negar invariavelmente as proposições de um docente poderia levar ao risco de cisma. Zauhquin, agastado, protestou que a proposta se revestia de exagerada crueldade, não havia necessidade de tal brutalidade insana e mais ou menos nestas palavras suavizou a voz: "O banimento já é por si uma situação humilhante e árdua para um povo, ainda mais com o sentimento de ser execrado pelo fato de ser diferente ou de pensar diferente. Os humanos são criaturas pensantes assim como nós, não trazem qualquer tipo de ameaça e quiçá possam até, de repente, ajudar-nos a crescer na técnica e no conhecimento. O distanciamento deles do restante do mundo é algo vergonhoso que já lhes impusemos. Agora, cortar a mão... tenha paciência, imaginem a dificuldade que terão para se manter, além da vergonha e quem sabe o ódio que poderão despertar por nós, carregando um estigma por toda a vida. Será que nós seremos felizes com essa atrocidade? Teremos doravante a paz? Dormiremos tranquilo todas as noites, depois que aprovarmos uma barbaridade dessas? Eu com certeza não! Indubitavelmente, afirmo que outros docentes aqui presentes e conselhistas também não". Com esse safanão na consciência, alguns líderes questionaram o que deveriam fazer. Outros aduziram que tudo poderia ficar como estava. Outros, que, para evitar as mortes dos humanos que do nada apareciam, fato que já era uma realidade, deveriam marcá-los de algum jeito.

— Da maneira como você relatava, posso concluir que há docentes sensatos — cortei a fala de Roberto, mas ele logo continuou:

— Pelo que senti é maioria. Entretanto, entre algumas conversas que pude ouvir dos docentes e conselhistas que estavam mais próximos, há certo receio a respeito da índole de Vhenias e sua conselhista Simbholéria. Eu ouvia: "Mas, e se Vhenias... Vhenias pode se revoltar... Simbholéria está nos olhando...". Foi então que Vhenias novamente se levantou e pediu a palavra. Cenathithe, o docente-geral, o interrompeu: "O senhor já apresentou duas proposições acerca de idêntico tema. Se insistir, fazendo a terceira proposta, perderá a palavra por seis meses, conforme a Observância (estatuto) deste Círculo. Sabendo disso, como bom conhecedor de nossas regras, sendo um docente muito prudente, tenho certeza de que não o fará. Passemos para o...". Cenathithe foi interrompido por Vhenias: "Eu talvez seja o maior conhecedor de nossas regras aqui dentro deste Conselho. Não olvidei, Senhor Cenathithe. Farei a terceira proposição. Se não podemos matar os humanos de forma geral, se não podemos cortar-lhes as mãos, para evitar a morte sumária daqueles que aqui aparecem, apresento-lhes a única saída sensata: marcar com ferro quente o dorso da mão direita, com o sinal da letra F, para que não esqueçam que invadiram o mundo dos fhiios, o qual tem suas próprias observâncias, e para que não haja falha, caso algum deles queira retirar a marca, cortar a ponta do dedo mindinho, pois o osso não tem como se recompor". Já era tarde, com muitas horas de reunião. Cenathithe abriu meia hora de recesso para alimentação e uso do banheiro.

— Trouxeram algo para você comer? — perguntei.

— Um sujeito encapuzado, que eu só podia ver a boca, com certeza não era um fhiio comum, trouxe-me um pedaço de pão e um copo de suco de uva. Os armíferos ameaçaram impedi-lo, mas ele passou por eles como se não fossem nada e eles o insultaram, chamando-o de idiota. Ele me entregou o pão e o suco e com uma voz engraçada e amassada disse-me: "Toma. Zauhquin que pediu para eu entregar". Ficou esperando estático. Assim que terminei, entreguei-lhe o copo e ele saiu como se fosse um zumbi. Parou e virou a cabeça para um armífero e depois para o outro. Virou para frente, balançou a cabeça para cima e para baixo e foi-se para fora. Os armíferos mais uma vez, chamaram-no de idiota.

— Se for quem estou pensando, acho que o conheço. É o Térço. Ele é meio esquisito mesmo, mas parece ser gente boa. Descobri que ele é extremamente forte e exageradamente leal ao Zauhquin. E depois que a reunião teve seu retorno, qual foi a decisão final tomada pelos docentes?

— Tudo indica que Vhenias conseguiu, durante o intervalo, convencer vários docentes, não sei precisar com quais argumentos e, apesar de todo o esforço da parte contrária, aprovar sua terminativa proposição pela diferença de apenas dois votos. Com isso, a proposta converteu-se em lei, cuja aplicação no Fhiiaral passa a ser imediata desde que providenciadas as condições necessárias para o cumprimento. Cenathithe passou a ordem para a confecção do ferro com a letra F e, assim que forjado, o "faça-se cumprir a lei" pela ação de armíferos devidamente acompanhados de médicos. Vhenias, porém, com sua astúcia maligna, já havia se adiantado e pediu para seus empregados trazerem a brasa e o ferro finalizado conforme a lei e, visando a evitar qualquer embargo, seu médico particular também estava presente. Dispensando a aplicação de anestésicos, ali mesmo me marcaram na mão e amputaram não só a ponta do meu dedo mínimo, mas todo o dedo, irritados com meus movimentos naturais de repúdio e defesa. A azáfama instaurada pela indignação dos docentes, e mesmo alguns que votaram a favor, provocou o encerramento instantâneo da reunião. A dor que invadiu meu corpo e esquartejou minha alma ressurge como ácido em meus sonhos e nos momentos que minha mente se desconcentra.

Roberto ficou claramente emocionado e se retirou da caverna. Segui atrás dele. Já era noite e o céu ostentava as três luas, as quais clareavam o chão pelas frestas das árvores, inclusive pude avistar as lágrimas no rosto de Roberto e a marca em sua mão, quando a levantou para o infinito, exteriorizando um sentimento de fúria. Comovido e com pena do meu recém-conhecido, meu espírito planou aterrorizado por breves instantes, imaginando a desgraça que teria me atingido se tivesse sido encontrado pelos fhiios adeptos do pensamento odioso de Vhenias. Definitivamente, ter aparecido na frente de Zauhquin foi providencial ou presente simpático da sorte. Sair da casa dele talvez não tenha sido uma boa decisão, principalmente agora que ouvira os relatos de Roberto sobre o comportamento de Zauhquin, confrontando com o que vivi em curto espaço de tempo com a sua família acolhedora e amável. Roberto voltou com um pote de água e, com resumida conversa, indicou-me um canto da caverna para eu me ajeitar e dormir ao lado da fogueira. Entendi perfeitamente seu estado de espírito e em silêncio o respeitei.

CINCO

No outro dia, acordei com a algazarra dos pássaros e a claridade que penetrava no lado oposto da entrada da caverna. Levantei-me e já encontrei o chá quente e umas frutas em cima de uma mesa improvisada. Peguei uma maçã e andei em direção aos raios de sol e logo notei que era outra entrada, de onde se deslocava para o exterior um patamar de pelo menos um metro. Daquela altura, vi Roberto se exercitando perto de um riacho. As árvores daquele lado da montanha atingiram um crescimento considerável e, nos espaços entre elas, arbustos com flores variadas constituíram um jardim natural.

— Este riacho é a minha banheira e aqui é a minha academia — exclamou Roberto ao me notar, bem mais animado que na noite anterior.

— O que você treina?

— Uma variação de técnicas de luta e defesa pessoal. Sempre que posso, não deixo de me exercitar, para não perder a agilidade, os músculos e o raciocínio. O tempo se apresenta com fartura neste mundo, então correspondo à abundância com a prática constante. Sem contar que o inimigo ordinariamente exibe sua cara pelas redondezas, procurando uma explicação sobre o sumiço de armíferos. Nem passa pela cabeça dos amaldiçoados que é um humano o causador do mistério, chegando ao ponto de promessa de prêmio para quem der uma solução irrefutável. Portanto, meu amigo, é minha cabeça que está a prêmio. Notícia que me deixa muito satisfeito, acredite.

— Será que não ficaram sabendo que você saiu da Nova Babilônia?

— Pode ser! Mas penso que eles não imaginam que seja um humano, porque têm o preconceito de que nós não sabemos lutar. De qualquer maneira, todos os que procuraram o fantasma assassino da floresta estão comendo capim pela raiz ou viraram banquete dos chacais e urubus. Já apareceram várias patrulhas e, como disse, matei a todos. Com o tempo, reparei que são pueris amadores e não têm a mínima noção de onde me escondo.

— Eu posso ficar com você?

— Só se demonstrar vontade de aprender a se defender, treinando comigo sem preguiça, disposto a se submeter à disciplina rígida de quartel. Deve seguir as minhas ordens até estar bem treinado. Não quero me distrair e me cansar com peso morto, nem carregá-lo nas costas. Isso é sério, tendo em vista que minha primeira lei consiste no seguinte enunciado: se um se machucar, o outro tem que continuar a fuga. Porque, como você já bem sabe, eles não fazem prisioneiros os humanos encontrados fora da Nova Babilônia.

— Quando começamos?

— Agora.

Roberto, de fato, foi durão, mas precisou trabalhar arduamente comigo, haja vista o meu bom preparo físico obtido também por treinamentos diários. Alguns músculos menos trabalhados anteriormente manifestaram sintomas dolorosos, que se compensaram pela aprazível sensação emanada da liberação da endorfina. Seguiram-se semanas com uma crescente e metódica capacitação, que me proporcionou o aprendizado de conhecimento e prática de variegada monta de técnicas de luta e salvaguarda pessoal. Confesso que não foi fácil, ainda mais que Roberto não suavizou nenhum dia e os golpes por ele usados em mim não foram de brincadeira. Apanhei bastante e somente depois que apliquei golpes de forma mais contínua em Roberto, quando ele passou a me respeitar um pouco mais em nossos embates, o treinamento assumiu um caráter mais avançado e meu assim considerado mestre passou-me os seus segredos, por assim dizer "o pulo do gato". Constituiu-se para mim um bom estágio, entretanto minha consciência me advertia de que precisaria de muito mais tempo para o discípulo superar o mestre.

Algumas vezes, armados com facas e espadas que pertenciam aos armíferos mortos por Roberto, saíamos para vasculhar a área. Vez em quando passava uma embarcação pelo rio Thingus e ficávamos escondidos, espreitando a movimentação da tripulação, dos marinheiros ou dos passageiros, conforme a destinação na nau. Numa dessas vezes, perguntei a Roberto se ele já havia atravessado o rio e ele, antes de me responder, captando a minha curiosidade, levou-me a uma entrância do barranco onde escondera um bote que resgatou navegando à deriva próximo da margem. Mais que depressa, nele entramos e remamos até chegarmos à borda do outro lado, onde nos deparamos com uma vegetação rasteira já nas proximidades das montanhas de pedra formadas por blocos distintos de rochas pretas ou brancas e outras rajadas. Por ser mais brando, subimos pelo penedo rajado sem dificuldades complicadas. Lá de cima, pudemos avistar os sítios, que se apequenavam devido à distância, bem como o povoado e, finalmente, a cidade, que os fhiios chamam "parte", que se desenhava numa imitação de minúsculos pedriscos brancos. Da mesma forma, agora bem nítido, o mapa geográfico pintado pela vegetação abundante e de diversificada matiz, que foi pensada e preservada por aquele povo. Girando a visão para o outro lado, vislumbra-se o mar infinito, belíssimo. Decidimos passar a noite lá nas alturas, para aproveitar a oportunidade dada pela natureza com o regalo do esplendor das luas cheias. Acendemos a fogueira atrás de uma rocha localizada na parte central do cimo, com a finalidade de não chamar atenção. Aproveitando o ensejo, esclareço que, nas noites sem luas, a escuridão se apresentava como um peculiar breu, por outro lado, a natureza benevolente não deixava a gente na mão, deixando-nos à vista uma miríade de vagalumes de inúmeros tamanhos, muito mais do que aqueles que de quando em quando vemos no planeta Terra, além de outras plantas que também fornecem seu brilho noturno. Tudo muito belo.

Ao tempo que contemplávamos a beleza natural daquele lugar, Roberto fez um gesto próprio de quem se recorda de algo e me disse:
— Você lembra quando aqui chegou e me pediu para te levar até a Nova Babilônia? Se quiser podemos começar a caminhada amanhã mesmo.
— Sim, Roberto, eu gostaria muito de conhecer os outros humanos. Saber de onde são. Como ocorreu o fenômeno da vinda para cá.
— Então durma! Amanhã para lá iremos.

No outro dia cedo, ainda quando surgiam as primeiras manifestações da aurora, começamos a nossa jornada. Não foi preciso atravessar de volta o rio Thingus, no entanto seguimos por um tempo às suas margens, protegidos pela floresta, ainda que de árvores baixas, que acompanhava a sinuosidade do rio. Roberto afirmou, pelas suas contas, que já contava com 41 anos de idade, seus cabelos e barba expunham pontos grisalhos, a testa com entradas profundas para os lados da cabeça, um metro e oitenta de altura, a boca com as pontas dos lábios para baixo, olhos pretos sempre atentos e nariz adunco. Geralmente não deixava a barba e o cabelo compridos, cortava-os com uma faca, que afiava sempre que se achava ocioso. Eu já me aparentava diferente de quando cheguei, considerando meus cabelos compridos e a barba cobrindo o pescoço. A mudança não ocorrera só na aparência, sentia-me mais adulto e experiente, atribuído a tudo o que já havia passado até antes de minha chegada ao mundo dos fhiios. Assimilei rapidamente as técnicas ensinadas por Roberto quanto à luta física; aprendi a manusear a faca e a espada; absorvi o conhecimento para sobrevivência na floresta, caçando o que era necessário para subsistência, armazenando comida indispensável, sem esbanjamento, com utilização dos artifícios visando a evitar o perecimento, fazendo armadilhas para peixes e animais. Enfim, a tranquilidade e a confiança se fizeram minhas companheiras.

Caminhávamos pela floresta em silêncio e nos comunicávamos por gestos e olhares. Fiz um sinal para Roberto, colocando a mão no ouvido, como se perguntasse se ele estava ouvindo o barulho de cachoeira e ele fez sinal de positivo. Aproximou-se um pouco mais e falou baixo: "silêncio redobrado, este é o barulho da foz do Thingus. Estamos perto do porto de Konhozin e há muitos guardas, inclusive nas torres. Precisamos ir para oeste, subir as montanhas e dali para diante tudo fica mais ermo e tranquilo". Roberto se guiava pelo sol, método que me ensinou em período posterior. Pousamos mais uma noite na mata virgem e seguimos antes de amanhecer sempre para o oeste. Agora já podíamos conversar normalmente, sem receio de sermos ouvidos, mantendo, porém, os sentidos bem acesos.

— Depois do julgamento no Conselho Geral, o que aconteceu? — subindo num acanhado penhasco, quis saber mais sobre a temática inacabada há alguns dias.

— Imediatamente, devolveram-me à carceragem, sob a guarda de armíferos de Khonhozin, considerando que Zauhquin não permitiu a interferência de Khonhozal nesse assunto territorial. Por essa razão, recebi os cuidados necessários para os meus ferimentos, bem como dispensaram a mim atenções privilegiadas. Passada uma semana, devido à recusa de Zauhquin em assumir o executante da nova lei, colocaram-me numa carroça com grades de ferro e, com quatrocentos e cinquenta fhiios, sob o comando de Fhenemeh, fui levado para conhecer e permanecer de forma definitiva na Nova Babilônia. Assim que chegamos ao indesejado lugarejo, o altivo e pesado adagão disse aos armíferos para executarem com excelência e rigor as ordens das quais foram incumbidos. Dentro daquela carroça, vi cenas escatológicas, e ouvi gritos de dor e de horror de homens, mulheres e crianças ecoarem por todo o povoado. A tropa demorou-se por mais cinco dias, aguardando o resultado do trabalho dos médicos e, quando a maioria da população convalesceu, determinou-se a concentração das pessoas na praça da igrejinha, para ouvir as reprimendas do adagão Fhenemeh, que esbravejou de forma estúpida e grosseira em tom alto para ser ouvido por todos: "Povo execrável e desgraçado! A ordem agora é mais séria que nunca. Ninguém, ninguém! Estão me ouvindo? Ninguém poderá sair daqui desta infeliz povoação. Todos conhecem os limites para seu deslocamento. Se for encontrado alguém com as marcas que fizemos em suas mãos, fora destes limites, este descuidado será tido como descumpridor da lei, consequentemente, morto sumariamente e largado no lugar para ser devorado por urubus. Experimentem sair e verão! Ou melhor, o que sair nada mais verá!" — riu alto, acompanhado dos armíferos. "Eu rezo para que seja eu que tenha a alegria de encontrar o fujão, quero estraçalhá-lo em pedaços e pendurar sua cabeça para servir de espantalho nestas plantações vergonhosas de vocês. Já os que forem aparecendo e tiverem a sorte de que isso ocorra na frente de testemunhas, serão trazidos para cá, para que seja feito o mesmo procedimento". Fhenemeh já ia tocando as rédeas do cavalo, quando se voltou para mim dizendo: "Ah, já estava me esquecendo. Soltem o mais novo integrante do território ignóbil. Aí está, raça fraca, o 'catuto' (vagabundo) que deu origem a esta nova regra que todos vocês foram obrigados a acatar no dorso da mão e no dedinho". Empurraram-me para fora da carroça e, como ainda as amarras prendiam minhas mãos e pés, caí estendido no chão de barriga para cima, ao mesmo tempo em que o adagão apeou do cavalo, pisou em minha garganta e me disse: "Idiota! Você teve muita sorte. Se tiver sangue nessas suas veias aguadas, dê um jeito de sair deste lugar e venha me procurar". Tirou o pé do meu pescoço, cuspiu no meu rosto, subiu no seu cavalo e deu ordem de retirada. Depois do ocorrido, uma parcela da população da Nova Babilônia me catalogou como culpado pela malfadada desgraça, desprezando-me por estendido tempo. Sorte que uma família composta por um casal de idosos e sua neta me acolheu e me ajudou até que eu construísse uma casa na beira do barranco do rio, num terreno pequeno, talvez o mais distante de todos.

— Você saiu de lá por quê?

Quando Roberto ameaçou me responder, ouvimos um grito sinistro vindo por detrás de uma moita de bambu e subitamente pularam na nossa frente quatro fhiios fardados, que nos atacaram com suas espadas em punho. Roberto, rápido como um raio, disparou a faca, que atingiu, em cheio, o pescoço do mais próximo e, antes que o outro esboçasse qualquer reação, rodopiou no ar, decepando sua cabeça. O terceiro se deslocou para o meu lado com ânimo impensado para me atingir frontalmente, todavia me desviei e lhe desferi um golpe perfeito do meu pé em seu antebraço, retirando-lhe a espada da mão. Partimos para um confronto braçal e, após dois murros diretos, percebi que meu oponente não tinha preparo nem concorria justamente comigo. Derrubei-o no chão e com um mata-leão o colocava para dormir, quando vi que o quarto sujeito caiu desfalecido ao meu lado com uma faca engolfada nas suas costas.

— Ele estava prestes a te matar, garoto! — murmurou Roberto ofegante. — Estou contente! Você se saiu bem na prova prática! Bem, não ótimo. Vamos esconder estes corpos nos arbustos e também nos esconder em cima das árvores. Geralmente não deixo fhiios vivos após um embate, mas este aí vamos poupar. Aguardemos até que ele acorde e, sem saber, imaginando que o tivemos por morto, leve-nos aos demais.

— Será que há outros?

— Com certeza! No comando desses pequenos grupos, há um lidera-tropas (sargento ou cabo, como conhecemos); na maioria das vezes, o cargo é conferido a um fhiio leithoah. Nenhum dos que nos atacaram tem a faixa no ombro com o sinal de liderança.

— Você realmente é um mestre, Roberto. Agiu com rapidez e precisão cirúrgica — bati no ombro de meu professor, antes de arrastar o último corpo para debaixo de uma galhada.

— O sangue ferve, Joaquim. O raciocínio tem que ser rápido para defender a vida. Eles nos matariam sem pestanejar, para se vangloriarem com nossas cabeças.

Aquele que havia desmaiado acordou um pouco assombrado, sem compreender claramente o ocorrido e saiu sem rumo certo à procura de algo. Atentos aos seus movimentos, mantendo adequada distância, vimos que acabou encontrando o acampamento de onde saíra, onde topou com mais dois armíferos e o lidera-tropas, exatamente como Roberto me antecipara, ou seja, um fhiio forte e grande. Roberto cochichou para mim: — Prazer em apresentar-lhe o leithoah. Escute! O sobrevivente está contando todo o ocorrido ao seu chefe, ou então, inventando uma mirabolante estória para justificar a morte de seus amigos. Seja qual for a sua justificativa, o lidera-tropas tudo fará para procurar quem mandou para o inferno os seus subalternos. Pelo que os conheço, não fará isso hoje, deixará para amanhã, ante a chegada da noite sem luas. Ele tem em mente que não serão importunados, seguro de que ninguém ousará enfrentar um lidera-tropas leithoah. Não perdem por esperar.

— Roberto, vamos embora! Não precisamos matar ninguém. Graças a Deus estamos vivos depois daquele ataque surpresa. Matar em legítima defesa até concordo, mas vamos agora atacar... Podemos continuar nossa jornada sem necessidade disso...

— Chega! Agora já é tarde para não continuar o que está encaminhado. No momento que poupamos a vida daquele infeliz, eu arquitetei um plano de ataque. Imaginei que você estava pensando como eu...

— Não, eu entendi que você intencionava simplesmente deixá-lo vivo, após o arejamento da cabeça proporcionado pelo transcorrer do tempo do furor da briga e, claro para mim, seu intuito em observar sua fuga para tomarmos ciência do local onde se encontravam seus parceiros e, dessa forma, seguirmos em direção oposta.

— Deixa de ser tolo. Agora temos que matar todos eles. O comandante já sabe que tem humanos por aqui e daqui a dois dias esta floresta estará infestada de armíferos à nossa procura. Aí, sim, teremos que matar muitos ou morrer.

Apesar de entender o pensamento de Roberto, mantive-me contrariado. Por outro lado, agora, não restavam mais dúvidas de que meu amigo carregava um ódio imenso pelos fhiios dentro de sua consciência. Durante a minha estadia no abrigo da caverna e da floresta, conversamos muitas vezes sobre o assunto vingança e ódio e que o perdão ou então a liberação da mente dos sentimentos de vingança tem potencial gigantesco de evitar ou curar males que causamos inconscientemente à nossa própria saúde física e mental. A mágoa é algo humano, porém, se não a descartarmos com o passar do tempo, esse sentimento pode tomar as proporções de um abismo que, diante dele, ou caímos no precipício — a morte —, a ela encaminhados por doenças originadas pela mente dilacerada pelo cancro do ódio, ou criamos a ponte para atravessarmos do outro lado, construída com substâncias regeneradoras advindas do perdão. Roberto afirmava que já era muito tarde para ele esse tipo de pensamento, porque já não tinha mais nada a perder, uma vez que Deus o havia castigado ao mandá-lo para aquele mundo, obrigando-o a deixar sua esposa e uma filha de seis meses. "Perdão é conversa para os fracos e medrosos". Mesmo assim eu insistia ao questioná-lo se todas aquelas mortes já não deveriam ter aplacado seu ódio. Se matar resolvesse, então ele já deveria estar com muito crédito de amor. Ele rebatia dizendo que meu coração é muito mole e que chegaria o dia no qual pensaria assim como ele e, propositadamente, mudava de assunto.

Não demorou muito e a noite caiu, trazendo consigo o característico breu ocasionado pela ausência das luas. O grupo de armíferos fhiios acendeu uma fogueira vultosa e com espetos de pau colocaram carne para assar, enquanto desandaram a beber vinho, o que resultou em excessivas conversas e escandalosas gargalhadas. Causou-me estranheza o momento festivo, haja vista a recente morte de seus companheiros.

— Eles são estranhos — Roberto balbuciou, batendo nas minhas costas —, pelo menos esses armíferos aí... Não sentem a morte dos companheiros... A não ser que o sobrevivente tenha inventado alguma mentira para o lidera-tropas!

— Eu estava pensando nisso neste momento.

— Joaquim, é o seguinte: assim que eles dormirem de bêbados, vou agir. Você não precisa fazer nada. Fique na espreita e só se movimente se eu correr sério risco de morte.

Depois que o pequeno grupo do acampamento se banqueteou com o churrasco e se embebedou com pelo menos quatro litros de vinho, o silêncio pairou na mata escura. A fogueira permaneceu bem acesa e eu, escondido atrás de um arbusto, assisti a Roberto matar dois dos armíferos, silenciosamente como um leão na caça de sua presa, quebrando seus pescoços, sem lhes possibilitar qualquer esboço de reação. O terceiro estava mais próximo do local onde o grandalhão roncava e, por descuido, no exato momento em que Roberto aplicava-lhe idêntico golpe, encostou o pé num litro de vinho, que caiu e se quebrou ao bater na pedra usada para amparar o espeto de churrasco. De imediato, o fhiio leithoah, mesmo exalando álcool por todos os poros, no relance saltou sobre Roberto, que com muita agilidade conseguiu se desprender dos braços fortes de seu oponente, que não demonstrava qualquer técnica. Meu amigo, entendendo que lutava contra uma força superior, procurava todos os meios para se desviar e não dar chances de ser agarrado. Apesar de todo o esforço, descuidou-se e o enorme fhiio o prendeu e, quando senti que meu amigo não mostrava reação, passando a entrar num estado de sufocamento, como se recebesse um aperto de sucuri, saí de meu esconderijo, retirei do cinto de Roberto a sua faca afiada e a enfiei com toda a minha força no crânio do leithoah, que virou os olhos para cima e caiu morto. Com a faca ainda na mão, senti um alívio profundo, no entanto me demorei com a sensação de estarrecimento com aquilo que acabara de fazer.

— Matei uma pessoa! — contemplei o cadáver estendido ao lado de Roberto, que se recompunha.

— Salvou seu amigo, isso, sim, e quem sabe a você mesmo! Sem sombra de dúvida, não conseguiria escapar com vida do abraço do brutamonte. Esta criatura é muito forte. Era necessário fazer o que você fez, por isso não fique com sentimento de culpa! Ponha isso em sua cabeça. E agora... — virando-se para o lado da fogueira: — Vamos comer um pouco de churrasco e beber um bom vinho.

— Não tenho fome alguma. Vou arrastar estes corpos daqui.

— Como quiser — Roberto bebeu um demorado gole de vinho diretamente do litro e acrescentou com um sorriso: — Ah, isso é bom. São muito bons na fabricação de bebidas, não há como negar. Depois temos que dormir! Já é tarde. Pela manhã, pegaremos os cavalos deles, assim chegaremos mais rápido ao nosso destino.

Tentando apagar de minha mente a imagem do leithoah que matei, apelei para uns bons goles de vinho, para conseguir dormir. Não me lembro do último copo.

SEIS

Utilizando os cavalos do extinto agrupamento, a viagem se tornou menos árdua e mais rápida. Era perto do meio-dia quando a floresta começou a apresentar claros, devido à menor intensidade de árvores, que aos poucos foram sumindo e deram lugar a um tipo de quiçaça, com parcas árvores mais altas, servindo de abrigo do sol causticante. Duas horas após, nos deparamos com um campo formado por gramíneas, com coloração verde-clara, quase amarelada, que pouco mais adiante sumiu no azul do céu, sinal que seu fim se notificou por um penhasco colossal, que posso chamar de precipício. Lá de cima, pude ver uma pequena povoação, com um território plano que se estende para muito distante até que se encontra com montanhas quase não vistas a olho nu.

— Aí está a sua tão almejada Nova Babilônia — apontou o dedo Roberto ao descer do cavalo.

— É muito bonita a geografia e a natureza. A questão é que não visualizei por onde vamos descer.

— Deixe comigo, eu sei o caminho. Só existe uma entrada, que é exatamente a saída — Roberto sorriu. — Está vendo ali adiante? — apontou com o dedo. — Há um rompimento na rocha onde a natureza caprichosamente criou uma rampa suave. Só temos que voltar um pouco e descer sem maiores problemas. Antes, soltaremos os cavalos. É muito arriscado ficarmos com eles, dado que são todos marcados pelo exército de Khonhozal, logo são o indício para o nosso crime. Levando ainda em consideração que os moradores da Nova Babilônia jamais aceitarão a presença dos animais em seu território, pelo mesmo motivo, já que, de vez em quando, recebem visitas inesperadas de fhiios armíferos. Aí vai ser aquela celeuma para incriminar alguém por furto, roubo, latrocínio. Então, adeus cavalos!

Descemos pela rampa natural e entramos na cidade dos humanos. As construções das casas são muito parecidas com a arquitetura conhecida no Brasil, algumas de madeira, outras de barro e a maioria de pedras. Era um dia de descanso, pois todos estavam em suas casas e, conforme íamos passando, vinha gente nos olhar das janelas, outros paravam o que estavam fazendo (jogando truco, tomando chá à sombra das árvores) para nos olhar. Lógico e normal: a nossa aparência chamava atenção e, além disso, estávamos fedendo.

— Delfino, aquele que está vindo ali não é o Berto? — gritou uma senhora assim que nos avistou.

O senhor idoso, atendendo à indagação a ele dirigida, levantou-se da cadeira protegida dos raios solares pela varanda e, com excessivo esforço, tremendo a mão apoiada na bengala, fixou os olhos em Roberto para buscar o perfilhamento, no entanto fez sinal que não tinha certeza de quem era o visitante.

— É ele, sim! — a senhora andou ligeiro em nossa direção, abrindo seus braços e o sorriso para receber meu amigo. — Quanta saudade, meu filho, pensamos que você tivesse morrido! Deus nos livre.

Com isso, o senhor também veio ao nosso encontro, vagarosamente, para dar boas-vindas:

— É verdade, Jacinta. É ele mesmo.

Roberto abraçou o casal de idosos como se fossem seus pais. Apresentou-me a eles e pediu pouso e banho. Eles responderam que era grande festa a sua volta e que poderia ficar até quando quisesse.

— Não ficarei muito, meus queridos. Talvez uma semana ou menos. Cadê a pequena Cristalina?

— Deve estar brincando no riacho. Logo volta — respondeu Jacinta, enquanto Delfino ficou olhando para o infinito como se procurasse algo. Ela fez sinal que ele não estava bem.

Entramos e fomos apresentados ao ambiente. A casa, aconchegante e familiar, distribuía-se por vários cômodos: sala grande, cozinha com uma mesa para dez lugares, o quarto do casal e nove quartos pequenos, que acomodavam uma cama de solteiro, um pequeno armário e uma mesa com cadeira. Contava ainda com dois banheiros sociais. Dona Jacinta levou-nos ao fim do corredor e pediu que nos acomodássemos em quartos com portas frente a frente. Depois de muito tempo vivendo no interior da floresta, senti uma deliciosa sensação proporcionada pelo cheiro apetitoso que se desprendia das panelas da cozinha, trazendo a recordação, agora para mim faceira, das sopas preparadas com fascinante carinho por minha mãe nas estações de inverno.

Tomei um banho restaurador e fiz a barba, que expunha irregularidades apesar de baixa, utilizando-me de um tipo de navalha afiadíssima emprestada por Dona Jacinta. Asseado e me sentindo meritório de um convívio familiar, tomei o caminho para a sala e constatei num vislumbre a presença de alguém ao passar pela porta da cozinha. Voltei no mesmo instante para cumprimentar, porém nada fiz a não ser estacionar estagnado na porta mirando aqueles olhos que fizeram morada perpétua no meu coração. Ela também permaneceu fixa em mim sem falar uma só palavra. Não sei se foram segundos ou minuto, sei que foi um momento em que o tempo estagnou e eu perdi a noção de espaço, esquecendo completamente em que lugar me encontrava. Ela retirava da vagem uma semente rajada parecida com o feijão sentada na cadeira da ponta da mesa e quebrou minha estagnação sorrindo graciosamente.

— Oi, sou Joaquim e você é a... — tentei lembrar o nome mencionado por Dona Jacinta.

— Cristal! Ela afirmou com veemência, antes que eu me recordasse do seu nome completo. — Cristalina.

— Prazer em conhecê-la! Eu estou visitando a cidade e vim com o...

— Ela já está sabendo! — Roberto cortou minha fala, chegando de manso na cozinha. — Tanto tempo no banho... Sobrou-me tempo de contar a ela a história do Dom Casmurro — e se aproximando de mim, brincou: — Vejo que aprendeu a usar a navalha, hein? Parece outro! Querida irmãzinha Cristalina! Apresento a você um rapaz honesto e corajoso.

— Cristal, Berto. Cristal, por favor! — corrigiu Cristalina, aparentando acanhado rubor.

Eu, encantado com a beleza da moça, sentei-me numa cadeira em volta da mesa, fiz o impossível para não demonstrar de forma escancarada a realidade sonora de meu coração, enquanto observava Cristal conversar brincando com Roberto, como se fossem velhos amigos ou irmãos que não se veem há muito tempo. Cada gesto dela era delicado, como se fosse um passo de dança de uma bailarina; sua boca emitia o som mais lindo que uma cantora afinada e simpática pode proporcionar ao cantar palavras poéticas; seu olhar, que de vez em quando, de forma muito sorrateira, se deslocava em minha direção enquanto sorria para Roberto, transmitia tanta luz, que clareava todo o ambiente e ofuscava qualquer outro pensamento que a mente pudesse produzir. Cristal! Cristal! Que nome mais lindo! Que pessoa maravilhosa, que doçura, que céu, que paz...

Antes do jantar, Dona Jacinta agradeceu a Deus pela comida, por nossas vidas e pela nossa presença em sua casa, finalizando com as seguintes palavras: "Que Deus nos dê a sua graça e sua bênção".

— Joaquim, você ainda não foi encontrado? — admirada, antes de concluir o sinal da cruz, Cristal apontou para a minha mão.

— É verdade. Não pensamos nisso! — Roberto bateu na mesa, irritado. — Joaquim, você não poderá sair de casa e temos que voltar para a floresta o quanto antes. Vai que algum fhiio apareça por aqui e o denuncie. Se bem que eu estou em situação pior que a sua... Eles, apesar de desconfiarem que eu já morri, ainda me procuram. É necessário mesmo nos cuidarmos! Inclusive, porque há alguns medrosos covardes aqui nesta cidade que não teriam qualquer escrúpulo em nos alcaguetarem, até mesmo não sendo colocados contra a parede.

— E se enfaixarmos a mão do rapaz como se tivesse sofrido um corte feio. Pelo menos, ele poderia ficar algum tempo por aqui — sugeriu Seu Delfino, que até então não dissera uma palavra sequer.

— Isso, vovô — Cristal agitou-se entusiasmada. — Se chegarem fhiios por aqui, Joaquim pode se esconder em seu quarto e lá permanecer, agindo como que convalescente do corte.

— Está bem, fica resolvido dessa forma. Concorda, Joaquim? — perguntou-me Roberto, servindo-se do mingau com frango.

Fiz sinal que sim, impedido de falar com um pedaço da coxa de frango na boca. A conversa em torno da mesa, inicialmente, girou sobre o assunto Roberto. Depois, ante a situação comum de todos naquele mundo, a temática me colocou no centro das atenções, objetivando mirrar a curiosidade sobre o momento, o local e modo de minha aparição e também as circunstâncias que promoveram a amizade entre mim e Roberto. Enquanto nós dois falávamos, com intercalações e comentários, às vezes com minúcias, às vezes com superficialidade, as expressões dos nossos interlocutores iam mudando: ora espantados, ora sorridentes, ora com gargalhadas, ora lacrimosos. Quando terminamos, Dona Jacinta, Seu Delfino e Roberto foram para a sala. Cristal levantou-se e começou a juntar os pratos, talheres e copos da mesa e eu, solícito e desembaraçado, prontifiquei-me a ajudá-la.

— Cristal! E você, de onde você veio? Como apareceu por aqui?

— Eu nasci aqui! Sou cidadã deste mundo — respondeu com sorriso e, com tom de brincadeira, pôs a mão no peito, como se se sentisse orgulhosa.

— Você chama Dona Jacinta e Seu Delfino de avós. Onde estão seus pais?

— Minha mãe apareceu aqui grávida de mim e teve a felicidade de ser acolhida com carinho pela vó Jacinta e o vô Delfino — respondeu mais séria. — Ela tinha 25 anos quando me deu à luz e só pôde me amamentar até os meus sete meses, dado que apareceu por aqui um grupo de armíferos comandados pelo então jovem lidera-tropas Fhenemeh, que a levaram à força e impiedosamente para a cidade dos fhiios. Jacinta e Delfino, como se depreende, não são meus avós de verdade, mas sempre agiram comigo como se fossem, ensinando-me a assim trata-los. Eles cuidaram de mim com muita dedicação e assim o fazem até hoje, usando e abusando de paparicos, como se eu fosse neta deles naturalmente. Eu sinto em meu coração um imenso amor por eles e uma incomensurável gratidão. Vô Defino tem quase 80 anos de idade, chegou já faz 40 anos e logo conheceu a vó Jacinta, que é cinco anos mais nova. Resolveram viver juntos e construíram esta casa neste formato para receberem outras pessoas que porventura fossem aparecendo neste mundo. Por esta casa, já passou muita gente que nos dias de hoje, inclusive, tem sua casa construída na cidade. Muitos formaram famílias numerosas, outros vivem sozinhos e outros foram embora de alguma forma.

— Aconteceu de levarem outras pessoas daqui para a parte, quer dizer, cidade dos fhiios?

— Desde que minha mãe foi levada, pelo que me contaram, levaram uma senhora chamada Raquel, que se dizia freira, um pastor da Igreja Luterana, que atendia pelo nome de Saulo, um policial militar, que se intitulava Da Silva, e mais três jovens: duas moças — Sandra e Marlene — e um rapaz, o Augusto. Ah! Já ia me esquecendo, conduziram também o padre Lourival.

— Que estranho! Por que ou para que será que levam os humanos? É de fato algo misterioso... Você tem o conhecimento de que alguém tenha sido devolvido?

— Pelo que eu saiba, não! — e se expressando com dengo. — Ai, como eu gostaria de ter conhecido minha mãe. Sonho com ela, mesmo sem a conhecer, dando vida a uma personagem descrita pela vó Jacinta: uma moça encantadora, inteligente, portadora de um brilho envolvente, repleta de vida e amorosa. Infelizmente nunca vejo o seu rosto. Em minhas ficções, essa moça corre contra o vento, fazendo esvoaçar seus cabelos, sorrindo feliz, vindo em minha direção para me acolher, dar um abraço... Que nunca acontece...

Durante os minutos em que Cristal falava, eu a observava e admirava cada movimento, cada expressão, sua boca, seus olhos, sua voz, enfim, posso afirmar que tudo nela me encantou desde que a vi. Tanto a minha admiração se prolongou no tempo, que acabei denunciando meu sentimento ao continuar olhando para ela de boca entreaberta, quando ela já havia parado de falar.

— Você deve ter puxado à sua mãe! — de súbito falei, tentando disfarçar meu descuido.

— Como pode afirmar isso se não a conheceu?

— Se Dona Jacinta disse que sua mãe era muito bonita...

— Muito bem! Terminamos o serviço aqui — Cristal desviou o rumo da conversa, claramente lisonjeada pelo elogio, e colocou o avental num gancho para secar. Vamos para a sala nos juntar aos demais?

Ao entrarmos na sala, Roberto, mexendo com curiosidade em pequenas esculturas feitas de argila, falava sobre os nossos incidentes na vinda para Nova Babilônia, sendo ouvido somente por Dona

Jacinta, que, de mãos dadas com Seu Delfino, não permitia que ele tombasse de lado enquanto dormia.

— Aqui está um jovem resoluto e muito corajoso — Roberto virou-se para nós, assim que aparecemos na porta. — Precisamos que surjam homens e mulheres desse naipe, já que neste povoado não o veremos tão cedo. É preciso ter coragem de sonhar e de lutar, principalmente. O sonho em si não leva a nada. O Sonho é bom e necessário, mas se não fizer a ponte até a luta, é um nada. Eu fui embora daqui porque cansei de insistir para lutarmos por nossa liberdade. E o que eu ouvia sempre era aquela conversinha própria dos covardes: "é melhor deixar do jeito que está. A gente já tem a terra onde podemos plantar e colher, comida não falta. Os fhiios não nos incomodam. Para que procurar problema onde não existe?" — cerrando os punhos concluiu: — Bando de idiotas.

— Meu filho, as coisas têm mudado um pouco nesse sentido por aqui — argumentou Dona Jacinta pretendendo dar um alento ao seu amigo. — Veio para cá um padre chamado Ângelo e tem pregado durante as missas, apoiado na bíblia que trouxe consigo em seu bolso e não larga por nada, sobre o projeto de Deus para nós. Ele diz sempre que esse projeto consiste da vida, liberdade e dignidade para todos. Todas as vezes que reclamamos da nossa sina neste mundo bizarro, ele nos fortalece a fé garantindo que Deus não nos abandou, mas veio conosco. Ele ainda comunica com convicção que Deus não quer isso para nós, porém devemos lutar para conseguir a dignidade. Ele fará e nos libertará, mas precisa de nossos braços.

— Sua fala, Dona Jacinta, estaria perfeita se não tivesse colocado Deus no meio — Roberto opinou com frieza e desprezo. — O Todo-Poderoso foi criado por gente dominadora e recepcionado por gente medrosa lá na Terra! Como eu disse: criado pela imaginação do ser humano. Deus não é o criador, mas é um ser abstrato criado. Aqui não, aqui existe o tal O Existente também imaginado por essa raça também idiota. Esse Deus da senhora ficou lá no mundinho que os crentes dizem que ele criou. Posso ir mais longe: é algo criado pelo ser humano, para buscar reprimir seus próprios desejos, para a manutenção dos pobres e para frear o desenvolvimento do capital. Se esse Deus existisse, eu estaria com a minha esposa e minha filha e quem sabe com outros filhos — Roberto olhou para o chão e murmurou: — Uma família — silenciou por alguns instantes. — Entretanto, apesar do artifício Deus, essa fala do padre é interessante. Espero que ele consiga convencer os fiéis.

— Não gostei de você falar assim de Deus — Seu Delfino, após a explosão de Roberto, acordou e novamente resolveu se manifestar. — Ele tem sido bom para nós. Outra coisa, o padre está convencendo, sim, inclusive eu estou pronto para usar a foice, a faca, seja lá o que for para defender a liberdade e a dignidade que ele prega. Mais do que nunca, quero viver, ainda que me falte pouco para abotoar o paletó. Quando me virem no caixão, eu possa causar reações no seguinte sentido: "Olhem como ele está com semblante sereno e feliz. Certamente porque lutou para ser um homem livre e digno, até o último respiro".

Roberto fez um gesto de admiração. Dona Jacinta deu um abraço em seu velho, com lágrima nos olhos. Ela bem sabia que o padre não pregava a guerra e a mortalidade dela resultante. Cristal gritou "viva o vovô". Seu Delfino sentou-se no sofá e novamente ficou com o olhar distante, como se procurasse alguma coisa perdida, quem sabe no passado, quem sabe no futuro, quem sabe onde só ele, naquele momento, podia chegar.

— Precisamos dormir! Amanhã vamos falar com o prefeito, com o delegado e com o padre — dirigiu-se Roberto a mim, insinuando que não pretendia dar prosseguimento ao assunto.

— Tem tudo isso aqui? Uma organização administrativa tal qual conhecemos nas nossas cidades?

— Sim. Aqui também se elege prefeito e delegado, sendo que algumas pessoas se dispõem a colaborar na administração da cidade, atuando em práticas semelhantes à vereança, entretanto nada recebem em contrapartida pelos serviços prestados. Sobrevivem assim como qualquer outro habitante, cultivando e cuidando de suas propriedades, para colher e comer ou trocar os frutos por bens produzidos por outro agricultor ou criador. Geralmente, grande parte da população se reúne para resolver os pequenos problemas emergentes. O prefeito coordena as reuniões e, após a tomada de decisões sobre qual impasse a ser reparado, arregimenta voluntários para cooperarem nas obras. O delegado quase não tem problemas para resolver; quando tem alguma encrenca, pede ajuda a duas ou mais pessoas para acompanhá-lo no apaziguamento do imbróglio. Quem exerce a vereança representa uma pequena parcela da população em determinado espaço territorial e tem aquelas qualidades natas de liderar e de se comunicar com maior facilidade. Como eu já adiantei, todos os que exercem as funções citadas não recebem qualquer tipo de pagamento. Sabe por quê? — Roberto me encarou aguardando uma resposta e, como eu nada disse, emendou: — Por uma simples razão: não existe moeda de papel. E por que não existe moeda? Não há razões para dinheiro. Não há bancos e ninguém tem interesse em ficar rico — deu uma forte gargalhada. — Isso é realmente engraçado. Você teria dinheiro para quê, se não tem como sair deste povoado, nem para comprar terras ou para fazer comércio — terminou, desejando-me boa noite e fechou a porta de seu quarto.

SETE

No outro dia, depois do café da manhã, Dona Jacinta e Cristal fizeram questão de nos acompanhar até nossos destinatários. Encontramos o prefeito, que se identificou como Júlio. Ele trabalhava concentrado em sua horta, cavando pequenos buracos em um canteiro, com um cabo de vassoura, com o propósito de semear beterraba. Conversamos por quase uma hora sobre o surgimento dos humanos naquele mundo. Contou-nos que na sua cidade de residência comprou numa loja de velharias um objeto para enfeitar a estante de sua sala e, num certo dia, depois de ouvir uma novela de rádio com sua esposa, aquela peça começou a brilhar e, no momento em que a tomou nas mãos, para olhar mais de perto, já se viu deportado para este mundo. Sua esposa chegou, em questão de segundos, agindo da mesma forma assim que percebeu seu sumiço na sua frente. Afirmou que nas últimas décadas chegaram pessoas com bons conhecimentos técnicos e científicos, fato que ajudou muito no desenvolvimento do bem-estar da cidade.

— Chegou um agrônomo, que trouxe para nós um importante avanço na atividade agrícola; uma médica iridologista com conhecimentos em cura por remédios naturais; dois professores e três professoras; uma enfermeira; um advogado, este não tem o que fazer aqui, então ajuda na educação e agora anda escrevendo livros. Chegaram também muitas trabalhadoras e trabalhadores tanto da cidade como do campo; um fazendeiro, que ultimamente vive tomando chás como remédio para sua depressão. Até político já apareceu. No fim, todos têm que sobreviver do próprio sustento. Nós sempre ajudamos aqueles que doam grande parte de seu tempo para suprir as necessidades dos outros, não com dinheiro, pois isso não existe aqui, mas colaborando nos cuidados com suas plantações e outros afazeres diários. Também lhes presenteamos com mimos e doces — tirando o chapéu e abanando com ele a cabeça, fitou o céu e continuou: — O que quero, na próxima eleição, é ser delegado. As tarefas do prefeito são demasiadas, enquanto as do delegado chegam a dar sono. Não! Não tenho idade para ficar me preocupando mais com outras pessoas — num ressalto, lembrou-se. — Ah! Para nossa alegria, chegaram dois músicos que de vez em quando fazem a festa com seus instrumentos, irradiando felicidade a todos. Um trouxe a gaita no bolso, o outro não trouxe instrumento consigo e, por ser muito engenhoso, confeccionou, ele próprio, um violão e uma rabeca rústicos. Outro que nos alegrou demasiadamente a sua chegada é o velho Souza, que montou um alambique de alto nível. Olha, até que a cachaça dele é das boas! — e sem respirar direito, com mudança de humor, o prefeito Júlio continuou: — Quanto à sua pergunta, Roberto, a minha resposta é não! Nós estamos em paz por aqui. Não pretendo usar da minha liderança para incentivar guerrilhas. Aliás, meu caro, você foi embora daqui e, com isso, perdeu a confiança da maioria da população.

— Tudo bem, Seu Júlio — impedi que Roberto retorquisse com aspereza. — Em outra oportunidade, voltaremos a conversar com o senhor. Até mais.

Encontramos o delegado capinando sua roça de milho, com sua esposa. Eles se apresentaram como Mércio e Judite e, a priori, revelaram-se afetuosos e curiosos, procurando, com suas perguntas, saber tudo sobre mim. No entanto, quando mencionei a fala do prefeito acerca da facilidade da função de delegado na Nova Babilônia, transfiguraram suas faces e indignados esbravejaram com gestos nervosos e palavrões em italiano dirigidos ao prefeito.

— Fácil é ser prefeito! — afirmou Dona Judite. — Tudo o que ele precisa o povo se mexe para ajudar.

— Nem todos, mulher. Há uns verdadeiros parasitas que só pensam em si mesmos.

— Deixe esses pra lá, homem. O importante é que tem gente que se mexe, assim como nós. É bom saber o que ele pensa, para a gente deixar de ser trouxa.

— Aquele velho fedorento disse isso, hein? Pois vou lhe contar o que acontece por aqui.

Antes mesmo que o delegado falasse alguma coisa, Dona Judite, batendo a mão direita cerrada sobre a palma da mão esquerda, vociferou: — Ainda ontem tivemos que obrigar a Dona Albertina e o seu velho rabugento a voltar um metro e meio da cerca do sítio deles, que invadiu as propriedades dos vizinhos. Tivemos que medir tudo de novo. Aquilo poderia acabar em morte. Eles têm uns filhos mal-encarados. Eu, hein?

— Outro dia — falou alto o delegado Mércio — tive que levar o Salatiel para o xadrez. Não é que o miserável experimentou demais a cachaça do "veio" Souza — ele que fabrica. O homem desembestou gritando à noite pelas ruas da cidade e me deu um trabalho danado para "convencer ele" a dormir na cadeia. Só aceitou quando eu lhe disse que tinha lá no meu armário a melhor de todas as pingas que o "veio" Souza já tinha produzido na vida. Ele ficou curioso e foi. No outro dia, saiu bem cedo, pedindo desculpas.

Por fim, descreveram de anedotas recentes de reles desvios de conduta que ocorriam na cidade, até transgressões mais contundentes relativamente à ética universal, como, por exemplo: assassinatos e latrocínios. Quanto aos anseios de Roberto à preparação e formação de soldados, visando à defesa das pessoas habitantes da Nova Babilônia contra as indubitáveis atrocidades dos armíferos do Fhiiaral que não raramente visitavam o local, com isso, oxalá, poderiam adquirir gosto pela ideia, para, por fim, abraçar um lídimo projeto de liberdade.

— Caro Roberto! — O delegado bateu no ombro esquerdo de Roberto. — É uma pena que tenha saído daqui. Ultimamente chegaram cinco jovens que serviam no exército no nosso planeta, que, por mais inteligentes que sejam, vieram para cá cometendo atos calcados na mesma ingenuidade, ou se preferir, pela mesma inexperiência juvenil, cometendo o peculiar erro de olharem para aquela maldita pedra verde. De vez em quando, eles me ajudam aqui. Parece que não gostam muito do envolvimento social e preferiram morar o mais distante possível da povoação, em pequenas casas de sapé, perto das montanhas do extremo sul deste vale. Eles também aprenderam a cuidar da própria vida. Se você estiver com pressa de voltar e sente necessidade de conhecê-los, pode ir até lá para visitá-los — apontou para a direção do sul. Eles, esporadicamente, vêm para cá, meu amigo! Só os vemos nas noites de cantoria e baile, ou então, quando os convoco para me darem uma mão diante de uma querela com resolução embaraçada. Sabe como que é... Eles são mais especializados no assunto.

— Até que enfim, recebo uma boa notícia! — o rosto de Roberto brilhou com entusiasmo. — Boa não, é ótima! Vou hoje mesmo — olhou para mim e disse no meu ouvido: — Não precisa ir, já notei o seu olhar morteiro para Cristalina — e saiu rapidamente.

Ao mesmo tempo em que me vi desenxabido por ter sido descoberto, ante a minha falha discrição quanto ao sentimento por Cristal, senti certo alívio por descobrir que teria alguém para conversar sobre minha paixão. Com o fim de evitar mais evidências, solicitei que Dona Jacinta e Cristal me conduzissem à casa do padre Ângelo, o qual, sem se virar para constatar quem sem aproximava e sem emitir uma palavra, recebeu-nos com uma sonora gargalhada. Continuou trabalhando na parreira cultivada dentro do quintal da casa.

— Ora, ora, parece que eu estava adivinhando... — e ainda fixando o olhar em um cacho de uva verde, com uma tesoura rústica na mão: — Além da jovem Cristal e de Dona Jacinta, recebo a visita de um novato também — virou-se sorridente para nós. — Fiz um caldeirão de galinhada bem cheio. Venham, vamos entrando. Esperem-me que vou lavar as mãos e o rosto. Dona Jacinta, por favor, vá chamar o Seu Delfino. E nada de desculpas. Vamos, mulher, mexa-se!

Dona Jacinta saiu resmungando que era melhor não o contrariar, porque seria perda de tempo, haja vista a sua renomada fama de teimoso em certas ocasiões como aquela que se instaurava.

— Temos um novo integrante na cidade? — o padre continuava a linguajar de dentro do banheiro em voz alta. — Cristal, arrume os pratos na mesa, por favor! Os garfos e as facas estão na última gaveta do armário. Coloque os copos também, quero experimentar um vinho novo, feito de uma uva diferente que conheci aqui.

O padre, com cabelos e barba compridos, lisos e pretos, sendo que a barba rala vai até a altura da barriga, chegou até a mesa e nos abraçou. Tive que mais uma vez contar toda a minha história e ele igualmente fez questão de narrar a sua. Resumindo: foi chamado por um casal na zona rural da paróquia, para ministrar a unção de enfermos a um de seus filhos que se encontrava acometido por uma doença grave. Assim que terminou, observando manifesta melhora do menino, decidiu voltar para uma reunião. No caminho, já noite iniciada, encantou-se com um brilho vindo de um objeto na terra arada. Bem! Não preciso relatar o final.

O padre pediu-nos licença para tomar banho e logo voltou cantarolando.

— Não usa batina, padre? — perguntei-lhe ao notar que estava vestido normalmente.

— Primeira pessoa que me pergunta isso! Não! A batina me tornaria diferente dos outros. Eu sou parte do povo e estou no mundo assim como todos. Há muitos que se escondem atrás de objetos suntuosos, ou não, que causam algum tipo de impacto ou arrebatamento nas pessoas, para esconder inseguranças íntimas. Veja bem, meu jovem, eu disse há muitos! Não vá generalizar. Entendo, portanto, que não é o externo, de como me aparento ou me visto, que me fará um instrumento do Senhor, mas, sim, as minhas atitudes sinceras e convictas. Sem esmorecer, caindo e levantando, não baixando guarda, pois o mal está por todo lado a rugir como um leão. Se ele me pega no contrapé, não terá pena em me devorar. Por isso, procuro inspirar jovens, adultos, crianças e velhos com a premissa de que vale a pena esse tal do Reino de Deus.

Com a chegada de Dona Jacinta e Seu Delfino, o padre deu graças e almoçamos a galinhada, que não ofereceu o esperado regalo ao sentir o seu insosso sabor, mas cumpriu o propósito em nos alimentar. No decorrer no almoço, falamos sobre o nosso encontro com o prefeito, com o delegado e sua esposa Judite e que Roberto havia saído para se encontrar com os jovens no fim do vale. Padre Ângelo confirmou que realmente a vila não era um céu, no entanto muito bem organizada. Havia ali todo tipo de pecado e alguns graves. Citou a ganância, o adultério, a promiscuidade, o ódio, a intolerância, o egoísmo, enfim era um lugar como qualquer outro no mundo. Era um "lugar de santos e pecadores". O grande sucesso cristão no povoado, louvado por ele, foi a ausência de fome, em decorrência da alta dose de solidariedade, até mesmo com um mendigo que chegou e, mesmo após toda a argumentação, não quis deixar de ser mendigo.

— Fiquei sabendo que o Senhor instiga o povo para as guerras em busca da liberdade. Parece-me contraditório — questionei.

— Eu não incentivo guerra — respondeu com riso alto. — Pois, se assim o fizesse, estaria contra a palavra de Deus: "Bem-aventurados os que promovem a paz, porque serão chamados filhos de Deus". Deus tem um projeto certo para seu povo: Vida! Vida, meu jovem! A vida também supõe liberdade e dignidade. Nós não temos as duas aqui neste mundo — o Fhiiaral —, pois não podemos sair deste caldeirão — Nova Babilônia. Eu falo sobre esse assunto para criarmos uma consciência crítica e para que, futuramente, possamos pensar numa saída, mas sem morte! Sem morte! O Senhor nos presenteou com o livre-arbítrio! Somos livres para fazer nossas escolhas. Se escolhermos matar, seja a natureza, os nossos semelhantes ou outros seres criados, também morreremos. Se escolhermos a vida, não esquecendo que Deus está conosco, também viveremos. Se Deus fez-nos livres, devemos lutar pela liberdade quando ela nos é tolhida. Na omissão nos tornamos indignos e, pior, pecadores.

— Como conseguiremos essa liberdade se não for pelo caminho da guerrilha?

— Descobriremos! Temos que agir, utilizando da arma que temos por enquanto, que é a conscientização. Rezar ajuda muito. É! Também temos que orar. Isso mesmo: as duas juntas são peças irmãs inseparáveis: a oração e a ação. Se separarmos uma da outra, a engrenagem não funciona. Se a água secar, a roda d'água para e não produzimos fubá e, sem comida, morremos. Se a roda d'água quebra, a água continua a correr, e também não produzimos o fubá. Morremos.

Palestramos sobre outros assuntos diversos, porém, ao notar que o padre demonstrava inquietação, entendi que ele precisava continuar seu trabalho nas suas plantações e criações e apressei a nossa despedida.

— Sendo católico ou não, venha à missa no domingo na parte da manhã — gritou o padre postado na porta da casa, quando já virávamos a esquina. — Ah! Domingo aqui é no nono dia — riu alto com alegria.

Oito

Transcorridos alguns dias, Roberto passou pela casa de Seu Delfino e Dona Jacinta acompanhado pelos cinco jovens do final do vale. Eles declararam que assimilaram por completo a vida naquele mundo e, por essa razão, asseguraram que morreram relativamente à Terra, sendo assim assumiram seus nomes de acordo com seus apelidos e assim se apresentaram: Carijó, Magricela, Bodão, Caroio e Pacuera. Roberto demonstrava satisfação pelo fato de os jovens terem topado o treinamento que lhes oferecera. Disse que eles eram aventureiros e que se assumiram como "quem não tem nada a perder". Estava radiante e com muita esperança.

— E você? Já resolveu a questão do coração? — Roberto murmurou aos meus ouvidos.

— O que o faz pensar que estou apaixonado por Cristal?

— Quando está perto dela, age completamente diferente. Acho que todo mundo já notou. E olha, amigo, acho que você tem chance, ela também age e fala de forma peculiar quando está perto de você. Olha para você com semblante distinto, fica toda eufórica, rindo à toa.

— Você acha? — indaguei, pretendendo que Roberto reafirmasse a sua impressão.

— Para mim, não restam dúvidas. Diante disso, meu amigo apaixonado, tomei a seguinte decisão: você irá mais tarde, depois que resolver a pendenga amorosa. Não se demore muito, pois o truque da mão não se projetará para a eternidade, a não ser que você invente outro. Aguardarei você... — e colocando a mão no queixo: — Vamos ver... Um mês está bom?

Respondi que sim e Roberto com os jovens partiram para a saída do vale. Cristal ainda gritou, alertando-os sobre a festa das luas cheias, que aconteceria dali a cinco dias. Roberto nem se virou, os jovens olharam para trás e seguiram em silêncio, certos de que nem aquilo que mais gostavam de fazer teria o poder de dissuadi-los de seus propósitos.

Dois dias após, eu ainda não tinha noção de como faria a revelação do meu sentimento por Cristal. Não foi por falta de oportunidades. Elas surgiram, porém, no momento mais propício, algo acontecia para impedir o galanteio. Por esse motivo, em meu quarto, decidi escrever um bilhetinho.

Cristal, seu nome me faz pensar que seu existir me ilumina, um sentimento que me guia no amanhecer e me faz enxergar muito mais do que posso ver. O seu olhar me faz sonhar e o seu sorriso faz-me descansar em ondas fortes, na imensidão do pulsar bem mais feliz do coração. Há algo explodindo dentro de mim e sinto que não é efêmero, é puro e sincero. Eu sei que, se for regado com um pingo de sentimento correspondente de sua parte, no futuro não será diferente. O nosso encontro tem muito de paz. Precisei sair da Terra e vir para este lugar inconcebível para qualquer perspectiva de futuro para mim e, então, descobrir o amor. Você me coloca no céu com a força de sua presença, com a leveza que vem da sua voz, com a suavidade do seu andar. É felicidade certa para o meu viver. Aliás, este mundo se tornou muito mais bonito, depois que conheci você, porque este é o seu mundo.

De repente, alguém bateu na porta, no ímpeto escondi a carta dentro da gaveta. Dona Jacinta me chamava para o almoço.

Terminamos de almoçar e saímos para cuidar da plantação semelhante ao milho e da criação de animais semelhantes aos porcos, talvez mais próximos dos javalis, porém inegavelmente dóceis. Dona Jacinta, depois de executar algumas tarefas mais suaves e indicar-nos as mais urgentes, tomou o caminho de casa levando armado consigo um guarda-chuva com cabo e armação de madeira. Cristal e eu ficamos para terminar o trabalho, mesmo com o "sol a pino", momento que nos propiciou uma oportunidade portentosa para conversar a sós e nos conhecer um pouco mais, com múltiplos assuntos, que perpassaram a infância, adolescência, primeiras paixões, família. Enfim descobri que Cristal contava com 18 anos e tivera a experiência de um namoro com um rapaz chamado Juvenal, dois anos mais velho que ela, todavia o romance não vingara, sendo minado pelo ciúme doentio do jovem e pelas brigas decorrentes desse sentimento pernicioso. Mas não foi só isso, antes de terminarem, descobriu que Juvenal namorava concomitantemente outra menina, com quem inclusive se casou meses após. Eu lhe contei das minhas três namoradas — Maria da Luz, Joana e Cecília —, o que lhe causou surpresa. Na verdade, foram namoros relâmpagos, ou seja, com curta duração, porque não percebi nas moças correspondência com meus ideais. Não revelei, contudo, que somente agora, depois de conhecer Cristal, tinha passado a entender o que é a paixão, aquela química que envolve duas pessoas num sentimento de bem-querer.

Na volta para casa, passamos em frente ao cemitério do povoado, cujo espaço sucinto e bem cuidado é cercado por ripas uniformes de madeira, com formato triangular nas pontas, pintadas de branco. Um túmulo na beirada da cerca me chamou atenção, tanto que convidei Cristal para entrarmos pelo portão que se achava travado apenas com uma tramela. De frente para a sepultura, indaguei a Cristal se ela conhecera a pessoa que ali havia sido enterrada. Ela afirmou positivamente e descreveu suas características físicas e o ano que ele chegou à Nova Babilônia e, com o olhar tristonho, assegurou sua morte por tédio, após cinco meses de sua chegada. Com os esclarecimentos de Cristal, não me restaram dúvidas de que se tratava do mesmo Abelardo Celestiano, o nordestino conhecido na minha cidade natal, que sumira misteriosamente, sem deixar marcas. Possivelmente partiu do mesmo lugar que eu, haja vista que o meu transporte da Terra ocorreu na casa de Seu Abelardo. Deduzi, a partir desse fato, que os outros desparecidos da minha cidade também poderiam viver ou ter vivido na Nova Babilônia, ou então, nem chegaram, mortos pela malignidade de alguns fhiios. Resolvi perscrutar por entre as tumbas, já que o Sol ainda não declinara no horizonte, no entanto não reconheci mais nomes possíveis. Somente um nome causou-me perplexidade: Ulisses Guimarães. Quem sabe? Coincidência! Deixa pra lá.

Deixamos o cemitério e tomamos um atalho repleto de árvores baixas com aparência de pitangueiras, cujas flores em abundância exalavam um perfume adocicado. Num impulso, deixei Cristal, voltei alguns passos, embrenhando-me nos arbustos e colhi uma flor excêntrica e graciosa, vermelha nas bordas e violeta no miolo, que havia percebido num vislumbre. Algo mais forte que minha razão falou alto dentro do coração e, de um jeito matreiro, surgi na frente de Cristal e entreguei-lhe aquele simples sinal de afeição, e ela a tomou em suas mãos, sorriu e se manteve silente, até chegarmos à casa de Dona Jacinta.

— Obrigada pela flor! É linda! Vou guardá-la com muito carinho — deu-me um beijo no rosto, sorrindo.

De retorno ao meu quarto, tirei o bilhete da gaveta e o reli. Avaliei o seu conteúdo e o ratifiquei, porque em suas linhas expressava a veracidade sentida em meu coração. Se bem que gostaria de tecer mais elogios, mas nada mais cabia naquela folha de madeira com área quadrada de 15 centímetros e espessura um pouco mais reduzida que o papelão, utilizada para fazer as vezes do papel, ante a inexistência de técnicas para a produção deste. Finalizei o bilhete, atirando-me de uma vez no "tudo ou nada": *Com amor, Joaquim*. Novamente me chamaram e eu deixei a cartinha, desta feita, na pilha das outras folhas de madeira sobre a mesa do quarto. A família sentada em torno da mesa me aguardava para o jantar. Cristal, linda como sempre, havia colocado a flor que eu lhe dera num pequeno vaso no meio da mesa e pediu que eu me sentasse ao seu lado. Dona Jacinta levantou suas mãos, em sentido de súplica, e pediu que Deus olhasse por aquele povo da Nova Babilônia, em seguida as abaixou e agradeceu pelo alimento, por fim solicitou a todos para que nos déssemos as mãos para rezar a oração do Pai Nosso. Com elevada solicitude, peguei na mão de Cristal, que, apesar de também trabalhar nos afazeres pesados da agricultura doméstica, transbordava delicadeza. Durante a oração, perdi por uns instantes a concentração, embolando as palavras da oração, no ensejo em que Cristal soltou sua mão da minha e retirou da outra mão uma folha vegetal verde e novamente me estendeu sua mão, abandonando a folha comigo, forçando o fechamento de meus dedos, para que não fosse notado pelos avós seu gesto velado. Compreendendo sua vontade, guardei, discretamente, a folha no meu bolso e Cristal sorriu com candura. Naquele dia, seu Delfino estava muito falante e, por essa razão, Dona Jacinta, muito feliz.

— Cristalina, minha neta! Prezado jovem Joaquim! Deus não me deu a graça de ser pai. Cheguei aqui neste lugar, que hoje considero meu mundo, há muitos anos. Até hoje ainda me pergunto como foi possível isso acontecer. Mesmo que tivesse como, eu não gostaria mais de voltar ao meu antigo mundo. Aliás, ao nosso, não é? Não fui pai, mas encontrei a melhor mulher dos dois mundos, a minha companheira Jacinta — tomou a mão de Dona Jacinta e a beijou. Ela é tudo para mim. Neste momento e por este momento, tenho plena consciência e lembrança de tudo... Não sei por quanto tempo... Enfim! Eu sei que estou ficando esquecido! Sabem aquele papo de velho gagá? Faço um esforço para não ser ranzinza, nem chato, apesar de, agora, não lembrar se assim o fui há meia hora! — sorriu, enquanto Dona Jacinta com um gesto afirmou que não. — Sei que, de vez em quando, eu não estou presente. Certamente se faço alguma coisa feia ou esquisita, a minha velha amada prefere não dizer para mim. Eu preciso falar agora quando estou bem. Então vou falar. Fui um dos primeiros a chegar aqui neste vale. Era ermo, um pouco assustador. Penso que nos colocaram aqui para morrermos, por nos julgarem incapazes, contudo fomos bravos, conquistamos o espaço. Os fhiios se surpreenderam, pois para eles a terra não tinha valor e só com a utilização de máquinas e insumos teria a capacidade de produzir. Queridos, não tenham preconceitos. Isso vale sempre! Entre eles, também há muita gente boa, de bom coração... Que ama! De vez em quando, apareciam por aqui o Senhor Zhenodhita e outro que ele chamava de Doutor Couquinhos, trazendo coisas úteis e conhecimentos de subsistência para nós, como, por exemplo, sementes, informações sobre o período certo para semeadura e a respectiva colheita, tudo sobre a ciência das luas. Às vezes nos presenteava com arado, outras vezes nos agraciava com enxadas, machados, trados e até facas. Com o tempo também chegaram da Terra outras pessoas dotadas de conhecimentos ou experiências mecânicos, artesanais, também agrícolas e, assim, nós superamos as dificuldades com acelerado êxito. Esse Doutor Couquinhos quase não falava, mas eu podia ver em seus olhos um sentimento de pena ou compaixão... Não sei bem! Ele dizia que um dia o erro seria reparado e que todos nós voltaríamos para a Terra, que era preciso ter paciência. Há muitos anos que eles não vêm mais aqui. Certamente viram como nós conseguimos caminhar sozinhos e não quiseram interferir mais em nossa evolução. Eu me perguntava constantemente o porquê de aquele velho Couquinhos afirmar com tanta segurança da volta para nosso Planeta! Agora já não me incomodo mais. Acho até que ele pretendia nos dar um alento. Enfim... Estamos bem! Não obstante penso que já chegou a hora de sairmos desta panela. Não é justo ficarmos presos aqui. Não! Definitivamente, isso não é justo. Vocês são jovens! Isto é uma prisão — Seu Delfino olhou para a direção da janela e novamente ficou mudo.

— Como era o Dr. Couquinhos? — perguntei para não perder a oportunidade de seu momento de lucidez.

— Dr. Couquinhos... Couquinhos... Quem? Ele olhou para todos nós e paralisou sua face, como se já não soubesse onde estava ou quem era eu.

— Coma, querido, seu jantar está esfriando — Dona Jacinta, com todo carinho, pediu-lhe e voltou-se para mim. — Depois a gente conversa sobre isso, está bem, Joaquim?

Trocamos mais algumas palavras na mesa, durante a limpeza da cozinha e, no momento familiar na sala de estar, despedi-me antecipadamente de todos, alegando cansaço, nada obstante, demonstrando evidências a Cristal de que a minha ansiedade avultava para apurar o bilhetinho ou a mensagem traçada naquela folha verde. Entrei no quarto e nada! Tratava-se simplesmente de uma folha verde! De qualquer forma, entendi que era um singelo presente e guardei-a com todo o cuidado entre as minhas coisas, afinal tinha sido dada a mim por Cristal e isso para mim era muito importante. Coloquei-a do lado da cama antes de dormir, feliz por identificar um acurado sinal de correspondência.

No dia do baile das luas cheias, Dona Jacinta, de braços dados com Seu Delfino, e eu, todos prontos, aguardávamos Cristal sentados no sofá da sala. Dona Jacinta, vendo-me ansioso, começou a rir com sutil disfarce. A partir disso, concluí que ela suspeitava de minha inclinação por sua neta, ou então, quem sabe, Cristal já abrira o jogo com ela, da mesma forma que eu fizera com relação a Roberto. Seu Delfino, batendo nos braços de sua esposa, dizia que estávamos atrasados. Eu, sem barba e bigode, com uma fatiota bem composta confeccionada por Dona Jacinta, realmente era a ansiedade em pessoa, todavia, não pelo motivo de ir ao baile, mas, sim, com o único escopo: ver surgir na porta quem se encontrava no quarto se arrumando. Quando Cristal apareceu na sala, ficamos todos parados, Dona Jacinta gritou: "minha neta linda". Eu nada disse, mas não pude esconder a admiração e, assim contido, dei-lhe o braço e saímos para a festa e o baile. Havia barracas para degustação de quitutes com formatos triviais e bebidas coloridas, alcoólicas, naturais ou adocicadas, com sabores exóticos, porém agradáveis ao paladar. A música, no seu volume natural, ante a inexistência de alto-falantes, vinha de uma barraquinha coberta com folhas de palmeiras. Ouvia-se nitidamente o som de gaita, de violão e talvez uma rabeca, além da percussão composta, possivelmente, de zabumba, triângulo, atabaque. Depois de passados alguns minutos de música instrumental, o cantor se apresentou e deu início à parte vocal, acompanhado por um grupo misto de homens e mulheres. Inicialmente, cantaram músicas serenas do gênero romântico até bossa-nova. Seu Delfino e Dona Jacinta, de imediato, tomaram a iniciativa da dança e, sem demora, outros casais jovens e maduros também tomaram coragem, dando corpo ao baile. Solteiras e solteiros, jovens em abastada quantidade e com copiosa animação, falavam alto e riam de tudo, outros, em menor quantidade, gritavam e tomavam atitudes incomuns, atiçados pela degustação das bebidas com teor alcoólico. Passada mais de uma hora mais ou menos de nossa chegada à festa, a banda passou a tocar músicas com ritmos regionais, daquelas que não dá para ficar parado, que fazem os pés bater, movidos pelo coração. Naquele compasso, notando que alguns enamorados entraram na pista, convidei Cristal para dançar, antes que outro o fizesse. Ela topou e com a mão direita na sua cintura e mão esquerda entrelaçada na sua mão direita e a sua esquerda no meu ombro, dançamos forró, arrasta-pé e xote, com elegante desenvoltura. Cristal, com bom jogo de cintura, demonstrou desembaraço e, não raro, colocava-me de volta no compasso, assim que eu derrapava na empolgação, rindo comigo após meu pedido de desculpas. Não sentimos o tempo passar, naquele momento lúdico, tanto que, após o vanerão, cujo ritmo meu corpo respeitou com exatidão, minha testa escorria suor e minha camisa pesou encharcada. Na batida do samba, recebi aulas de Cristal em pleno baile e provoquei nela crises de riso. Decidimos parar, não em decorrência de minha inaptidão para acompanhar alguns ritmos, sim para tomar um fôlego, mais precisamente porque gostaria de conversar e observar a alegria do povo fervendo na dança e em outras diversões proporcionadas pelo ensejo festivo.

— Cristal, obrigado pela folha verde que você me deu... Um lindo presente. Eu não entendi o significado e...

— Vamos, Joaquim, vai começar o bolero! — ela me arrastou novamente para o baile.

Desta vez, aproveitando a oportunidade gentilmente oferecida pela cadência da música, dançamos abraçados e, ao perceber sua reciprocidade, encostei meu rosto no rosto dela, que também correspondeu com delicadeza, fornecendo, com isso, a força necessária que me faltava para tomar a decisão de revelar-lhe o meu intuito de ser seu namorado. Antes mesmo do término da seleção musical, convidei-a para sairmos para o jardim ao lado das barracas, composto de flores belíssimas, arbustos e pequenas paineiras exóticas. Um espaço extremamente aconchegante, cuja beleza se agigantou, com a presença das três luas clareando todo o espaço, tal qual a iluminação de um estádio de futebol em dia de jogo.

— Esperança! — disse Cristal fitando as luas. — A esperança não é algo inalcançável! Ela tem o potencial de se concretizar a qualquer momento! O verde chega aos nossos olhos como sinal de esperança. Dei a você a folha verde também esperando.

— Agora compreendo! Você me deu uma dica tão clara... — aproximei-me um pouco mais de Cristal e nossas faces se encontraram e, envolvidos por uma atração inevitável, nossos lábios se encontraram e o beijo aconteceu. Naquele momento, a existência se resumiu somente a nós dois, como se não pisássemos no mundo dos fhiios, como se nunca tivesse existido o mundo da Terra! Árvores, flores, luas, claridade, festa, baile... O todo imperceptível à nossa volta, como o branco que sobressalta aos olhos a partir do movimento giratório de um círculo colorido. Nós não. Nós resistíamos absolutos. Novamente nos abraçamos e nos beijamos e eu pude sentir a alma de Cristal se encontrar com a minha, que enfim acabara de ganhar um sentido ainda maior para animar a minha vida. Noite inesquecível presente e inalterada para sempre em minha memória. Noite reveladora do conhecimento real à imaginação, forjadora da metamorfose do ideal para o palpável, da demonstração do objeto causal aos sentidos.

De volta às barracas da festa, percebi que o povo, mais do que antes, exuberava alegria pelas bordas. O espaço para o baile foi alargado por efeito da notável quantidade de casais que se aventuraram na dança, o que promoveu uma impressão de desordem, ao passo que alguns casais se locomoviam em direção contrária da maioria. Não resistimos e, com o maior número, entramos no fervo em sentido anti-horário. Agora, sim, nossa felicidade também pôde se comunicar com a alegria energética da massa, que só parou quando os músicos tocaram a música saideira. Voltamos para casa só nós dois e de mãos dadas. Dona Jacinta nos esperava na sala e, assim que ouviu a porta se abrir, foi para a cozinha para esquentar um chá, que nos preparara já há algum tempo. Vendo-nos de mãos dadas, colocou as mãos na boca, sorrindo emocionada. Revelou-nos sua felicidade com a notícia, pela qual já vinha rezando desde quando percebeu nuances no comportamento de Cristal. Dona Jacinta abandonou a caneca de chá e declarou solenemente que a ocasião merecia pompas. Correu até o armário, abriu uma garrafa de licor de frutas vermelhas e brindamos ao amor. Contudo, antes de darmos boa noite, asseverou, apontando o dedo e sorrindo: "Agora é juízo, hein?".

9 Nove

Os dias correram vertiginosos, com a dinâmica acelerada do tempo fomentada pela felicidade, tanto que tomei a decisão de cancelar o retorno para me juntar a Roberto, que me aguardava na floresta, a fim de colaborar com ele no treinamento dos jovens soldados. O projeto de Roberto teria que esperar! Se bem que, pelo que conhecia meu amigo, ele não me esperaria para cumprir sua tarefa, ainda mais agora, que tinha em suas mãos seis pessoas com pensamento semelhante ao seu. Não! Decididamente eu não sairia tão cedo dali, onde estava a minha felicidade: a minha tão amada Cristal. O carinho a mim dedicado por ela se expressava em pequenos gestos, que repercutiam ostensivamente nas insondáveis células do meu coração. Diariamente, encontrava em cima do meu travesseiro, no regresso do trabalho, uma breve mensagem de brandura deixada e assinada por Cristal: "Meu Amor"; "Estava com saudade"; "Não gosto de ficar sem você o dia inteiro"; "Estava ansiosa te esperando"; "Minha paixão"; "Quando estiver trabalhando, lembre-se de mim". Eu retribuía, escrevendo nas plaquinhas de madeira frases com teor romântico; deixando flores na porta de seu quarto; oferecendo a ela as coisas belas que a natureza cria por valiosa benevolência: "Cristal, o pôr do Sol de hoje, apesar de não ser, ofereço a você"; "esta chuva chora de alegria, porque você existe"; "o vento está com ciúme de mim, porque não pode te ver e tem que se contentar em tocar seu rosto". Não, não poderia voltar para a floresta! Meu amigo Roberto entenderia, afinal já amou. O amor faz grandes coisas pequenas, ao mesmo tempo faz coisas insignificantes imprescindíveis. Diante do amor, tudo fica muito simples. Tudo está ao seu redor. Quando conseguimos dar toda a vida para o amor, damos vida a tudo o que está ao nosso redor, porque ele contagia, ele muda, ele cura, é "dom total".

Por volta de um mês da minha decisão em ficar no povoado, o prefeito Júlio convocou todos os homens da cidade para colaborarem no conserto da ponte do rio Lambari, que fora parcialmente destruída pela enchente provocada pela ocorrência da última chuva, uma poderosa tromba d'água. Essa ponte, localizada a uns 15km da urbanização, facilitava a travessia dos moradores mais afastados, tendo em vista que não havia como atravessar a pé ou montado, sem encharcar o corpo todo na profundidade do rio. Com, pelo menos, trinta voluntários, inclusive o padre, prontifiquei-me para a execução da empreitada. Chegamos bem cedo ao local e todos estávamos dispostos e bem humorados. Alguns contavam piadas curtas, outros caçoavam do amigo mais próximo do outro, ou por contextos pretéritos ou ali do momento, ainda assim o trabalho obtinha bons resultados, sob a direção de um senhor que fora mestre de obras e que já havia construído outras pontes por ali. Os donos dos sítios localizados após a ponte também vieram para ajudar e, por volta das dez horas da manhã, suas esposas trouxeram coxinhas fritas com suco de laranja para todos nós e, ainda, comprometeram-se a servir feijoada na hora do almoço. Trabalhamos ainda mais felizes com a notícia da comida, que sem dúvidas seria deliciosa, sem contar que carregaria nossas baterias para o prosseguimento do trabalho pela tarde afora. A minha sombra chegava aos pés quando as senhoras trouxeram o almoço prometido, ao mesmo tempo em que se aproximou um menino todo ofegante, gritando o meu nome, com a voz embargada.

— Joa... quim! Jaquim! Lev... ram a Qui... tal!

O menino, sugado pelo cansaço decorrente de sua longa e veloz corrida, nada mais falou e se dirigiu ao pote de barro repleto de água para matar sua sede e jogar sobre a cabeça para se refrescar. Curiosos, sem entender direito as palavras ditas pelo garoto, paramos nossos afazeres e nos dirigimos até ele. O prefeito pediu para ele se acalmar e beber um pouco de água.

— Bebeu, garoto? Agora fale! O que houve? — o prefeito indagou com inquietação.

— O comandante Fhenemeh, acompanhado de pelo menos uns 20 fhiios armados até os dentes, chegou ao povoado e levou a Cristal embora.

Todos olharam para mim, que, insuflado pelo açodamento, corri em direção aos cavalos, enfurecido. Antes que eu montasse, senti o impacto nas minhas costas, como se levasse um coice de um cavalo, derrubando-me no chão. Era o Otílio, um agricultor da redondeza, dotado de massa corpórea de pelo menos 120 quilos. No que ele me derrubou, abraçou-me acima do abdômen. Mesmo assim, busquei me libertar do embaraço, mas acabei sendo imobilizado com a ajuda de mais quatro jovens, que pularam em cima de mim, após o padre chamar a atenção deles para darem um apoio a Otílio.

— Pare de se debater, Joaquim! — aconselhou-me o prefeito. — Dependendo de nós, você não vai fazer besteira. Se insistir, alguém pode quebrar algum osso seu, o braço, a perna.

— Não podemos perder tempo! — murmurei sufocado. — Vamos atrás deles! Todos nós! Podemos trazer Cristal de volta!

— Eles também perguntaram pelo padre! — o menino tornou a falar. — Até deram uns tabefes em alguns cidadãos para forçar que denunciassem o seu paradeiro. Sorte que perguntaram somente para as pessoas que têm afeição pelo padre e estes foram unânimes em afirmar que não havia nenhum padre na Nova Babilônia.

— Por que será que me querem? — o padre tirou o chapéu e fez o sinal da cruz. — O que mais você ouviu, Nitinho?

— Um soldado com veste diferenciada, talvez o segundo comandante, disse a Fhenemeh que... Como era o nome mesmo? Simbholéria... Isso mesmo... Isso mesmo: Simbholéria iria ficar muito brava, se não voltassem com o padre.

— Simbholéria! Eu já ouvi esse nome — levantei minha cabeça, que já estava livre. — Ah! Já sei! Roberto mencionou este nome um dia. Acho que Zauhquin também. Por que ela levou Cristal e por que queria levar também o padre? Deixem-me sair! Vocês não passam de um bando de medrosos! Bem que alertou Roberto.

— Filho, se você for atrás deles agora é pura imprudência, com certeza não sairá vivo, ainda mais que não tem as marcas na mão — o padre sussurrou perto de meu ouvido, ao perceber que a bandagem, o disfarce para esconder a ausência do corte de meu dedo e da marca de ferro, se desprendia quase completamente da minha mão. — Você se compromete a desistir da besteira que estava prestes a fazer? — piscou para mim.

Respondi que sim e, de imediato, escondi a mão e o padre acondicionou os panos lepidamente de volta ao lugar e amarrou mesmo que com imperfeição.

— Vou levar o rapaz para casa na minha carroça — com serenidade continuou: — Coloquem-no amarrado na parte de trás da carroça. Fiquem tranquilos, pois lhes asseguro que, sob a minha custódia, retomará o juízo.

Padre Ângelo, com as rédeas firmes na mão, deu ordens para os cavalos nos levarem de volta para a cidade. Eu me encontrava chorando de ódio, só em pensar que Cristal poderia ser maltratada por aqueles idiotas insensíveis.

— Joaquim, é difícil falar para alguém ter calma nuns momentos desses — o padre falava em voz alta para se fazer ouvir, ante o barulho da carroça e a nossa distância. — Chega a ser irritante para quem ouve. Agir no fogo, na ignorância, traz-nos terríveis prejuízos. Geralmente não alcançamos o almejado. Outras vezes, se não agimos com a adrenalina, não conseguimos sucesso também. A ação envolve o coração, no entanto deve ser planejada na maioria das vezes com a razão, filho! Isso que quer executar agora com certeza não salvará a sua amada, já que sem qualquer sombra de dúvida você morrerá.

— Padre! Enquanto perdemos tempo conversando nesta carroça, Cristal pode estar sofrendo maltratos. Não temos garantia alguma sobre o seu tempo de vida! Por que a levaram? Por que razão a escolheram? Pela beleza é que não foi... Eles nos consideram feios... Logo ela que é tão meiga, tão viva, tão feliz...

— Alegro-me em ouvir isso de você, meu jovem. Eu conheço bem esse sentimento: amor. O sentimento primordial que o Deus amoroso nos compartilhou, para podermos usar, compartilhar, sem fazer economia! Filho, nós vamos conseguir retirar a Cristal de lá, tenha fé! Ainda vou assistir ao casamento de vocês, você vai ver! Hoje ainda liberarei você, mas só quando eu tiver certeza de que não alcançará a tropa dos armíferos. Até vou à capela rezar para que Deus nos mande uma luz e que dê a você toda a prudência necessária.

Na velocidade que a carroça andava, minhas esperanças em alcançar Cristal minavam. Na casa paroquial, que era uma casa simples como qualquer outra, o padre levou-me para a cozinha e me deixou sentado na cadeira e se dirigiu à igreja para orar. Depois de esfriar a cabeça, meditando em silêncio, cheguei à conclusão de que o clérigo me prestara uma grande ajuda não permitindo que eu corresse atrás da tropa naquele momento de ódio. Talvez, naquele momento, eu já estivesse morto, agindo com imprudência. Com serenidade e insistência prudente (quase 20 minutos), consegui desatar as amarras que me prendiam. Saí, sorrateiro, e fui para a casa dos avós de Cristal. Encontrei os dois chorando inconsolados e os abracei, em silêncio.

— O que vai ser da nossa Cristal, Joaquim — Dona Jacinta enxugou as lágrimas com o avental — Nós a perdemos para sempre. Levaram o nosso anjo. Pobrezinha, passará pelo mesmo destino da mãe.

— Não, Dona Jacinta! Eu prometo para a senhora que a trarei de volta! Haja o que houver, seja o tempo que for, mas não desistirei.

Entrei no quarto, guardei num embornal as singelas e valiosas coisas com que Cristal havia me presenteado. Coloquei duas facas na cinta, além da espada, e me despedi dos velhos queridos. Montei no cavalo bragado que pertencia a Cristal e saí no galope em direção à floresta. Durante minha reflexão na casa do padre, coligi meus pensamentos e firmei a decisão de encontrar Roberto e os companheiros da floresta para planejarmos em conjunto quais as estratégias eficazes e precisas para o salvamento de Cristal. Não obstante, essa seria a segunda parte do plano, antes deveria alcançar a tropa sequestradora, preferivelmente enquanto estivesse na floresta, e pelo tempo necessário para atravessá-la tinha por certo que passariam a noite no mato, a fim de, por meio da espreita noturna, obter informações importantes por meio da oitiva das conversas entre os armíferos, cônscio de que deveria agir com elevada perspicácia para não ser exposto. Não demorou muito e as pistas indulgentes da tropa se apresentaram aos meus olhos, copiosas: rastros de cavalos e estrume, ramos quebrados, enfim marcas de um grupo que marcha despretensioso, desprovido de cismas de ser seguido. Mais confiante e bem-disposto, porém ponderado, continuei pelo caminho das pistas, redobrando a velocidade. O próximo vestígio anunciou-se mais contundente: pararam, possivelmente, para o almoço, pois havia brasas nas cinzas da fogueira e pedaços de ossos de animais jogados no chão. Avancei mais apressado por alguns quilômetros e avistei ao longe uma fumaça branda, da qual me aproximei com distância segura e com todo o cuidado, porém não havia mais ninguém no local. Tudo indicava que a tropa viajava sem pressa alguma, o que se confirmou, no momento que percebi ao abeirar o acampamento adequadamente preparado para a passagem da noite, mesmo antes do pôr do sol. Não me restavam mais dúvidas de que nem em sonho imaginariam qualquer possibilidade de que alguém os seguisse, portanto eu poderia obter grande vantagem dessa insólita desatenção. Acenderam três fogueiras próximas em forma de triângulo. Vi Cristal presa dentro de uma gaiola de madeira, o que causou um aperto doído no coração. Contive o ímpeto, escondi-me no meio de alguns arbustos apinhados de folhas grandes e me mantive na espreita, prestando atenção aos movimentos e ouvindo as conversas calorosas dos armíferos.

Devido ao timbre semelhante feminino e masculino, não havia percebido a presença de fêmeas na tropa e pelo que entendi as duas armíferas receberam a incumbência de cuidar dos assuntos relativos à Cristal. Elas se demonstraram amáveis e educadas no tratamento com a prisioneira. Enquanto os armíferos se reuniram em torno da fogueira, rindo alto, contando piadas e falando besteiras, inclusive de baixo calão, as duas armíferas conversavam com Cristal de modo amigável, buscando satisfazer suas curiosidades sobre a vida dos humanos na Nova Babilônia. Fui rastejando entre os arbustos e cheguei o mais próximo que pude para ouvir com mais clareza.

— Fhenemeh é muito durão e ríspido, mas não pode lhe fazer qualquer mal — afirmou uma delas, mastigando um pedaço de pão.

— Para mim é um tremendo de um machão idiota — a outra murmurou, e apontando para a outra armífera: — Ela e eu recebemos ordens dele para que mais ninguém se aproxime de você até chegarmos ao destino final — colocou a mão na cintura e se manifestou indignada: — Você viu, ontem, quando ele quebrou o pescoço do soldado Nhiquelo que veio lhe trazer água? Com ele não há justificativas. Por isso, nós duas vamos manter a guarda e fazer turno bem aqui — apontou o dedo para o chão, certa de que não dormiria em serviço.

— Por que todo esse cuidado? Eu não tenho valor nem conheço outras pessoas além daquelas da Nova Babilônia! — Cristal, segurando nas grades, queixou-se lastimosa.

Meu coração se cortou, ao presenciar Cristal com razão assustada e com os olhos rasos de água, porém me encontrava convicto de me manter firme na racionalidade serena, recordando a equilibrada fala do padre Ângelo, no sentido de que o maluco impetuoso morto, para nada serve. Era preciso agir com a astúcia das serpentes e mansidão das pombas. Continuei ouvindo as armíferas.

— Menina, na verdade você não é uma escolhida que foi resgatada! O que acontece é que foi encontrada antes que qualquer outra moça. O comandante viu você e disse para a prendermos. Pelo jeito a ordem era para levar uma moça de idade aproximada da sua. Foi isso!

— Para fazer o quê? — perguntou Cristal, irritada.

— Para ser escrava da Simbholéria ou do Vhenias! — a armífera colocou a mão no queixo. — Não! Estou falando bobagens. Será escrava da Simbholéria mesmo, porque a outra escrava velha não está dando conta das tarefas do casarão. Acho que faz uns 15 ou 20 anos que aquela escrava foi levada de seu povoado.

— Então nunca mais voltarei? — Cristal colocou a mão nos olhos, chorando.

— Você pode escolher: viver ou morrer. Viverá se for uma serva fiel, morrerá se tentar fugir ou se negar a trabalhar. Não é, Fhiustra?

— Com certeza, Fhidhontia! Da nossa parte, estamos cumprindo as ordens! Agora, o fato de não levarmos o padre, tenho impressão de que haverá muita bronca em cima do Adagão!

— Bem! Isso é com ele — Fhiustra balançou os ombros, demonstrando indiferença.

— O que faria o padre? Ele também seria escravo? — Cristal indagou, querendo saber mais.

— Isso ninguém sabe — respondeu Fhiustra ou Fidhontia, não sei ao certo, pois as duas eram muito parecidas.

— Dizem que um padre já foi levado para a mansão, antes mesmo de ir para a Nova Babilônia. Arrastaram para lá também uma padra.

— Deixa de ser boba, Fhiustra — agora, sim, identificada, afirmou Fhidontia rindo alto, caçoando da companheira. — Não foi esse nome que deram àquela humana vestida com roupas pretas compridas e com lenço na cabeça. Eles a chamaram de freira.

— Ora esta, Fhidhontia, esses nomes não existem. São coisas dos humanos.

— Sim, mas o Adagão Fhenemeh nos mostrou nos desenhos feitos em cartazes, os quais estampavam claramente as imagens das tais freiras e padres e, expressamente, ordenou-nos que deveríamos levar direto para ele, caso encontrássemos alguém com aquelas vestimentas. Não lembra?

— É verdade! Mas, da outra vez, levamos para a casa de Simbholéria aquele outro humano que só tinha um colarinho branco, não sei por que motivo!

E assim foi a conversa até o momento em que iniciaram o revezamento. Os outros armíferos também faziam o revezamento entre eles. Esperei, pacientemente, pela melhor oportunidade para lançar uma mensagem para dentro da jaula na qual Cristal se achava aprisionada. Consegui acertar o vão entre as grades e, com o ruído que a pedra provocou na parte inferior, Cristal se assustou, porém não gritou. Pegou o bilhete, leu-o e sorriu, procurando me avistar na escuridão da mata sem luas. Mesmo sem me visualizar, fez sinal em direções aleatórias para que eu fosse embora. Utilizando da alternativa da mímica, quis me alertar que eram muitos para mim, mostrou a sua mão com a marca e sem o dedo mindinho, lembrando-me que eu ainda não fora marcado e colocou a mão no coração, mandando um beijo para o nada, tendo em vista que não sabia em que lugar eu me escondia. Fiquei ali, sem me identificar, até o quanto pude suportar. Depois me afastei e dormi numa árvore amarrado em seus galhos grossos para não ter perigo de cair.

Ao soar o cântico dos primeiros pássaros, antes de clarear, acordei e rapidamente me preparei para acompanhar de longe a movimentação da tropa, que se demorou por tempo além do necessário naquele lugar. Acompanhei, de longe, a retomada da viagem tão somente no interior da floresta e, assim que atingiram o descampado, somente vigiei até sumirem de vista após uma plantação de ozhóliti. Embora sentindo tristeza, a satisfação por ter colocado esperança no coração de Cristal com o bilhete que ela pôde ler brindava-me com o alento e fornecia-me a vontade e a coragem de continuar com meus planos de libertá-la e foi com essa força de espírito que tomei a direção oposta para me encontrar com Roberto e os demais aprendizes.

10 DEZ

Desta vez, eu intencionava surpreender Roberto, tomando as precauções basilares para que ele não me encontrasse primeiro, o que, para mim, projetava-se uma prova qualitativa para satisfação do meu ego ao demonstrar uma efetiva assimilação do treinamento recebido pelo mestre. Concentrei-me intensamente no poder dos sentidos: qualquer odor novo, uma simples folha quebrada no galho ou caída no chão, um silvo dissonante do natural, completamente centrado, para tomá-lo de surpresa. Nada dessa previdência foi imprescindível para, providencialmente, encontrar Roberto, Carijó, Magricela, Pacuera, Caroio e Bodão envolvidos em uma batalha mortal com um agrupamento de pelo menos 20 fhiios armíferos. Entrei no fervor da peleia, gritando feito um índio, com exagerada gana de matar, onde só ouvi gritos de pavor e de dor em som agudo, em meio ao tinir das espadas, facões e facas. O primeiro que o grupo de Roberto dizimou foi o lidera-tropas, que caiu numa armadilha após ordenar início da batalha, sendo atingido no tórax por uma estaca de madeira vinda dos galhos de árvore, assim que encostou as canelas numa corda esticada. A mesma estaca pontiaguda também atingiu a cabeça de um armífero que vinha logo atrás gritando. O restante da tropa foi inteiramente trucidado, sem deixar nenhum para contar história. Ajoelhei-me ali mesmo e permaneci com olhos fixos no chão, preocupado com a minha reação, haja vista que entrei na briga para matar sem piedade. Olhei para Roberto, que me estendeu a mão para me levantar e dei-lhe um forte abraço, como se estive abraçando meu pai e comecei a chorar.

Somente Magricela sofreu um golpe sério com espada, causando-lhe um corte no músculo do braço esquerdo com altura próxima ao ombro, todavia recebeu de Carijó cuidados profícuos para estancar o sangramento. Nem meu choro, nem a ferida de Magricela impediram que comemorássemos a vitória e festejássemos o nosso reencontro.

— Parabéns a todos! — ouvimos o brado cheio de vibração de Roberto. — Eu não esperava uma prova antecipada. De um a dez, vocês merecem dez. É assim mesmo! E mais: não deixar nenhum vivo para contar história é um de nossos lemas. E ainda tivemos esse grande reforço que apareceu na hora certa — abraçou-me de lado. — Lutou com vontade, como nunca vi antes. Vi ódio no seu rosto! É assim que tem que ser. Não pode haver compaixão! Vamos comer e beber! Esses aí que mandamos para o inferno trouxeram-nos comida e muito vinho. Quanta gentileza!

Os rapazes ergueram Roberto para cima e gritaram: "Viva o nosso Capitão!". Enquanto comíamos a carne seca e bebíamos vinho, relatei ao grupo acerca dos últimos acontecimentos da Nova Babilônia. Enquanto eu falava, Roberto andava de um lado para o outro em silêncio, nada obstante suas expressões faciais e corporais nitidamente revelarem repulsa e fúria.

— De alguma forma, nos vingamos, hoje! — Roberto resmungou com os dentes cerrados.

— Os que enfrentamos há pouco podem não pertencer ao mesmo grupo de bárbaros que levou Cristal — ponderei.

— Não importa! São fhiios.

— Desculpe-me por não ter vindo antes, conforme combinamos...

— Não precisa pedir desculpas, Joaquim! Eu já esperava por isso, desde o dia em que você botou os olhos em Cristal. Nem pensei em esperar por você. Para mim, constituiria fato anômalo se deixasse uma paixão, na sua idade, para vir aqui treinar o que você tem conhecimento prático e teórico, o que confirmo pelo seu desempenho na batalha de hoje, que pela excelência dispensa avaliação.

— O que vamos fazer, Roberto, para livrar Cristal das mãos dos fhiios? — mudei de assunto, como se não tivesse ouvido os elogios a mim dispensados, mesmo porque entendia que ainda precisava de muito treino.

— Joaquim, meu amigo! Não tenho condições de pensar hoje... Temos que decidir com calma, para darmos os passos acurados.

Agora, com a cara cheia de vinho, a única coisa que penso é sair daqui, chegar ao Castelo da bruxa e matar, matar e matar... Mesmo assim, bêbado igual a um porco, com ódio como um cão raivoso, ainda me resta um pouco de juízo, que me segura, conduzindo-me a uma tese final: se assim o fizer, eu é que serei morto. Portanto... Vamos pensar amanhã — Roberto sentou-se ao lado do tronco denso de uma árvore semelhante à figueira, com um litro de vinho, e nada mais falou.

Dormi muito mal naquela noite, inclusive com pesadelos relacionados à Cristal e demônios, um emaranhado de amarguras, em meio a espectros bizarros, tanto que madruguei, colocando a máquina mental para funcionar a fim de produzir um plano satisfatório. Éramos poucos para enfrentar um exército. Não! Obviamente a força não traria a solução. Precisava de um plano inteligente, um golpe de mestre, mas qual? Como?

Quando Roberto acordou e logo em seguida os demais, fui encontrado por eles no riacho, somente com a cabeça fora da água, ainda pensando.

— Precisa comer alguma coisa, Joaquim — gritou Caroio.

Saí da água, cabisbaixo e contrariado, em defluência de minha incapacidade momentânea de planejamento. Meu raciocínio se afundara na inércia provocada pelo desconhecimento sobre a realidade do Fhiiaral. Sabia, sim, que os fhiios, na sua grande maioria, queriam ver os humanos mortos e, caso me encontrassem sem as marcas nas mãos, eu não teria a mínima chance de continuar vivo.

— Não consegui pensar em nada! — reclamei junto à fogueira, já reunido com os outros parceiros. — Seria preciso tecer um plano inteligente, e não impulsivo. Nada me vem à mente!

— Infelizmente, eu também não tenho — Roberto bateu em meus ombros, balançando a cabeça e apertando os lábios. — O meu pensamento volta-se apenas para planos de guerra, de guerrilha, de como preparar a defesa e programar o ataque. Lá, onde levaram Cristal — no centro de Khonhozin, possivelmente, minhas artimanhas não funcionarão... Há muitos deles por toda parte... Olhe para nós, com você somos sete. Bravos guerreiros de fato, mas poucos... — suspirou e olhou para os rapazes com esperança. — Carijó, Pacuera, Magricela, Bodão e Caroio! Proponho a vocês uma missão complicada, mas possível: vamos à cidade (parte) dos fhiios e arrasar geral com o exército deles?

— É claro que nós topamos a parada, Roberto! Vamos fazer um estrago e... — Magricela perdeu o entusiasmo ao perceber que seus amigos prendiam o ímpeto do riso e destamparam a rir alto abertamente.

— Ué, qual o motivo das hienas começarem a se manifestar? — retrucou, desapontado. — Se o "Capitão" perguntou, não duvido que seja algo possível!

— O burro não aprendeu nada ainda! — Pacuera balançou a cabeça em sentido negativo. — É preciso usar a cabeça, ô Magricela.

— Nós estamos aqui para sermos treinados e, depois, fazer o mesmo com as pessoas do povoado — acrescentou Bodão.

— Assumir uma briga desse tamanho é insensato, para não dizer idiotice, Roberto! É quebrar nosso objetivo! — Carijó arrematou.

— Vocês têm razão, desculpem-me! — Magricela concordou, compreendendo que sua manifestação fora impensada.

Roberto dirigiu o olhar para Caroio, que se ateve a erguer os braços para cima, no sentido de que não havia o que falar ante as argumentações dos amigos. Considerou encerrado o assunto, agradeceu-lhes mais uma vez pela batalha vencida e dispensou-lhes vários elogios, de modo especial a Magricela, que só foi ferido porque, abandonando seu oponente, salvou o Caroio, que, caído no chão, já vencido, teria recebido um golpe fatal. Disse-lhes que todos estavam prontos para contribuir para o progresso da causa, mas que poderiam ter claro em suas mentes que os objetivos, na Nova Babilônia, não seriam alcançados a ferro e fogo. "A simpatia e o ardor são instrumentos indispensáveis para a conquista das pessoas. Não se aparente o ódio e o anseio por vingança. Respeitem-se os pensamentos discrepantes. Não se guiem pela ignorância nem pela pressa. Respeito, respeito e afetuosidade." Roberto exortou os rapazes a meditarem sobre suas palavras, solitários e em silêncio. Eu aproveitei a oportunidade para também refletir uns instantes, mesmo porque o ambiente se apresentava gratuitamente favorável, com toda a sua beleza natural.

— E aí, meu amigo? — assustei-me com a fala de Roberto, que me derrubou da concentração. — Encontrou alguma luz na escuridão?

— Ainda não! Eu estava aqui pensando numa conversa que tive com a família de Cristal sobre dois fhiios chamados Zhenodhita e Doutor Couquinhos. Você também os conheceu?

— Não! Todavia ouvi variadas histórias sobre as façanhas deles entre os mais velhos de Nova Babilônia, até mesmo do Seu Delfino e da Dona Jacinta. Seu Delfino gastava salivas enaltecendo os dois, isso há uns cinco anos quando ainda não sofria do esquecimento crônico! Bem! Você sabe que a memória dele está indo embora, não sabe? Pois então, ele falava dos dois fhiios que você mencionou, com muito respeito e admiração. Isso contribuiu para que eu não tenha um preconceito radical acerca dos fhiios, mesmo tendo conhecido o Zauhquin e ouvido suas falas inflamadas pela igualdade entre fhiios e humanos, além disso, eu...

— É isso, Roberto! — saltei jocoso, com o braço estendido para cima, como se tivesse visto um raio fulminante quebrando o galho das árvores.

— Que susto, rapaz! Cheguei a desembainhar a espada, imaginando que íamos começar outra batalha! O que você pensou?

— Uma excelente saída para nós seria encontrar o tal do Zhenodhita ou então o Doutor Couquinhos, no entanto não tenho nem ideia de onde estão e, mesmo que soubesse seu paradeiro, por intermédio de informações, nada conheço neste mundo. Quando você fez menção ao nome Zauhquin, as ideias se concatenaram na minha cachola, pois eu o conheço relativamente bem e, se de fato ele é uma pessoa boa, poderá me ajudar, aliás, nos ajudar a buscar um percurso a percorrer para libertarmos Cristal de sua escravidão. A família dele é bastante parecida com as famílias que temos na Terra.

— Pode ser arriscado... No entanto não vejo outra saída para o momento. Quando vai?

— Hoje mesmo! Não posso perder mais tempo.

— Tome muito cuidado, principalmente com a mão — Roberto levantou sua mão, mostrando-me o lado marcado com ferro quente e os quatro dedos, arregalando os olhos e suspendendo as sobrancelhas.

— Obrigado, grande amigo.

— Obrigado por quê? Eu nada fiz! Além disso, a preocupação sua não é tão menor que a minha.

— Fez muito. Ouviu-me e dispensou acentuada atenção! Muitas vezes, não precisamos resolver todos os problemas que nos são apresentados com soluções teóricas, basta emprestar o ouvido. Muitas das vezes em que somos apenas ouvidos, acabamos por sentir não o eco exato daquilo que emitimos, e sim o retorno de soluções inesperadas. Na sintonia de duas pessoas amigas, haverá sempre uma palavra que escapa das ondas sonoras e explode no coração de uma delas com o brilho da resolução. Obrigado não só por isso, mas tudo o que fez e tem feito por mim.

— Vá embora logo, Senhor palavras bonitas, antes que me veja chorár!

Dei-lhe um forte abraço e despedi-me da rapaziada, tomando a direção contrária da qual cheguei até aquela academia silvestre e segui resoluto para o sítio da família de Zauhquin.

Onze

No final da tarde, ao me aproximar do limite da área da floresta com o campo de plantio de ozhóliti das terras de Zauhquin, por cautela subi na árvore mais alta, para me certificar da inexistência de movimentações indesejadas na redondeza. Detectei, por algumas vezes, deslocamento de carroças e cavalos em uma estrada além do sítio, por tal razão, não me aventurei, durante a claridade, a sair do mato. Ao anoitecer, desci da árvore e me aproximei à margem de 200 metros da casa e, ao ouvir o latido dos cachorros que me pressentiram, escondi-me entre arbustos com galhos finos e compridos que desciam até o chão. Fiquei por ali até ouvir somente o cantar dos grilos. Antes que eu me retirasse do esconderijo, meus cabelos arrepiaram e meu coração acelerou descompassadamente, em razão do susto de tomei, ao me virar para trás e me deparar, rente ao meu nariz, com um rosto enfiado dentro da moita, sem que eu tivesse percebido sua chegada. Era o Térço me olhando, primeiro sem falar nada, estrábico e com os dentes da parte superior em cima dos lábios inferiores. Não cheguei a gritar, mas que me vi plenamente aturdido, isso não posso negar.

— Você voltou? — novamente pausou a fala e eu somente confirmei balançando a cabeça. — Pensei que tivesse morrido! Nunca mais vi você! O que faz aqui escondido?

— Oi, Térço, que bom que me reconheceu — engoli seco. — Eu estava aqui esperando para saber se não tem visita na casa do Zauhquin! Você sabe da minha situação de humano... Então, né? Estão todos em casa?

Térço fez sinal positivo com a cabeça e continuou a me olhar como antes, sem qualquer reação.

— Será que eu posso ir até a casa e pedir pouso a Zauhquin?

Térço apresentou semblante alegre e fez sinal positivo com a cabeça. Fui em direção da casa, seguido bem de perto por Térço, que se mantinha irredutível atrás de mim, por mais que eu insistisse para ele caminhar ao meu lado. Em frente à porta, pedi a ele para que anunciasse a minha presença, com a intenção de não assustar os moradores. Térço empurrou a porta até a metade da abertura e enfiou a cabeça para dentro, para então bater, assim que constatou a ausência dos residentes na sala.

— Tem visita — anunciou lacônico.

— Mãe! Pai! Venham ver quem está aqui na porta! — Gritou Yambho correndo para me abraçar.

Ctasrailo colocou as duas mãos na boca com espanto, Zauhquin ficou de boca aberta com admiração, como se não estivessem acreditando no que viam, e Yambho toda agitada expressava toda a sua alegria livre de jovem adolescente.

— Por onde você andou por todo esse tempo? Como conseguiu sobreviver por aí? Aliás, onde é esse aí que você se escondeu? — Yambho permanecia dependurada no meu pescoço.

— Calma, Yambho — Ctasrailo advertiu a filha. — Depois ele vai nos contar tudo detalhadamente.

— Sua mãe tem razão, querida! — disse Zauhquin se juntando ao abraço da filha. Primeiro, ele precisa tomar um banho, alimentar-se e, se assim o quiser, descansar. Deixemos Joaquim à vontade. Agora é nosso hóspede — voltou-se para Ctasrailo, que não deixou de se manifestar: — Sim, querido, teremos grande prazer em ouvi-lo amanhã, porém nada impede que ele adiante alguma coisa hoje, porque estamos pra lá de curiosos.

— Antes de qualquer coisa, gostaria de pedir desculpas a todos por ter saído daqui sem avisar ninguém. Eu tinha e ainda tenho muitas dúvidas sobre tudo, mas posso dizer que amadureci muitas ideias e não fugirei mais. Se me aceitarem como hóspede, nem que seja por alguns dias e...

— Você poderá ficar aqui até quando entender necessário, filho! — Zauhquin se adiantou num tom paternal. — Esta casa é sua e não precisa pedir desculpas por nada. Nós compreendemos os seus sentimentos. O importante é que você está vivo.

— Está vivo e deve estar faminto — Ctasrailo complementou. — Já para o banheiro, fujão! Seu quarto o espera no mesmo lugar. Vá! Tome seu banho e demore o quanto quiser. Vamos todos para a cozinha preparar o jantar, até mesmo o Senhor Zauhquin, que fará a sua especialidade: mingau de ozhóliti com frango cozido ao molho de tomate e gengibre. Eu preparo as bebidas e Yambho, a salada. Todos, agora!

Em torno à mesa familiar, agora com Odhuitin e Tebhotin, Zauhquin fez os agradecimentos a Deus (O Existente), por tudo e principalmente por minha vida. Confesso que fiquei um pouco emocionado pela afeição demonstrada por mim, certo, pelo que fiz, de não ser merecedor. Enfim começamos a comer. Eu experimentei o mingau de ozhóliti com frango cozido, a salada e bebi um vinho saboroso. De fato o mingau chegou-me ao paladar com um gosto nunca experimentado na minha não tão rica culinária. Considerei-o simplesmente delicioso. A vontade era de comer muito. Exagerei, sim, no entanto não me arrependi. Verdadeiramente, a partir daquele dia, quando penso naquela iguaria, sinto o cheiro entrando por minhas narinas e o sabor espalhando pela língua, resultando numa salivação na boca, ápice do êxtase nostálgico provocado pelo gengibre e pela pimenta. A salada também não ficava para trás, apesar de se infiltrar inédita no palato em razão das verduras desconhecidas, amargas, doces e azedas, chamadas misqueta, naberbo e rabrabo, respectivamente. Quanto ao vinho, como não sou conhecedor, agradou-me suficientemente. A família irradiava felicidade, com exceção, é claro, do Odhuitin, que não simpatizou comigo desde que me viu pela primeira vez. Isso não me causava constrangimento, já que nunca me incomodei com esse comportamento alheio. Falavam, riam e davam gargalhadas. Curioso que não me fizeram perguntas. Certamente, combinaram entre eles para me deixarem à vontade. Concluí que eu não poderia ser ingrato e que era certa a curiosidade deles sobre a minha saga. Resolvi falar, depois de três taças de vinho.

— Conheci a Nova Babilônia!

Silêncio total! Todos os olhares se dirigiram a mim e ninguém fez perguntas. Relatei fatos ocorridos desde a minha partida daquela casa, não me prendendo aos pontos negativos. Não suprimi as dificuldades encontradas e vencidas. Enalteci o aprendizado num mundo semelhante e ao mesmo tempo espetacularmente original e as alegrias que a mim se apresentaram de forma tão generosa. Tanto a alegria como o sofrimento se constituem perspicazes pedagogos, contudo esse último é mais contundente, transformando-se em perito formidável ao perceber o nosso aceite consciente, que não significa, portanto, resignar-se ou tolerar. A lamentação, diante da dificuldade, não nos leva a nada, além de esmaecer os ideais e desfavorecer o humor. Olhar bem na cara do sofrimento nos traz a possibilidade de debilitar sua força assoberbada e sobrepujar seu espírito, com a ternura. Então o pedagogo, sentindo que o aprendiz superou o problema que lhe fora apresentado, coloca-o em liberdade para que possa continuar crescendo. Em muitas situações, o aprendiz fica muito tempo naquela lição... Mas aí, deixo para a psiquiatria resolver. Voltemos para a mesa familiar: sobre o meu encontro com Roberto, Zauhquin quis saber suas características pessoais. Após minha descrição, Zauhquin afirmou ter conhecido Roberto há alguns anos, quando da aprovação da nefasta lei que ordenou a marcação das mãos e a não menos lúgubre mutilação dos dedos dos humanos. Senti que Zauhquin se chateou com a lembrança e me cerquei de argumentos para convencê-lo de que Roberto o tinha muito em conta, principalmente por ter salvado sua vida não só uma vez, com atitudes inteligentes e sábias atestadas nos seus discursos eloquentes na grande Assembleia (Círculo). Em prosseguimento relatei também detalhes do meu treinamento na floresta, enaltecendo Roberto como professor por excelência, sendo obrigado a esclarecer aos meus interlocutores as funções de bombeiro, pelo menos de forma geral. Omiti, porém, as batalhas no meio da floresta, por respeito à amizade com Roberto, conclusão minha, pelo fato de ele esconder os corpos dos inimigos. Enfim, quando comecei a falar da Nova Babilônia, Ctasrailo, Yambho e Tebhotin se arrumaram em suas cadeiras com expectativa. Aproveitando a curiosidade de Yambho e Tebhotin, que interrompiam minha fala para fazer perguntas, consegui explanar bem sobre a realidade do povoado dos humanos, tanto que até mesmo Tebhotin quedou-se admirado com a organização civil da Nova Babilônia.

— Você não conheceu nenhuma moça bonita lá, Joaquim? — Yambho quis saber com interesse, apesar do olhar de desaprovação de sua mãe.

— Bem! Essa seria a minha próxima fala — sorri com simpatia. — Ela se chama Cristal, a moça mais linda que já vi em toda a minha vida!

— Ai, que lindo, mãe! Ele está apaixonado! — Yambho exaltou-se arrebatada.

— Acalme-se, Yambho! — Ctasrailo censurou com delicadeza. — Mas o que aconteceu, Joaquim? Por que você está aqui? Se você se apaixonou...

— Não deu certo o namoro? — Yambho cortou a fala de sua mãe, que a repreendeu, desta vez mais sisuda.

Abaixei a cabeça e não pude conter a lágrima.

— Se você preferir... — Zauhquin interferiu, gesticulando para Yambho se conter. — Podemos deixar esse assunto para amanhã e...

— Não, não! Eu também preciso falar. Quanto mais eu falo, mais me liberto. Cristal foi levada da Nova Babilônia, por um grupo de armíferos.

— Levada! Mas como? O que foi que ela fez? — Ctasrailo levantou-se da cadeira, enquanto todos continuaram pasmos.

— Cristal não fez absolutamente nada. Nasceu aqui no Fhiiaral e sua mãe, quando ela era ainda bebê, também foi levada por armíferos.

— O que você está me dizendo, rapaz? Isso é uma brincadeira, diga que é? — Agora Zauhquin ficou em pé, indignado.

— Eu não estou inventando! Para que faria isso? Não teria sentido.

— E quem estava no comando da tropa?

— Fhenemeh!

— Eu já deveria ter imaginado! Agora, eu me pergunto: para quem ele levou a menina? Para alguém de Khonhozin é que não foi! Ele é adagão de Konhozhal... Vhenias? Poderia ser...

— Ao tomar conhecimento do rapto de Cristal, embora com grande atraso, consegui alcançar e seguir a tropa de perto. Durante a noite, escondido entre arbustos, ouvi a conversa de duas armíferas, que mantinham guarda para impedir a fuga e obstar qualquer molestamento relativamente à prisioneira. Elas mencionaram um nome.

— Quem elas nomearam? — Ctasrailo indagou com desvelo.

— Eu não poderia esquecer. Ficou gravado na minha mente repetindo em meus sonhos. As armíferas citaram o nome Simbholéria.

— Será? — duvidou Zauhquin. — Antes de concluir qualquer coisa, eu preciso pensar e não descartar a hipótese. Após sua saída desta casa, ocorreu muita coisa estranha na unidade das partes do Fhiiaral... Em outro momento, eu converso sobre o assunto com você. Agora, conte-me mais alguma coisa do que ouviu das armíferas, se é que ouviu.

Como o meu foco era Cristal, tive que fazer um esforço para fazer a memória trabalhar.

— Ah, sim! Elas consignaram que a tal Simbholéria não gostaria nem um pouco do fato de não terem levado o padre.

— Há um novo padre na Nova Babilônia? — Zauhquin colocou a mão no queixo e refletiu por alguns instantes. — Como ele foi levado? — perguntou para si mesmo e observando o meu comportamento como quem nada entende, explicou: — Desculpe-me! Essa questão eu já estou por dentro. Todos os padres que chegam aqui são levados diretamente para os serviçais das casas de deferência, porque o assunto lhes interessa. Pelo que sei, ficam lá morando.

— E como sabem que é padre?

— Pela indumentária. Usam roupas compridas pretas e marrons ou então um tipo de gola branca na camisa. É do conhecimento de todos os docentes o aparecimento de dois padres e uma... Como vocês chamam as mulheres que vivem como os padres?

— Freiras.

— Isso! Uma freira. Causa-me espécie sua afirmação acerca da existência de um novo padre na Nova Babilônia. Por que será que não o levaram para a casa de deferência?

A princípio também fiquei sem resposta, até que o pensamento foi mais longe.

— Já sei, Zauhquin! Ele não usa batina nem clérgima, a indumentária a que você se referiu. Só que é padre do mesmo jeito.

— Interessante! — Zauhquin colocou a mão na nuca, pensativo. Bem, a questão não é essa. Outro dia vamos resolver essa charada. Precisamos descobrir para quem o adagão de Khonhozal levou Cristal e, se foi para Simbholéria, para quê. E mais, desvendar o mistério que liga Fhenemeh a ela, sendo Vhenias seu superior. Tenho que refletir bastante, pois já faz algum tempo que as coisas não caminham na forma preconizada pelo profeta Wajumajé, o inspirado pelo Deus, O Existente. Pelo que sinto, o divisor está conseguindo abrir brechas na barragem da unidade e nas rachaduras vejo material podre, pegajoso e nojento. Uma erva daninha que tende a atingir muitos corações, destruir as mentes despreparadas e substanciar o desejo mesquinho dos corações propensos à ganância — Zauhquin suspirou fundo, com aspecto preocupado e cansado. — Queridos, acho melhor todos irmos dormir, se é que terei tranquilidade para isso.

— Terá, sim! — Ctasrailo lhe ofereceu uma xícara de chá. — Beba! Quando vi o rumo da conversa, fui preparar-lhe o chá do sono profundo. Vai dormir tranquilamente — deu-lhe um beijo no rosto.

— Você é mesmo meu anjo. Obrigado, querida. Boa noite a todos.

12 DOZE

No dia seguinte, eu me encontrava bem cedo no jardim-telhado fazendo a minha meditação matinal, onde fui surpreendido por Zauhquin.

— Bom dia, Joaquim! Precisamos continuar a nossa conversa de ontem! Dormi como uma pedra enquanto as propriedades calmantes do chá agiram no meu organismo, porém acordei antes de raiar o sol e fiquei pensando sobre tudo o que você nos relatou. Tenho para mim que há fatos que você achou por bem omitir. Respeito totalmente a sua vontade e, mesmo que não as exponha, reverencio suas razões, não obstante, peço-lhe, em futuro próximo, que comece a depositar a sua confiança em mim. Preciso saber tudo o que não o constrange em me confidenciar, para, dessa forma, encontrar meios e assim um rumo para auxiliá-lo.

— Seu Zauhquin, de fato, eu vim aqui para conseguir ajuda com o Senhor.

— Joaquim! Primeiro: por favor, não me chame de Senhor ou Seu Zauhquin, dirija-se a mim apenas como Zauhquin. Segundo: pode sempre contar comigo! Diga o que você tem em mente.

— Eu havia pensado em encontrar um senhor que colaborou, deliberadamente, no desenvolvimento da Nova Babilônia, de acordo com as informações que recebi dos avós de Cristal. Avalio que, se não fosse pela ajuda dele, os primeiros habitantes teriam se perdido.

— É mesmo? Esse Senhor é humano ou é do Fhiiaral?

— Não, não... Ele é fhiio. Na Nova Babilônia, os mais velhos nutrem respeito e carinho por ele e vi seus olhos brilharem quando citam o Zhenodhita.

Ao pronunciar o nome do benfeitor do povoado humano, Zauhquin se afogou no próprio espanto.

— Como é o nome? — interrogou com voz embargada. — Por favor, repita!

— Zhenodhita!

— Não pode ser... Que velho danado! Nunca me falou nada sobre isso! E o que ele fez pelo povoado?

Contei a Zauhquin tudo o que o Seu Delfino havia me relatado e outros retalhos de depoimentos de vários moradores antigos. Expus-lhe em breves palavras as saudáveis lembranças e infinita gratidão guardadas na mente e no coração daqueles que conheceram Zhenodhita. Zauhquin quis saber mais detalhes e demonstrava-se maravilhado com o que ia ouvindo, movendo os lábios como se quisesse falar juntamente comigo. Conforme a particularidade cômica, esdrúxula ou mesmo exorbitante, Zauhquin balançava a cabeça como se dissesse "não acredito"!

— Você conhece o Zhenodhita? — fiz a pergunta, porque fiquei intrigado com as reações de Zauhquin. — Faz muito tempo que ele não aparece por lá, segundo os moradores.

— Simplesmente é meu pai!

Foi a minha vez de ficar incrédulo e em silêncio por alguns instantes.

— Seu pai? Que coincidência! Como diriam na Terra: "como este mundo é pequeno". Sendo ele seu pai, você deve conhecer também o Doutor Couquinhos, não?

— E o que tem o Dr. Couquinhos? Não vá me dizer que ele também foi a Nova Babilônia?

— Sim, Senhor! Desculpe-me! Sim, acertou na mosca! — Notei que Zauhquin não entendeu minha expressão e complementei. — Ah! É uma expressão humana, quando a gente quer dizer que alguém responde uma pergunta de forma exata. O Doutor Couquinhos também visitava a Nova Babilônia com Zhenodhita... Seu pai.

— O que dizem sobre ele na Nova Babilônia?

— Não muito. Apenas que ele ficava com um semblante de pena ou compaixão dos que lá estavam.

— Hummm! Por quê? Deve haver algum motivo para ele ter esse sentimento.

— Lembrei. O Seu Delfino pronunciou as seguintes palavras que, segundo ele, foram ditas pelo Doutor Couquinhos, as quais eu fiz questão de guardar na memória: "um dia o erro seria reparado e que todos os humanos, se assim o quisessem, voltariam para suas famílias na Terra e que era preciso ter paciência".

— Alguns pontos de seus relatos começam a clarear em minha cabeça, amigo Joaquim. Há um segredo que poucos no Fhiiaral têm conhecimento. Algo irredutível e obstinado dentro de mim me diz que posso ter confiança em você... Muito bem! Vou revelar-lhe! Antes quero que saiba como a grande massa vê e julga o velho Doutor Couquinhos: uma parte o catalogou como um inventor qualificado e eficiente; outros o têm como um exímio conhecedor das ciências médicas, físicas, matemáticas, químicas e mecânicas; uma pequena parcela o considera excelente e inovador arquiteto, engenheiro, agrônomo e até astrônomo; a maioria, porém, aquela que atribui ao sobrenatural o que não consegue entender porque não ouve, não pensa e não lê, classifica-o como um curandeiro das mazelas da mente e do corpo.

— Incrível! Então ele é muito inteligente! Quanto conhecimento, hein?

— Sim. Eu o conheço bem. Posso dizer que nutrimos boa amizade, diria que a nossa recíproca estima foi provocada mais por herança do apego dele com o meu pai. Em razão de todos os afazeres que tenho que desempenhar após ter sido escolhido docente de Khonhozin, não pude visitá-lo com frequência, como era costume num passado recente.

— E ele é tudo isso mesmo?

— Então! Aí que vem o desconhecido por toda a população fhiiarana, exceto para mim e meu pai: o Doutor Couquinhos não é um dos nossos.

— O quê? Ele é humano?

— Não! Também não é humano — Zauhquin fez questão de não falar para observar o meu estado de interrogação. Continuou: — Ele veio de outro planeta e parece que nunca mais conseguiu voltar para o seu mundo de origem. Acredito que já tenha mais de 100 anos de existência, apesar de não aparentar. Atendendo à sua pergunta anterior, respondo com conhecimento de causa: ele é tudo isso mesmo! Conhece coisas que nós nunca ouvimos falar, entretanto revela somente aos íntimos e deixa o povo pensar que é apenas um curandeiro.

— Isso é fenomenal, Zauhquin! Contudo, ainda há uma dúvida que persiste latente: como ele conseguiu sobreviver, tendo em vista sua aparência, se é que ele seja estranho?

— Respondo de pronto, segundo minhas ilações. Trata-se de um ser dotado de ressaltada Inteligência e abastecido de um milênio ou mais de ciência em nossa frente! A aparência real do Doutor Couquinhos é semelhante à dos humanos. Ocorre que, não sei de que modo ou com quais substâncias, porque foge dos meus parcos conhecimentos, ele criou uma máscara que se amolda ao rosto, dando-lhe a aparência de um fhiio. Com isso, ele tem um bom convívio social, já que é visto como um fhiio, indo e vindo de onde e para onde quiser, agindo como um cidadão normal, em qualquer parte do Fhiiaral.

— Zauhquin, por tudo o que acaba de me relatar, minha esperança ressurge com estímulo revigorante, principalmente por você ser filho do Zhenodhita e amigo do Doutor Couquinhos, que é um indiscutível gênio. Seria possível conversarmos com eles, com certa brevidade?

— Se tentar fazer isso sozinho, é quase certo que suas chances para o sucesso estarão minguadas. Você nada conhece de nossa cultura e de nossos costumes, principalmente os das partes e é numa delas que eles moram. Se ao menos residissem em área rural, seria mais tranquilo. Podemos nos arriscar: eu levo você escondido em meu carro e pronto. Mas deve ficar bem claro para nós dois: se formos pegos, eu vou para a prisão e você será morto à revelia.

— Não! Nada de riscos! Preciso pensar em algo sólido, para não prejudicar você e morrer sem resolver a questão, seria o mesmo que nadar e morrer na praia.

— Como assim, morrer na praia? A praia fica para o outro lado!

— É só mais uma expressão terráquea, Zauhquin. Na verdade, o que quero dizer é que nadarei, nadarei para chegar à terra, mas morrerei na praia. Todo o esforço será em vão, pois Cristal não será salva se tomarmos decisões precipitadas, atos impetuosos e aí por diante.

— Conclusão indene de dúvidas, meu jovem! Apesar da tenra idade, você se mostra sábio e nem um pouco irascível. Ao contrário, é muito tranquilo para a situação insólita que a vida lhe apresentou neste momento... — Zauhquin me julgou apertando um dos olhos. — Sensato... Pragmático... Por outro lado sensível... hum!

Zauhquin ficou andando de um lado para outro e, quando eu fui balbuciar algo, fez um gesto para que permanecesse em silêncio. Pensava consigo mesmo, executando gestos intermitentes, como se segurasse a batuta de maestro ao dirigir a orquestra, até que parou em minha frente, fixou os olhos em mim com seriedade.

— Você aceita trabalhar comigo? Não aqui no sítio, apesar de que também pode nos ajudar! Quero que seja o meu conselhista no Círculo. O que você acha?

— Bem, eu... — fiquei surpreso e sem palavras, por não entender de forma clara a proposta e suas consequências, bem como as atribuições para exercê-la.

— Agora só tenho o Térço. O Sambrihus foi meu outro conselhista até o mês passado, quando o enterramos, morto por uma doença desconhecida pelos médicos. O Doutor Couquinhos me confidenciou que a causa da morte consistiu em envenenamento por ingestão de substâncias insípidas e inodoras extraídas de plantas cultivadas em jardins, porém tal fato não constou no resultado da investigação. Quanto ao convite, não se preocupe, porque eu, sendo docente, tenho o direito de contar com dois conselhistas. Sambrihus me ajudava a pensar, apresentando sugestões e novas ideias. Era íntegro, inteligente, estudioso e de fama ilibada. Já o Térço me ajuda apenas com seus pequenos gestos e raras reações faciais, nos quais posso confiar sem qualquer hesitação, além de ser um exímio guarda-costas e é um amigo para toda a vida. Ele é a lealdade viva.

— Eu...

— Não. Não diga nada! Você não está me entendendo. Eu compreendo, afinal como vai aparecer na cidade com a sua aparência humana? Está certo! Isso contradiz a minha fala anterior, não é? De repente, conforme eu estava pensando, se você responder que sim, marcarei uma conversa com o Doutor Couquinhos, a fim de tentar convencê-lo a fornecer uma máscara para você!

— Sim! Se for assim, respondo sim! Sim, meu amigo! — aceitei a proposta com entusiasmo, entendendo que não haveria meio mais eficaz que esse para iniciar o planejamento para encontrar Cristal.

Ctasrailo chegou onde nos encontrávamos e ouviu a minha resposta eufórica. Abraçou e beijou seu marido, com ternura.

— Numa manhã maravilhosa como esta, os pássaros cantam, os ventos compõem melodias, flores dançam e um jovem chama meu marido de amigo. O que vocês estão aqui a combinar?

— Ctas, meu amor — disse Zauhquin abraçado à esposa —, você poderia fazer uma poesia com essas palavras lindas que saíram de sua boca e depois musicar. Que lindo!

— Engraçadinho! — Ctasrailo colocou a mão na cintura em tom de deboche e voltou a abraçar o marido, demonstrando que, no íntimo, gostara do elogio.

— É sério! Por que você não acredita? Olha aqui o que tenho para você! É a primeira de nossa roseira! — entregou à amada uma rosa vermelha e, imediatamente, recebeu um beijo de gratidão.

Sentindo que minha presença se tornava inconveniente, afastei-me disfarçadamente em direção do quintal para não atrapalhar o namoro, mas fui contido rapidamente por Zauhquin, que chamou pelo meu nome, após pigarrear.

— Querida, aqui está o meu mais novo conselhista do círculo! — apontou para mim com orgulho e, ao perceber nenhuma reação de júbilo, conhecedor do espírito crítico de Ctasrailo, justificou-se imediatamente. — Primeiro: desculpe-me por não ter consultado você; segundo: não precisa ficar com esse aspecto interrogativo, vou conversar com o Doutor Couquinhos, para saber se há possibilidade de ele me conceder uma máscara. Se não for factível a minha ideia, não se preocupe que não colocarei a vida de Joaquim em risco. Depois, esclarecerei todos os pormenores a você. O que pensa sobre isso?

— Senhor Zauhquin, Senhor Zauhquin! Não foi à toa que me casei com você! Penso que pode dar certo. Pronto!

— Ufa! — Zauhquin voltou-se para mim e cerrou os dentes, como que aliviado, com graça apontando o dedo polegar para trás. — Se ela reprova a minha ideia, Joaquim, nós estaríamos perdidos! — sorriu, fugindo para o lado, após levar suave tapa nas costas, de Ctasrailo.

— Joaquim, vamos torcer para que tudo dê certo! — Ctasrailo gesticulou torcendo. — E que você consiga trazer a sua amada Cristal de volta. Nada sabemos sobre o futuro! No presente você gosta dela, pode ser que se casem ou pode ser que não. Acima de qualquer sentimento amoroso está a dignidade da pessoa e é por essa primazia que se desenvolverá nossa luta. Ninguém é merecedor de escravidão, seja quem for. A cada sentimento bom e verdadeiro que nutrimos um pelo outro, há um reflexo da imagem do Deus, O Existente. O amor nos aproxima do conhecimento do conceito dO Existente.

TREZE

Alguns dias após o episódio do convite, Zauhquin voltou de Khonhozin todo animado, acompanhado pelo Térço, fazendo a maior algazarra ao adentrar pela porta da cozinha.

— Venham! Venham todos! Ctas, Yambho, Tebhotin, Oduithin e, principalmente, Joaquim!

Quando cheguei à sala da frente, estavam todos me esperando com expectativas, pois Zauhquin ainda não revelara o objeto de seu alarde.

— Joaquim, de agora em diante você será um fhiio, menos na cabeça.

— Você conseguiu a máscara, Zauhquin? — perguntei com sorriso nos lábios.

— Fique em pé, no centro da sala. Vou colocá-la em seu rosto, mas não sem antes alertá-lo. Você poderá sentir um desconforto inicial, mesmo assim, deverá se manter firme, pois o efeito de seu envolvimento e adaptação no rosto dura alguns segundos. Tudo bem?

Acenei que sim. Zauhquin me explicou o procedimento e entregou-me aquela substância pegajosa. Coloquei-a no rosto. Comecei a me contorcer, faltou-me um pouco de ar como se estivesse me afogando, tudo ficou escuro, tive a sensação de que meus lábios esticaram e os meus olhos se arregalaram, contudo não gritei. Experimentei uma sensação horrível e desconfortável. Ao findarem as reações adversas, virei-me para os espectadores curiosos, que reagiram unanimemente com surpresa e admiração.

— Mamãe, ele ficou muito bonito! — Yambho comentou com enlevo. Não há dúvidas que vai balançar muitos corações.

— Que máximo! — gritou Tebhotin.

Até mesmo Odhuitin aplaudiu. Ctasrailo e Zauhquin se abraçaram em comemoração e me sugeriram tirar minhas conclusões com olhadela da minha imagem no espelho da sala. Ao contrário dos membros da família, não pude conter o riso alto, motivado tanto pela radical mudança no meu rosto como por apreciar a eficácia perfeita do propósito da máscara. Mesmo assim, depois de alguns minutos gastos com a varredura à procura de defeitos, levantei a questão relativa à minha cabeça e minhas orelhas, cujo formato em muito se distinguia dos fhiios, pelo menos daqueles que até então havia conhecido.

— Tranquilize-se, rapaz! — Zauhquin apareceu atrás de mim na imagem refletida do espelho. — Assim como Térço e a maioria dos conselhistas, você usará, não só no círculo, como em qualquer parte do Fhiiaral, uma capa com capuz, que, respectivamente, cobrirão seu corpo e sua cabeça. Além disso, há muitos fhiios com semblantes diferentes espalhados neste mundo. Você os conhecerá fatalmente — e, de posse de uma lupa grande, chamou Ctasrailo para examinar meu rosto de perto. — Olhe, querida! Como a máscara ficou perfeita! Aquele velho é realmente além da média! — bateu nos meus ombros.

— E você, Joaquim, agora se sente seguro para confirmar seu sim como meu conselhista no círculo?

Ctasrailo sutilmente compôs um gesto facial, como se estivesse repetindo a pergunta. Respondi positivamente e que parecia inacreditável como o novelo se desenrolava de forma surpreendentemente satisfatória e esperançosa. Tudo muito bom para ser verdade. Enfim, a luz no final no túnel podia já ser vista. Agradeci muito a Zauhquin e a toda sua família. Nisso, Yambho, de surpresa, entregou-me a capa com mangas para os braços e o capuz. Agradeci e, sentindo que esperavam que a vestisse, assim o fiz. Amarrei os cordões na cintura e na altura do pescoço para prender a parte superior. As peças se ajustaram perfeitamente ao meu manequim. O comprimento, segundo Yambho, estava correto, ou seja, em torno de cinco centímetros abaixo dos joelhos. Por último vesti o capuz com a ponta em forma de cone, todavia a forma correta de uso consiste em dobrá-lo para trás. Vestido exatamente como um conselhista, recebi os aplausos da família, admirados com a minha nova imagem.

— Mais um detalhe! — Zauhquin levantou o dedo indicador. — É importante que você não fique tirando a máscara, pois sempre que o fizer terá todas as sensações que acabou de experimentar. Porém, caso não se incomode com tais desconfortos, esteja à vontade. O Doutor Couquinhos disse que a máscara não sofre desgaste, não se deteriora com tempo, e também não tem contraindicação. Agora! Vá se preparando, porque, depois de amanhã, vamos ao círculo hierático.

Zauhquin já estava de saída em direção ao jardim, quando Ctasrailo falou-lhe ao ouvido, o que fez com que voltasse no mesmo instante.

— Joaquim! Já me esquecia do último detalhe! Ainda bem que tenho um anjo que não me permite meu esquecimento acerca dos pormenores mais elementares — apontou com o polegar para trás e em seguida fez vênia para Ctasrailo. Depois voltou-se para mim sorrindo e praticamente me desferiu uma intimação. — Você vai ter que falar, de agora em diante, com o tom agudo, assim como eu e o Odhuitin. Quase ninguém no Fhiiaral é dotado desse seu tom grave de voz, nem mesmo os grandalhões fhiios leithoah — antes que eu tentasse manifestar qualquer contrariedade, Zauhquin ordenou com tom severo: — Vamos começar o treinamento, agora!

Provoquei um genuíno festival de risadas, em cujo evento também me incluo, ao me esforçar desastradamente nas tentativas de mudança na voz. Após cansar os maxilares da plateia peculiar, peguei o jeito e passei a falar como eles.

— Desde o início, sabia quem escolhia! — Zauhquin estufou o peito diante da família. — Parabéns, Joaquim! Porém, deve sempre se lembrar... — agora com o semblante de mestre: — Não se esqueça, jamais: até mesmo em pensamento! Você deve falar no mesmo tom que fhiios falam. É um condicionamento ininterrupto. Se falhar na frente de outros fhiios, será pego em flagrante e tudo estará perdido.

— Não esquecerei! — afirmei com a minha voz normal e, imediatamente, tomei um cascão de Yambho. Todos riram novamente. Repeti de forma correta (aguda): — Não esquecerei! Por Cristal!

Naquela mesma noite, o sono se negava a chegar, talvez relegado em algum aposento recôndito do subconsciente pela ação do protagonismo da felicidade demasiada mesclada com a ansiedade assombrosa que inundavam minha alma, provocadas pelas faíscas das exíguas chances de encontrar Cristal e retirá-la do cativeiro em que a levaram. As recordações de nossa breve história passaram por mim como nuvens esparsas conduzidas pelo vento veloz, trazendo-me alegrias perenes, entremeadas com sua imagem refrescante bem à minha frente: nosso primeiro encontro; a paixão arrebatadora no nosso primeiro olhar; o seu sorriso sempre frouxo, sem economia; seus impulsos infantis, correndo em meio à plantação de milho; sua dedicação nos cuidados com a horta e seus outros afazeres; nossas trocas de olhares durante a missa; seus rubores quando indignada com alguma atitude injusta; nosso abraço, nossos beijos, nossos carinhos, nossa paixão... Nosso amor. E agora? Onde ela estaria? Estaria com medo, sem esperanças? Então a tristeza tomou o lugar da felicidade e, sendo ela mais radical, empurrou o sono para um compartimento escuro. Sentindo que permanecer no pensamento triste transforma-va-se em caso sério de ingratidão, esforcei-me para me concentrar nos êxitos galgados celeremente com a ajuda de meus amigos fhiios e nas reais possibilidades de trazer Cristal de volta para mim e para a liberdade. Não sei até que horas da madrugada permaneci virando de um lado para outro da cama com uma infinidade de nuances de focos racionais, inclusive treinando para assumir a nova personagem fhiia-rana de corpo e alma, com elevado afinco, tanto que atingi o absurdo de ouvir minha voz aguda até mesmo no pensamento. Considerei tal situação cômica e concluí que, se sonhasse com a voz de fhiio, seria talvez anormal, no entanto um sucesso de dedicação. Treinei a mente repetidas vezes e, de repente, parei, com uma indagação: o Térço não fala agudo e nem usa máscara. Por que será? Ele também não me parece totalmente humano... Tem nele algo de humano, da mesma forma que tem algo de fhiio, em menor quantidade a olho visto. Par-tindo dessa questão, não poderia deixar de solicitar esclarecimentos a Zauhquin. Depois disso não me recordo mais o que refleti. Certo que adormeci! Também não sei se tive sonhos, incorporado como um fhiio. Quem sabe? Posso afirmar com orgulho que até o dia da partida para a parte Khonhozin, a fim de servir como conselhista no círculo, eu havia me tornado um autêntico fhiio.

No dia de nossa partida para a reunião do Círculo Hierático, a família, menos Odhuitin, levantou cedo para se despedir da nossa pequena caravana. Térço e eu com nossas capas e Zauhquin com sua veste branca. Não posso deixar de consignar que, no dia anterior, Ctasrailo me orientou sobre a manutenção de meu nome natural na pronúncia, unicamente que seria escrito, nas atas das reuniões, como Jhoaquin Fhitérrius, em homenagem ao meu planeta de origem quanto ao sobrenome; quanto ao nome, acrescentaram-se as letras "h" e "n" com a finalidade adaptativa à língua do Fhiiaral.

Térço assumiu a direção do carro, enquanto Zauhquin e eu sentamos no banco de trás, máxime pelo propósito de ambos em não dar espaços a erros nos meus primeiros contatos com o quotidiano fhiiarano. De vez em quando, éramos interrompidos, ora nas preleções de Zauhquin, ora nas minhas indagações, com as canções estapafúrdias entoadas por Térço, num tom muito alto e esganiçado, diria desgastantes para o ouvido e, ao mesmo tempo, engraçadas. Tenho a esclarecer que o carro cuidava-se, na verdade, de uma carroça bem equipada. Faltava-lhe unicamente o motor, cuja função os cavalos executavam sem demandarem elastecido esforço, em virtude das marchas (câmbio) que podiam ser trocadas até o nível quatro conforme o aclive da estrada. O veículo se compunha com amortecedores; com rodas revestidas de material verde-escuro de consistência semelhante à da borracha; com freios comandados pelos pés ou mãos do condutor, conforme a necessidade; faróis, caso a viagem se prolongasse em período noturno; na parte dianteira, vidro de proteção; capota tanto para o condutor quanto para os passageiros; bancos almofadados; enfim, relativamente confortável.

Durante nossa prosa séria, também descontraída, o tempo da viagem transcorreu ligeiro, passamos por variegadas propriedades, sem exceção, bem cuidadas e amplamente aproveitadas, até chegarmos a uma pensão solitária à margem da estrada, onde paramos para o almoço.

— Prezado Joaquim, hoje você vai conhecer uma das melhores culinárias da região — percebi que Zauhquin juntou água na boca. — É claro, muito aquém dos dons incomparáveis de Ctasrailo na cozinha — pôs os dois dedos sobre a boca, quando avistou um senhor esperando na porta do estabelecimento. — Este é conhecido bar do Seu Zhéniquoh. Além de a comida e a bebida serem de boa qualidade, aqui fico sabendo de todas as manchetes das variadas partes (cidades), tanto as de Khonhozin como das mais distantes. O Zhéniquoh tem um dom especial de ouvir tudo, sabe como é? Não? É sagaz no raciocínio. Não posso dizer que seja um fofoqueiro, isso porque ele não espalha para todos aquilo que sabe. Ele é restrito para divulgação. Só conta o que ouve para as pessoas em que confia e, principalmente, para aqueles que nutrem pensamento semelhante ao dele. Pode acontecer também que não tenha nada para falar, então vai relembrar de velhos tempos, dos quebra-quebras em seu boteco, de jogos, de pescarias. Enfim, vamos ver.

— Ora, ora! Vejam só! Se não é o fhiio mais sábio que já conheci — gritou de longe Zhéniquoh, logo que avistou Zauhquin descendo do carro, já se movendo ao seu encontro para cumprimentá-lo. — A sua mesa já está reservada — Zhéniquoh sabia da data da reunião do círculo e pelo visto aguardava a chegada de Zauhquin.

Levou-nos até uma mesa no espaço acima da construção, realmente reservada, haja vista a inexistência de outras ao redor.

— Eu sei que já estão com fome e com pressa. Por isso sirvo-lhe este vinho precioso. O Térço eu sei que não bebe. O rapaz bebe?

— Oh, desculpe-me, Zhéniquoh! Este é o Joaquim, meu novo conselhista — Zauhquin aparentou-me receoso em me apresentar e eu me embaralhar, cometendo eventual gafe, ante o primeiro contato com um fhiio que não fosse seu parente.

— Prazer, Seu Zhéniquoh! Sim, eu bebo — cumprimentei o proprietário do local, impecavelmente, ou seja, no timbre esperado, tranquilizando Zauhquin, que sorriu aliviado.

— Servirei a vocês o mingau de ozhóliti e, depois, quero opiniões — encheu meu copo de vinho.

— Que é isso, meu amigo? — Zauhquin bateu o copo no meu e bebeu com satisfação. — A sua comida é sempre deliciosa. Eu diria que é a melhor de Khonhozin, quem sabe de toda a região. Por que deveríamos dar opinião, se você já sabe que receberá somente elogios?

Zhéniquoh fez sinal com a mão num movimento de trás para frente, no sentido de que a fala de Zauhquin não seria considerada, determinando aos empregados que fôssemos servidos. Térço, com toda sua pachorra, serviu-se olhando para as tigelas e para o seu prato, até construir nele uma montanha de comida, que aplainou e dizimou com a mesma tranquilidade e enlevada maestria, sem falar uma só palavra. Dava gosto de ver, cada colher parecia uma inédita degustação. Causou-me maior impressão, no momento em que fomos nos servir pela primeira vez, a repetição do rito de Terço ao apinhar novamente seu prato de forma idêntica.

Ao terminarmos de saborear o mingau de ozhóliti, Zhéniquoh sentou-se na cadeira vazia e quis saber a nossa opinião. Eu disse que estava maravilhoso e dei-lhe parabéns. Zauhquin, porém, não deixou de acrescentar algo em sua manifestação. — Meu grande amigo cozinheiro, tudo está perfeito como sempre, contudo o mingau de ozhóliti tem algo, que ainda não consigo identificar! Diferente. Eu não percebo aquele sabor genuíno do mingau ancestral.

Zhéniquoh passou a mão no seu cavanhaque e olhou para Zauhquin como se estivesse reprovando a sua opinião. Depois sorriu e disse: — Por isso gosto muito de você. Primeiro porque não mente para agradar a um amigo, segundo porque tem um paladar perspicaz, se assim posso dizer.

— Você tem algo que quer me revelar, não é? — murmurou Zauhquin, apertando o olho direito e abrindo o esquerdo em direção a Zhéniquoh.

— Sim, experto docente! Preparei esse mingau com um ozhóliti diferente! Estudiosos de Khonhozhal descobriram uma maneira de suplantar uma fase na produção agrícola, ou seja, com a nova semente, a colheita pode ser realizada em duas fases somente: a verde e a vermelha. No final, as sementes colhidas são idênticas àquelas que necessitam de três fases, contando com a amarela. A notícia do acréscimo econômico gritante obtido por quem experimentou o plantio está se espalhando em velocidade impressionante e, com isso, de forma tímida, alguns proprietários que têm real firmeza sobre as linhas da unidade também querem fazer a experiência, movidos pela enervada concupiscência. E tem mais, caro Zauhquin, há outro aspecto formidável da tal semente, além da rápida produção: com a mesma quantidade de farinha antiga utilizada para preparar uma travessa de mingau, usando a nova farinha, preparo duas. É o dobro, Zauhquin! O dobro ou até um pouco mais!

— E você está servindo isso, aqui? Eu não posso acreditar que tenha se deixado subjugar por este embuste! Muito menos que esteja resignado! — Zauhquin bateu na mesa, demonstrando irritação.

— Já esperava essa reação de sua parte, portanto não me sinto afetado! Acontece que comprei cinco quilos deste produto para executar testes culinários e colocá-los na mesa para serem experimentados por pessoas como você! Principalmente para ouvir de um sábio suas conclusões.

— Enganou-me direitinho! Ardiloso como sempre, hein? Peço-lhe escusas — Zauhquin se acomodou na cadeira, envergonhado e, ante a importância do assunto, recompôs-se e reatou o diálogo, com sobriedade: — De quem você comprou a farinha de ozhóliti?

— Dos vendedores viajantes oriundos de Khonhozhal. Disseram-me que por lá já está bastante comum o uso do ozhóliti novo nos restaurantes e casas de família. Foi bem aceito, inclusive pelas casas de deferência. O docente Vhenias tem empregado toda a sua técnica de oratória no convencimento acerca das vantagens do plantio e uso da nova semente no círculo local como nas casas de deferência, nestas com mais veemência. Também formou uma equipe muito bem treinada, que, inclusive, emprega até mesmo as entonações de fala do discurso de seu docente, na persuasão corpo a corpo com a população. Os agricultores estão satisfeitos com a economia de tempo e com o aumento dos lucros. Grande parte da população, como já disse, aderiu à ideia e compra o produto, principalmente porque assinala preços módicos e o resultado na panela é duplicado.

— Tenho dúvidas quanto à qualidade — Zauhquin degustou mais um pedaço de mingau que ainda se encontrava na travessa em cima da mesa. — Tem algo errado em tudo isso... A essência não é a mesma. Parece mais aguado, como se fosse uma corda do instrumento que não chega à afinação. Causa-me estranheza que a casa de deferência central de Khonhozhal o tenha aceitado sem oposições, já que é radical em suas liturgias. Os serviçais daquela parte não mudam uma vela do lugar, se contrariar o livro que criaram para o banquete da unidade. Aceitar um mingau advindo de um ozhóliti modificado e não prescrito? Novo? Tudo isso afigura-se indubitavelmente esdrúxulo!

— E tem mais! — antecipou-se Zhéniquoh. — A semente já foi plantada em algumas partes do outro lado do mar.

— Agradeço imensamente por suas informações, caro amigo. Precisamos ir, senão chegaremos demasiadamente tarde ao nosso destino. Pelo jeito, teremos que ficar além do planejado em Khonhozin. Há muito que investigar.

Zauhquin me pediu para viajar na parte da frente do carro com o Térço, certamente porque queria ficar sozinho para refletir sobre os fatos narrados pelo Seu Zhéniquoh. Para mim, o aumento de produção do ozhóliti, a priori, ensejava uma perspectiva positiva para a economia e, no momento, não vislumbrei onde se localizava o problema. Além de que meu paladar não identificara a alteração sentida por Zauhquin, levando-se em conta que aquela era a segunda vez que me nutria com o mingau. De qualquer forma, tanto Zhéniquoh como Zauhquin identificaram um sabor estranho, como disseram "um pouco aguado". Falta de consistência, isso! Por conhecer a índole de Zauhquin, compreendi que eu também precisava pôr meu raciocínio em funcionamento, com certeza havia algo errado.

— Você entendeu a conversa do Zauhquin com Seu Zhéniquoh sobre o mingau de ozhóliti, na hora do almoço? — perguntei ao Térço, que dirigia a carroça, com os olhos sempre nos cavalos.

— Eu entendi.

— E acha que tem algo errado com o ozhóliti?

— Hein? — Térço olhou para mim com toda a sua pachorra contumaz. Perguntei novamente e ele respondeu: — Tem, sim, algo de errado.

— O que você concluiu que está errado?

— Hein? — mais uma vez me fitou.

Perguntei novamente e ele respondeu, olhando bem para meu rosto: — Não sei, não! — continuou a me olhar sem qualquer mudança facial.

Logo compreendi que entre nós o diálogo não passaria de construções inacabadas de casas com teto e sem paredes, de pontes no meio do rio e sem extensão para as margens, enfim, naquele dia, o silêncio tornou-se a melhor opção de conversa. Assim nos comportamos por vários quilômetros, desde aquela última resposta de Térço, que esboçava reações singulares a cada vez que atravessava algum bicho em nossa frente ou quando se apresentavam paisagens e algum elemento da natureza ao nosso lado: pássaros coloridos, revoadas, flores, árvores, riachos. Apesar de não ser comunicativo,

Térço se apresentava a mim como uma pessoa com elevada bondade no coração, pureza na alma, humilde e um tanto hermético, porém raramente tímido.

O sol já começava a cair no horizonte, formando aquelas cores típicas de um entardecer de outono. Consegui identificar o amarelo, o vermelho, o alaranjado e o verde, este com realce. Aquele crepúsculo corpulento provocou surpresa para minha memória, transportando-me aos dias afetuosos da infância com minha família, naqueles finais de tarde quando esperávamos o pai voltar para casa, depois da jornada cansativa do serviço. Em um desses dias, logo após termos feito toda a limpeza no terreiro de chão, ainda molhado pela chuva passageira dos meados da tarde, eu, minha irmã e a mãe, reunidos em torno da acanhada fogueira, queimávamos as folhas amontoadas e gravetos secos caídos do nosso despretensioso pomar caseiro, espalhado pelo quintal. Ali, naquele momento simples e intenso, muito felizes, com o horizonte colorido à nossa frente, os pequenos inocentes imaginavam o futuro, arquitetando seus planos supridos de sonhos. Eu seria um aviador e voaria por cima daqueles morros até onde conseguíamos enxergar, até perder de vista, e passaria com meu avião no céu de nossa casa acenando para todos. Minha mãe, me dando um abraço, com minha irmã, disse com ternura: "Sim, filho! Você vai voar! E voará para toda a liberdade possível. Mas, agora, quero ficar aqui abraçada com vocês enquanto posso, enquanto vocês não voam. Quando deixarem o ninho, terei que me conformar. Assim são os filhos, nós os criamos para o mundo". Inconformado com a afirmação da mãe, contestei, de imediato, afirmando que nunca sairia de perto dela, abraçando-a mais forte ainda. Ela sorriu com doçura, mas no fundo sabia que era isso mesmo. Hoje, na minha atual situação, enalteço tamanha sabedoria, ao ratificar que ela não errou em sua profecia. Voei mesmo, para muito longe, para outro planeta e, pelo que percebi, não tinha chance alguma de voltar. Minha sorte foi muito radical. Na minha terra, a conclusão a que todos chegaram deve ser a mesma: "Joaquim está morto há muito tempo". Para minha mãe, penso que não: continua aguardando a minha volta, com esperança de ouvir-me falando: mãe, eu voltei. Para enfim me dar aquele abraço maternal. As lembranças se espalharam como fumaça e me fiz presente plenamente, extasiado com a extremada beldade do sol poente. Se Deus é de fato o criador de tudo, o seu gênio inventivo é inesgotável, pois tudo o que experienciei no Fhiiaral relativamente à natureza se apresentou como novo, inusitado. Não há uma folha das espécies de árvores que seja idêntica às folhas da terra, mesmo quando secam, porém não há como afirmar com afinco que algumas não possuem semelhanças. Tudo chega aos olhos inusitado. O acaso seria dotado dessa fonte criadora inexaurível, capaz de nunca repetir? Algo surpreendentemente peremptório na variação. Quem criou, cria e recria, sem repetir. Assim também é Cristal! — pretendi falar com Cristal no pensamento: "Você é única... Você já parou para pensar sobre isso? Há muitas flores no jardim! São semelhantes, são todas vermelhas, têm espinhos, folhas... No entanto você é a flor única que meu coração escolheu para se apaixonar. As outras são bonitas, você é mais, porque para os meus olhos se destaca. Cristal, espere por mim. Não perca a esperança e não deixe que eu a perca. Espere por mim...".

QUATORZE

Com a chegada da escuridão, Térço ligou os faróis do carro e, depois de meia hora, desligou-os, ante a desnecessidade devido ao surgimento das luas cheias monumentais e belas, que clarearam o caminho com competência incontestável. Em poucos minutos, encontrávamo-nos diante do portal de entrada da parte Khonhozin, cujo nome entalhado em madeira certamente resultou do trabalho artístico de alguém iluminado. As ruas estreitas e onduladas, em decorrência dos baixos lombos sobre os quais se construíram as edificações, encontravam-se praticamente vazias, a não ser pelo movimento de raros transeuntes pelas calçadas, possivelmente finalizando o fechamento dos carros não mais equipados com os cavalos, encostados entre a calçada e a rua pavimentada com pedras irregulares. A iluminação das veredas advinha de postes baixos de madeira, onde se penduravam recipientes de vidro, nos quais ardia uma tocha tímida de fogo alimentada por algum tipo de óleo vegetal. As casas também refletiam luzes por suas janelas de formato irregular, compostas de vidros coloridos, algumas no estilo vitral e outras monocromáticas em cores azul, vermelho, verde, laranja e roxo. À primeira vista, apesar da noite, com o amparo das luas e das luzes das ruas e das casas, a cidade exibiu-se organizada e limpa e, em vista da ausência de tumulto de carros e habitantes, sem demora, chegamos à casa de Zauhquin, que desceu do carro primeiro e abriu o portão. Entramos com o carro até a garagem vazada para a parte traseira da construção. Térço pediu para eu descer enquanto desvencilhou os cavalos e os levou para a parte dos fundos. Zauhquin entrou direto na casa, sem usar chaves e só então, ao acompanhá-lo em seguida, atentei-me de que as luzes da sala já se encontravam acesas.

— Sua casa da parte, aparentemente, é tão airosa e aconchegante quanto a do sítio! Alguém mora aqui?

— Não, não! Suponho que sua pergunta advém de ilações de quem observa. Luzes acesas, por exemplo — Zauhquin apontou para as luzes e esquentou as palmas das mãos, esfregando-as uma contra a outra. — Venha ver mais! Embora eu pense que já tenha concluído, com a colaboração de seu nariz — apontou para o fogão, onde pude ver carvões parcialmente acesos na caixa de fogo e panelas aquecidas pelo calor fornecido pela chapa.

— Lá de fora, já havia sentido o cheiro! Que notícia boa para o meu estômago!

— Sim, meu amigo! E pode ficar tranquilo que a comida é boa. Quem cuida da casa é a Dona Zhimtroh, uma senhora bondosa e prestativa. A ela pago os devidos frangos para executar os serviços domésticos desta casa. Ela deixou tudo preparado para nós e, a esta hora, já deve estar dormindo em sua casa.

Após a chegada de Térço à cozinha, Zauhquin agradeceu aO Existente pela comida e suplicou por nosso proficiente desempenho no círculo hierático do dia seguinte e indispensável proteção especialmente para mim. Antes de finalizar, enalteceu a minha força de vontade e admirável concentração ao assumir as características de fhiio, inclusive no timbre da voz, não escorregando uma única vez. Ouvindo suas palavras ainda dentro da oração, eu bem sabia que ele estava reforçando o que havia alertado antes: "de agora em diante, você é um fhiio". Por conseguinte eu teria que agir como um fhiio, falar como um fhiio, ter reações como um fhiio, ser um fhiio.

Após o jantar, Terço se despediu e moveu-se para seu quarto, enquanto Zauhquin abriu um litro de vinho e começamos a beber e conversar sobre as plantações em seu sítio, sobre seus filhos e curiosidades do Fhiiaral. Terminamos de beber o segundo litro e ele perguntou se eu queria mais. Respondi que não, visto que quase já passava de meu limite.

— Parabéns, mais uma vez! Mesmo falando mole com a ingestão do álcool, você se manteve firme na sua nova condição de fhiio. Vou dormir descansado.

— Sabe que eu nem reparei — ri alto e levantei o dedo indicador para o teto —, pelo amor a Cristal.

No outro dia, saímos cedo, eu e Térço com nossas capas e capuzes, Zauhquin vestido normalmente, todavia coberto por um manto verde, de tênue tessitura. A parte Khonhozin movimentava-se excitada, com vendedores em diversos pontos na abastecida feira da aurora, em barracas cobertas com folhas de palmeira, onde se encontrava peixe do rio ou do mar, hortaliças e legumes, grãos (de forma especial o ozhóliti), carnes e linguiças, leite e queijos vários, tudo aparentando sobra de viço. Zauhquin, ao passar no meio do povo, recebia cumprimentos e saudações carinhosas, aos quais respondia com entusiasmo e farta educação, às vezes utilizava-se de gracejos e brincadeiras, referindo-se à mãe ou ao pai, aos avós ou aos filhos dos seus interlocutores. Causou-me grande impressão a estima do povo pelo seu docente. Não vi lixo pelas vias, nem senti odores próprios daquelas cidades grandes que sofreram crescimento desordenado, o que ratificou minha primeira opinião acerca do padrão de Khonhozin. No ponto mais alto da disposição urbana, desponta o prédio do Círculo, um imponente colosso no interior da praça espaçosa e arborizada, cujas árvores frondosas, em sua grande parte, dão o aspecto de neve com folhas e flores brancas, e as demais, bem poucas, cobrem-se de folhas rosadas enfeitadas com flores verdes. Onde os raios do sol atingem o solo, teima em se preservar a gramínea esverdeada empetecada com minúsculas flores azuis. O caminho da entrada cuidadosamente revestido com pedras brancas irregulares e, pelo menos 100 metros antes da porta de entrada, há uma rotatória com uma estátua que atinge aproximadamente 10 metros de altura, cuja imagem retrata uma senhora comum, usando vestido comprido, amarrado com um cordão abaixo dos seios, lenço amarrado na cabeça, óculos com armação arredondada e portadora de um belo sorriso nos lábios, seus braços se estendem em direção aos visitantes no sentido de desejar-lhes boas-vindas. Nos dizeres da placa aos seus pés se lê: "Nossos agradecimentos à querida e inesquecível Vhousvóh Carhinga Khonhol — ano de 1720". A escada para atingir o estágio elevado próximo da porta de abertura conta com pelo menos dez degraus, ladeada por rampa suave, construída para facilitar o acesso dos idosos e das idosas docentes, os quais se aglomeravam em pequenos grupos, todos vestidos de verde, acompanhados por conselhistas trajando capa e capuz em tom marrom. A porta de entrada toda trabalhada em madeira maciça, com pelo menos 30 centímetros de espessura, quatro metros de largura e cinco de altura. A cada lado, dois armíferos sérios e atentos a cada movimento. Adentrando o recinto, pasmei admirado, ao divisar a inexistência de pilares ou colunas sustentadoras da obra exponencial, então me pus a cotejar os detalhes que meus olhos viam com as descrições de Roberto, por ocasião de sua lastimosa passagem por aquela casa. Há brilho ofuscante, limpeza descomedida, exorbitante zelo... O chão todo revestido com pedras brancas e pretas, aproximadas ao mármore polido. Os espaços reservados aos docentes correspondem exatamente aos relatos de Roberto: separados uns dos outros, com a poltrona preta com encosto alto para o docente e, próximas e atrás daquela, cadeiras almofadadas para conselhistas, cujos conjuntos formam ilhas dispostas para se adequarem à arquitetura circular do ambiente. No centro há duas cadeiras brancas e uma estante.

Zauhquin se aproximou de mim ao perceber minha distração com a profunda admiração e, talvez, receando que alguém pudesse me surpreender e me assustar, começou a me explicar detalhes sobre a construção.

— Zauhquin! — viramo-nos para trás ao ouvir aquela voz melosa, que permanece até hoje em minha memória. — Estava sentindo saudades suas! Parece que conseguiu um novo conselhista?

— Ora, ora! Quanta honra a minha. Encontrar tão cedo e cumprimentar a conselhista mais sagaz e bela de todo o Círculo!

— Vamos deixar o cinismo de lado? No entanto, modéstia à parte, assim me considero — colocou a mão no peito, virou o rosto de lado, fechando um pouco os olhos com leve levantar nas sobrancelhas.

Minhas impressões preambulares a respeito de Simbholéria se denotaram surpreendentemente díspares daquelas com as quais me preparei para nossa confluência, mesmo porque meus conceitos sobre ela se construíram com as informações aprovisionadas por Roberto e pelas armíferas que guardavam Cristal. Na minha frente, se afigurava uma fêmea, caracterizadamente fhiiarana, na faixa etária por volta dos 30 anos, na estatura idêntica à minha, cabelos pretos brilhantes, vestida com um vestido branco exibindo o corpo escultural, dotada de acentuada sensualidade e fineza, maquiada suavemente, perfumada, unhas compridas e pintadas em vermelho, modos educados, doce delicadeza, encantadora docilidade e inteligência invejável.

— Ah! — exprimiu Zauhquin a sensação de quem se lembra de algo e, de fato, lembrou-se da pergunta anterior de Simbholéria. — Depois da morte de Sambrihus, procurei por toda parte um novo conselhista e encontrei o Joaquim — colocou a mão sobre o meu ombro e apontou com a outra para mim.

— Prazer, Joaquim, seja bem-vindo! Sou Simbholéria e, se precisar de qualquer coisa, procure-me... Qualquer coisa mesmo!

Fiquei estagnado e só respondi quando Zauhquin apertou com força meu ombro. — Obrigado! Tenho certeza de que precisarei de sua ajuda.

Simbholéria olhou nos meus olhos fixamente, mesmo não sendo possível vê-los claramente em razão do capuz que cobria minha cabeça. Eu fiz o mesmo e senti um frio passando por todo o meu corpo como se estivesse dentro de um freezer com temperatura abaixo de zero, durante os segundos que transpassei a beleza externa de seus olhos verdes e me deparei com a névoa cinzenta que os envolvia interiormente. Posso afirmar que, não sei como, defrontei-me com sua consciência, cuja janela se abriu para mim de forma sinistra, revelando seguro paradoxo entre a aparência e o íntimo daquela fhiia, que então, para mim, transfigurava-se misteriosa.

— Ui! — Simbholéria soltou um gritinho sedutor. — Senti um calafrio! Talvez tenhamos que fechar algumas janelas — voltou-se novamente para mim, intrigada.

Zauhquin, pretendendo pôr fim ao nosso colóquio, alertou Simbholéria de que Vhenias estava à sua procura, apontando para o docente que se encontrava do outro lado do grande salão.

— Então já vou! Vamos nos encontrar em breve, Joaquin! Até mais, Zauhquin!

Enquanto acenou com discrição, despedindo-se de Simbholéria, Zauhquin murmurou com os lábios tortos para o meu lado, chamando-me a atenção: — Quase você pôs tudo a perder.

— Zauhquin, como poderia saber que se tratava de Simbholéria? Na minha cabeça, eu me encontraria com uma senhora séria e ranzinza. Além disso, ela nem usa capa e capuz. Fui pego de surpresa — justifiquei-me irritado.

— Não lhe tiro a razão. O lapso foi meu. Simbholéria não usa esses trajes, somente ela. Foi-lhe concedida essa benesse. Desculpe-me por não tê-lo alertado. Agora já foi — inclinando em movimento de vênia brincou: — Apresento-lhe o Senhor maduro que não é perfeito.

— Pare com isso, Zauhquin! Tudo bem! Afinal, consegui me sair bem.

Antes que chegássemos ao espaço para nós reservado, Zauhquin foi novamente interrompido, desta feita por outro docente, que o puxou pelo braço, um tanto quanto esbaforido, por acelerar seus passos para se aproximar de nós, assim que viu Simbholéria se afastar e, ainda, atento à proximidade da hora exordial dos trabalhos do círculo.

— Bom dia, Zauhquin, como tem passado?

— Bom dia, caríssimo Zhimbrous. Tudo bem com você?

— Na verdade, não! — e em tom de cochicho, com cuidado para não ser ouvido: — Preciso urgentemente falar com você! O meu coração bate fraco em frangalhos. Tenho que desabafar com alguém em quem confio. Penso até que estou em perigo de vida!

— Acalme-se, meu amigo! Você quer ir à minha casa ou à sua? Estamos próximos do início da grande reunião e...

— Acho arriscado! Tem gente me seguindo. Melhor ficarmos por aqui mesmo... — olhou para todos os lados, com receio de que alguém o observasse. — Na sala dos mortos! É mais seguro! Só peço a você discrição quando for se dirigir para lá assim que a Assembleia for encerrada — Zhimbrous derramou lágrimas de desespero.

— Confie em mim! — Zauhquin falou mais alto, visando a superar o primeiro toque do címbalo estridente.

— Obrigado desde já. Vamos para os nossos lugares — Zhimbrous segurou os braços de Zauhquin, como que já agradecendo pela atenção desprendida.

Sentamo-nos em nossos respectivos lugares. Zauhquin cumprimentou seus vizinhos ou alguém mais distante, Térço inerte ao meu lado e eu intrigado com Simbholéria e cheio de curiosidade com relação ao Zhimbrous.

— Quem é esse com quem você acaba de falar? — cutuquei o braço de Zauhquin, que se virou para mim e aguardou o término do som da segunda batida no címbalo, que tocou duas vezes.

— Como você ouviu: é Zhimbrous, docente da parte Carhingal, vizinha de Khonhozal. Só para o seu conhecimento e possíveis reflexões, essa última é liderada por Vhenias!

— Hum! — levantei as sobrancelhas e balancei a cabeça. — Entendo!

Soou três vezes o címbalo. Silêncio total e todos nos seus lugares. Entrou pela porta lateral um fhiio de meia-idade, que foi aplaudido em pé.

— Em nome do nosso supremo Deus — O Existente —, nesta casa nos encontramos reunidos, mais uma vez, respeitando nossos antepassados de conhecida nobreza na liderança política servidora do povo, de forma toda especial, a inesquecível Vhousvóh Carhinga Khonhol. Em respeito profundo aos antepassados que transmitiram a fé que nos move dos dias hodiernos, principalmente na incomensurável observância da inquebrantável unidade, de modo especial professada por Wajumajé. Em nome da unidade das partes — nosso escudo incólume contra o mal —, Eu Cenathithe, docente geral, considero aberto mais este singular círculo hierático.

Todos permaneceram em pé, ao passo que o conselhista e a conselhista do docente geral acenderam o fogo numa grande taça que se encontrava à frente do vitral central, cujo desenho transmite a imagem de um círculo dividido em partes iguais triangulares convergindo para o centro. Cada triângulo tem uma cor predominante, sendo que ao se aproximar nas laterais vai misturando essa cor predominante com a cor predominante do triângulo vizinho. Depois do acendimento do fogo, o conselhista lançou nas brasas, que já se encontravam numa travessa de metal, quatro pedras semelhantes à pinha da fruta-do-conde, que se transverteram em suave fumaça perfumada de jasmim, que, por sua vez, difundiu-se em poucos instantes por todo o grande salão, onde permaneceu também por diluídos segundos, quando desapareceu sugada por alguma espécie de exaustor oculto. Em seguida as brasas foram retiradas e só o fogo muito brando continuou aceso, sinal promotor do desfecho do ritual de abertura. Todos se sentaram.

— Docentes e conselhistas! — Cenathithe tomou a palavra, também sentado. — Hoje o nosso espaço para confraternizações será, provisoriamente, o local da celebração da unidade. Comeremos o mingau de ozhóliti. Alguns entre os nobres colegas, já vejo em seus rostos, demonstram estranheza, por se sentirem surpreendidos. Não lhes tiro a razão e peço-lhes minhas sinceras escusas. Esclareço os motivos e, mesmo após a exposição deles, não espero compreensão. No entanto, nossa lei me permite! Há duas noites, tive um sonho que me deixou deveras preocupado e submisso de temor. Nesse sonho eu achava-me sozinho aqui dentro deste prédio e, de repente, surgiu uma ventania frenética sugando o ar de fora para dentro, fazendo-me sufocar com a fumaça que emanava da travessa de metal. O fogo da taça se tornou tão quente, que os triângulos dos vitrais se fundiram pressurosamente em única cor, cuja massa fedorenta degringolou desforme janela abaixo e, no chão, se transformou num monte de estrume. Da janela nua, desceu um raio do céu sem nuvens e caiu sobre mim. Acordei gritando e molhado de suor. No outro dia, conversei com o Serviçal Izhaigro, a fim de me aconselhar acerca de alguma eventual mensagem ou aviso relativamente a meu sonho. Sábio e experiente como ele é, os senhores o conhecem bem, tranquilizou-me, afirmando que não passava de um simples pesadelo. Em todo caso, a fim de mandar bem para longe a minha paúra, aconselhou-me a celebrar a unidade no próximo círculo hierático, o de hoje, servindo o mingau de ozhóliti. Como eu já mencionei, segundo nossa lei, eu tenho essa prerrogativa, por pelo menos duas vezes ao ano, e é isso que vamos fazer. Tudo está sendo preparado pelo serviçal e os ajudantes voluntários. Por esse motivo, ouviremos os inscritos para oratória por ordem de inscrição e debateremos até uma hora antes do almoço. Os demais que não conseguirem falar terão prioridade no próximo círculo.

Com ressalva à bancada de Vhenias, que se manteve inerte e nitidamente irresignada com olhares de reprovação, Cenathithe foi aplaudido de pé, com vibrações de contentamento pela festa que se sucederia.

Aberta a palavra, os três primeiros docentes, sucessivamente, levantaram questões com solicitação de ajuda das partes na cola-boração de modernização de implementos para a limpeza urbana, técnicas e logística de embarcações e mudança de sede do círculo hierático, esse último fundamentado na dificuldade de locomoção das partes mais distantes. Zauhquin me segredou que a derradeira questão tratava-se de bandeira levantada em todas as reuniões do círculo hierático. Uma choradeira de cansativa recalcitrância, como um bumerangue perseverante: vai e volta e, em todas as oportunidades, provoca discussões e debates infindáveis, porque aqueles que insistem no assunto têm a intenção de levar o círculo para sua própria Parte, ou, ao menos, infundir nele a forma itinerante. Depois de muito debate, Cenathite postergou o prosseguimento da polêmica para a próxima reunião e convocou Vhenias para externar suas proposições. Vhenias de Khonhozhal.

— Bendita seja a unidade! Essa é a exortação que ouvimos todos os dias em todas as partes do Fhiiaral. Será que tal nome abstrato realmente existe na prática? De repente, aproxima-se o momento de refletirmos sobre isso. Sim, porque me parece não haver de forma geral a sã consciência, necessária para a manutenção da ideia. Os atos praticados decorrentes da palavra unidade (veja bem, agora eu disse palavra, e não ideia) materializam-se da mesma forma daqueles executados por um animal que se inclina para se alimentar da grama ou para beber água de um cocho. Muito me espanta a atitude de nosso docente geral em expressar seu medo gerado por um simples sonho! Ele que deveria nos encher de confiança! Então comeremos o mingau de ozhóliti, porque simplesmente pelo fato de nos alimentarmos juntos dessa comida, como num passe de mágica, a unidade prosseguirá incólume. Muitos encherão suas panças, e daqui sairão convictos de que dentro de suas tripas carregam o sustentáculo da união, firme como uma rocha, indestrutível, com capacidade transformadora de tudo o que existe. Basta dizer ou gesticular e o resultado esperado sobressalta diante dos olhos: o extermínio de monstros danosos, o salvamento de separação conjugal, quem sabe até o livramento da morte. Ledo engano e pueril inocência, mal sabem a fragilidade de tudo isso. É preciso mais, muito mais! Quem sabe as cores não estão se tornando unas? — Vhenias virou-se para o vitral central e o apontou por alguns segundos. — E o vitral esteja mesmo caindo em nossas cabeças. Também tenho meus receios, mas não fico tremendo de medo. Sou prático e veloz na solução de problemas. Assim sendo, adiantei-me e se depender de mim a unidade será perene. É do conhecimento de todos que há pouco ozhóliti plantado para alimentar a população, que aumenta drasticamente ano após ano. Assim como é do conhecimento de todos que as sementes de ozhóliti se deterioram com menos de dois anos de armazenamento. Aqueles que convivem mais próximos de mim ou que fazem parte do meu dia a dia percebem que a minha vida é pautada em ações para o bem comum. Nunca me furtei da luta por esse objetivo e jamais seja quem for demover-me-á dos meus ideais. Por tais razões, com meus cientistas agrônomos, fiz uma pequena modificação na semente do ozhóliti, que não produz mudanças em sua essência. Continua sendo ozhóliti como sempre foi: o nosso divino alimento da unidade. Com ela continuaremos a produzir nosso mingau, exatamente o mesmo que nos sacia em nossas casas de família, nos restaurantes e, principalmente, em nossas casas de deferência. E agora, para deixar todos de queixo caído, arremato: com a quantidade utilizada para cozinhar de forma corriqueira, a nova semente produz o dobro.

Vhenias interrompeu seu discurso propositadamente para sentir a reação da assembleia, que imediatamente irrompeu-se em conversas paralelas, uns mais exaltados gritavam rechaçando a ideia e outros mais ponderados procuravam apaziguar, argumentando que os fins colimados não seriam um ultraje aos costumes. Pude observar também que, numa das poltronas da parte mais alta, logo à nossa frente, estava sentado um idoso com um cajado nas mãos, que não ensaiou qualquer tipo de reação. Seus cabelos e barba brancos tremulavam ao efeito do vento suave que adentrava a grande casa. Os cabelos compridos pela altura dos rins, a barba fina e espessa até o umbigo. Seus conselhistas se comportavam sisudos, tal qual dois postes ao seu lado, e só se mexiam para, vez ou outra, buscar chá ou água, que ele pedia somente com um gesto. Perguntei a Zauhquin quem era.

— É o docente mais velho entre todos. É o mestre Zheronium. Ele entra em silêncio e sai em silêncio. Vem quase se arrastando ao círculo. Desde quando me tornei docente, não me recordo de um só dia que ele tenha faltado. Dizem que ele é conhecedor de muitos segredos sobre o passado do Fhiiaral e que fez uma promessa de nunca os revelar, a não ser no dia de sua morte. É um docente muito respeitado, apesar de nem mesmo cumprimentar os demais.

Cenathithe determinou a batida do címbalo, a fim de que Vhenias tivesse condições de prosseguir na sua fala. O silêncio foi imediato.

— Há ainda outro aspecto favorável e muito positivo para a adoção desta semente — continuou Vhenias mostrando sementes em sua mão. — Uma das etapas de seu desenvolvimento será eliminada e os grãos poderão ser colhidos em dois meses do plantio, com quase o dobro de produção por grão.

Novamente iniciou o imbróglio. Observei mais atentamente, desta feita, as reações de Simbholéria. Ela se contorcia de satisfação, apesar de não querer demonstrar: sorria, batia palmas, levemente inebriada, torcia os lábios. Cutuquei Zauhquin para que ele prestasse atenção nas atitudes da conselhista charmosa. Ele me atendeu discretamente. Também notei que a outra conselhista de Vhenias parecia não estar feliz no ambiente, aliás, não reagia a falas, gestos, sorrisos ou aplausos, certamente pelo protagonismo marcante de Simbholéria. Talvez porque não lhe fora permitido usar roupas iguais às de sua colega. Por outro lado, também não se igualava aos demais conselhistas. A túnica marrom comprida até os pés, lenço estilizado na cabeça que se prolongava envolvendo o pescoço e finalizava em echarpe. Zauhquin me disse que Vhenias havia trocado sua antiga conselhista e que a jovem transparecia apatia, com certeza por inexperiência.

O címbalo soou. Todos se sentaram em silêncio novamente.

— Se não queremos a desunião, caros docentes! — continuou Vhenias. — Urge elaborarmos uma solução prática e econômica para combatê-la. Como já disse anteriormente, eu me adiantei, poupando vocês de desgastes em reuniões infindáveis e infrutíferas, carregando em minhas mãos a nossa salvação. Não há o que temer. Todos serão beneficiados com um bom lucro, com pouca mão de obra e menos esforços. Não peço que decidamos sobre essa proposição hoje, vamos pensar até o próximo círculo hierático e, se for necessário, quantas reuniões precisarem. Não façam como o animal que se inclina para comer a grama. Reflitam sobre o porquê de se comer a grama, ou então, por que não comer outra coisa muito melhor? Obrigado.

Terminados os aplausos, em meio a gestos de indignação, Cenathithe convocou mais um inscrito, conforme lista que estava em suas mãos: — Fhiarhana, de Munemanh!

Levantou-se de sua poltrona uma jovem alta e musculosa, com cabelos curtos repicados, rosto quadrado, olhos pretos felinos, vestida de verde como os outros líderes, contudo deixando à mostra as coxas e o abdômen, e vociferou em som grave: — Eu não ponho fé nas palavras quiméricas do almofadinha que acabou de se pronunciar e, muito menos, na dissimulada que se apresenta como sua conselhista.

Simbholéria apontou para si mesma e para a outra conselhista ao seu lado, demonstrando que não havia entendido a quem se referira a jovem docente.

— Sim, você mesma! — apontou Fhiarhana. É mesmo descarada! Tem a aparência de solícita, simpática, de ingênua, a queridinha do círculo. É o que todos pensam, não é? Principalmente os machões idiotas que estão por aqui. Mal sabem que interiormente e na surdina age de fato como é: uma megera sem escrúpulos!

Cenathithe determinou a batida do címbalo e advertiu a oradora para que sustasse as agressões lançadas contra a eminente conselhista de Vhenias, sendo que receberia como penalidade a cassação de sua fala, em caso de usar mais uma palavra ofensiva. Fhiarhana concordou e prosseguiu: — O que falarei agora não é agressão, e sim a pura verdade. Eu sei que a festejada mente pensante do Vhenias é a Simbholéria. Esse aí sabe falar bem, no entanto é néscio da originalidade. Por essa razão, tenho para mim que há algo odioso por detrás dessa badalada semente, que, ante a notícia recente, ainda não consegui captar. Peço aos docentes que reflitam e discutam em seus círculos locais, exaustivamente, sobre essa esdrúxula proposta. Se, no final, eu estiver errada, voltarei aqui para pedir desculpas — e, antes de se sentar, Fhiarhana virou-se novamente para frente. — Ah, esse negócio aí do cavalo e a grama serve exatamente pra ele: um brinquedinho, quem sabe um burrinho, nas mãos da dissimulada.

Simbholéria não perdeu a pose, parece que ficou feliz, e Vhenias se levantou para se defender aos gritos, mas soou novamente o címbalo. Cenathithe orientou que sua resposta ficaria para a próxima vez e que precisava, sob pena de atravancar os trabalhos do círculo, dar a palavra para os próximos conselhistas inscritos. Vhenias sentou-se indignado. Segundo Zauhquin, se ele desobedecesse, receberia a punição de duas sessões sem fala. Cenathithe chamou o próximo: Jhirbas de Kabrohen.

— Antes de vir para nossa reunião de hoje, conversei com o serviçal de Kabrohen. Aliás, já faz muito tempo que ele vem cobrando minha fala sobre o assunto aqui no círculo. Disse ele: "eu não vejo chuvisco, e sim tempestade devastadora". Essa frase mencionou para se referir à unidade. Serei a voz do religioso agora — tirou o papel da bolsa e passou a ler seu conteúdo. — "Não temos motivos para mantermos a dependência de decisões de um grande círculo. As partes precisam aprender a caminhar sozinhas, tendo em vista que cada povoação tem um jeito próprio de realizar o banquete do mingau de ozhóliti. Nós não temos um escrito oficial acerca do que realmente disse Wajumajé. Há um consenso sobre a alimentação em família e o banquete na casa de deferência. Apesar de que também não temos certeza sobre a necessidade de existência das casas de observância. Há unanimidade consolidada no rito de citar, antes das refeições, frases ditas através dos tempos, reveladas pelo Deus, O Existente, a Wajumajé e a fhiios e fhiias incorruptos, antes mesmo da formação e desenvolvimento de nossas partes. As liturgias tomaram variadas direções com ritos inventados, com o intuito, quem sabe, de se criar algo enigmático, que os crentes repetem ou assistem resignados. Apetece a certos serviçais sentir que fazem algo que somente eles possuem autoridade e conhecimento para executar. Soberbos! Olham para o povo de cima para baixo. Não nego que há muitos que são e se sentem parte com os demais, que se mantêm, para mim, mais próximos da observância original. Isso tudo me faz perguntar sem qualquer resquício de temor: há uma observância original? Existe realmente um livro?" Foi isso que o serviçal Brhintho me pediu para falar a vocês. Talvez, ele não queira a divisão, entretanto tenho convicção de que quer a reflexão de todos.

Cenathithe, percebendo a temática controvertida que se desenvolvia, tomou as providências necessárias para que seu conselhista fizesse soar o címbalo assim que Jhirbas consumasse seu discurso, a fim de evitar xingamentos ou manifestações acirradas de apoio. Em seguida, pôs fim às falas no círculo e propôs o início do banquete, sem o seu costumeiro discurso final, tendo em vista o adiantado da hora. O címbalo soou quatro vezes, indicando o final dos trabalhos e liberando os participantes das formalidades. A conversa paralela entre os docentes tomou conta do salão, ora parados, ora caminhando para o espaço preparado para a realização do banquete.

QUINZE

Eu me sentia curioso e ansioso, por ser a primeira vez que participaria do banquete comunitário dos docentes. Todos foram se aproximando das mesas prontas em conformidade com o sorteio prévio ocorrido em meio às falas durante o círculo, idealizado pelo serviçal Izhaigro, visando a evitar que se sentassem em torno à mesma mesa somente aqueles que têm afinidades entre si. Por ironia do acaso, Térço, Zauhquin e eu fomos sorteados para confraternizar-mos com Vhenias, Simbholéria e a nova conselhista e ainda com o mestre Zheronium e seus conselhistas. Restou uma cadeira vazia em todas as mesas. Zauhquin me esclareceu que tal costume simboliza o espaço reservado na mesa indicador da presença de todos os demais componentes do Fhiiaral, a não ser que seja ocupada pelo serviçal ou um de seus ajudantes.

O grupo musical, composto por uma flautista, um violonista (instrumento igual ao da Ctasrailo), um instrumento tocado por dois músicos muito parecido com o órgão, e alguns percussionistas, intro-duziu com arranjos belíssimos a melodia entoada por três cantoras e um cantor, e logo percebi que se tratava da mesma música cantada pela família de Zauhquin nos meus primeiros dias naquele mundo: "O Existente, O Existente, O Existente...". A letra e a melodia eram do conhecimento de todos e cada um dos presentes empenhava-se em cantar com mais vibração que o seu vizinho próximo. Aqueles que se encontravam à minha frente, na mesa, voltaram-se para o local onde se posicionava o serviçal Izhaigro, assim que a música começou. Dessarte, não notaram que eu ainda não me apoderava das condições de cantar, principalmente por não ter decorado a letra. Notei que Simbholéria de vez em quando apenas abria a boca, como se dublasse algumas partes da canção, já a outra conselhista de Vhenias nada cantava. Até o Térço já sabia cantar, só que terrivelmente desafinado, ora modulando notas, ora antecipando ou atrasando palavras em volume alto. Eu abria a boca tentando adivinhar a palavra seguinte. Enquanto se entoava o canto, três ajudantes vestidos de uma túnica roxa trouxeram candelabros com oito velas cada um. Dois com vestes laranjas carregavam na cabeça um pote de onde saía fumaça branca e um terceiro, vestido de vermelho, conduziu um carrinho semelhante à carriola, munido com um pote de onde surgiam pequenas labaredas de fogo. Três jovens vestidas em azul-claro trouxeram folhagens, duas vestidas em amarelo-claro apresentaram terra e a última, de rosa, exibiu sementes de ozhóliti. Entrou por último o serviçal Izhaigro vestido de manto branco e turbante preto, este em cujo centro se notam as cores verde, amarelo e vermelho, que, segundo Zauhquin, são símbolos das fases do ozhóliti. O serviçal permaneceu à espera de um livro trazido por um senhor de longa idade que veio a passos lentos, ladeado por dois candelabros. Assim que o livro foi colocado num local apropriado, composto por uma estante e pelos objetos trazidos na entrada, o serviçal se dirigiu até ele e começou a ler fatos, com certa semelhança ao estilo do antigo testamento da Bíblia, entretanto com algumas histórias mirabolantes enaltecendo o Deus, O Existente, e a proeminente conquista do povo fhiiarano. Terminada a leitura, os músicos entoaram outro canto muito alegre e o carrinho com o fogo no pote foi trazido ante o Serviçal, que jogou no fogo umas pedras que explodiram levemente e produziram uma fumaça bem acinzentada. O serviçal Izhaigro entoou com sua voz trêmula e quase incompreensível: — Explodam em chamas as sementes do mal, do egoísmo, da ganância e do poder. Que em sua bondade tenha misericórdia de nós o Deus, O Existente — aguardou em silêncio até que a fumaça sofresse a transformação para a cor azul. — Que suba às alturas, no infinito, o nosso propósito de manter a unidade. Que todas as partes, formando o todo, apresentem o seu louvor — todos responderam: — Seja assim — Izhaigro se pronunciou: — Este livro contém uma parte da verdade na qual temos fé. A outra parte foi-nos transmitida oralmente. Todo o passado contido no primeiro livro nos dá a base para termos fé naquilo que fazemos hoje, principalmente o banquete do mingau de ozhóliti. Não podemos deixar isso cair no descaso. Não é necessário explicação. É necessário fazer, porque até os dias de hoje o resultado disso é benévolo. Qual é o mal que isso traz? Por que temos tantos intencionados em incutir na cabeça do povo que a mudança é o movimento primaz, em decorrência da incerteza das decrépitas palavras de nosso amado Wajumajé? Nós todos precisamos demover da mente desses incrédulos tais ideias, pois quem faz a festa com tudo isso é o divisor — o mal. Ele existe e está pronto para nos atacar na próxima esquina. Durmam! Durmam! Durmam e verão quão triste é a tirania. Por isso nos manteremos incólumes, em nossas casas de deferência, na continuidade de nossas liturgias com todo o zelo com que hoje a praticamos, assim como disse o profeta: "Façam o banquete da unidade com sobriedade, zelo e alegria". Portanto, evitemos a balbúrdia e não se embriaguem. Podem ficar em seus lugares que os ajudantes os servirão. Muito obrigado.

Sentamo-nos e fomos imediatamente servidos pelos ajudantes.

— Que pena! Hoje não pude discursar — Zauhquin dirigiu a palavra a Vhenias. — Você tem muito mais sorte que eu. E, como sempre, faz-se compreender.

— Modéstia à parte. Sou bom nisso, Zauhquin. Você também gostou da inovação da semente?

— Por enquanto, pelo menos até onde chega o meu entendimento, tenho-a por desnecessária.

— Mas é preciso pensar no futuro, meu caro. Do jeito que avança a explosão demográfica, não haverá suporte logístico.

— Não sou contra o progresso, mas uma mudança assim? Tenho para mim que há uma alteração profunda na essência da semente. Poderia dizer que são duas sementes distintas. Aquela é o ozhóliti, esta necessita de nomenclatura e classificação.

— Ora, Zauhquin, precisamos unir nossas forças e...

— Vhenias, você está escondendo algo sobre isso e prometo que vou descobrir!

— Rapazes! — Simbholéria interrompeu o colóquio, com charme. — Não vamos fazer mal aos nossos estômagos com rusgas num momento tão feliz como este. Eu proponho um brinde à unidade.

A conversa tomou outro rumo. Enquanto isso, Térço já havia se servido e repetido uma vez, tanto que o ajudante resolveu deixar sobre a mesa uma travessa grande de mingau e frango cozido. Quando foi se servir pela terceira vez, percebendo que Simbholéria manti-nha o olhar fixo nele, retraiu-se tímido e se refugiou no artifício de olhar para fora pela janela, com o canto dos olhos para a conselhista. Nitidamente, Simbholéria expressava incômodo com os modos de Térço, que não se conteve e, novamente, avançou sobre a travessa de frango e encheu mais uma vez seu prato com pés, pescoço e dorso, sugando o líquido dos ossos após devorar a parca carne desses cortes. Terminou aquele prato com tranquilidade e, agora satisfeito, passou a fitar Simbholéria de forma intermitente, com um sorriso inocente.

— Ela não é ela — repentinamente soltou a voz, apontando com o dedo. — É "veia"!

Simbholéria travou-se chocada, sem fala e assustada. A não ser Zheronium, todos na mesa ficaram apreensivos. Eu me engasguei e recebi tapas nas costas de Zauhquin.

— Não, Térço. Ela é muito bonita e agradável — acudiu Zauh-quin desconcertado.

Térço repetiu no ouvido de Zauhquin "ela é, sim".

— Acho bom você repensar sobre a manutenção desse seu conselhista — repreendeu Vhenias.

— Fiquem tranquilos! — recompôs-se Simbholéria solícita. — Eu compreendo o rapaz, sei de suas limitações e não faz isso por mal — e dirigindo-se a Térço, concluiu com delicadeza: — Pode se servir, querido.

Térço se serviu mais uma vez e a conversa continuou entre os docentes e Simbholéria, que, apesar de ter sido simpática com a situação, continuava a lançar olhares de reprovação para o meu amigo de conselho, que, por sua vez, não mais se incomodou com ela.

Quando terminou, olhou para mim com satisfação e disse: — Não quero mais — e apontando com o polegar para a outra conselhista silenciosa de Vhenias que almoçara ao seu lado: — Ela é igual a você. Não é ela também!

— Tudo bem, Térço, depois conversamos sobre isso. Pode ser? — abracei seu ombro.

— Acho que sim.

— Combinado, então — fiz sinal de positivo e ele concordou com a cabeça, olhando diretamente para o meu dedo polegar.

Térço se levantou da cadeira, porque era seu costume ou por outro motivo, não sei. O que sei é que tropeçou na cadeira e trouxe a toalha e os ossos de frango tudo para cima dele. Foi um susto geral, com sinais de reprovação e indignação de Vhenias e Simbholéria. O velho Zheronium começou uma gargalhada muito engraçada, o que fez a colaboradora tímida de Vhenias também rir alto. Eu prontamente tirei a toalha do Térço e os ossos de galinha que estavam em sua cabeça e o ajudei a sair. Ele se sentiu envergonhado e pediu desculpas. Eu disse para não se incomodarem que estava tudo bem, mas todos se levantaram e afirmaram que já estava na hora de ir embora e assim o fizeram se despedindo.

Logo que saíram, Zauhquin me disse em tom baixo: — Fale para o Térço ir para casa! Ele gosta de tirar uma soneca depois das refeições nestes dias de festa. Às vezes nem dorme, enfim! E você disfarçadamente, assim que diminuírem os comensais, vá até a sala dos mortos e fique me esperando por lá. Se Zhimbrous, o líder de Carhingal, chegar primeiro, diga que em breve chegarei.

Fiz como Zauhquin havia me orientado e, depois de ficar um tempo razoável e ter observado a saída de quase todos os líderes, adentrei a sala dos mortos. É um espaço tão claro, que ofusca os olhos, possivelmente pela reflexão dos raios solares que se infiltram nos vidros com cores claras dispostos na parte superior do pé direito. Na altura de meu tórax, medindo com base em minha altura, há quadros de 20 centímetros quadrados, contendo epitáfios e o nome do falecido. No centro, um quadrado maior em pedra laranja, lê-se o nome Vhousvóh Carhinga Khonhol, com os seguintes dizeres: "Vida na Unidade do Fhiiaral". Nos quatro cantos da sala, escadas levam ao subterrâneo. Desci por uma escada dos cantos e me deparei com um corredor de pelo menos cem metros. Aí já não há claridade natural, sendo que a luz debilitada é sustentada por raras e esquálidas tochas de fogo nas paredes de pedra bruta. Um ambiente insalubre, frio e sombrio. Nas paredes também placas com nomes de falecidos há muito tempo. Voltei para a parte de cima, para não frustrar o cumprimento do pedido de Zauhquin, o que se fez providencial, porque Zhimbrous já se encontrava lá. Nem começamos a conversar, Zauhquin também chegou.

— Zauhquin... — Zhimbrous voltou-se para meu amigo, enlevado — serei conciso e breve, porque tenho meus receios.

— Sou todo ouvidos, Zhimbrous. Pode falar, não tenho pressa.

— Faz muito tempo que você não vai a Khonhozhal?

— Vai passar de três anos. Foi uma passagem rápida como um relâmpago, quando visitei um velho amigo conhecedor das leis antigas. Por que me pergunta?

— Está tudo muito mudado por lá. A tal semente nova do Vhenias foi plantada por todos os sitiantes do território de Khonhozal, convencidos por emissários de boa retórica, treinados por Vhenias. Nós de Carhingal, desconfiados, aguardamos os resultados do primeiro plantio e, envenenados pela ganância ante o expressivo sucesso econômico obtido, plantamos a novidade naquele mesmo ano, quando festejamos uma colheita fabulosa que foi além de todas as nossas expectativas. Então, abarrotamos nossos celeiros. Você sabe que as sementes têm pouco tempo de duração do estoque, não é? Quando, no outro ano, fizemos o plantio das sementes do estoque, não houve germinação. Tivemos que comprar as sementes de Vhenias novamente. Aí deu certo e ninguém se questionou e os agricultores todos ficaram felizes ante a iminente possibilidade dos rendimentos maiores. Houve até mortes na aglomeração da multidão quando da compra das sementes miraculosas... Um horripilante comportamento de massa irracional. Acotovelavam-se tomados pelo receio de não encontrar mais no estoque do comércio. Analisando a sós em minha casa, chego a pensar que Vhenias orientou seus cães de guarda para produzir a desorganização, visando a gerar esse tipo de conduta primitiva e hostil.

— Vocês poderiam ter comprado a semente nossa... — Zauhquin pretendeu encontrar uma solução segura, mas Zhimbrous cortou sua proposta bruscamente.

— Vhidrélis, a líder de Muthabhus, no segundo plantio, pretendeu impedir seu povo de continuar com a sandice, sugerindo a compra de sementes de Fhiarhana, de Munemanh.

— Vhidrélis conseguiu?

— Você não ficou sabendo? Morreu envenenada. Dizem que ela tomou o veneno, mas eu não acredito. Eu posso até afirmar que não, porque estou sentindo na pele o que ela sentiu. Vhenias, eu não sei como, infiltrou muitos de seus seguidores em Carhingal e persuadiu o meu povo. Ele próprio me chama para conversar uma vez ou mais por mês. O meu povo também me pressiona em razão dos avultantes lucros que está obtendo. Além disso, vejo muitos armíferos de Vhenias espalhados por várias regiões de Carhingal.

— Então Vhidrélis morreu? — Zauhquin colocou a mão no queixo, surpreso. — Eu não notei a falta dela no Conselho... Também foi atípico desta vez... Havia alguém no lugar dela...

— Sim, foi escolhido outro, que agora não me recordo o nome, porém sob a forte e pesada influência de Vhenias e seus abutres espalhados pela parte e... — Zhimbrous parou de falar, assustado com o barulho de metal derrubado no piso, vindo da escada à direita para os porões abaixo do prédio do Círculo. Imediatamente, eu corri pelas escadas abaixo e só vi um vulto sumindo no final do corredor, o qual levava consigo a última tocha que deixara acesa, certamente para usar na fuga, caso fosse preciso. Acendi uma das tochas, no entanto em vão, pois não encontrei mais ninguém. Sumiu não tenho ideia por onde. Voltei para cima e todos estavam esperando que eu falasse algo.

— Sumiu na escuridão! Mas encontrei isso! — mostrei-lhes a faca de prata que o vulto deixara cair.

— Está vendo, Zauhquin? Eu não estou maluco. Esta sensação de que estou sendo seguido por onde vou não é coisa da minha imaginação! Se o sujeito que fugiu nos ouviu, agora também ponho você em situação melindrosa.

— Tranquilize-se, Zhimbrous, tenho me precavido! Em todo caso, vou me cuidar ainda mais. Prometo que alertarei os demais docentes sobre a questão aventada por você. Antes de terminarmos, tenho ainda outra pergunta para lhe fazer: o serviçal-guia (parte) e os serviçais-terra (dos sítios), enfim o que pensa a casa de referência sobre tudo isso?

— Você ouviu hoje o discurso de Jhirbas e depois a fala do serviçal Izhaigro?

— Sim! Quero saber o que pensam aqueles de sua parte.

— Pois bem! Mencionei Jhirbas e Izhaigro, porque suas falas hoje na reunião suscitaram o surgimento e o acelerado crescimento temerário da dúvida sobre as palavras ditas por Wajumajé, cujo conteúdo cético sofre acanhadas oscilações de acordo com a cultura das partes. Sem embargo, surgiu na boca do povo um devaneio ainda mais funesto, de forma especial entre os mais jovens: a hesitação sobre a própria existência de Wajumajé, particularmente sobre sua afirmação de que o Deus, O Existente, proporcionará o nascimento e reinado de um sábio dos sábios para salvar o Fhiiaral. A morte do profeta já aniversariou mais de 1.800 vezes e nunca se tornou necessária a presença de um rei com essas qualidades, mesmo quando passamos pelos momentos mais difíceis de nossa história. O questionamento difundido vem se reforçando com base na indagação: "ele vem para nos salvar de quê, se estamos bem?". Então, meu amigo, a casa de deferência de Carhingal não ofereceu resistência com relação à moção da nova semente. Sei que, em algumas partes, tal mudança causará revoltas grandiosas. Vhenias não deixou de empregar sua astúcia, dando início à sua propaganda nos lugares onde a fé é efêmera. E eu me sinto culpado porque fui resignado e fraco. Agora me resta lamentar.

— Zhimbrous, se você tem essa consciência de que errou já é muito importante. As coisas podem se reverter, a partir do momento em que reconhecemos nossas falhas. Erros são comuns para quem vive. O fato de fazer essa denúncia ajuda quem ainda não entrou nessa furada a preparar a barricada de defesa. Infelizmente, sinto em pensar que é chegada a hora de usarmos não só a força das palavras. Nuvens escuras estão despontando no horizonte, com ventos muito fortes e relâmpagos mortais. O Divisor começou a pôr as asas de fora. A unidade está, de fato, ameaçada.

16 DEZESSEIS

Naquela mesma noite, depois do jantar, Zauhquin me convidou para tomarmos um chá no alpendre de sua casa. Levou água quente e duas cuias cheias de chá com bombas próprias. As cuias são colocadas em um recipiente no chão, que lhes dá equilíbrio para não tombarem, e as bombas são longas. Também trouxe um cachimbo com o cabo bem comprido.

— Não sabia que fumava! — disse-lhe admirado.

— Raramente e somente longe de Ctasrailo. Não porque me proíba, mas por respeito a ela. Tenho convicção de que minha querida não gosta, não só pelo odor que se espalha pelo ambiente, mas também pelo sabor que impregna a boca — preparou a erva e colocou água quente na sua cuia. Experimentou e exteriorizou satisfação. Logo em seguida, serviu-me. — Precisamos debater sobre as ocorrências de hoje, para, quem sabe, chegarmos a alguma conclusão ou então, se obtivermos sucesso, traçarmos planos. Eu sei que você também está ansioso para falarmos sobre os caminhos a percorrer na busca de Cristal. A questão é que surgiram problemas relativos ao bem comum. Quem sabe uma coisa não leva à outra? De antemão lhe digo: não voltaremos tão cedo para a casa do sítio. Recapitulemos o dia, começando pela fala de Vhenias.

— Para mim... — suguei um pouco de chá — depois da conversa com Zhimbrous, tudo não passou de hipocrisia. O assunto empolga porque o lucro é um objetivo comum. O gasto e o tempo utilizados para o plantio diminuem drasticamente.

— Por outro lado... — Zauhquin girou a mão direita em minha direção, como se me guiasse para uma resposta. Eu nada respondi e ele completou: — Vhenias ficará mais rico que todos, já que a semente é dele, tendo em vista que, todos os anos, os agricultores, obrigatoriamente, deverão comprar dele a semente modificada — levantou-se e colocou as mãos para trás. — Tem mais implicações: a essência do produto não é a mesma. Ainda não somos capazes de concluir se isso é maléfico para a saúde ou não.

— Quanto à questão religiosa?

— Pois é! Há partes onde os serviçais são extremamente radicais e não tolerarão nem debates sobre esse assunto e jamais concordarão com a mudança. Qual será o resultado? — Zauhquin estendeu a mão para mim, esperando minha resposta.

— A revolta interna e muita morte! — respondi prontamente.

— Sim! Os comerciantes, agricultores e industriários, muitos deles incrédulos quanto à existência de Wajumajé, não abrirão mão do crescimento econômico.

— Eu já conheço bem essa história. No mundo do qual vim, essa é a tônica. Não sou contra a riqueza e amo a ciência. Penso que os ricos são importantes, eles têm o seu papel. O que não concordo é que muitos passem fome e não tenham o mínimo de dignidade — desta vez, eu me levantei e espiei a rua, com a intenção de refletir sobre a pergunta que faria em seguida. — Você acha que todos deveriam ter a mesma quantidade de bens?

— Penso que não e isso não ocorre aqui, Joaquim. Uns têm mais bens que outros. Há muitas propriedades maiores que a minha. Há comerciantes mais ricos que outros. Mas não há fhiios que passam fome. A essa mazela, não pretendemos dar espaço. Contudo, após nosso círculo de hoje, vejo surgir um docente ardiloso e ambicioso entre nós. O destaque de fhiios com tais intenções não é incomum na história do Fhiiaral. Há muitos relatos de aparecimento de desequi-librados dessa estirpe — abandonando o chá, Zauhquin buscou com dificuldade acender o cachimbo, com o olho esquerdo entreaberto em virtude da fumaça intermitente. — E a Fhiahrana? Irascível? Qual a sua impressão?

— Ela chamou Simbholéria de dissimulada. Chamou-me atenção a sua irritação. Parecia tão segura do que falava... A não ser que seja intriga passional. De qualquer forma, a reputação de Simbholéria aparentemente balançou.

— Pode ser. Você mesmo viu a beleza, o charme e a educação de Simbholéria. Tanto que ela nem ameaçou responder às provocações de Fhiahrana.

— É verdade. Ela se manteve tranquila e feliz, mesmo nos momentos de discussões acaloradas. Não acredito que Vhenias seja "pau-mandado".

— O que você disse? — Zauhquin assustou-se com a expressão.

— Eu quis dizer que Vhenias é extremamente inteligente. Sua fala deve ter respaldo em suas singulares reflexões e convicções, e não no raciocínio de sua conselhista.

Zauhquin envolveu seu pensamento momentaneamente na fumaça que saía do cachimbo e falou algo com o cachimbo na boca.

— O que disse? — eu não entendi as palavras ditas.

— Talvez não! — respondeu para si mesmo. — A fala de Jhirbas também foi um grande alerta — agora olhando para mim. A do Serviçal Izhaigro também. Penso que estamos num vulcão prestes a entrar em erupção. Vhenias, segundo a conversa que tivemos com Zhimbrous, está se armando até os dentes e conta com um contingente de armíferos mais que suficiente para, inclusive, manter tropas em outra parte.

— Quando regressei para a casa, depois de ter saído de lá daquela forma atropelada, não quis lhe contar alguns detalhes importantes, a respeito do meu amigo Roberto. Agora, ante todos esses fatos e pressentindo o perigo que se nos apresenta, preciso lhe revelar.

Zauhquin apagou o cachimbo e se posicionou na expectativa.

— Por duas vezes, durante a minha estadia na floresta, enfrentamos duas frentes de guerrilha fhiiarana em combate.

— Com quem?

— Com fhiios armíferos, comandados por um leithoah. A primeira vez, estávamos somente Roberto e eu e, mesmo assim, matamos todos, oito. Eu matei somente um com uma facada na cabeça, e justamente o leithoah. Eu nunca havia matado um passarinho, mas a situação me obrigou, ou era ele ou o meu amigo que se sufocava com um golpe mortal aplicado pelo leithoah.

— Você matou um leithoah? Deus, O Existente! Continue.

— Na segunda vez, após o rapto de Cristal, depois de seguir a tropa que a sequestrou, decidi procurar novamente Roberto para me ajudar a salvá-la. Roberto havia levado consigo cinco rapazes para receberem o treinamento na floresta, visando à defesa dos habitantes da Nova Babilônia de visitas tiranas dos armíferos fhiiaranos. Quando me aproximei do local, o grupo de Roberto estava sendo atacado por mais de 20 fhiios, também comandados por um leithoah.

— Não vai me dizer que você também matou o lidera-tropas?

— Não! Ele jazia morto numa armadilha preparada pelo grupo de Roberto. Entrei na briga e matamos todos.

— Mas por que você me conta isso somente agora?

— Porque aqueles armíferos estavam no território de Khonhozin. Você não acha suspeito? Depois de Zhimbrous dizer que há armíferos espalhados em Carhingal?

— Qual era a cor de suas vestimentas?

— Amarela.

— São as cores da guarda de Khonhozal. Você tem razão, Joaquim! O problema é muito maior do que estou pensando. Agora você me deixou deveras preocupado. Vhenias está preparando a cama de todos nós, ou melhor, a cova. Dos sete palmos, diria que já foram cavados quatro. E nós estamos dormindo, assim como alertou Izhaigro por três vezes durante sua fala no banquete do círculo. Ainda bem que este chá que bebemos tem propriedades calmantes, senão seria muito difícil dormir hoje. Estou nervoso e muito preocupado.

— Desculpe-me, eu deveria falar sobre isso amanhã...

— Não, não, você fez muito bem. Já está tarde, precisamos descansar. O dia foi muito pesado hoje.

— Será que eu poderia fazer uma observação e mais uma pergunta?

Zauhquin deu uma gargalhada e respondeu: — Acho melhor deixar para amanhã. A não ser que seja questão de vida ou morte.

— Você tem razão, vamos deixar para amanhã — concordei sorrindo.

Enquanto meu amigo foi para seus aposentos, demorei-me por mais um tempo ali no alpendre a pensar na minha amada Cristal. Nossos sonhos em uma vida juntos, traçando planos até mesmo para nome de filhos. Ouvi o timbre de sua voz e senti seu corpo abraçado ao meu; olhei diretamente para seus olhos, aqueles lindos olhos que só ela possui e que são transmissores da paz que sempre me trouxe alento e, de modo especial, naquela noite solitária; visualizei a delicadeza e a sensualidade de seus movimentos; recordei suas palavras singelas e repletas de sabedoria, nossas brincadeiras e seu sorriso, sua alegria contagiante e suas gargalhadas... De repente, mudei o rumo do pensamento, quando as gargalhadas de Cristal ecoaram em minhas lembranças, remetendo-me aos fatos ocorridos no almoço daquele dia. Aliás, a pergunta que concordei com Zauhquin em postergar para o dia seguinte estava relacionada com a nova conselhista de Vhenias, que, por falta de oportunidade, lapso ou respeito à sua timidez, não conversei com ela, nem mesmo perguntei o seu nome. No momento da barafunda gerada pela escorregadela do Térço durante o almoço, não pude deixar de notar a gargalhada daquela moça, que provocou em mim serena simpatia por ela, instigada em reminiscências aprazíveis. Se os fatos não tivessem provocado a referida situação constrangedora, certamente investiria numa aproximação com a conselhista, em razão da curiosidade suscitada pela gargalhada, no entanto, naquele momento, só me preocupei em ajudar o Térço em sua situação embaraçosa. A sensação prazerosa a que me refiro adveio exatamente da gargalhada da conselhista, idêntica à de Cristal. Como é possível surgirem tais coincidências entre seres de mundos diferentes?

No dia seguinte, fui acordado com os assobios melodiosos de Zauhquin e só então me dei conta de que havia dormido na poltrona do alpendre. O Sol surgia no horizonte e os pássaros cantavam em algazarra nas árvores da rua. Ia passando direto pela cozinha, mas Zauhquin me surpreendeu com o pano de prato pendurado em seu ombro. Ele mesmo havia feito o café e tudo estava preparado na mesa.

— Sente-se e coma. Dormir fora da cama não é bom.

— Zauhquin, eu não me lembro a que horas dormi. Quando você foi para seu quarto, comecei a pensar sobre os últimos acontecimentos e acabei pegando no sono sentado na poltrona e, apesar dela, sinto-me bem descansado. Dormir naquela poltrona é um céu para quem já passou a noite amarrado à copa das árvores, para não cair durante o sono — comentei sorrindo.

— Sabe, filho, eu não dormi tão rápido. Rolei assaz na cama, pensando no que fazer com a represa prestes a transpor a barreira e concluí que precisamos dar vazão às prioridades. Tendo em vista que continuaremos por um bom tempo por aqui e que não me apraz a distância de meus filhos e da minha Ctasrailo, decidi voltar ao sítio e trazer a família para cá. Talvez, deixe o Oduithin, pois ele tem aulas complementares no povoado. Acho que não virá. Se ficar, cuidará dos afazeres do sítio. O Térço vai comigo e, se você quiser ir, não se acanhe, apesar de que no retorno para cá terá que se aconchegar no bagageiro do carro, com a opção ainda de utilizar o cavalo.

— Não! Agradeço. Prefiro ficar! Não tenho motivos para voltar. Aguardarei vocês e ademais poderei adiantar algumas investigações por aqui.

— Certo! Você pode fazer isso sem problemas. Mas veja bem! Com extrema cautela, inclusive não se esqueça de usar algum adereço na cabeça, porque não poderá sair com a roupa de conselhista por aí. Pode ser um chapéu, um turbante ou uma touca, quem sabe um lenço... Experimente e veja como se sente melhor. Está tudo no meu armário. Tranquiliza-me sua determinação ao agir e falar como um fhiio de maneira impecável — Zauhquin se encontrava na porta e voltou-se em minha direção. — Já ia me esquecendo. Ontem você queria me falar algo e também fazer uma pergunta?

— Sim. A conselhista de Vhenias, não a Simbholéria, é quieta, tímida ou misteriosa. Ela não abre a boca para nada, parece sumir ante a notoriedade de sua colega.

— Ora, Joaquim, é você em relação ao Térço!

— Pode ser... Contudo senti uma tristeza em seu semblante.

— Não vamos desviar o foco, Joaquim! De toda sorte, não abandone sua intuição, desde que, é claro, não se prenda a ela — evidentemente Zauhquin cortou o assunto. — Qual é a sua pergunta?

— Por que o Térço não precisa usar uma máscara como eu, apesar de não ter a aparência dos fhiios? Ele também tem a voz grave e isso não é um problema!

— Eu sabia que uma hora você iria me perguntar isso. Se bem que eu mesmo já deveria tê-lo provocado. Muito me estranhava a sua inércia especulativa diante de um aspecto tão evidente.

— Ele tem mais características humanas que fhiiaranas.

— Você ainda não conheceu bem o Fhiiaral, meu amigo. Há profusa miscigenação entre os fhiios e, não raro, geram-se sujeitos excêntricos, que em determinados lugares são considerados aberrações mutantes e, por consequência, banidos para territórios distantes, quando não são assassinados por picuinhas insignificantes. Amanhã ou se resolver perambular pela urbe hoje mesmo, você constatará com seus próprios olhos.

— Mas os assassinos recebem algum castigo?

— Sim! São julgados e, se condenados, conforme o grau definido na sentença, passam a viver em condição de isolamento ou cumprem penas alternativas. Bem! Voltando ao assunto da hibridização, onde podemos enquadrar o nosso amigo Térço. Ele é considerado, por alguns, uma dessas aberrações. Não foram poucos os que intencionaram dar fim à sua vida e se deram mal, porque, apesar de sua aparente fuga da realidade, Térço é extraordinariamente forte, lépido e diligente. São características descomunais. Ele não é visto como humano exatamente por tais qualidades, além disso, sua orelha segue os padrões fhiiaranos.

— Então, tendo em vista que em meio à população caminham tais fhiios miscigenados, eu não necessitaria tais adereços, como chapéu, turbante ou lenço...

— Eu sugiro que use, para não levantar qualquer tipo de suspeita. O Térço foi analisado por médicos que assinaram laudo constando sua origem fhiiarana. Eu o levei aos médicos logo que o trouxe para cá, ao perceber o impacto que sua presença causou nos fhiios, principalmente em Vhenias. Você sabe que defendi os humanos veementemente no círculo hierático? Não consegui emplacar a minha principal pretensão, que era a liberdade, contudo estão vivos. Então se pescarem algo diferente em você, sem dúvidas irão pedir também seu exame médico. Mais uma vez, insisto, não deixe isso acontecer.

— Você tem toda a razão, não vou mais questionar suas decisões. Desculpe-me.

— Se você não me questionar mais, eu o devolvo para a floresta ou para a Nova Babilônia e não serei seu amigo — primeiro Zauhquin me advertiu, na sequência sorriu.

— Está bem! Farei a última pergunta, se me permitir! — Zauhquin consentiu movendo a cabeça para baixo. — Faz tempo que você e Térço se conhecem?

— Aproximadamente há uns quinze anos.

— Ele nunca mudou o jeito de ser?

— Não era uma só pergunta? — Sorriu Zauhquin e continuou: — Estou brincando, pode fazer quantas quiser. Não, ele nunca mudou. Nunca teve ambições, é solícito, íntegro, benévolo, honesto ao extremo, enfim muito virtuoso.

— Como ele entrou na vida de vocês? Melhor, de sua família?

— Numa tarde abafada, voltando com um carregamento de mercadorias de Godoizhin, parte situada no outro lado do mar Iguidhalvho, eu resolvi fazer uma parada para descansar e tomar um suco num bar à beira da estrada. Assim que desci do carro, presenciei uma cena. Um rapaz, vestido com um calção com listras azuis, roxas e vermelhas, até os joelhos, camiseta rasgada, chapéu de palha sem costura nas bordas, botas até a canela, era insultado por, pelo menos, sete fhiios, que o chamavam de idiota, retardado, imbecil, catuto, olainzhenzhen. De vez em quando...

— Espere, Zauhquin! Antes que você continue o relato e eu me esqueça de perguntar, o que significam esses xingamentos que mencionou?

— Quais precisamente?

— Catuto e olainzhenzhen? Não conheço esse palavreado.

— Ah, pois sim! Catuto é o vagabundo e olainzhenzhen é o filho de prostituta ou de prostituto. Continuando: os malfeitores rodeavam o agredido e falavam ao mesmo tempo os palavrões, visando a confundi-lo, para que cada um tivesse a oportunidade de lhe desferir um pontapé na bunda ou um tabefe no rosto ou um murro nas costas. O rapaz ofendido insistia que precisava de um pedaço de pão, como se não se incomodasse com nada do que eles faziam. Ficava ali parado, com as pernas juntas aos joelhos, o braço direito dobrado sobre a barriga e o esquerdo estendido pedindo comida. Olhava para um e recebia um golpe do outro, direcionava-se para quem lhe dera o golpe, estendendo-lhe o braço e era esbofeteado por outro e assim perduravam as atitudes agressivas e malévolas. Ele não caía nem se ofendia. Até que um deles, percebendo que ele não revidava, tornou--se mais agressivo, arrancou da cinta um punhal e investiu buscando esfaquear o rapaz pelas costas, que só então reagiu, como se tivesse olhos para trás, pegando na mão do ofensor, jogou-o para frente numa distância de cinco metros, sem aparentar qualquer esforço. Quando vi que todos os outros tiraram suas espadas e facas da cintura, adiantei-me, gritei para pararem com a violência que cometeriam. Todos se voltaram para mim e um deles questionou quem eu era para lhes impedir. Mostrei-lhes o meu anel de docente de Khonhozin, porque era a única coisa que poderia fazer. Eles começaram a rir e aquele que havia perguntado disse que o anel não significava nada para eles e se eu quisesse mostrar a minha autoridade deveria fazê-lo em Khonhozin. Então dois deles avançaram sobre mim. Eu, conscientemente, pensei que seria meu último dia neste mundo e, antes que eu tirasse a minha espada, o rapaz ofendido, numa velocidade e força inacreditáveis, fez com que os dois batessem a cabeça um contra o outro, caindo ambos desmaiados ali no chão. Ele ficou na minha frente como um cão de guarda e cada um que foi se arriscando para a luta tombou no chão inconsciente. O último saiu correndo com medo. Então, agradeci-lhe muito, comprei umas roupas usadas para aquele estrangeiro desconhecido e pedi comida para nós dois. Tudo o que eu perguntava a ele praticamente me respondia com o final da pergunta que eu havia feito, menos o seu nome, o qual fez questão de dizer: Térço Tercílios Tércius. Quando terminou de comer, depois de repetir quatro vezes, eu quis me despedir, mas ele insistia em querer me acompanhar. Fiquei um pouco receoso, no entanto o levei. De lá para cá nos tornamos grandes amigos.

— Interessante história, Zauhquin. E você sabe de onde ele veio? Qual a sua procedência? Pelo jeito, ele não é de Godoizhin.

— Não, não! Ele vem de um território hostil que não pertence a nenhuma parte. Fica perto de um lugar temido por todos, com a reputação de ser a terra do divisor.

— Onde fica esse lugar?

— Godoizhin é a última parte antes da Laquadho Phedto — a Água Podre! — Zauhquin impregnou de mistérios suas palavras com os olhos arredondados e distantes.

— E por que Térço foi embora de sua terra? Ele não tem família? Ou não se lembra? Teve um trauma e perdeu a memória?

— Térço abandonou sua casa, porque nunca recebeu qualquer tipo de atenção do Véio Carrasco, que somente depois de longo tempo de convivência fui descobrir que é seu pai. Nunca me informou se Véio Carrasco é realmente o nome do seu pai. Também nunca fiquei questionando sobre isso, apenas concluí que Térço o chama assim em decorrência das atitudes do Véio, pois batia na cabeça do filho todos os dias com um pedaço de pau. Térço nunca havia dado um passo para fora de seu território de nascimento, a não ser para os tenebrosos caminhos do Laquadho Phedto.

— E a mãe dele? Não se incomodava com a maldade do pai?

— Térço não conhece a mãe. Diz que tem dois irmãos gêmeos: um chamado Tordo e o outro, o Primo, que morreu logo que nasceu. E antes que você pergunte, ele não sabe a razão da morte do irmão primogênito. A mãe sumiu no mundo logo após o nascimento dos filhos. Pobre rapaz, nem sabia o que é uma mãe. Logo depois que passou a conviver comigo, ao observar a nossa vida familiar, fez-me questionamentos sobre sexo, fêmeas, amor, enfim... No final concluiu tranquilamente comparando alguns aspectos com os animais e revelando que ouvira seu pai se lastimar diversas vezes sobre a partida da mãe, depois de ficar bêbado.

— Que história triste a dele, hein? — não estendi o assunto e, entendendo que Zauhquin pretendia seguir caminho para o sítio o quanto antes, ainda comentei: — Sabe, Zauhquin! Eu achei um pouco estranha a maneira como Térço se dirigiu à Simbholéria, chamando-a de velha e depois, à outra conselhista de Vhenias, afirmando não ser quem ela é. Procurei entender, por serem atitudes que não condizem com o seu modo de proceder. Pelo menos para mim, foi bizarro. Para você que já o conhece há mais tempo que eu, talvez seja normal...

— Joaquim! Eu já vi Térço fazer essa aparente grosseria algumas vezes e muitas delas confesso que não entendi, mesmo porque ele não explica, e outras vezes tentei investigar suas afirmações e concluí, mais tarde, que ele sabia o que estava falando. É uma incógnita ou talvez uma charada que ele cria em sua mente, ou ainda, pode ser que veja algo que não podemos enxergar. Na verdade ainda não posso afirmar qualquer coisa científica a esse respeito. Quanto à questão de Simbholéria ser velha, claramente, vemos que ela não é. Quanto à outra conselhista não ser quem é, confesso que não entendi. De qualquer forma, não podemos descartar a possibilidade da assertiva da sensibilidade do Térço. Vamos ficar com os olhos e os ouvidos bem abertos.

— Assim o farei.

— Faça-o então, com cautela — apontou Zauhquin o dedo indicador para mim, batendo no meu peito. — E agora, se você não se importa, preciso sair, já que estou um pouco atrasado. Outro dia conversamos um pouco mais sobre esse e outros assuntos.

— Boa viagem, Zauhquin!

17 Dezessete

Mantive-me na calçada até que o carro sumisse no final da rua e, sem perder tempo, corri até o armário de Zauhquin e escolhi um lenço listrado de preto e branco, entre os diversos adereços que lá se encontravam, para poder sair pela cidade com a tranquilidade indispensável para o proveitoso corolário da aventura indigitada. Atentava-me a tudo o que me surgia aos olhos e demais sentidos. Tudo era novidade, curioso e original. Fui até paquerado por garotas, o que me fez lembrar a brincadeira de Yambho, quando me transformei em fhiio na frente da família de Zauhquin. Talvez, eu tivesse ficado mesmo charmoso. Chegando à região central, avolumou-se o comércio relativamente tumultuado pelo vai e vem da volumosa multidão. A moeda utilizada para a venda e compra recebe o nome frhango ou então, não eventual, o próprio frango (ave galinácea menor que a raça garnizé) para troca. Demorei-me assistindo entre comerciantes e consumidores e confesso me diverti bastante com o sistema de trocas de mercadorias e aves. Zauhquin me deixara alguns frhangos (moeda), caso eu precisasse comprar alguma coisa. Entrei num quiosque que vendia comida e pedi um suco com uma massa frita semelhante à coxinha, não porque sentia fome, motivado tão somente a obter informações do proprietário acerca do endereço da conselhista de Vhenias. Para tanto, enquanto comia e bebia, engabelei o comerciante afirmando-lhe que continha em minha mochila um recado vindo de Khonhozal constando como destinatária a Simbholéria, no entanto não constava endereço. Assim que terminei o lanche, o dono de quiosque prontamente me levou até a rua e me passou o completo itinerário, com riqueza de detalhes. Tomei o rumo ao meu destino e, pelas veredas, pude autenticar traços da miscigenação explanada por Zauhquin, ao notar alterações nas feições de alguns fhiios: uns com orelhas grandes, outros com os olhos desproporcionais para menos ou para mais, acolá com bicos enormes. Enfim, cheguei ao endereço pretendido: no topo elevado, avistei a casa descomunal, parcialmente ocultada por vultosas árvores chamadas casulo, em razão de seu formato, plantadas enfileiradas com pouca distância da área frontal gramada, sem flores. Ouvi fala contínua, semelhante a discurso, vinda da lateral da parte frontal. Chamou-me atenção o timbre grave e, por evidente anomalia, cheguei mais perto para ouvir com mais clareza: "Bem-aventurados são os mansos de coração, porque verão o céu; amai-vos uns aos outros, não adianta amar somente a Deus; o Senhor é o Pastor que me conduz e nada me faltará; nós devemos gloriar-nos na cruz de Nosso Senhor Jesus Cristo; convertam-se e creiam no Evangelho. Jesus vai chegar aqui também, é preciso que todos estejam preparados; convertam-se enquanto é tempo; bem-aventurados os que têm fome e sede de justiça, porque serão saciados; não fecheis hoje o vosso coração, mas ouvi a voz do Senhor; provai e vede quão suave é o Senhor; que Deus nos dê a sua graça e sua bênção, que sua face esplandeça sobre nós, que na Terra e aqui se conheçam os seus caminhos e a sua salvação por entre os povos". Ao ouvir tais palavras, cresceu a minha curiosidade. A não ser que estivesse demasiadamente enganado, ele acabara de pronunciar frases da Bíblia! "Como alguém deste mundo sabe de algo que ainda não aconteceu por aqui?"

— Bom dia, Senhor.

Ao ouvir minha voz, o sujeito levantou uma das mãos à altura do peito e virou levemente a cabeça, não a ponto de precisão da minha localização.

— Aproxime-se e bata na grade a fim de que eu chegue mais perto de você — percebi que se tratava de um deficiente visual. Bati com a minha faca nos ferros espessos da grade e ele chegou-se até mim, sorridente.

— Bom dia, filho! O que o atraiu até mim? São as minhas palavras? Minha voz grave ou a minha cegueira? Ah! Vá lá, isso não interessa. Eu sou Saulo. Qual a sua graça?

— Sou Joaquim e fiquei curioso ao ouvir as frases que o Senhor estava a gritar.

— Está bem! Está bem! Essas palavras não são minhas, e sim de Deus. Ele, o Deus do amor, ainda não se revelou por aqui, mas me deu a ordem há muito tempo para que eu o anuncie em todas as nações e dê testemunho dele em qualquer lugar que eu me encontre, então não tenho o direito de ficar calado.

— Não parece loucura falar algo que não está escrito em nenhum livro ou passado oralmente de geração em geração no Fhiiaral? As suas palavras dão um tom de blasfêmia por aqui, ou então, são lançadas ao vento, porque ninguém as entende.

— Loucura! Venha mais perto! — aproximei-me mais um pouco dele, que pegou em minha mão. — Se você me vê como louco, depois do que lhe vou revelar, concluirá que sou duas, três, quatro, sabe lá quantas vezes, louco — cochichou nos meus ouvidos em seguida: — Eu não sou deste mundo. De onde eu venho, existe um conjunto de livros acoplados, chamado bíblia e lá o Salvador já chegou há quase dois mil anos. O próprio Deus mandou seu filho à terra, que se fez homem e habitou entre nós. Lá, eu exercia função semelhante à dos serviçais por aqui. As casas de referência são nomeadas templo ou igreja e eu, pastor.

Afastei-me abruptamente dele, enquanto riu à vontade. Lembrei-me de Cristal, que me disse que, com sua mãe, os armíferos também raptaram um pastor da Igreja Luterana por nome Saulo. Só poderia ser aquele homem que estava à minha frente e, certamente, usando a mesma máscara que eu usava, no entanto sem a mudança no timbre da voz.

— Então, meu jovem, você também acha que sou louco? Tudo bem! Compreendo perfeitamente. Entenda uma coisa: eu não estou mentindo, Deus sabe que não. Venha, vamos continuar nossa conversa. Faz muito tempo que não tenho ninguém para bater um papo comigo. Venha, não tenha medo!

— Saulo, eu não tenho medo de você — e, para que ele não desconfiasse de mim, fiz o possível para que tivesse por certa a minha incompreensão de sua lógica. Por mais de uma hora, ouvi com paciência o pastor Saulo recitar a Bíblia e enaltecer Deus.

— Saulo! — interrompi-o em dado momento, por concluir que ele não pararia nunca. — Interessantes as suas histórias, mas estou um pouco atrasado para um compromisso que assumi. Posso lhe fazer algumas perguntas, a título de curiosidade?

— O que você quiser perguntar! Estou à disposição e responderei por gratidão por sua generosidade em me ouvir.

— Você sempre morou aqui?

— Veja bem! A resposta que lhe darei reforçará a sua opinião de que sou maluco. Eu não me incomodo, já estou bem velho para me importar com isso. Vim, não sei explicar como, de um planeta chamado Terra há muitos anos e, chegando aqui neste mundo, obrigaram-me a morar num lugar denominado Nova Babilônia.

— Por mais que eu me esforce, pastor Saulo, não é possível concluir que o senhor não seja louco — fiz-me de desentendido. — Vir de outro planeta é impensável, ante o princípio de que somente nós fhiios fomos criados pensantes no universo. A segunda afirmação esbarra na incompatibilidade legal, tendo em vista que não é lícito a um fhiio viver num lugar reservado exclusivamente para os humanos — Saulo hasteou as sobrancelhas e moveu a cabeça de um lado para outro, como se quisesse expressar "eu não te disse?".

— Você mora lá naquele solar? — apontei para a provável casa de Simbholéria.

— Nunca! — respondeu sorrindo e continuou sério: — Quando aqui cheguei, vim morar direto num porão. Se você olhar nessa direção à direita, abeirando o muro, verá um aterro coberto pelo jardim de gramas. Talvez não consiga enxergar a porta. É ali que moro, com mais duas pessoas doentes.

— Pessoas doentes? — agora a questão começava a esquentar. — Elas também vieram de onde você veio?

— Sim. A irmã Raquel e Dovília. Vieram outros conosco, mas estão todos mortos, sem contar que nós, os sobreviventes, acabamos todos cegos. Não sei quem vai para a casa do Pai primeiro, Dovília ou Raquel. Eu me sinto forte, todavia me incluo entre as duas. Dovília, desde que aqui chegou, sempre trabalhou no Solar. Mandaram-na para o porão há mais de mês. Irmã Raquel teve a mesma sorte que eu: somos prisioneiros. O motivo? Não sei!

— Hoje você não está preso!

— Não! Sou preso da deficiência visual e não tenho forças nem lugar para fugir. Como aquilo que falo ninguém acredita, os donos da casa me deixam sair pelo jardim na parte da manhã e não mais se incomodam com o que penso ou falo. Sou tido como louco.

— Você sabe se tem mais alguém trabalhando na casa, no lugar de Dovília?

— Joaquim! Não é esse o seu nome?

— Sim.

— Eu nada sei das coisas que acontecem na grande casa. Mas tenho absoluta certeza de uma coisa: buscaram alguém jovem na Nova Babilônia para assumir o lugar de Dovília.

— Pastor Saulo, o senhor tem cada ideia, hein? — bati a mão em seu ombro. — Agora tenho que ir. Gostei da nossa conversa, tanto que voltarei em outro dia para continuarmos. Até breve.

— Quando quiser, filho! Foi uma alegria conversar com você. Que Deus o abençoe. Adeus.

Nos quatro dias em que experimentei a solidão na casa da cidade, aguardando pela chegada de Térço, Zauhquin e família, aproveitei ao máximo para bisbilhotar pela cidade na perquirição de elementos que contribuíssem na construção do retrato da atual empregada ou colaboradora nos auxílios domésticos da casa de Simbholéria. Mantinha-me firme no foco da investigação, no entanto sem radicalismo, para não chamar atenção para mim e despertar suspeitas, o que acabou se tornando positivo, haja vista as curiosidades que enriqueceram minha experiência no trato com os fhiios. Das conversas de bar em bar, de praça em praça, de esquina a esquina, deparei-me com dados estatísticos, que considerei satisfatórios. De cada três, dois eram a favor da liberdade dos humanos sem qualquer óbice; um terço não os queria, de forma alguma, vivendo entre eles, influenciados pela notícia falsa de sua nocividade aos costumes e crenças milenares do Fhiiaral e, ainda pior, desejavam a morte dos humanos, por sua relativa afinidade com o diabo (divisor, para eles). Já, em Khonhozal, segundo informações dos habitantes pró-humanos de Khonhozin, a maioria abominava os humanos, demonstrando, em suas palavras e atos, intolerância extrema, sendo que seus discursos montados fora de suas mentes, transbordantes de preconceitos, difundiam que os humanos, com suas ideias lunáticas, espúrias, efêmeras e erráticas, seriam plenos de ideologias originadas dos desejos do divisor. Quanto a Wajumajé, alguns em Khonhozin engatinham em direção ao entendimento de sua inexistência, bem como de outros profetas da tradição oral. Os debates sobre o tema, cada vez mais, parecem se tornar mais acalorados e tendentes a choques mais contundentes. Sobre a capacidade bélica de Khonhozin, as informações não se mostraram satisfatórias, tendo em vista o adequado destacamento de armíferos e armíferas, no entanto o artificial e sofrível treinamento aplicado, demasiadamente incipiente. Pela cidade, corriam muitos comentários sobre a permanência de armíferos de Khonhozal em Caringhal, inclusive que residentes nesta última foram proibidos de ultrapassar as fronteiras para visitar parentes de outras partes, fato causador de forte impacto e repúdio, respingando receio de avanço do exército sobre Khonhozin. Quanto ao resultado de minha principal busca, todos disseram com claro desassossego que ninguém se metia com aquela casa, ou afirmavam sem dúvidas que nunca viram um humano por lá. Os relatos acerca de Simbholéria a elevavam a status de mito: bondosa e caridosa, simpática ao extremo, beleza extraordinária, charme incomensurável, enfim, mais próxima mesmo de um ídolo, alguém como paradigma de sucesso, um horizonte a ser buscado, o qual grande parte das fhiias sonharia alcançar. Fiquei sabendo, ainda, que, nos finais de semana, Simbholéria desfrutava de seu descanso na casa, também luxuosa, em Khonhozal, afinal Khonhozin é apenas o lugar onde exerce seu trabalho, trazendo-lhe adequadas facilidades, por ser sede do círculo hierático. Enfim, não posso deixar de relatar que os fhiios, de forma geral, são muito simpáticos e amáveis. Entretanto, chamou-me atenção a gratuidade com que alguns matam seus iguais. Às vezes, basta uma deselegância numa conversa descontraída ou uma resposta deseducada em uma mesa de boteco, para tudo acabar num esfaqueamento. Naqueles dias que perambulei pelo centro, presenciei duas mortes assim fortuitas. Anormal é o fragor da faca ao furar o abdômen, descreveria como uma flatulência demorada. Até quem não tinha nada a ver com os envolvidos aderiu à encrenca, e a balbúrdia tomou corpo. Com a chegada repentina dos armíferos, ocorreu a prisão dos que sobraram, os quais não se entregaram com facilidade. Após esses episódios, meus cuidados redobraram na maneira de abordar e conversar com os fhiios. Falando nesse pormenor, no último dia, antes da chegada dos donos da casa, em um papo descontraído com o dono do boteco, aproveitando o movimento fraco, fiquei sabendo que há lugares distantes das povoações longínquas onde a lei não existe e que, por tal razão, as mortes por assassinatos ocorrem diariamente e são encaradas de forma natural. Os fhiios ou as fhiias que não suportam a vida social como é posta mudam-se para tais aldeias e, por incrível que pareça, alguns conseguem sobreviver por muito tempo. Há notícias de um que foi para lá com 20 anos e ainda está vivo, com mais de oitenta anos.

— Esqueci o nome das aldeias... — fiz um teatro do esquecimento para receber a ajuda do vendeiro. — Faz tanto tempo que não falava sobre isso, que sumiram de minha mente...

— Eu me recordo daquelas localizadas depois do mar Iguidhalvho: Ghori, Jhubin e... Deixe-me lembrar... Dharas. Isso mesmo, Dharas — disse o último nome batendo na cabeça.

— Agora me vieram à mente. Ghori, Jhubin e Dharas. Tem boa memória, hein? Mais um goró para mim! Será que esses fhiios topariam entrar numa guerra?

— Está brincando? — indagou-me, enchendo meu copo. — Penso eu que seria a mesma coisa que você perguntar ao doente se ele quer a cura.

Demos boas gargalhadas e puxei outros assuntos variados, a fim de evitar qualquer desconfiança.

A tarde apresentava seus últimos reflexos no horizonte, quando voltei para casa e, para minha surpresa, a família de Zauhquin é que estava me esperando.

— Pelo jeito não parou em casa, hein? — Ctasrailo gracejou em sua pergunta, enquanto Yambho se dependurou em meu pescoço.

— Alegria em vê-los novamente — dei-lhe um abraço fraternal, fazendo o mesmo com Zauhquin e Tebhotin, que pulou em meu colo. — Opa, parece que está mais pesado. Não esperava que chegassem mais cedo, se soubesse teria voltado antes e tomado um belo de um banho.

— O bafo do goró a gente sente de longe — brincou Ctasrailo.

— Eu consigo fazer o quatro, veja! — passei a perna direita sobre o joelho esquerdo e me mantive firme. — Eu não bebi além do limite, a questão é que a bebida é forte demais, arre! Mas não pensem que me esbaldei em farra. Considerem que estive a trabalhar em investigação árdua, no entanto frutuosa.

— E o que o detetive andou descobrindo por aí? — Yambho se apossou de uma lupa que enfeitava o armário, e com ela mirou meu rosto. — Será que não foi investigado pelas meninas de Khonhozin?

— Não! Ninguém se interessou por mim — Yambho puxou o canto do olho direito com o indicador da mão direita.

Durante o jantar, comentei com a família grande parte das impressões que vivenciei e do aprendizado adquirido durante o acanhado turismo pela cidade. Até mesmo Tebhotin, além dos demais, acrescentou, com entusiasmo, algo àquilo que eu descrevia como novidade sensacional para mim. E aquela conversa animada colaborou muito na minha melhor compreensão sobre a vida em sociedade do Fhiiaral. Outros detalhes eu reservei para revelar confidencialmente a Zauhquin. De fato, após o jantar, nós dois fomos para a varanda e, assim que lhe repassei dados coletados, Zauhquin me convidou para fazer duas visitas no dia seguinte: a primeira ao seu pai e a segunda ao Doutor Couquinhos, e essa última só se tornaria factível se seu pai fosse conosco.

18 Dezoito

Naquela manhã ensolarada, Tebhotin pulava eufórico e ansioso para rever o avô, Zauhquin com semblante sossegado e eu, ansioso por respostas, aguardávamos para ser atendidos na porta da casa de Zhenodhita. Sua casa é situada numa rua cujas árvores formam um túnel verde natural, deixando pouco espaço para a entrada dos raios solares. As casas do bairro apresentam arquitetura diversa das que tinha conhecido até então. São edificadas com pedras sem lapidações, dando às paredes largura para mais de um metro, e madeiras rústicas entalhadas. Os telhados arredondados, dos quais se erguem de uma a três torres pontiagudas. A casa do pai de Zauhquin tem uns 10 metros de postura, entre a rua e frente, sendo que o jardim é composto somente de roseiras com rosas vermelhas. Entrevi que um senhor nos observou por uma pequena abertura no meio da porta e, imediatamente, abriu-a com sorriso nos lábios, já abraçando Tebhotin com muita força.

— Que coisa linda do vô. Já estava morrendo de saudade. Fale para seu pai vir mais aqui visitar o vô, não sei quanto tempo de vida ele ainda tem — olhou e piscou para Zauhquin e lhe deu também um forte abraço. — Meu filho, já faz tempo, hein? Você nem tem ideia de quanto este velho o ama.

— Eu sei, sim, pai, é imenso! Porém deve ser menos que eu! — Zauhquin demonstrou grande apreço e carinho.

— É ele? — apontou para mim Zhenodhita.

— Sim, pai, ficou perfeito, não? — Zauhquin se referiu à máscara.

— Perfeitíssimo! — deu-me suave tapa no rosto. — Olha só, nem dá sinais de artificialidade! Você é um dos nascidos aqui, meu jovem. Vamos, entrem, temos muito que conversar.

— Desculpe-me, pai, por não o ter avisado sobre a nossa visita...

— Pode parar. Eu estou sempre preparado. Quando menos espero, aparece aqui em casa, para tomar um chá, um velho amigo ou uma viúva, conhecida antiga, para me visitar. Você e meu netinho nunca serão surpresa. Por que não vieram os outros? — olhou para a rua para enxergar alguém. — Ctasrailo, Yambho e Oduithin, onde estão?

— Oduithin ficou no sítio, Ctas e Yambho estão aqui e virão mais tarde, quem sabe jantar com o senhor. O Tebhotin pode ficar aqui, se o senhor não tiver outro compromisso...

— Ótimo, tenho umas guloseimas para ele e um presentinho que ele não vai desgrudar. Quanto a elas, ficarei numa ansiosa espera.

Sentamo-nos nas poltronas da sala e Tebhotin correu para os fundos da casa para brincar com o presente que ganhou — um triciclo feito de madeira. As características senis de Zhenodhita me transportaram para o meu passado, mais precisamente, quando meu avô paterno — o vô Abílio — ia visitar nossa família e, não sei por que motivo, a lembrança me presenteava sempre com os dias mais frios do inverno, com o sabor do pinhão e da batata-doce assados no fogão à lenha ou a peculiaridade despertada no paladar na ingestão do cozido de osso de boi, do qual — além do mingau resultante do caldo misturado à farinha de mandioca — aproveitava-se o tutano encalacrado no osso. Vô Abílio, assim como Zhenodhita, tornara-se viúvo demasiadamente cedo e resolvera não mais se casar. Vivia uma vida solitária, com seus costumes e métodos que selecionara para cumprir fielmente, para cada dia da semana, uma inflexível programação. Então, eu bem sabia os dias da sopa de ossos de boi, nos dias de baixa temperatura. Quem não o conhecia o suficiente tinha por certo que vó Edite fazia as refeições, limpava a casa, lavava roupa, em virtude de como ele se referia a ela, nunca perdendo a oportunidade de falar sobre ela como se viva estivesse. Para mim, ele esticava o peito para declarar que, se lhe fosse dada a chance para começar sua vida novamente, faria tudo igual sem tirar nada, pois se sentia agradecido por tudo e veementemente satisfeito com a trajetória. Voltando para

Zhenodhita: enquanto conversava com seu filho, transbordava em seu semblante senil a felicidade de uma vida sem arrependimentos, assim estava a dizer quando retornei do meu devaneio. Vi nele a alegria inefável daqueles que enxergam o mal, contudo não perdem a paz. Ouvindo suas palavras, vislumbrei a sabedoria que ultrapassa a inteligência, que se dessume de uma vida vivida não com prazeres efêmeros, e sim com integridade e dignidade. Aquele vovô solitário, na sua casa simples e acolhedora, com sua barba e cabelos brancos, pretendendo me convencer de que é bom viver, apesar de todas as agruras que a vida pode nos suscitar.

— Sabe, meu jovem, eu não sei como sentiria se estivesse no seu lugar — Zhenodhita colocou a mão no queixo e balançou a cabeça com pesar. — Veja bem! Você não pode ver mais seus pais, seus irmãos, avós e demais parentes. Perdeu completamente o contato com seus amigos e até, quem sabe, com sua namorada, enfim.

— Seu Zhenodhita! Hoje me sinto mais conformado! No começo foi difícil, algumas noites tenho minhas recaídas, contudo compreendo que não há o que fazer. Aqui fiz muitas amizades também, tanto com fhiios como com humanos na Nova Babilônia. E o mais importante: encontrei um grande amor.

— Então, pai! — interrompeu-nos Zauhquin. — Exatamente por esse motivo que estamos aqui em sua casa hoje.

— Ela é humana ou fhiia?

— É humana e se chama Cristal — respondi sorrindo, por estranhar a pergunta de Zhenodhita.

— Cristal? Eu acho que sei quem é Cristal, Zauhquin! — o velho se entusiasmou ao entender que dessumira a questão com facilidade. — É a menina humana que foi criada por Delfino e Jacinta, não é?

— Sim, meu pai, é ela. Ocorre que Cristal foi arrebatada de lá por armíferos de Vhenias, comandados pelo adagão Fhenemeh.

— O Existente! Então eles não pararam de cometer essa atrocidade. Você sabia que a mãe dela também foi levada de lá, além de outras pessoas? Eu não consegui deslindar a finalidade dos raptos. O que posso afirmar é que nunca mais vi os sequestrados ou mesmo obtive notícias sobre eles — Zhenodhita levantou-se do sofá e pôs a mão na testa.

— É lógico que eu não sabia desses fatos, pai! Não sabia nem mesmo que o senhor tinha costume de visitar a Nova Babilônia e que se tornou, com o Doutor Couquinhos, o grande responsável pelo desenvolvimento agrário e urbano da Nova Babilônia. Aliás, só fiquei sabendo disso, porque o Joaquim me contou e, há alguns dias, o senhor me confirmou em minha última visita à sua casa.

— Não me cobre isso, filho! Eu já lhe expliquei os motivos que me obrigaram ao silêncio. E mesmo assim fomos descobertos! Ainda bem que tardiamente.

— Não pretendendo ser indiscreto — intencionalmente, embarguei o incidente promovido por Zauhquin e visei ao objetivo essencial de nossa vista —, tendo em vista que estamos aqui em sua casa movidos por uma causa nobre, peço a gentileza do senhor para nos contar mais sobre o assunto sobre a Nova Babilônia. Seria grandioso o benefício para a investigação a que nos propomos.

— Sem problema algum, mesmo julgando que você já saiba o suficiente. Não é permitido aos fhiios ter contato com os humanos. Certo? Porém, deliberadamente, não conformado, descumpri a lei e resolvi, por minha conta e risco, ajudar os humanos. Tenho plena consciência de que todos, nós e vocês, são criaturas do Deus, O Existente, e acredito, de forma branda, que vieram para colocar à prova nossa tolerância e fé. Esse foi o meu primeiro pensamento, apesar de que continuo com ele na mente e no coração. Com dedicado cuidado, somente eu, na companhia de O Existente, ia para aqueles confins tão logo os inaugurais humanos foram encaminhados e abandonados à sorte naquele ermo sem futuro, para o confinamento e a morte. Zauhquin ainda não tinha nascido! Troquei palavras sobre isso somente com sua mãe, que me apoiou de pronto. Levei, naquela viagem, alimento, animais, enxada e sementes sortidas. Depois de meses daquela primeira viagem, relatei a história para o velho amigo Couquinhos, que também me revelou outra história que demoveu de minha mente a ideia de que Deus mandara os humanos para testar nossa fé e tolerância. Couquinhos se comoveu e decidiu ir comigo nas próximas aventuras, principalmente porque tinha urgência em ver e entender os hábitos humanos, para ajudá-los de uma forma ainda mais concreta, para compensar os prejuízos que lhes causara.

— O que foi exatamente que Doutor Couquinhos afirmou que o dissuadiu da primeira ideia? — interrompi Zhenodhita, levado pela curiosidade. — Que prejuízos ele causou aos humanos, para lhe trazer esse sentimento de arrependimento?

— Joaquim, infelizmente isso eu não posso lhe dizer sem autorização do meu amigo Couquinhos. Para mim, é uma questão de fidelidade e ética, você entende? — fiz sinal positivo e me senti satisfeito, cônscio de que Zhenodhita acabara de preencher as condições necessárias para visitar o Doutor Couquinhos. Ele continuou: — Por vários anos, fizemos visitas camufladas à Nova Babilônia, sem olvidar das cautelas indispensáveis para não sermos flagrados, o que provocou um progresso notável do povoado habitado por humanos. Porém tal desenvolvimento fomentou desconfiança em alguns docentes, que passaram a investigar mais de perto os caminhos para a Nova Babilônia. Em razão de um mínimo descuido de nossa parte, acabamos sendo vistos por um grupo de armíferos que faziam a vigilância nos arredores. Como só nos viram, e cientes de que os humanos estavam aptos a continuar sem necessitar de nossa ajuda, decidimos nunca mais voltar para lá. Passados alguns meses do episódio, Vhenias nos convidou para lhe fazer uma visita em sua luxuosa casa. Tudo ia muito bem: recepção calorosa, jantar abastado e regado com o melhor vinho. No final, na hora do licor, nosso anfitrião pediu para Fhenemeh se juntar a nós e remontou àquele assunto que para nós já estava superado. Fhenemeh jurou em nome dO Existente e por sua mãe que éramos nós dois que fazíamos as visitas aos humanos. Vhenias voltou-se nervoso para nós com ar de condenação e disse: "Terei que levar os senhores para o círculo hierático, e não hesito em afirmar-lhes que a sentença lhes será desfavorável, com absoluta certeza. Tenho outras provas contundentes". Ficamos na dúvida se ele possuía mesmo outras provas e, inseguros, pedimos que não nos denunciasse, pois seria um processo muito desgastante, inclusive para ele. Diante daquela pressão e do meu nervosismo, acabei por fazer uma confissão conclusiva ao prometer-lhe, caso não fizesse a denúncia, não voltar mais na vila dos humanos. Meu velho amigo olhou para mim com reprovação, enquanto Vhenias e Fhenemeh sorriram satisfeitos. Vhenias, com isso, colocou-nos em suas mãos diante de minha confissão e, andando de um lado para outro da sala, fez sinal para Fhenemeh nos servir mais um cálice. Mesmo inseguro acerca do real potencial de Couquinhos, propôs com uma voz doce no tom e amarga de sentido: "Vocês me conhecem bem. Tenho um coração exuberante de bondade. Não levarei vocês a julgamento, se resolverem um módico empecilho para mim: quero que utilizem seus conhecimentos para forjar a semente de ozhóliti a produzir mais em menos tempo". Couquinhos, de imediato, rebateu a proposta por intuir a aberração para a natureza que se erigia à sua frente, como poder devastador para a saúde do Fhiiaral. Enfurecido, Vhenias determinou a Fhenemeh que me fizesse refém até que o cientista resolvesse seu problema, porque tinha conhecimento de nossa fiel e duradoura amizade. Foi então que entendi o motivo de ter me convidado também. Durante o tempo em que fui mantido refém, Couquinhos trabalhou e rapidamente modificou a semente e, antes de entregar a aberração para Vhenias, buscou todos os meios para me encontrar, mas eu estava muito bem escondido por Fhenemeh, inclusive em constante mudança de endereço. Até que meu amigo, temendo pela minha vida, entregou a semente modificada para Vhenias.

— Pai, eu não posso acreditar! Então foi o Doutor Couquinhos que fez a modificação na semente do ozhóliti?

— É, meu filho! Veja só até que ponto se comove e se move a amizade sincera. Quando Vhenias obrigou Couquinhos a empreender tal engenharia, eu não vislumbrei as consequências. Só agora, ante os acontecimentos em Carhingal, concluo como são maléficas. O velho amigo foi capaz de fazer algo contrário aos seus princípios ante o temor de que eu pudesse, no mínimo, ser maltratado — Zhenodhita enxugou as lágrimas do rosto. — Nós ainda estamos perplexos, pois não sei como, o soberbo docente descobriu que Couquinhos havia inventado a máscara, essa que você, Joaquim, usa, e o impeliu a confeccionar dez para ele, sob as mesmas ameaças, com a proteção de Fhenemeh, comandando, e outros armíferos.

— O senhor sabe o motivo que o levou a exigir do Doutor Couquinhos a fabricação dessas máscaras?

— Assim como sobre os motivos da modificação da semente de ozhóliti, não tínhamos qualquer noção dos fins colimados pelo ardiloso docente de Khonhozal. Se as máscaras seriam usadas para seu consumo próprio; se como disfarce por um de seus néscios seguidores ou, quem sabe, para o idêntico artifício empregado por você, Zauhquin.

— O que o senhor está falando, pai? Onde quer chegar com isso?

— Pense mais profundo, filho! Vhenias se aproveitando das´ máscaras para esconder humanos! Hein? Eu nunca mais vi os humanos que foram retirados da Nova Babilônia — Zhenodhita juntou suas mãos para trás e fitou o horizonte por sua janela, enquanto Zauhquin acompanhou seus movimentos, em silêncio.

— Chegou o momento que eu estava esperando para falar — fiz cessar a reflexão dos dois, com voz alta e ansiosa, fazendo com que se voltassem para mim, e eles — com semblantes interrogativos, sem nada falarem — esperaram que eu continuasse.

— Nos meus passeios pela parte, nos últimos dias, encontrei, em frente ao casarão de Simbholéria, um fhiio, eu digo que é um fhiio porque tem a aparência de vocês, mas a voz dele é totalmente grave...

— Joaquim — desaviou minha afirmação Zauhquin, com tom descrente —, há também fhiios com voz grave, conforme já lhe expliquei outro dia...

— Tenho absoluta certeza de que ele é um humano. Vou esclarecer melhor: Cristal, quando da minha passagem pela Nova Babilônia, contou-me que, além de sua mãe, sequestraram um homem chamado Saulo. Esse Saulo é pastor, função parecida com a dos serviçais por aqui. Conversando com o pastor Saulo, concluí, a partir de suas assertivas, que se trata exatamente daquele Saulo da Nova Babilônia e que, portanto, é um homem.

— Não me lembro desse nome — resmungou Zhenodhita, decepcionado. — Talvez tenha sido levado à Nova Babilônia após nossa decisão de não mais ir para lá ou porque o levaram entre os intervalos das minhas visitas esparsas ao povoado, nem tive a oportunidade de conhecê-lo.

— Diga-me, Joaquim! — adiantou-se Zauhquin. — Você não se revelou para Saulo, não é?

— Disfarcei muito bem e me fiz incrédulo, além disso, Saulo está totalmente cego. Agora, o que nos interessa no que digo? Estamos falando de máscara igual à minha! Ele tem a aparência idêntica à de vocês. É, para todos os efeitos, um fhiio que fala grave.

— Na casa de Simbholéria? Hum! — Zhenodhita colocou a mão no queixo.

— Então as máscaras podem ter sido pedidas por Simbholéria a Vhenias. Isso confirma que os humanos também vêm para a casa da conselhista charmosa! — comentou Zauhquin um tanto surpreso. — Saulo lhe disse mais alguma coisa, Joaquim?

— Comentou que nunca teve acesso à casa de Simbholéria, que mora num espaço subterrâneo da casa e que cuida de mais duas senhoras, uma é irmã Raquel e a outra é... É... Não me recordo o nome da outra. Só sei que as duas estão cegas também.

— A partir de suas asseverações, corrijo o que disse anteriormente. Todos os humanos devem vir diretamente para a casa de Simbholéria — Zauhquin apontou o dedo indicador em riste. — A questão é: para quê?

— Então podemos deduzir que Cristal também está lá! — a alegria me inundou o coração e o sorriso despontou espontâneo.

— É uma hipótese, Joaquim — confirmou Zauhquin e virou-se para o seu pai. — Ante a claridade desses fatos, gostaríamos de conversar também com o Doutor Couquinhos e, para tanto, precisamos de sua intercessão.

— Não sei, não, meu filho! Depois dos aborrecimentos pelos quais passou, Couquinhos tem ficado praticamente trancado em sua casa. Quando precisa comprar algo, pede que eu o faça para ele. A porta de sua casa está cheia de correspondências! Ele não abre a porta nem mesmo para mim... Não, não, não me force com esse olhar de piedade.

Zauhquin nada falou e fez um gesto para mim como se quisesse dizer: que pena!

— Está bem, está bem — Zhenodhita resmungou entre zangado e inconformado. — O que a gente não faz por um filho.

Zhenodhita levou Tebhotin para a casa de sua vizinha que tinha um filho da mesma idade do neto, sem qualquer pedido de aprovação pelo filho, que também nada comentou. Voltou em seguida e já gritou na entrada: — Vamos! — trancou toda a casa, inclusive a porta da frente. Ficamos sem entender e Zauhquin questionou: — Vamos aonde, se o senhor trancou todas as portas?

— Esse era o motivo da minha relutância! — Zhenodhita deu uma gargalhada. Pediu que o acompanhássemos até o final do corredor de sua casa, onde nos deparamos com uma porta que imitava um quadro de parede, cuja imagem retrata a floresta e as montanhas localizadas adiante do sítio de Zauhquin, com as pedras pretas e brancas no horizonte. Na tela da obra de arte, apertou a imagem de uma borboleta azul localizada na parte de baixo do canto direito. A porta se abriu e descemos a escada toda iluminada com lâmpadas embutidas, da mesma forma o corredor extenso, revestido de metal inox.

— Que extraordinário! — expressou-se em alta voz Zauhquin, admirado e assustado. — Que novidade é essa, meu pai?

— Coisas de outro mundo, meu filho.

Antes de chegar ao final do corredor, Zhenodhita apertou um parafuso entre tantos outros iguais, o qual acionou a abertura de outra porta dando acesso a um elevador. Não tenho certeza se descemos ou se fomos para frente, para trás ou para cima. O fato é que, em instantes, a porta do elevador se abriu e nos deparamos com o Doutor Couquinhos, sorridente a nos esperar.

— Sejam todos bem-vindos à minha humilde casa! Se bem que, na verdade, a casa é mais para o alto! Então sejam bem-vindos à minha oficina!

A oficina, localizada abaixo da terra, onde se escavou em rocha vulcânica, no formato oval, uma câmara ampla, cujas superfícies do solo e das paredes-teto foram polidas como granito. A iluminação se dá com a utilização de energia elétrica e acendimento automático. Não visualizei nem investiguei a fonte de energia. Alguns compartimentos são revestidos de espelhos, por isso não consegui ver o que há atrás deles. Logo à nossa frente, uma mesa com aqueles instrumentos de química (tubos de ensaio, "erlenmeyer", pipeta, balões e outros) em pleno funcionamento, com evaporações e liquefação. Balanças e muflas. Mais para frente, notei a disposição de material para trabalho em engenharia tanto elétrica como mecânica. Vi máquinas, aparelhos e instrumentos desconhecidos para mim. Notei também a existência de computadores, câmeras e visores. Doutor Couquinhos, um senhor quase careca, com bigode e cavanhaque, usava óculos arredondados, sua voz gutural mesclada entre o grave e agudo estridente. Vestia-se com guarda-pó branco, calça listrada cobrindo suas pernas arqueadas e sandália em couro. Apesar de demonstrar contentamento pela visita, de repente, como se saísse de um transe, advertiu seu amigo Zhenodhita: — Espero que seja por um motivo inadiável que você os trouxe aqui. Zhenodhita parou na frente do Doutor, com os lábios puxados para a boca e cruzando os braços, sem nada falar. Doutor Couquinhos ergueu a cabeça para enxergar melhor seu amigo, possivelmente em razão da lente multifocal, e contrariado continuou: — Já entendi! Não precisa ficar emburrado! Se a iniciativa em convidá-los para vir até aqui foi sua, não sei por que tenho que ser desagradável — agora, dirigindo-se a Zauhquin e a mim, advertiu: — Saibam vocês dois que só há duas pessoas que conhecem este lugar: o Zhenodhita e eu, logicamente — colocou o dedo na bochecha e respirou fundo. — Não sei por que disse isso também. Deixa pra lá! Continuo. Zauhquin é como se fosse um filho para mim e por isso nunca lhe mostrei este espaço. É um risco mais pessoas saberem sobre este lugar, não porque não confio em vocês, mas pelo que já aconteceu comigo: fui forçado a fazer o que não queria — levantou o braço para cima e bateu num objeto. — Agora está feito.

— Couquinhos, este é o humano para quem você fez a máscara! É o Joaquim, amigo do Zauhquin.

Doutor Couquinhos olhou bem perto do meu rosto daquela maneira erguendo a cabeça para enxergar melhor com a parte de baixo dos óculos. — Ficou boa a máscara. Hum! Vamos ver! — puxou meu nariz para cima e para os lados. — Perfeita! Quem a fez é bom nisso. Vou lhe pedir um favor, não muito agradável: tire-a! Quero ver como você é.

Olhei para Zauhquin para saber sua opinião. Ele confirmou positivamente com o movimento da cabeça. Fui para um canto da sala e tirei a máscara. Como sempre, a ação é dolorida. Assim que me aproximei do grupo, Doutor Couquinhos, com lágrimas nos olhos, disse-me: — É um jovem! Perdoe-me, menino! Perdoe-me por lhe ter causado tanto sofrimento e também à sua família — fiquei sem entender o porquê do pedido de perdão. Eu nunca tinha visto aquele senhor na minha vida. — Perdoar de quê?

— Eu sinto que meu tempo de vida está próximo de chegar ao fim. Eu preciso me confessar com um humano sobre o que fiz há muitos anos, para saber se tenho como ser perdoado e, por fim, reto-mar minha paz, que na mesma quantidade de tempo me abandonou.

— Couquinhos, espere mais um pouco, você está muito próximo de terminar sua obra —Zhenodhita aconselhou o amigo, surpreso com sua atitude.

— A vinda desse jovem até mim tem claro intuito em me acau-telar sobre a oportunidade que se me apresenta abnegada, bem como da gravidade do mal que me afligirá caso a deixe passar incólume. Quando uma oportunidade saneadora se vai assim, só ficam os cupins do arrependimento da omissão covarde corroendo as madeiras fibrosas do coração. Isso é doído e barulhento e não carrega piedade ao nos atormentar no escuro da noite, como uma sombra indelével. Vou lhes contar parte da minha história e lhes peço a gentileza de não ser interrompido.

Permanecemos quietos e na expectativa, aguardando o retorno do Doutor Couquinhos, que entrou num daqueles compartimentos espelhados, de onde ouvimos barulhos de objetos sendo vasculhados, até que voltou com uma caixa de madeira fina, trancada.

— Em primeiro lugar, quero lhes revelar que não sou um fhiio. Mas também não sou humano. Em termos de conhecimento tecno-lógico, o Fhiiaral está bem aquém da Terra, como deve ter percebido Joaquim. De onde eu venho, a Terra está para o meu planeta assim como o Fhiiaral está para a Terra. É Muito, mas muito mais desen-volvido na maioria dos aspectos. Digo a maioria, porque a briga pelo poder é idêntica à daqui ou à da Terra, talvez até um pouco mais voraz e insensível. Meu mundo se chama Swtrbz e é muito bonito também, com suas características próprias, algumas semelhantes às da Terra, outras semelhantes às do Fhiiaral e muitas outras totalmente originais. Tenho saudades, muitas saudades. Bem, vocês devem estar se perguntando: "Ora, por que esse velho chorão não volta para seu planeta, já que gosta tanto de lá?". O meu velho e fiel amigo Zheno-dhita já conhece bem a minha história. Caro Zauhquin, desculpe-me, pois só agora você saberá um pouco de mim. Peço-lhe que não fique triste por estar, neste ponto, em pé de igualdade com o novato Joa-quim. Bem, eu desde idade tenra sempre fui inclinado para a invenção, para a criação... O novo! Já na casa de meus pais, criança ainda, mexia com eletricidade, com solda, com experiências químicas. Na escola ganhei vários prêmios de ciência e acabei entrando mais cedo para a faculdade de física. Quando passei para o segundo ano, concomitante com aquela, dei início às faculdades de Biologia e de Cibernética. Contudo, era um jovem demasiadamente tímido e, com dois anos a menos de idade que os demais estudantes, os mais velhos faziam muitas brincadeiras de mau gosto comigo. Acabei ficando mais isolado ainda. Debrucei-me em cima de livros com conteúdos abordando os temas superação e vontade de vencer, em todas as bibliotecas às quais tinha acesso. Meus únicos dois amigos também me ajudaram nessa luta. Sim, minha querida Ymyye e o bondoso Wrlsikrn. Com o tempo, superei o medo inexorável do meu ser, pra me atirar nas águas profundas da existência. Então me deleitei com o sóbrio vinho do saber. Quando terminei as faculdades, passei a estudar sozinho tudo o que se relacionava com a ciência e, logo que as condições econômicas me favoreceram, parti para os experimentos no meu próprio laboratório. Deparei-me com prevenções e com curas para doenças degenerativas, inventei acessórios para veículos e residências, até que concentrei meu trabalho na logística do teletransporte, logrando resultados insipientes, como transportar um copo da cozinha para a sala. Depois, fiz um teste com um gato rajado da vizinha. Além de decepcionado, me senti chateado, tendo em vista que o gato sumiu. Até hoje me pergunto onde será que o bicho foi parar? Com isso, passei noites em claro pesquisando e vivendo como um animal selvagem, sem tomar banho e me alimentando mal. Passados meses do sumiço do gato, descobri o erro. Resultado formidável, eu transportei o rato branco da minha sala para o quarto de minha amiga Ymyye, que ligou para mim desesperada, quando o rato apareceu em cima de sua cama. O mais rápido que pude trouxe o roedor de volta. Mais tarde, ela me agradeceu por ter resolvido seu problema tão rápido. Pobrezinha, mal sabia que era eu o causador de seu pavor. Com o sucesso da experiência, veio-me a tentação de fazer algo ainda maior: o teletransporte humano. Existia um pequeno problema: em Swtrbz (meu planeta) há uma proibição universal em experimentos com pessoas. Logo, não havia outra saída, o objeto da experiência teria que ser eu mesmo. Criei um dispositivo que me faria voltar, se o experimento desse certo. Entrei na máquina e acionei o dispositivo. Senti certo enjoo e o mundo girou, como se eu tivesse bebido um litro de goró. A minha intenção era a de aparecer em outro ponto do meu planeta. Quando abri os olhos, senti-me totalmente perdido tentando imaginar que lugar era aquele de Swtrbz. Só tive certeza de que não se tratava do meu planeta quando olhei para o céu e vi as três luas. Imediatamente busquei em meu bolso o dispositivo para voltar. Não estava. Era noite, acendi a bola de luz e procurei o maldito dispositivo em todos os apetrechos que trouxera comigo. Não o encontrei! Receando o que poderia existir neste mundo, decidi procurar no dia seguinte, acendi a fogueira e acionei minha mala. Nela havia coberta, barraca e comida, além de variadas ferramentas. No outro dia, cheguei à mais triste conclusão: o dispositivo não estava comigo! Não sei por que motivo o esquecera na máquina. Escutei vozes ao longe e, sorrateiramente, entre as pedras, vi um ser estranho conversando com um animal. Esperei para ouvir a resposta do animal! Como não respondeu, conclui pela normalidade até então. Visando a me precaver, caso o ser falante fosse hostil, preparei a minha arma embutida entre meu punho e a manga comprida da blusa. Para minha sorte era o Zhenodhita! Um jovem sem preconceitos, já que não me achou esquisito. Pelo menos não se assustou com minha aparência. Ele me acolheu em sua casa, mesmo com o casamento recente. Demorou um bom tempo para ele assimilar que eu não era desse mundo, enfim foi obrigado a isso ou me internar num hospício. Na minha bagagem, eu trouxera muita coisa útil e, graças a isso, consegui construir este ambiente que vocês podem ver aqui dentro. Sabem como é... Uma coisa leva à outra. Bem, vamos ao ponto! Nesse tempo todo, após minha chegada, minha pesquisa incansável se ateve à construção da máquina do teletransporte, para me possibilitar a volta para casa. Tive que fabricar tudo, desde um parafuso até computadores. Trabalho árduo e arrastado, tendo em vista que, para o resultado final de equipamento ou peça, exigem-se variegados experimentos com vitórias e muitos fracassos. Afinal eu não tenho o conhecimento holístico e aqui não há uma biblioteca para pesquisar. Assim foi: indução, dedução, experiência com resultado de sucesso, experiência com fracasso, desistência, retomada e persistência. Há muito anos, Joaquim, consegui um resultado formidável — Doutor Couquinhos abriu a caixa que havia buscado e me mostrou um objeto conhecido, somente para mim. Sim, era congênere àquele que me trouxera para o Fhiiaral (do mesmo tamanho, com sete lados desiguais, numa das pontas um olho bem arredondado e na outra algo parecido com lábios). Como Couquinhos havia pedido para não o interromper, nada falei, mas não pude esconder o meu espanto, assim o cientista pôde continuar: — Isso mesmo, Joaquim, você conhece este instrumento. Essa é a causa de minha penitência. Há mais de 40 anos, inventei esta peça, muito mais simples que a máquina de teletransporte de Swtrbz, que me trouxera para cá. Ela não é só uma invenção, mas também uma descoberta, sendo que o segredo maior é o metal do qual é composta. Esse metal a que ainda não dei o nome tem uma força em si mesmo, que combinado com a tecnologia empregada possibilitou o prodígio. A peça deve ser inteiriça, se quebrado um pedaço, pequeno que seja, não serve mais, e o seu peso deve oscilar entre quatrocentos e oitenta a quinhentos e dez gramas. Foram muitas experiências até chegar ao resultado positivo. É um instrumento simples, contudo devem ser obedecidos alguns critérios para funcionar. Primeiro: tem êxito somente em noites de lua cheia; segundo: fixar os olhos nos olhos verdes da imagem; e terceiro: obrigatoriamente e concomitantemente, apertar o bico (lábios da parte de baixo), que funciona como chave de ignição. Somente quem seguiu esses passos está hoje aqui no Fhiiaral — doutor Couquinhos me apontou, gesticulando que eu não deveria ter feito isso, e porque fiz estava ali na frente deles. Zauhquin me falou em baixa voz: "Viu! Se não fosse tão curioso". Eu respondi na mesma altura de voz: "Fazer o quê! Agora não adianta lamentar". Doutor Couquinhos prosseguiu: — Agora, como inteligentes que são, devem estar se perguntando: como é que esse velho maluco foi parar na Terra? — rimos à vontade. — A minha invenção falhou! Foi isso, e — quando vi que estava naquele planeta também muito bonito, resolvi permanecer alguns dias por lá, de forma especial porque é mais desenvolvido que o Fhiiaral. Lá coloquei um chapéu, óculos escuros e barba postiça e andei normalmente pelas ruas. Ocorre que, enquanto fui tomar uma bebida deliciosa de cor preta, servida quente... Como era o nome mesmo?

— Café — dispus-me a coadjuvar o Doutor na sua narrativa.

— Isso mesmo, obrigado, filho. Café. A saliva me enche a boca ao recordar aquele gosto tão singular. Deveria ter trazido sementes da planta para poder novamente tragar aquela bebida deliciosa — doutor Couquinhos se intrincou em sua memória por uns instantes. — Então... Como eu dizia, enquanto tomava café, alguém surrupiou minha mala, que continha dentro de si pelo menos umas quinze réplicas da minha nova peça de teletransporte. Insisti por mais alguns dias empregando meios próprios para reaver as réplicas, tendo em conta que não podia me identificar para as autoridades, nem mesmo revelar os objetos furtados. Antes de regressar para cá, fiquei sabendo que o larápio vendeu as peças para pessoas diversas. Readquiri poucas, duas ou três, que barganhei por ouro. Quem comprou usou como peça de decoração e com o tempo até jogou no lixo, sabe-se lá. Para minha sorte, eu havia guardado a peça original em meu bolso e voltei para o Fhiiaral. Para mim, restou a angustiante expectativa da vinda indefectível de humanos para cá, o que de fato se consumou logo nos primeiros meses da catastrófica experiência. É isso — doutor Couquinhos, com todo o cuidado, guardou a peça na caixa novamente e completou: — Obrigado por terem me ouvido. Agora, preciso fazer uma pergunta a Joaquim. Você consegue me perdoar, meu jovem?

— Doutor, eu não tenho o que lhe perdoar. O senhor não fez algo com a intenção de me causar danos de forma direta. O que ocorreu foi uma fatalidade, em decorrência do furto lastimável. Não vejo maldade nos seus atos.

— Obrigado filho. Fico muito feliz em ouvir palavras verdadeiras e sábias de um jovem. Isso me dá muita esperança nos seres que habitam o universo.

Dirigiu-se a mim e me deu um abraço, com certa timidez, que retribuí com força. Ele ficou sem jeito, o que me fez concluir que não era de muito contato.

— Só fiquei com uma dúvida: se o senhor tem a peça do teletransporte, por que não devolve os humanos para a Terra?

Doutor Couquinhos tirou novamente a peça da caixa e mostrou-nos uma parte quebrada e pegou o pedaço que ficara no fundo da caixa, dizendo com aspecto triste: — Esta se quebrou. Não pensem que desanimei ou nada mais fiz. Confeccionei muitas outras e, precavido, enviei cobaias, ratos com câmeras, no entanto, como não conheço bem o planeta Terra, mesmo com as filmagens, não posso afirmar com certeza que os ratos chegaram exatamente lá. São bichos idiotas que se escondem rapidamente em esconderijos nojentos. Poderia usar humanos? Sim, porém jamais duplicarei meu erro, mandando-os para lugares inóspitos e perigosos. Preciso ter certeza do resultado auspicioso e assim reparar o meu erro. Estou muito próximo disso, nesta semana, enviarei um gato, vamos ver! Caso o felino me mostre pistas concretas, irei em seguida, apesar da minha condição senil.

— Eu me candidato como cobaia humana — ergui a mão, entusiasmado. — Assim que o senhor chegar a um bom termo, pode me chamar que venho — depois, com menos entusiasmo, completei: — É claro, depois que libertar Cristal.

— Só quando não pairarem mais dúvidas, filho! Só quando não tiver mais dúvidas! — esbravejou o Doutor Couquinhos balançando o dedo indicativo apontado para cima, e agastado levou a caixa de volta ao lugar de onde a havia retirado. Voltando, parou em uma de suas mesas de trabalho e experimentou um líquido esbranquiçado que gotejava em um cano transparente.

— Bom! Muito bom! — pudemos ouvi-lo mesmo de longe e por fim gritou: — Este goró de cana-de-açúcar branca está quase atingindo a perfeição! Querem experimentar, venham aqui!

Serviu-nos a quantia de três dedos num copinho comprido e fino. Realmente a cachaça estava uma delícia.

— Quero mais um gole — pediu Zhenodhita após ingerir o conteúdo da primeira dose, num único gole. — Mas encha o copo, não essa miséria, velho sovina! — Rimos bastante, até que Doutor Couquinhos nos interrompeu: — Depois de toda a minha falação, só agora que me atentei: vocês vieram aqui para me dizer algo eu não lhes dei um espaço mínimo. Perdoem este velho necessitado de atenção. Muito bem, sou todo ouvidos! Falem!

Zauhquin principiou, utilizando toda a sua eloquência para descrever os últimos acontecimentos e, enquanto falava, o Doutor mexia a cabeça ou no sentido positivo ou negativo, conforme o teor da narrativa. Esmiuçou os fatos e falas ocorridos no derradeiro círculo, principalmente o pensamento de Vhenias sobre a nova semente de ozhóliti. Ainda retratou o autêntico temor de Zhimbrous e a aparente tomada da cidade de Caringhal por Konhozhal. Doutor Couquinhos deu seu parecer logo na pausa de Zauhquin:

— Eu conheço bem essa atmosfera, tanto na minha vida como nos livros de história. Zauhquin, estamos respirando ares precursores de tempestades ácidas que trarão inevitavelmente a tirania.

A ambição, pelo que você descreveu, domina Vhenias, que transporta em sua mente evidentes traços despóticos: é neurótico, pedante, arrogante, desonesto, desequilibrado, egoísta, dissimulado, inescrupuloso, ardiloso, mesquinho, enfim sua raiz cerebrina se prende a única fonte motriz: o poder, com o qual sonha, simplesmente para satisfazer um prazer maior, imanente ao seu ser: mandar, desmandar, dar a ordem para matar ou para perdoar... E assim por diante. Por outro lado, meus caros, sabemos que a maioria das partes do Fhiiaral há muito não se prepara para a guerra. Não há desconfianças para isso. Vhenias se aproveita dessa tranquilidade, inclusive defende a sua manutenção.

— Pelo que descobrimos, conversando aí pela cidade, Khonhozal se guarnece com satisfatório e sobressalente contingente de armíferos — argumentei para reforçar o debate. — Inclusive, estão agindo pelas matas pertencentes a partes alheias.

Zhenodhita me questionou de onde consegui as informações sobre a formação de agrupamentos nas matas, obrigando-me a relatar grande parte dos acontecimentos ocorridos durante a minha estadia na mata com Roberto. Logo que terminei, um silêncio de cemitério predominou no laboratório por demorados segundos, cessado apenas pelo barulho do copo quebrado e do xingamento de Zhenodhita pelo descuido. Mesmo assim, encheu outro copo de goró e engoliu o líquido ardente em único gole. — Se não for providenciada, urgentemente, a resistência, o Fhiiaral voltará aos tempos de império, com um único rei: Vhenias, o louco! — bateu o copo com força na mesa.

— Temos um bom número de armíferos, sob o comando do adagão Cebudebah — arguiu Zauhquin. — Entretanto receio que não recebem treinamento adequado, tendo em vista que as técnicas de guerra se perderam no passado e as técnicas lecionadas abrangem apenas a manutenção da ordem e apaziguamento interno. Por outro lado, segundo os conhecimentos de Joaquim, nem mesmo os armíferos treinados pelo adagão Fhenemeh albergam fundamentos básicos de luta, bem como não possuem destreza com armas.

— Não podemos nos assegurar com o número que temos, precisaremos de mais voluntários e para isso apelaremos, primeiro, para a conscientização e, se isso não surtir efeito, ante o exíguo tempo do qual dispomos, não nos restará alternativa a não ser a imposição por decreto — opinou Zhenodhita.

— De repente, temos a solução bem na nossa frente: Doutor Couquinhos — apontei o cientista com empolgação e cônscio da fácil solução. — Ele tem potencial de sobra para inventar armas. Na terra há armas de fogo, bombas e...

— Pode parar, meu jovem! — interrompeu-me o insigne cientista. — Como eu disse anteriormente, já me arrependi pelo pouco que inventei por aqui. Além disso, é contra meus princípios interferir na história de outro mundo. Quem deve resolver o problema do Fhiiaral são os fhiios, com as armas que têm. Eu estou de passagem, não sou daqui. Se eu inventar armas, elas servirão para vocês abortarem a vida de um nascituro maléfico. E, depois de inventadas, simplesmente as faremos sumir? Não, senhores. Com absoluta certeza, atenderão aos anseios recônditos de outras mentes más, que teimam em surgir e, consequentemente, ceifarão vidas inocentes da mesma forma que extirparam a mazela que nos aflige no momento. Portanto, esse assunto não será mais abordado.

— Tudo bem, não está mais aqui quem falou!

Mais uma vez, o silêncio predominou. Zauhquin sentou-se na cadeira, Doutor Couquinhos parou observando o vapor em um dos balões, Zhenodhita andou de um lado para outro.

— Os meus amigos da floresta! — quebrei a inércia. — Se vocês concordarem, eu posso falar para nos ajudarem — a ideia me surgiu brilhante. Se eles aceitassem que o treinamento dos armíferos se realizasse sob o comando de Roberto, o meu amigo bombeiro e seus leais alunos prestariam inestimável ajuda nos planos de libertação de Cristal.

— Como? Eles são humanos! Serão mortos assim que forem vistos — arrazoou Zauhquin.

— Ora, Zauhquin, você se esqueceu das máscaras? — doutor Couquinhos complementou minha intenção, possivelmente levado pelo incômodo emocional depois da negativa em colaborar na fabricação de armas.

19 DEZENOVE

Ora galopando, ora troteando, ora andando, o cavalo foi-me de grande valia para me ajudar na empreitada de chegar o mais rápido possível ao sítio de Zauhquin. Eu tinha pressa para pôr meu plano em prática. Se desse certo, pescaria dois peixes com um único anzol, mas primeiro teria que convencer Roberto, que, por sua vez, com sua liderança nata, persuadiria os demais armíferos. Quanto à questão relacionada à liberdade de Cristal, eu não precisaria de muito esforço, tendo em vista que ele a ama de modo fraternal e agora tinha um trunfo: as máscaras. Quanto ao treinamento dos armíferos de Cebudebah — o general de Zauhquin —, eu não mantinha meus pés em terra firme, a certeza da concordância incontroversa de Roberto não me tranquilizava. No caminho, diante dos raciocínios incongruentes, urgia a necessidade de aterrissar em um bom termo, preparando minuciosamente argumentações irrefragáveis e limpando do espírito, com resignação, os resíduos da soberba e as ramificações da intolerância.

Chegando ao sítio, encontrei Oduithin trabalhando na plantação de ozhóliti e, precavido quanto à sua rejeição por mim, avisei-lhe que, por ordem de seu pai, conforme bilhete escrito e assinado por ele, estava deixando no cercado o cavalo visivelmente desgastado pelo esforço e pegando outro descansado para continuar viagem. Ele olhou o bilhete e me indicou onde pastava o outro cavalo. Depois de encilhar o ginete bragado, retirei minha máscara e continuei a viagem tomando o caminho sobremaneira conhecido por mim, com a finalidade de adentrar a floresta ainda na claridade do dia. O horizonte, no fim da tarde, apresentava mais uma obra-prima original, a partir da queda acelerada do Sol para atingir as montanhas. Os pássaros com suas algazarras organizavam acrobacias no céu e se precipitavam rumo ao solo em queda mortal, em direção às árvores destacadas pela imponência da altura, a poucos quilômetros da mata fechada. No meticuloso instante em que as aves nelas chegavam para pousar, uma nuvem de iguais explodia em zigue-zague e lá no alto cruzavam com outro bando atuando em execução peculiar. A performance instintiva dava o tom de dança harmoniosa sem ensaio preparatório, fornecendo a mim, solitário na plateia, espetáculo natural e gratuito. Quando me aproximei de uma das árvores, o som produzido pelo canto alegre daquelas aves tornou-se quase ensurdecedor, no entanto encantador, tanto que me fez sorrir. Como não se contagiar com tanta felicidade de quem canta com euforia? Talvez cantem para agradecer pelo dia que passou e pelo alimento que conquistaram para aquele dia. A noite traria a escuridão consigo para favorecer o descanso merecido e necessário. Aqueles bichos voadores e dóceis encerrariam sua exibição despretensiosa para promover o silêncio, única arma para conservação da vida, quando os olhos não podem mais nos alertar dos perigos da escuridão. Quem pode me garantir que os pássaros, mesmo instintivamente, intuem a sua existência no dia seguinte. A chegada da aurora, em seu despertar, o dia que surge como sendo o primeiro e único de suas vidas. Certamente não se lembram do ontem e, na primeira oportunidade, saem novamente em revoada, quiçá para agradecer pelo novo e primeiro dia que viverão. Quem me dera se eu assim também existisse e vivesse com toda a intensidade da minha alma a realidade que me sorri para o momento. A escuridão foi se fazendo e o som da natureza apresentou tons e ritmos particulares. Os sapos e as corujas se apresentaram com suas cantigas populares, apesar da quantidade de sapos diferentes superar as mirradas e solitárias corujas, sem negar suas belezas especiais. Alguns macacos guinchavam, conforme minha aproximação de seus espaços, ou para avisar os outros de possível perigo ou para me afugentar de seu território. Logo as luas apareceram no céu e, com o tempo, o silêncio da noite se fez mais profundo. Os olhos começavam a pesar, em virtude da sonolência resultante da longa caminhada do dia. Talvez fosse interessante parar e dormir amarrado em galho de árvore, mas era necessário continuar até quando se tornasse impossível.

— Quem bebeu desta água acaba voltando para beber de novo! — ouvi uma voz com um tom fantasmagórico.

— Vai assustar sua vó, Roberto! Pegou-me de surpresa e com sono! — gritei despertado pelo susto e um tanto decepcionado por ter baixada a guarda.

Roberto pulou de cima de um galho de árvore na minha frente e nos demos um abraço fraternal.

— Estou seguindo você a cem metros, mais ou menos, e você quase vinha deitado sobre o cavalo — Roberto divertiu-se à minha custa. — Venha! Vamos forrar o estômago com comida substanciosa e saborosa. Você não deve ter sentido o cheiro da carne assada e da fumaça porque o vento está contrário à sua direção. Além disso, aparenta estar demasiadamente cansado. Isso é perigoso, poderia ter sido pego por um fhiio.

Chegando ao acampamento, encontrei Carijó, Bodão e Caroio comendo carne assada e bebendo vinho, em torno da fogueira. Senti que estavam mais soltos, inclusive expressando algumas características de Roberto, na fala e nos atos.

— Onde estão Japa e Magricela? — estranhei a falta dos outros discípulos e perguntei, molhando a garganta com um bom vinho, oferecido por Carijó.

— Desde que você partiu, conversamos e entendemos por bem fornecer um treinamento para os habitantes de boa vontade da Nova Babilônia. Como os cinco não fizeram objeção e eu preferi não indicar nomes, deliberamos pelo sorteio. Os sortudos estão na Nova Babilônia e, haja vista não terem retornado, conseguiram convencer mais de cinco, pois essa foi a nossa condição para repassarem as técnicas aqui aprendidas.

— E por que vocês estão tão longe da caverna? — arranquei com a mão um naco de carne do pernil de porco.

— Indo para a Nova Babilônia nos juntar aos outros — respondeu Bodão soltando um arroto alto, seguido de outro mais extenso.

— Um porco comendo o outro! — ironizou Carijó, com o apoio de Caroio. Bodão, para demonstrar que não se incomodava, soltou um arroto ainda mais extenso e alto e, para arrematar, um peido estrondoso e pútrido.

— Deus nos acuda e salve a alma desse infeliz, que o corpo já era! — gritou Caroio.

Depois das brincadeiras, relatei a todos parte dos aconteci-mentos, desde a minha partida da floresta. Fizeram-me múltiplas perguntas, pois nem mesmo Roberto era detentor de abastados conhecimentos sobre a vida e a cultura dos fhiios. Deixei bem claro que todo o mal que os humanos estavam sofrendo no Fhiiaral tinha a sua origem nos propósitos nefastos de Vhenias, e que ele seria a alavanca insensível da ruína da organização social e religiosa do Fhiiaral, com seu sonho ambicioso de comandar e de desmandar tudo sozinho, sem pedir opiniões, sem reuniões, sem unidade, ou para entorpecer a visão do povo, reunir-se com os representantes, entre aspas, da sociedade, discutir e rediscutir, mas, no final, ele decidir. — O corolário de tudo isso será inevitavelmente a guerra, se não conseguirem eliminar suas ideias ou, em último caso, dar um fim na vida dele.

Todos se voltaram para mim, surpresos com a notícia de even-tual guerra entre os fhiios.

— Tem uma coisa que não casa nessa sua história — interpe-lou-me Roberto. — Você nos disse que andou pela cidade, conversou com fhiios e foi até o círculo... Como conseguiu essa façanha?

— Estava deixando esse assunto para o final! Mas, ante o seu alarme, espere um pouco.

Fui até a árvore onde havia deixado o alforje ao lado da sela nela pendurada. Virado para o lado escuro, coloquei a máscara. Voltei com o chapéu abaixado e o tirei assim que cheguei perto deles. Carijó e Bodão deram um pulo para trás e Caroio gritou assustado: — Peguem a espada! O fhiio matou Joaquim e pegou sua roupa.

— Calma, Caroio, sou eu mesmo.

Roberto pediu para Caroio guardar a espada, levantou e ficou olhando para mim com espanto e admiração.

— Você encontrou alguma bruxa lá em Khonhozin? Quer nos explicar que diabo é isso?

— É uma máscara inventada pelo Doutor Couquinhos! Ele é um cientista de alto gabarito, tem o gênio criativo e inteligente. Não há dificuldades para se adaptar com o uso deste artefato, que se amolda com perfeição ao rosto de seu usuário. O único inconveniente neste disfarce é o emprego da voz, pois, para não causar desconfianças, tive que falar em tom agudo, fino assim como os fhiios.

— Como você falava por lá? — perguntou Bodão em tom de deboche, visando a ter uma oportunidade para dar mais risadas.

— Falava com muita naturalidade — respondi me pronunciando exatamente como um fhiio.

Estrondaram repetidas gargalhadas e passaram a falar da mesma forma, rindo de si mesmos e uns dos outros e, altos pela ação do vinho, irromperam para assuntos diversos com a intenção de escarnecer o colega da vez, conforme o fato trazido à baila.

— Então... — aproveitei a oportunidade para falar apenas com Roberto. — Você conhece bem o Zauhquin e seu pai, Zhenodhita...

— Zhenodhita é o pai do Zauhquin? — Roberto sustou minha fala, pasmado. — Então, meu amigo, a bondade deve ser genética mesmo!

— Você não sabia do parentesco dos dois? Pode ser que a qualidade da bondade tenha suas ramificações biológicas, mas não acredito nessa ideia. Acho que algumas características podem surgir do meio experimentado na infância e na vida, além de nossa vontade em conquistá-las a partir do ponto que compreendemos ser potência latejando para vir a ser. Mas esse não é o mote desta ocasião, gostaria de saber sua opinião sobre esses dois sujeitos.

— Já disse: gente boa! O Zauhquin, como lhe expus, em outra circunstância, salvou a minha vida e usando apenas palavras. É astuto, diplomata, inteligente e, especialmente, altruísta. Zhenodhita? Quem morou na Nova Babilônia só conta coisas boas sobre ele e sobre esse tal de Doutor Couquinhos, citado por você. Dona Jacinta e Seu Delfino elevam os dois à condição de santos. Mas diga-me a que lugar você quer chegar?

— Eles me fizeram um pedido e, tendo em consideração que não têm como marca um encontro com você, solicitaram que eu lhe repassasse.

— Não entendi! O pedido é para você e você veio me repassar?

— Tudo bem. Logo compreenderá. Como é do seu conhecimento, Vhenias — o docente de Khonhozal, com o fim de atingir seu intuito de governar sozinho o Fhiiaral, ardilosamente, vem colocando parte de suas tropas em pontos estratégicos fora de sua jurisdição, sob o comando de seu general Fhenemeh...

— Nem me fale esse nome, que meu sangue ferve — Roberto, enfurecido, lançou o copo de vinho no solo.

— Quando enfrentamos os armíferos aqui na floresta, pensávamos que eles patrulhavam à intenção de encontrar humanos fugitivos ou rebeldes. Nem um nem outro, se por acaso toparem com humanos, matam e pronto. Eles não estão nem aí para humanos, certos de que jamais sairão da Nova Babilônia. Aqueles armíferos, que chamam de armíferos, faziam parte do exército de Khonhozal de Fhenemeh e executavam o reconhecimento da área para futuras guerrilhas, com o fim único de tomar Khonhozin em momento oportuno.

— Falando nisso, nesta tarde, mandamos mais quatro para receber a bênção do diabo. Esta carne que comemos e o vinho que bebemos retiramos dos alforjes de seus animais — Roberto sorriu, palitando os dentes, e eu, passando-lhe a intenção de normalidade, puxei as pontas dos lábios para baixo, balançando a cabeça em sentido positivo de admiração.

— Ocorre que Vhenias e pseudodocentes de algumas partes tomadas de forma velada estão se preparando com o recrutamento de armíferos e no aprimoramento bélico. As demais partes nem sonhavam e algumas ainda não se atentaram com a poeira violenta que se levanta por trás de suas costas, liderada pelo ambicioso docente de Khonhozal.

— Não entendi bem o que você quis dizer com outras partes tomadas de forma velada — comentou Carijó, intrometendo-se na conversa e, com isso, chamando atenção do demais, que se mostraram mais sérios, dando fim às brincadeiras.

Expliquei a eles tudo sobre a modificação da semente de ozhóliti, desde a experiência realizada por Doutor Couquinhos, do porquê e das finalidades da adulteração do grão. Explanei sobre a situação da cidade vizinha Caringhal e as ameaças sofridas pelo seu docente Zhimbrous.

— Tudo bem! — depois de tudo bem esclarecido, Roberto voltou ao nosso diálogo inicial. — Diga-nos, enfim, qual é o pedido de Zauhquin, Zhenodhita e do Doutor Couquinhos, depois de ter-nos deixado com o ímpeto de sair esganando por aí?

— Eles querem que você, Roberto, e os rapazes, Carijó, Bodão, Caroio e, se possível, Pacuera e Magricela, treinem os armíferos de Khonhozin!

Fez-se um silêncio, a ponto de se ouvir apenas o trepidar da madeira ardendo no fogo.

— Eu achei a ideia muito boa — pus-me na frente de Roberto, com receio de tudo se perder. — Além disso, se vocês aceitarem, armaremos um plano para salvar Cristal.

— Como faremos isso, Senhor Sabichão, se temos essas caras com as quais nascemos? — Roberto se exprimiu, pondo em seu tom de voz a informação de um possível aceite.

— Eu trouxe comigo mais seis máscaras — aproveitei a tendência para o sim, para não deixar o obstáculo tomar corpo.

Roberto levantou-se um pouco contrariado, pegou as máscaras, sentiu-as com o tato, colocou-as perto do nariz, andou de um lado para outro pensativo. Virou-se para seus companheiros e perguntou-lhes: — Qual é a opinião de vocês?

— Eu topo qualquer parada — respondeu de forma impetuosa Bodão.

Carijó e Caroio continuaram quietos pensando, quando Carijó arriscou primeiro:

— Uma coisa é certa, Roberto: se a guerra vier e Vhenias for o vencedor, nós e não só nós, todos os humanos, estaremos com a sentença de pena de morte na testa. Sabemos exatamente o que pensa Vhenias sobre nós.

Caroio complementou:

— Agora é a chance de juntar forças, não só pela manutenção da unidade deles, mas para conseguirmos nossa liberdade.

— Estou impressionado — disse Roberto. — Não sabia que tinha dois filósofos aqui. Pensando dessa forma e já concluindo que vocês já se quedaram na proposta, eu também aceito.

Carijó, Bodão e Caroio gritaram feito macacos na noite silenciosa e brindamos à nossa amizade sólida, com amassados e encardidos copos de lata transbordando vinho tinto.

— Além do mais — continuou Roberto —, com estas máscaras, aumentam em muito as chances de encontrarmos e trazermos Cristal de volta pra casa, ainda não sabemos como, contudo as coisas começam a clarear — e com um semblante sério finalizou: — Imponho somente uma condição: eu não vou falar fino.

VINTE

Depois de termos traçado planos, o grupo retomou a viagem para a Nova Babilônia para averiguações e sentir as impressões sobre o desempenho do treinamento dos humanos. Saber ainda as opiniões de Pacuera e Magricela para, em conjunto, adotar um propósito definitivo a respeito da continuidade do empreendimento e, em caso positivo, quais dos cinco dariam encadeamento ao ofício. Assim que resolvessem, os cinco em caso negativo, ou os três viriam para a casa de Zauhquin no sítio, para daí partirem para Khonhozin. Quanto a mim, fiz o mesmo percurso de chegada para a volta, desta feita, porém, fazendo uma parada no bar do Seu Zhéniquoh, onde me sentei à mesa para uma refeição decente. Zhéniquoh, tão logo me viu, reconheceu-me. Serviu-me de forma cortês, especialmente o vinho tinto, mas não me revelou novidades, apenas me fez muitas perguntas para se inteirar de eventual notícia que não constasse em seu jornal do dia. Depois me deixou à vontade para me servir e, enquanto me deliciava com o pato cozido com batata e mingau, não pude deixar de ouvir a conversa bem descontraída de dois fhiios de Caringhal, na mesa ao lado:

— Eu não frequento há algum tempo a casa de deferência. Nasci ouvindo meus pais falarem sobre o Deus, O Existente, o assunto dos velhos girava em torno dos serviçais, sobre a unidade na mesa do ozhóliti, sobre os profetas, enfim. Também tomei frente nos serviços religiosos por muitos anos. Acontece que os serviçais deixaram de servir ao povo e se preocupam não mais que com suas próprias barrigas. Querem construir e comprar bens para garantias futuras e vivem a discursar que temos que ter fé na providência dO Existente. Com o passar do tempo, criaram uma casta privilegiada que conta com apoio de 5% da população. Quem não pertence a esse círculo não tem nem o direito de dar opinião, não é visto com bons olhos e é taxado, muitas vezes, de inimigo. Ultimamente, resolveram reavivar normas ou revitalizar costumes que ficaram no passado, que serviram para um tempo em que aquela linguagem era benéfica e surtia efeitos milagrosos. Hoje perderam completamente o sentido. São obsoletas.

— É verdade, Estinghus! Foi a nós reproduzido e fundamentado, por anos, pelos nossos serviçais, ou, quando nos reunimos em pequenos círculos locais, discutimos e rediscutimos a respeito do livro que contém o acervo das palavras escritas diretamente por profetas e outro livro com a compilação das palavras do profeta Wajumajé passadas de geração em geração. Essas últimas, nos últimos três anos, vêm perdendo a força, em especial as que se referem ao banquete do ozhóliti, mesmo porque surgiram corpulentas incertezas sobre a real existência de Wajumajé. Então, como eu antes dizia, ouvimos e cansamos de ouvir sobre as razões de nossos banquetes e, quando passamos a dominar o assunto, inclusive com condições de repassá-lo com segurança e autoridade, os serviçais retomam vocábulos e práticas, fazendo com que voltemos à estaca número zero, envolvendo tudo num mistério inacessível para a nossa mente. Então, eles dominam, são os poderosos e nós, o povo, admirando algo distante, que só pode ser tocado pelo servo direto dO Existente.

— De fato, Juvhertin, parece que querem mostrar, com isso, que o conhecimento foi dado somente a eles. Assim trazem de volta cultos antigos e liturgias que inibem a nossa participação. Pode ver que há muitos fhiios que entram calados e saem calados, principalmente agora, que o serviçal determinou silêncio total durante o banquete do ozhóliti.

— Que façam bom proveito dessa parafernália e esqueçam que eu existo. É um peso a menos para mim. Eu não quero fazer parte desse teatro. Que o velho serviçal Izhaigro encontre o divisor e durma abraçado com ele.

Deram boas gargalhadas e eu fiquei na expectativa para ouvir algo que me auxiliasse nos meus intentos.

— Eu não acho que foi um acidente que matou o nosso líder! — Juvhertin olhou para todos os lados e passou a falar num tom baixo.

— De que você está falando, Juvhertin? Eu não estou sabendo! O que houve!

— Zhimbrous foi encontrado com a boca cheia de formiga, no pé da escada da casa dele, nesta manhã.

— Você acha que ele foi assassinado? O que o leva a essa conclusão?

— Em que mundo você está, Esthingus? Não notou a quantidade de armíferos de Khonhozal em nossos territórios? Além do mais, corria um boato de que Zhimbrous não aceitou a propagação da nova semente de ozhóliti. Tenho para mim que nosso mundo está se ruindo.

Terminei de almoçar e saí rapidamente em direção a Khonhozin, mais precisamente para a casa de Simbholéria, ou melhor, para as grades da divisa onde encontrara Saulo a pregar o evangelho, como um maluco perante os fhiios, os quais nem lhe davam atenção. Agora que as coisas estavam bem encaminhadas em favor de Zauhquin, privilegiei a minha palestra com o pastor, conectada fortemente com o meu plano. De longe, vi que ele estava sentado em um banco no jardim, cujas plantas trepadeiras agora com flores amarelas e vermelhas subiam num arco duns dois metros e, tendo em vista que não foram podadas, tapavam toda a visão do Solar, tornando-se apropriado escudo para minha segurança. Cheguei bem perto e cumprimentei, com a saudação de "boa tarde", aquele homem calado, que fixava seus olhos para o nada, suponho que pela sua deficiência visual.

— Boa tarde, Joaquim! — ele me respondeu, afastando o tédio.

— Como o senhor sabe que sou eu? — perguntei entre atônito e espirituoso.

— Ora, filho, temos cinco sentidos. Perdi um, mas os outros afloraram com uma boa precisão e, no seu caso, pelo olfato, senti o seu cheiro, se bem que tive um pouco de dúvida, já que está suado, e pelo ouvido reconheci seu jeito de andar e quando falou, concluí, satisfatoriamente. Ainda posso lhe dizer que desenvolvi um sexto sentido, porque, quando você saiu daqui, depois de nosso último encontro, eu soube, é certo, com resquícios de dúvida, que você voltaria. Além de tudo, ainda há algo em você que não consegui captar, pois carrega em sua alma um tom diferenciado dos demais.

— Eu sou católico, Pastor, e sempre tive comigo que pastores e padres não aprovam bruxarias, bola de cristal, carta de tarô, signos, etc. — sussurrei, com entonação sarcástica. — Parece que o senhor usa algumas dessas coisas, não?

— Gostei! — sorriu, contrariando a minha expectativa em pegá-lo na contradição. — Você é chistoso, meu jovem, muito engraçado — continuou rindo até que parou de repente e ficou sério. — Você mencionou as palavras católico, padres... Bola de cristal? Signos?

— Sim! Conheço tudo isso!

Saulo levantou-se do banco e pediu para me aproximar da grade, um pouco mais.

— Tu és Lúcifer que "veio" me atormentar? Quem é você?

— Pastor, eu não sou o diabo ou qualquer tipo de demônio. Eu sou um humano disfarçado de fhiio. Seu sexto sentido não captou isso? — utilizei a minha voz natural, sem artifícios.

— Mas você estava até agora falando como um deles! — o pastor apalpou meus braços, tentando compreender que se passava.

— Faço isso para que meu disfarce seja convincente. Passe a mão no meu rosto e verá que uso uma máscara igual à sua. Eu conheço os habitantes da Nova Babilônia e estou aqui porque o amor da minha vida pode estar no casarão de Simbholéria.

— Deus seja louvado! — pegou em minha mão e buscou sentir a marca no dorso e, em vão, encontrar o corte no meu dedo.

— Eu ainda não fui encontrado. Tive muita sorte ao cair nas graças de uma família que tem muito amor e me ajudou sem qualquer intenção de retorno, portanto não fui marcado nem cortaram meu medo.

— É preciso cuidado redobrado de sua parte. Só não entendo por que você acha que um velho fraco e cego pode ajudá-lo em alguma coisa.

— Pastor, eu preciso conversar com a senhora que já trabalhou na mansão. Como é o nome dela mesmo?

— Dovília! Contudo ela está cega também e não fala coisa com coisa. Raramente, ela recupera sua sanidade e, só assim, conversa assuntos aleatórios com a irmã Raquel. E mesmo que você queira, no caso sem permissão, como vai entrar aqui? Há armíferos dia e noite fazendo ronda. Olhe para mais perto da casa — apontou discretamente para o lado da grande casa.

De fato, ele tinha toda razão. Afastei-me alguns metros para trás e visualizei, acima da rampa de grama, um soldado parado na porta da frente da casa e outro andando de um lado para o outro.

— Eles não vêm aqui para frente? — indaguei com baixo volume de voz.

— Durante o dia, vem um deles de hora em hora. À noite, como são três guardas, um vem de meia em meia hora, segundo a minha pachorrenta e abnegada contagem de segundos. Fiz isso algumas vezes, levado pela falta de ter o que fazer. Posso lhe garantir que são extremamente pontuais.

— Eles não entram onde vocês moram?

— Desde quando estou aqui, nunca entraram. E olha que faz muitos anos! A questão é que tiramos as máscaras lá dentro e acho que por isso são proibidos de entrarem lá.

— Pastor, como eu havia lhe falado, eu preciso falar com a tal Dovília, mesmo que ela não esteja no dia apropriado para conversar, conforme você reportou. Eu preciso de sua ajuda e já tenho um plano armado. Algo no meu interior me diz que minha namorada Cristal vive presa naquele casarão.

— Que nome você falou?

— Cristal!

— Eu já ouvi a Dovília pronunciar, com frequência, em seus delírios, o vocábulo cristalina. Pode ser que tenha a ver com o nome Cristal, mas também pode ser que se refira a algo cristalino, à água, à pureza... Ela fala algumas coisas sem nexo! Diga então, meu jovem, o que pode fazer por você um velho carcomido pelos anos e tido por todos como louco varrido. Sinto que é essa a missão que Deus reservou para mim. Vamos, fale! Agora estou animado! E seja rápido, porque está perto do armífero aparecer por aqui.

— Realmente, ele já está vindo. Sua tarefa: deixar a porta aberta para mim, daqui a quatro dias, das oito às nove horas da noite.

— Como passará pelos guardas?

— Só faça isso! Agora devo sair, aí vem o guarda.

Saulo esbravejou comigo com o intuito de despistar a desconfiança do guarda, que se aproximava e já me avistara, dando ordem para que eu esperasse.

— Saia daqui, seu idiota! — gritou o pastor. — Onde é que já se viu? Fazer brincadeira sem graça com um velho cego — e voltando-se para o guarda resmungou: — Aquele infeliz pediu para eu lhe descrever como estava o céu hoje e ainda apontar um pássaro voando. Veja lá se eu tenho tempo e paciência para esse tipo de brincadeira. Para o inferno com ele.

21 Vinte e um

Na casa de Zauhquin, depois de um bom descanso, encontrei-o deitado em uma rede junto a Ctasrailo, que lhe fazia carinho no rosto.

— Atrapalho o namoro do casal?

— Só não atrapalha porque estamos curiosos para saber das novidades que estão nos seus miolos e que nos revelará, imediatamente — disse Ctasrailo, levantando-se da rede e me entregado uma cuia com chá quente. Retirou a rede da parede e nos sentamos nas poltronas individuais, enquanto o sol ia se despedindo no horizonte. Yambho havia saído com os amigos e Tebhotin ido à casa do avô.

— Roberto e os demais aceitaram a sua proposta — dei-lhes a notícia, antes que me fizessem perguntas minuciosas.

— Viva! — gritaram os dois. Zauhquin levantou-se rapidamente, tomou a cuia da minha mão e, com delicadeza, pediu a de Ctasrailo e disse: — Isso merece uma comemoração com vinho! Não pare de nos inteirar com suas boas novas, que o escutarei perfeitamente enquanto preparo o vinho.

— Eles passarão em sua casa no sítio, possivelmente amanhã e de lá virão para cá.

— Ótimo, o Térço já deverá estar lá. Saiu hoje cedo para o sítio. Assim, poderá trazê-los de carro — Zauhquin me serviu um copo de vinho e continuou curioso: — Eles aceitaram sem reações? Sem condições?

— Fui refletindo daqui até lá sobre como convencê-los. Pensei, refleti, calculei, repensei e, no momento em que os encontrei, não sei o que me deu, acabei falando tudo diferente. No fim, se convenceram que para os humanos é mais vantajoso entrar nesta iminente guerra, sendo preferível morrer lutando contra o lado que nos condenará à morte, fatalmente, caso vençam a batalha, a ficar omisso, esperando no que vai dar ou arriscando a sorte. Quanto à condição, só uma: Roberto se recusa a falar como vocês.

Zauhquin e Ctasrailo caíram na gargalhada, sendo que o primeiro esborrifou o gole de vinho que havia ingerido.

— Se for só isso, estamos tranquilos — Zauhquin serenou, após enxugar a boca e estancar o riso. — Eu já adiantei o assunto com Cebudebah, hoje. Amanhã falo com ele sobre essa condição, mesmo porque todos sabem que há fhiios que falam em tom grave, apesar de muitos entenderem tal detalhe como deformidade genética. Em sendo um militar, isso não é problema, em razão do respeito que é dispensado a eles pela população em geral. Respeito que se consolidará, inclusive pelos armíferos, pois Roberto virá como lidera-tropas e com a fama forjada de ex-combatente vitorioso nas guerrilhas com seres estranhos, que habitam territórios hostis além do mar Iguidhalvo. Os demais também exercerão cargos de comando sobre os armíferos, e somente receberão ordens de Roberto e do adagão Cebudebah. Serão conhecidos como armíferos que enfrentaram batalhas acirradas nos lugares mais longínquos do Fhiiaral, sob sigilo mortal, ou seja, ninguém poderá fazer perguntas sobre o assunto.

— Muito bem, Zauhquin! Eles ficarão muito felizes e tranquilos com isso, tenho certeza. Onde se hospedarão?

— No próprio quartel. Já estão reservados seus quartos. A comida é farta e há equipamentos para desenvolvimento muscular e aeróbico, abundante espaço verde para treinamento e meditação. Cebudebah é durão, tem a cara fechada, mas sem ambição, um fhiio muito humilde, íntegro, solícito e ponderado. Dará todo o apoio que eles precisarem. E, por fim, a melhor notícia: estamos com inscrição de mais de sessenta recrutas.

— Ótimo, os recrutas terão maiores possibilidades de assimilar o treinamento, estão com as cabeças vazias de conceitos e com hábitos militares vazios de baldas.

— Você falou "os recrutas" — Ctasrailo colocou as mãos na cintura, com indignação, e me passou uma informação que me deixou corado: — Não há só machos no quartel, há muitas fêmeas, inclusive

Yambho se alistou, além de Oduithin. Eu já fui uma armífera e ganhei muitas estrelas nas competições entre fhiios e fhiias.

— Cuidado com ela! Ela é uma fera — alertou Zauhquin sorrindo e abraçando sua esposa.

— Vocês formam um casal modelo para mim. Quero ser assim também com Cristal.

— Tem alguma notícia do paradeiro dela, Joaquim? — Ctasrailo mudou seu semblante para sério.

— Tenho apenas algumas ilações sem provas robustas. Sinto que estou chegando perto e, se estiver certo, logo, logo estarei abraçado com meu grande amor. Primeiro preciso conversar com uma senhora que mora nos porões na casa de Simbholéria.

— Eu ainda não consigo acreditar que Simbholéria tenha alguma coisa a ver com o sequestro de Cristal. Ela é uma pessoa tão fina, educada e simpática — opinou Ctasrailo.

— Depois de saber que há humanos escondidos em seu porão, eu já não estou mais duvidando — Zauhquin contrariou, alertando sua esposa.

— Falando nisso, Zauhquin, preciso que você me libere o Térço para me ajudar na execução preliminar do meu plano. Prometo a você que não sofrerá nenhum prejuízo e ninguém o verá.

— Eu confio em você. Não se esqueça de que o Térço é muito visível em razão de seus trejeitos. Se alguém chegar a vê-lo durante suas ações e estas forem objeto de investigações futuras, fatalmente, não haverá como negar que ele tenha participado. Entende isso?

— Não se preocupe, a atuação dele será relâmpago e não o comprometerá. Quando das ações executivas, tomarei todo o cuidado.

Ctasrailo gesticulou como se estivesse a lembrar a Zauhquin a se manifestar sobre alguma coisa, possivelmente acerca de assuntos que os dois conversaram anteriormente, e ele fez sinal positivo com a cabeça. Ele, assinalando positivamente para a esposa, dirigiu-se até o quarto do casal e trouxe uma caixa de madeira trancada, da qual retirou outra caixa fechada com um laço:

— Joaquim — chamou-me, carregando a caixa com cuidado —, Ctas e eu estivemos conversando sobre as curiosidades que temos sobre o seu mundo e hoje é uma ótima oportunidade para solicitar respostas que sentimos que possa nos dar, enquanto bebemos este vinho que está maravilhoso. Nunca falamos sobre o assunto, com nenhum humano, com qualquer outro fhiio, parente ou não, inclusive com nossos filhos.

— Quanta honra para mim então! É um grande privilégio. Agora, espero colaborar à altura.

— É sobre religião! — aduziu Ctasrailo. — Você, com certeza, notou o quanto nós somos religiosos. Já ouviu nossas músicas, já participou conosco do banquete do mingau de ozhóliti e sabe que acreditamos fielmente nas palavras dos profetas, em especial de Wajumajé, vindas a nós de geração em geração. Também já ouviu muito se falar da nossa espera da vinda dO Existente para morar no meio de nós, conforme as profecias de Wajumajé.

— Sim, inclusive Yambho me mostrou algumas partes dos livros do compêndio e contou-me sobre os atos e fatos de Wajumajé. Até mesmo o Tebhotin me catequizou, o que demonstra que vocês vivem de fato aquilo em que creem. Também tive a oportunidade de ouvir os discursos proferidos no círculo hierático e a fala do serviçal no banquete daquele dia.

— Eu preciso que você veja isto que está dentro da caixa! — Ctasrailo tirou um livro da caixa e virou-o de frente para mim. — Você conhece?

— É a Bíblia! — aquele letreiro na capa do livro despertou-me sensações de aconchego e de pertença a um povo ou, naquela real situação, a um planeta. — Adianto a vocês que não a li por inteiro. Talvez por relaxo ou por falta de interesse, julgando, talvez um tanto quanto precipitado, por conceitos equivocados, certos livros sem sentido, fantasiosos e de difícil compreensão. No entanto é o livro mais publicado e mais vendido na Terra.

— Nós dois a lemos toda — Zauhquin com o peito estufado fez questão de se assoberbar. — Você acredita no que o livro narra? Ou as histórias narradas não são verdadeiras?

— Vou lhes falar sobre o que eu sei sobre isso e o que sou com relação aos escritos na Bíblia. Se vocês perguntassem ao pastor Saulo ou à irmã Raquel, que estão no porão da casa de Simbholéria, ou então ao padre que mora na Nova Babilônia, estou certo de que teriam respostas e informações periciais, pois eles estudaram por demasiado tempo sobre o tema. São chamados teólogos, ou seja, pessoas que estudam sobre Deus e, ligado a isso, está o inexorável estudo da Bíblia. Do que lembro bem de minha catequese e de homilias em numerosas missas de que participei, posso lhes dizer que Deus criou o mundo e criou o homem à sua imagem e semelhança para no mundo morar com a função de ser seu cocriador, mas o homem rompeu sua relação com o Criador, negou-o, fazendo surgir o pecado. Apesar disso, Deus não abandonou seu povo e quis libertá-lo do mal e do pecado. E, antes que me perguntem, missa é a celebração religiosa, também chamada de culto, comparada ao banquete do ozhóliti de vocês.

Andando de um lado para outro, coloquei a mão no queixo e pensei que precisava resumir o máximo, pois estava certo de que me perderia facilmente, sendo que quanto menos falasse, menos teria que dar explicações. Os dois permaneciam sentados e esperando a minha retomada.

— Bem! Quero que fique claro que serei agudamente conciso.

— Continue, está interessante! — ponderou Ctasrailo, aconchegando-se ao marido.

— Deus escolheu um povo para com ele iniciar seu caminho e, no meio desse povo, chamou um homem chamado Abraão para liderá-lo. Abraão é considerado pai e fundador do Povo da Bíblia. Ele, com sua esposa Sara, começa a liderar o povo de Deus para a terra prometida, conforme o Senhor havia lhe dito. Isaac — seu filho — continua a missão e casa-se com Rebeca e com ela ele tem dois filhos: Esaú e Jacó. Depois o povo vai para o Egito, levado pelos doze filhos de Jacó, cada um com uma tribo, onde foram muito oprimidos. Então surgiu Moisés, que também liderou o povo de Deus pelo Egito, fugindo da escravidão, libertando aquele povo da opressão e sempre com a ajuda de Deus.

— Achei muito interessante aquela parte que Deus abre o mar para o povo passar e depois o normaliza, deixando os seus perseguidores morrerem afogados — lembrou Zauhquin.

— É verdade! — continuei: — Moisés, sempre com a ajuda de Deus, como eu dizia, junto ao povo caminhou por 40 anos pelo deserto, mas não chegou à terra da promessa, sendo substituído na liderança por Josué.

— 40 anos é uma vida! — Ctasrailo exclamou abismada.

— Mas acho que isso tem um sentido figurado, para significar tempo de Deus, de preparação, não tenho certeza. Enfim, depois disso, o povo passa a viver em pequenas tribos, sem poder central e evitando a acumulação desnecessária de bens, sob a guia de um juiz bem carismático, que diante das horas difíceis se tornava defensor aguerrido do povo. Aos poucos esses ideais, principalmente de sociedade igualitária, vão se enfraquecendo e o povo sente a necessidade de um rei. Deus, mesmo contrariado, atende e surgem os reis Saul, Davi e Salomão.

— Nós não temos reis por aqui — comentou Zauhquin. — Já tivemos, conforme a história do Fhiiaral, e não foi um período confortável. Agora tem um docente pretendendo ser rei, ou melhor, imperador.

— Pois é, Zauhquin! O reinado prosperou, mas, com a morte do rei Salomão, foi dividido em dois (o do Sul e o do Norte), que no final acabaram desaparecendo em decorrência de brigas, conspirações e corrupções. O povo que tanto sonhou com rei acabou dominado daí para diante por outros impérios estrangeiros, inclusive foi exilado de sua terra. Nesse período apareceram os profetas, como Isaías, Jeremias, Elias.

— Olha! — admirou-se Zauhquin. — Tiveram profetas também?

— Sim! Foram muitos, porém não recordo o nome de todos. Eles lembravam a todo instante o povo de sua história e da aliança feita com Deus. Por outro lado, denunciavam os desvios dos dominadores e abastados, cobrando-lhes a submissão a Deus. Contudo, não foram ouvidos. Houve muito sofrimento, desespero e fome. Parte do livro inicial da Bíblia foi escrita nesse período.

— Não havia um livro escrito até então? — indagou Ctasrailo.

— Isso mesmo, a história começa há quase 4 mil anos e os primeiros livros foram escritos no reinado de Davi, por volta do ano 3000. As histórias eram contadas da mesma forma que ocorre aqui. Somente depois, foram escritas.

— Que interessante isso, não acha, Ctas? — Zauhquin levantou-se pensativo.

— Depois de muito tempo, o povo voltou para sua terra, entretanto ainda dominado pelo império que havia conquistado o dominador anterior. Só para reforçar: os profetas falavam em nome de Deus e chamavam a atenção do povo quando este descambava por caminhos tortos. Eles anunciavam a nova Aliança, a vinda do Messias, a chegada do Salvador, aquele que libertaria o seu povo. E o salvador, segundo a Bíblia, de fato veio, enviado pelo próprio Deus, que mandou seu filho ao mundo, na forma de homem, e recebeu o nome de Jesus.

— Isso ocorreu quando na história de vocês? — indagou ao mesmo tempo e nas mesmas palavras o casal, sorrindo também junto pela coincidência.

— Vou explicar melhor essa questão: o nascimento de Jesus foi um marco para toda a humanidade e os anos foram contados antes e depois dele. Na Terra, estamos vivendo o ano 1979, logo faz 1979 anos que Jesus nasceu. A história antes dele, que eu lhes contei, segue então para a linha de tempo no sentido contrário. No exemplo que citei de Davi, dizemos que Davi viveu em torno do ano 1000 antes de Jesus, mais ou menos.

— Deus, O Existente! Então faz muito tempo que ele chegou ao seu mundo! — admirou-se Ctasrailo, fascinada e preocupada.

— Aqui, nós já passamos do ano 2000 há tempo! — Zauhquin, também com aspecto preocupado estampado em seu rosto, olhou pela janela e fez uma pausa para continuar. — Estamos em 2445! Se bem que se formos contar os dois períodos que você descreveu, a Terra, a partir da história desse povo de Deus, teria mais ou menos uns 4 mil anos. Então podemos ainda ter esperança na vinda dO Existente aqui no Fhiiaral.

— Eu tenho fé e esperança nisso! — afirmou Ctasrailo com lágrimas nos olhos, juntando as mãos. — Mas, dando continuidade ao nosso assunto... Particularmente, eu gostei de maneira especial dos evangelhos. O jeito de Jesus, suas palavras bonitas e muito repletas de conteúdo mostram um Deus muito amoroso e cheio de perdão. Amei a história do filho pródigo, da ovelha perdida. É lindo! Muito bom!

— O principal mandamento de Jesus é o amor a Deus e ao próximo! — usei em minha fala, aproveitando o encantamento do casal amigo, tudo aquilo que minha mãe nos recordava, em momentos especiais ou em reuniões das comunidades de base. Amar o próximo é fazer de tudo para que todos tenham vida e sejam felizes com dignidade. Eu vejo ensinamentos dos evangelhos sendo praticados por aqui. Até pensei que vocês fossem cristãos. Essa questão da unidade é muito evidente nas falas de Jesus.

— Na Terra, todos vivem esse amor trazido por Jesus? — Zauhquin fez a pergunta que sempre fiz para mim mesmo.

— Nem todos. Há divisão espalhada por todos os lugares, ambição exagerada, muita luta pelo poder e corrupção desenfreada, desde políticos que subtraem para si somas grandiosas de dinheiro, que seria utilizado pelo bem comum, até pessoas simples que se corrompem por quase nada. Há divisões geradas pelos mesmos motivos que acabei de mencionar, até mesmo entre aqueles que se dizem seguidores de Jesus. Mas não é de todo mal. Muitos seguem fielmente a mensagem bíblica, vivenciando o amor sincero e despretensioso, na prática da caridade e na busca do bem comum — os dois me olharam, quase que exigindo uma resposta quanto ao meu comportamento. — Eu? Eu sou um relapso, não me aprofundei sobre a minha religião, mas procuro viver minha vida dentro dos padrões da ética — e, para não falar mais de mim, mudei o rumo da prosa. — Será que consegui lhes transmitir o suficiente? Além disso, será demais para mim.

— Vocês estão mais perto do tempo dos reis segundo sua breve explanação — Ctasrailo concluiu apertando o dedo indicador na face. — Nós, próximos dos juízes. Obrigada, Joaquim, gostamos muito da sua aula, não é, Zauh?

— Muito boa mesmo. Muito esclarecedora. Só pedimos a você um favor: não comente sobre nossa conversa com ninguém, muito menos que temos a Bíblia aqui.

Acenei com a cabeça que sim e ele continuou:

— Não falaremos mais sobre esse assunto também. Tudo bem?

22 VINTE E DOIS

Por três dias seguidos, a partir das sete horas da noite, eu entrei num casebre abandonado, localizado bem na frente do solar de Simbholéria, a fim de espionar as sequências executadas pelos armíferos que o vigiavam. Naquele dia em que eu conversara com o pastor Saulo, tomei essa decisão para não cometer equívocos na execução do meu plano. Enquanto dialogávamos, eu pormenorizava os detalhes do panorama, objeto de minha futura ação, desde as grades do muro à metragem da calçada interna. Foi então que avistei o casebre e, pelo seu estado (ervas daninhas espalhadas pela grama, pequenos arbustos sufocando as plantas do jardim, a porta da frente, quase pela metade, tapada por uma espécie de trepadeira sem flores), concluí pelo seu abandono. No primeiro dia, a estratégia para invasão do casebre restou abortada por duas vezes, não por minha vontade, mas por força maior. Explico melhor: eu vinha andando pela rua, normalmente, e, no instante propício para pular o muro baixo da frente, surgia alguém no início ou no fim da rua, forçando-me a continuar em frente. Após duas voltas no quarteirão, motivadas pelas tentativas inexitosas, entrei com aceitável perícia e prudente intrepidez. Desloquei-me célere para a porta da frente, porém não colhi frutos em sua abertura, pois estava emperrada no piso afundado; ainda assim a sorte me sorriu, a dos fundos encontrei entreaberta, quase escancarada. Para judiar do olfato, o odor de mofo grassava por toda a cozinha e lavanderia; para a visão, um filme de terror, em cuja tela surge o amontoado de baratas nojentas, fugindo do movimento dos ratos, que também se assustaram com minha presença. Atravessei a sala, onde fora ignorado, na mudança dos proprietários, um sofá velho todo rasgado, acompanhado de cortinas em idêntica situação, em suaves movimentos ocasionados pela brisa que penetrava nos buracos da janela deteriorada. Cada passo que eu dava, rangia o assoalho de madeira, o que espantava os ratos que se aglomeravam nos cantos da sala e logo fugiam para as rachaduras do piso. Subi a escada com meticuloso cuidado, ao notar a aparente podridão da madeira, mesmo assim acabei derrubando uma parte do corrimão, propiciando, a contragosto, um barulho razoável. Parei absorto, em profundo silêncio, por alguns minutos, para sentir se havia chamado atenção de alguém, porém a bonança se reafirmou eloquente. Andei pelo corredor do cômodo de cima, sem me esquecer do cuidado com a madeira, notando, inclusive, que havia um rombo bem no meio. Enfim adentrei o quarto frontal para a casa de Simbholéria, o qual abrigava uma cama ainda com colchão, este, no entanto, todo furado, com apresentação deplorável. A janela, para a minha satisfação, achei totalmente aberta. Foi ali que me posicionei para observar tudo o que seria necessário e imprescindível à tarefa de salvar Cristal. Com efeito, o pastor Saulo fora exato na sua contagem do tempo: os guardas agiam com pontualidade em seus movimentos. A essa conclusão e a outras, cheguei após três dias de espionagem afincada. Na casa da frente, a partir das oito horas da noite, em seu interior, perduravam iluminadas somente três janelas, uma na região central, possivelmente da parte correspondente à escada, e as outras duas em cômodos situados nos extremos laterais. No último dia de espreita, no final da semana, reparei o brilho de uma lâmpada tão somente, fato identificador da ausência de alguém, e, consequentemente, ratificador do retorno de Simbholéria a Khonhozal. Com isso, pus fim à fase preparatória do meu esboço estratégico.

Agora, para esclarecer melhor, regressarei meu relato ao primeiro dia, contudo antes de entrar no casebre e em outro lugar. De manhã, não poderia deixar de ir à posse e apresentação dos mais novos integrantes do exército local, Roberto e os demais amigos, pois ainda não tinha conhecimento de quais eram e de como fizeram a distribuição do trabalho para a realização do treinamento dos armíferos em Khonhozin e dos soldados na Nova Babilônia. Quando os encontrei, descobri que vieram para Khonhozin exatamente os mesmos que estavam com Roberto em nosso último encontro: Carijó, Bodão e Caroio. Magricela e Pacuera permaneceram na Nova Babilônia. O critério foi definido pela afinidade que Magricela e Pacuera conquistaram com os recrutas da vila dos humanos. Roberto, Carijó, Bodão e Caroio, com suas respectivas máscaras, primeiramente, chegaram à casa de Zauhquin com a ajuda de Térço. Depois de asseados, vestiram-se com os uniformes militares adrede preparados. Um a um, com timidez, foi se achegando até a sala, onde Zauhquin e eu os aguardávamos. Carijó foi o primeiro. Segurei o riso. Bodão, o segundo. Apesar de suas brincadeiras, mantive-me sério. Na entrada de Roberto, com toda a sua seriedade, destampei a rir, deixando-o sem graça e Zauhquin, sem entender. É impressionante como a máscara modifica a aparência da pessoa, tendo em conta que, apesar de se adequar à cor da pele, os olhos mantêm a cor original e ficam grandes, arredondados. Muito me impressionou a manutenção da vesguice de Caroio. Todos vestidos adequadamente, dirigimo-nos ao quartel para a cerimônia, que não seguiu à risca os protocolos minuciosos, mesmo porque Cebudebah queria agir com cautela, motivado pela insólita situação. O adagão Cebudebah não é um leithoah, apesar de seu porte corpulento e estatura elevada. Segundo Zauhquin, seu comandante é resultado de uma miscigenação desconhecida, pois foi deixado na porta da casa de seus pais adotivos.

Não fiquei receoso acercado do bom desempenho dos meus amigos, sabedor que sou de suas tarefas na Terra: Roberto era bombeiro e servira ao exército por cinco anos, com a divisa de primeiro sargento. Caroio, Bodão e Carijó vieram para o Fhiiaral diretamente do exército. Deduzi que se sairiam muito bem em seus novos ofícios.

Depois que encerraram as atividades, chamei Roberto para conversar em apartado:

— E então? — bati no peito de Roberto após a cerimônia. — Tudo tranquilo ou você tem dúvidas de que pode dar certo?

— Rapaz! Achei que seria mais complicado. A impressão que tive é a de que todos os armíferos e recrutas nos olharam com admiração e respeito. Ninguém estranhou a minha voz nem as dos rapazes! O adagão Cebudebah deve ter feito uma propaganda persuasiva a nosso respeito. Eu vi brilho nos olhos dos presentes.

— Que bom ver você animado!

Zauhquin e Cebudebah surgiram ofegantes e, certamente por suporem a frivolidade do nosso bate-papo, desbancaram nosso confessionário, argumentando que precisavam falar, breve e emergencialmente, com Roberto sobre os detalhes iniciais indispensáveis para o irrepreensível e inquestionável treinamento com os armíferos e com os recrutas, precipuamente aqueles relativos aos vocábulos da cultura do Fhiiaral. Nem me ative à rudeza com que chegaram, pois o bom senso lhes cobria de razão, tendo em vista que os trabalhos militares começariam no dia seguinte. Sentindo que eu também precisava ficar por dentro dos futuros acontecimentos, permaneci com o grupo e ali naquele espaço sem cadeiras, nós quatro fomos longe pela tarde. Um pouco antes de terminarmos, tocou o sinal para a reunião no pátio e, em razão da rigidez de horários, despedimo-nos, deixando Roberto e Cebudebah muito animados, principalmente porque seus pensamentos e ideais passearam por linhas convergentes. Ante a impossibilidade de terminar a conversa a sós com Roberto, conforme esclarecido, passei as informações detalhadas a Zauhquin sobre como executaria o plano de adentrar o porão da casa de Simbholéria e lhe pedi que as repassasse para Roberto, com idêntica riqueza de detalhes, sobretudo os horários. Zauhquin se comprometeu a fazê-lo, no entanto ponderou que era um projeto ousado e, por isso, melindroso, alertando-me que, se eu fosse pego e, por consequência, descoberta a minha identidade humana, mesmo sendo docente, nada poderia fazer para me ajudar. Insistiu muito na prudência em minhas ações e, por fim, não tentou me demover da minha decisão.

No dia e na hora da execução do plano, desprendia-se das nuvens pesadas e escuras uma chuva torrencial, tanto que as ruas em torno engendravam volumosos rios com a correnteza proporcionada pela enxurrada escura, que, nas baixadas, atingia a altura da cintura. Os raios violentos e sucessivos rasgavam o céu no intento de se infiltrarem no ponto mais alto a seu alcance e, de tão atropelados em suas ações, não permitiam aferir quais estrondos ensurdecedores geraram. Confiante nas ações milimétricas que poria em prática, depois de ter observado por três dias a movimentação dos guardas da casa velha na frente do solar, e agradecido pela ajuda da chuva inesperada, ao lado de Térço entrei pela rua de destino por volta das oito horas e quinze minutos. Ao passarmos na frente do solar e no exato lugar planejado, dei o sinal a Térço e ele me jogou do outro lado da grade, onde caí numa moita de um arbusto macio. Térço seguiu como se nada tivesse acontecido e eu obliquamente tomei o caminho em direção do porão. Fiquei aliviado, quando constatei que o pastor

Saulo havia cumprido a sua parte: a porta estava aberta. Entrei e a tranquei. Senti um forte cheiro de mofo molhado na entrada e dali segui por um corredor revestido de pedras brutas, iluminado por lamparinas. Numa pequena sala um pouco mais clara em razão da lareira, encontrei o pastor Saulo, que me recebeu com muita alegria:

— Você veio mesmo, filho? Como conseguiu passar pelos armíferos? Bem, isso não importa! O importante é que você entrou aqui. Sente-se nesta cadeira aí do lado — apontou de forma aproximada o local onde estava a cadeira.

As cadeiras eram bem diversificadas, algumas bem simples, outras trabalhadas, talvez refugo da casa de Simbholéria. Nos dois lados, quase no teto da pequena sala, havia duas janelas, sem vidros e com grade, que, pelo que pude calcular, emparelhavam com a altura do jardim.

— Não, pastor, obrigado. Eu preciso ser rápido, ante o perigo de ser descoberto aqui dentro.

— Você tem toda a razão, meu jovem. Só preciso que fique sabendo de algo triste: a irmã Raquel foi se encontrar com Deus, por coincidência, naquele último dia que conversamos em frente às grades. Então pode ser que Dovília não seja dócil. Vá preparado.

A notícia da morte de irmã Raquel me deixou bem chateado e comovido, apesar de não a conhecer pessoalmente. Dei um abraço de condolências no pastor, que chorou sacudindo os ombros, emocionado. Ele me levou ao quarto de Dovília. Deparei-me frontalmente com a cama na qual se encontrava deitada a moribunda; do lado direito, um criado mudo; do esquerdo, uma cadeira velha; e triangulando os cantos, ante a inexistência de armário, um varal de arame com roupas penduradas. Em um dos lados da parede, vi uma janela fechada, mais baixa que as da sala da frente, com o parapeito na altura do meu estômago, e com grades de ferro para o lado de dentro. Dovília, deficiente visual, ao contrário de Saulo, não percebeu a nossa chegada e permaneceu inerte, deitada de barriga para cima e com os olhos abertos para o teto. Saulo a chamou pelo nome e ela o atendeu chamando pelo nome de irmã Raquel, por três vezes.

— Dovília, eu trouxe uma visita que quer muito conhecê-la — arriscou Saulo, mesmo percebendo que ela não queria falar a não ser com irmã Raquel.

— Vá embora, eu não quero ver ninguém. Eu odeio essa gente. Vá embora! — ela gesticulou com as duas mãos, no sentido de que não queria aproximação.

— Ele não é um fhiio, é um jovem humano.

— Você está mentindo, todos foram mortos.

— Eu sou Joaquim e vim da Nova Babilônia — falei com voz natural humana.

— Vá embora! Eu não conheço ninguém com esse nome. Esse disfarce na voz não me convence.

Quando senti que estava perdendo a oportunidade de conversar com ela, lembrei-me do último diálogo que tivera com o pastor e arrisquei:

— Eu vim para falar sobre Cristalina.

Dovília ficou em silêncio e desprendeu-se num choro desesperado e falou com tristeza:

— Eu quero a minha menina, o meu bebê, deixem-me vê-la. Ela precisa ser amamentada. Venha mais perto de mim, rapaz!

Pastor Saulo fez sinal para que eu retirasse a minha máscara e me sentasse na cadeira ao lado da cama. Quando me sentei, ela pegou minha mão e começou a apalpá-la como se estivesse fazendo um reconhecimento de minha alma. Puxou-me mais perto e pegou em meu rosto e disse:

— Você é um rapaz muito bonito e não me perece ser mau caráter. Vejo bondade em você, além de um sentimento muito forte que o encorajou a vir até aqui.

— Obrigado! É bondade da senhora — notei que ela estava calma e bem lúcida: — Eu vim até aqui para saber um pouco de sua vida e, conforme o que me segredar, poderei salvar uma moça que amo muito e que, possivelmente, está trabalhando na parte de cima da casa. A senhora pode me ajudar?

— Embora aparente, eu não estou tão velha, contudo minha mente já não me ajuda mais nas lembranças e no bom funcionamento do raciocínio. Neste momento, sinto-me bem, daqui a pouco, sabe Deus onde estarei! Preciso tirar proveito disso e falar tudo o que lembrar, agora. Trabalhei por 20 anos como escrava para aquela bruxa que mora aqui em cima — apontou com o dedo indicador para o teto. — Fui buscada na Nova Babilônia muito jovem, tão logo cheguei nesse mundo assombrado. Eu era casada com um rapaz muito dócil e trabalhador chamado Rubens. Não tínhamos muito, mas o pouco que recebíamos de salário dava para viver, inclusive para comprar nossa casa simples, à prestação. Roupa, comida e amor não faltavam e, mesmo com toda a pobreza, eu fiquei grávida. A casa não era tão nova e, somente após alguns meses da compra, eu descobri a existência de um porão pequeno. Não esperei pela chegada de Rubens do trabalho e entrei naquele espaço, curiosa para saber o que nele havia. Encontrei uma mesa e armários repletos de papéis, cujo conteúdo não compreendia. Voltei para a mesa, ao notar que havia em sua lateral uma gaveta entreaberta, da qual retirei um objeto e num piscar de olhos eu já estava entre este povo estranho, sendo imediatamente levada para a Nova Babilônia. Foi lá que nasceu a minha Cristalina — Dovília colocou as mãos nos olhos para enxugar as lágrimas e eu, consternado, segurei forte as suas mãos. Não restavam mais dúvidas de que eu me encontrava diante da mãe de Cristal, uma pessoa nitidamente desgastada pelo sofrimento arrastado por anos. Elevou-se em mim o ímpeto de lhe dizer que sua filha estava viva e que havia grande chance de estar trabalhando bem pertinho dela, porém me contive, temendo uma recaída repentina da clareza de suas ideias, mesmo que momentaneamente. Ela tanto que continuou:

— Usando de toda a violência, arrancaram-me da Nova Babilônia e me trouxeram para cá, sem piedade alguma diante dos meus gritos de desespero por ter deixado meu bebê. Nunca mais soube de qualquer notícia, uma que fosse, a respeito da minha criança, nem mesmo se conseguiu sobreviver. A minha vida é me penitenciar por esse fato, culpando-me por minha curiosidade quando resolvi mexer nas coisas do porão de nossa casa — dizendo isso começou a tossir e eu senti que não poderia mais esconder a verdade sobre Cristal e irrompi:

— E se eu disser para você que eu conheci a sua filha na Nova Babilônia?

Ela apertou minha mão com muita força e as palavras não saíam de sua boca, até que conseguiu falar:

— Não! Você deve estar brincando! Não faz isso, meu coração está muito fraco! — ela chorou de alegria, sentou-se na beirada da cama e estendeu os braços para que eu a abraçasse. Eu continuei:

— Ela é a moça mais linda que já vi em toda a minha vida. Começamos a namorar e nos amamos muito.

Dovília não se conteve de alegria, empurrou-me e disse em tom de brincadeira:

— E o que você está fazendo aqui! Deixou seu amor para se arriscar, vindo aqui conversar com uma mulher que já está com o pé na cova! — com carinho novamente pegou minhas mãos. — Fale-me sobre ela!

— Dona Dovília, por isso eu estou aqui! Ela foi sequestrada da Nova Babilônia e eu vivo como uma onça-pintada à espreita de encontrar algo que satisfaça minha fome de provas que me levem para onde Cristal foi levada. E prometo a você que vou libertá-la.

Dovília começou a chorar novamente, eu fique com receio de que ela se perdesse em seus devaneios, sacudi suas mãos com delicadeza, porém enfático no ensejo:

— Você precisa ter forças, nem que sejam retiradas do fundo da alma, para me ajudar a encontrar sua filha. Reaja, Dovília! Força! Quero que você me conte a sua história depois que chegou aqui no solar. Por Cristalina!

Senti que seus olhos brilharam, talvez por uma sensação de ódio misturado com esperança, ou simplesmente porque percebeu em mim fagulhas dos sentimentos carinhosos de sua filha, que ainda não tivera a oportunidade de conhecer.

— Fui trazida para cá com a irmã Raquel... — começou a falar com a voz trêmula e séria. — Pastor Saulo, duas moças — Marlene e Railda —, um militar e um rapaz... Agora não recordo o nome deles... E também o padre Lourival. O militar e o jovem nem chegaram aqui. Desapareceram no meio da viagem e não sei dizer o que lhes aconteceu. A irmã e o pastor ficaram fora da casa e nunca mais os vi até ser mandada para este porão. O padre, Marlene, Railda e eu entramos e fomos recebidos com cordialidade pela elegante dona da casa, que, simpaticamente, determinou ao mordomo nos encaminhar para os nossos respectivos quartos. Jantamos naquela noite com Simbholéria!

Era uma mesa linda e farta para os ilustres convidados, conforme ela nos intitulou. Por mais que me esforçasse, os assuntos não surgiam e acabei estagnada entre respostas monossilábicas, o mesmo se dando com Marlene e Railda. O diálogo à mesa ocorreu de fato entre a anfitriã e o padre Lourival, o qual respondia até mesmo o que não lhe era perguntado, esclarecendo e informando dados relativos a conteúdos eclesiais. O mordomo, cujo nome é Quenquinhas, quando serviu a sobremesa, trouxe consigo um livro espesso, mostrou-o à Simbholéria e, assim que ela olhou para a capa, empalideceu, pedindo-nos licença, desconcertada, sob a desculpa de que não estava se sentindo bem. Apesar de desconfiados, fomos dormir em paz e agradecidos pela cortesia a nós despendida. No outro dia, antes de raiar o sol, o mordomo Quenquinhas nos acordou — as duas moças e eu — e nos entregou roupas pretas com as quais deveríamos nos vestir daquele dia em diante. Foi a partir disso que tomamos ciência do real motivo pelo qual fomos levadas àquela casa: seríamos doravante servas ou escravas, como preferir, daquela casa, daquela mulher horrenda. Era muito bom para ser verdade! Ledo engano! Mal sabíamos que somente uma ficaria e que, a todo instante, estávamos sendo testadas, analisadas e julgadas, tanto no que diz respeito ao desenvolvimento dos trabalhos domésticos quanto, incrível, pela capacidade intelectual. Simbholéria chamava-nos para conversas, uma de cada vez, com infindáveis e indelicados questionamentos. Éramos proibidas de conversar umas com as outras, seja qual fosse a ocasião. A primeira a perder essa competição, posso assim dizer, desconhecida por nós, foi Railda. Isso eu suponho, porque ela sumiu de repente. Nunca mais a vimos. Com o tempo, Simbholéria foi se tornando mais rude, estúpida, tirana e sádica. Eu sempre fazia minhas meditações e orações, sozinha em meu quarto e incuti na minha mente que eu precisava sobreviver, sempre com a esperança de voltar para a Nova Babilônia para reencontrar minha filha, mesmo assim chegou um dia que não suportei e a enfrentei. Ela me chamou de vagabunda e de filha da puta (não sei onde aprendeu os palavrões, aqui não se falam esses) porque eu lhe servi um chá que, segundo ela, queimou sua boca, e o jogou em meu rosto, com ódio nos olhos. Meu sangue ferveu e coloquei minhas mãos em sua garganta, a fim de esganá-la, enquanto ela dava gargalhadas. Eu nunca soube se levaria aquele ato até o final, porque Quenquinhas me impediu de forma brutal e me trancou em um quarto, no qual permaneci por uma semana a pão e água. Quando saí de lá, pensei que sairia da casa, mas não, Marlene já não estava. Nunca mais a vi também. Você não ouviu falar dela na Nova Babilônia... Como é seu nome mesmo?

— Joaquim! Infelizmente, para a Nova Babilônia ela não regressou. Aliás, todos os que foram sequestrados de lá nunca mais voltaram.

— Joaquim! Joaquim... Nome de meu avô paterno... — Dovília pareceu ter levado seu pensamento para longe dali por uns instantes. Eu respeitei o seu momento, apesar de estar receoso com o tempo que ia passando. Então ela continuou: — Ninguém retornou? Meu Deus! Onde será que estarão? Se é que ainda estão vivos! Onde eu estava mesmo, Joaquim?

— Falando que Marlene também sumiu da casa.

— Isso mesmo. Aquele desequilíbrio meu prendeu-me àquela casa por 20 anos ou mais — com semblante tristonho e, depois, com sinal de alerta: — Simbholéria se alimenta com o ódio das pessoas! Fui descobrir essa verdade somente mais tarde. Eu fiquei na casa porque correspondi a três necessidades daquela mulher odiosa: primeiro, trabalhava com afinco e com competência; segundo, descobriu que passei a odiá-la e ela necessitava disso; terceiro, concluiu que eu tinha mais capacidade intelectual do que as demais, portanto, depois que Vhenias tornou-se o docente de Khonhozal, passei a acompanhá-la como conselhista nos círculos, porém vestida com os trajes masculinos e com uma máscara que me fazia semelhante aos fhiios. Simbholéria não queria ter outro colaborador ou colaboradora, para não ter que ficar mudando sempre que desconfiassem de seu verdadeiro caráter. Ela não perdia a oportunidade para me atormentar e tentar me amedrontar com histórias recentes e do passado, quando tivera que silenciar para sempre colaboradores lerdos ou porque ficaram sabendo demais. Alguns sofreram acidentes, outros ficaram cegos, surdos e mudos, outros internados como dementes, outros cometeram suicídio, bebendo veneno, caindo num poço ou da escada, enfim, por essa razão (muitas mortes e muitas desconfianças), abandonou o trato com os fhiios e passou a utilizar-se dos humanos como sua melhor solução. Se sumirmos, ninguém dará por falta. Conosco, porém, em razão de seu ódio pelos humanos, matar rápido não lhe causa prazer.

Então nos torna cegos e fracos, para morrermos lentamente e com sofrimento. Pobre irmã Raquel...

Novamente Dovília se deteve e ficou em silêncio com seus olhos lacrimejantes. Dei-lhe o tempo necessário e perguntei:

— Você sabe de onde vem esse ódio pelos humanos? Qual o motivo por que quer vê-los mortos? Bem, na verdade, eu estava crente de que quem queria o fim dos humanos era o docente Vhenias. Agora...

— Que nada, Joaquim! — ela me interrompeu, com tapinhas em meu antebraço. — Vhenias é uma marionete nas mãos de Simbholéria. É um instrumento conveniente para que ela atinja seu principal objetivo: a divisão pelo ódio, cujo corolário é a guerra, o egoísmo, a intolerância, a desonestidade, a mesquinhez, a cobiça e assim vai. Ela se aparenta como a mais benevolente e simpática dama para toda a sociedade, mas eu sei bem o que ela é: uma podridão viva. Vhenias faz exatamente o que ela quer e, é muito claro, também se beneficia em decorrência de sua posição servil, quando consegue, e quase sempre é fato, aumentar seus bens materiais, triplicar ríquezas, e elevar seu sonho com o mais alto poder. Ela, uma fhiia bonita ao extremo, com um corpo invejável e com uma mente brilhante, o envolve de forma inebriante. Quanto ao ódio pelos humanos? Posso dizer que é contemporâneo com a chegada nossa aqui neste planeta. Ela me contou dois motivos: ter se apaixonado pelo primeiro humano que viu surgir por aqui. Não me revelou seu nome nem se continua vivo. Só afirma que o tanto que o amou foi o tanto que o odiou e o abandonou para sempre.

— Como pode ser? Ela deve estar mentindo para justificar seu ódio, pois os humanos chegaram aqui há pelo menos 50 anos e ela aparenta ter uns 35 anos. É no mínimo bizarro.

— Pode ser. O segundo motivo é que Simbholéria conheceu a Bíblia, a qual tomou do primeiro padre que conheceu, antes que, segundo ela, o clérigo morresse de um ataque cardíaco. Depois que leu o livro todo, ela determinou, por intermédio de Vhenias — é lógico — a prisão de todos os padres ou líderes religiosos que aqui porventura aparecessem. Por isso, quando o padre Lourival chegou nesta casa, Simbholéria pediu para Quenquinhas vistoriar a sua bagagem, a fim de checar a existência da Bíblia e, como eu já disse, assim que ele apresentou o livro diante de seus olhos, ela esmaeceu. Tratou o padre Lourival com toda a delicadeza, de início, com um recôndito fim: que ele esclarecesse tudo sobre a vinda de Jesus Cristo no planeta Terra. O padre ficou todo empolgado e começou a dar aulas de teologia para a víbora traiçoeira, com o pensamento jungido ao bem que estava fazendo ao cumprir sua função missionária em mundo estranho. Essa catequese durou quase quatro meses, ou seja, teve seu fim quando o padre passou a desconfiar das reais intenções de sua aplicada aluna. Isso eu sei porque, em alguns finais de semana que não viajei com Simbholéria para Khonhozal, padre Lourival, disfarçadamente, conversava comigo sobre o assunto. Ele dizia que estava com mau pressentimento com relação às atitudes e sonhos da dona da casa e que, em seu olhar, conseguia enxergar algo distante de Deus. Com o tempo, a própria Simbholéria, visando a me fazer sentir ódio dela, revelou-me, sem abandonar sua gargalhada horrorosa, que o "porco já estava gordo" e isso poderia matá-lo, referindo-se ao padre. Ela, também, fazia-me algumas perguntas sobre a Bíblia, mas eu pouco sei, aliás, eu nunca a li, o meu conhecimento se resume à catequese na infância e às poucas homilias que ouvi nas missas, pelo que debochava de mim e me insultava, com satisfação, utilizando palavras como idiota, lesa, ignorante e completava em tom irônico: "Isso mesmo, continue assim a esse respeito". Certo dia, por volta das onze horas da manhã, preocupada porque o padre ainda não havia saído de seu quarto, tendo em vista que tinha o costume de levantar-se cedo para fazer suas orações, passando em muito da hora de fazer a limpeza diária, bati várias vezes na porta e ele não atendeu. Desesperada, gritei por Quenquinhas, que me atendeu com presteza e arrombou a porta. Foi um choque cruel e triste. Encontramos o padre morto caído no chão, com uma xícara de chá ao seu lado. Enquanto o mordomo tentava levantar o corpo, eu, discretamente, abaixei-me para sentir o cheiro do chá que estava na xícara e, da mesma forma, levantei-me e nada falei. Simbholéria nos afirmou que ele havia morrido do coração — um enfarte — após laudo do médico, porém eu sabia que o odor da xícara era do veneno conhecido, inclusive também plantado na horta do solar. A partir dessas aulas que teve com o padre Lourival, ela vivia me afirmando que, de uma forma ou de outra, faria de tudo para promover a extinção dos humanos no Fhiiaral, tanto que não foi só uma vez que Vhenias discursou na Assembleia com proposições sempre nesse sentido.

— Como você veio parar aqui no porão da casa? — indaguei olhando para Saulo, que chorava em silêncio, comovido pela história contada por Dovília.

— Simples. Comecei a envelhecer, desgastada com as exigências físicas e as pressões psicológicas! Não era mais tão ágil no trabalho! Não mais me irritava com os desafios psicopatas. Ela não suporta os sintomas da velhice, principalmente para acompanhá-la nos círculos; o trabalho na casa deve ser feito da mesma forma e no mesmo tempo; não mais alimentei sua fome, sublimando meu ódio. Não posso afirmar ainda que não o sinto, porém, agora é pouco, e isso não lhe interessa. Não faz muito tempo, senti a perda paulatina da visão e cheguei à conclusão de que não tinha mais condições de fazer tudo o que executava antes. A minha deficiência visual é algo inusitado na celeridade em que se desenvolveu. Há três meses, eu via tudo com total clareza, até conseguia ler letras minúsculas. Refletindo bem, depois que vim para este porão, deduzi que devo ter tomado algum veneno para ficar assim, pois segundo irmã Raquel todos os que moraram neste porão eram cegos. Há uma variedade imensa de ervas no fundo do quintal da casa, portanto... Antes de descer para cá, o mordomo Quenquinhas me pediu para dar boas-vindas à novata que acabara de chegar, mas ela parecia muda e nada respondeu. Bem, eu já falei o suficiente, agora quero que você me fale de Cristalina.

— Muito obrigado, Dovília, por tudo o que me relatou. Foi de valor prestimoso e só tenho que lhe agradecer. Eu não poderei falar muito, pois está na minha hora de sair. Daqui a pouco, meus amigos virão para me tirar daqui. Quanto à sua filha, digo com autoridade que é a pessoa mais doce que já conheci em minha vida. Ela é dona de uma beleza encantadora e, o que é mais importante, tem o coração repleto de amor e bondade. Cristal — é assim que gosta de ser chamada — foi criada com muito carinho e dedicação pelo casal Delfino e Jacinta. Logo que cheguei à Nova Babilônia...

Fui interrompido por batidas na porta. Saulo e eu fomos rapidamente em direção da porta e ouvimos gritos de um armífero, no sentido de que fora informado pelo morador da frente que alguém havia pulado o muro e entrado na propriedade. O armífero perguntou se havia alguém estranho dentro do recinto. Saulo, de forma imprudente, quis abrir a porta para prestar os esclarecimentos ao armífero, mas antes fez sinal para me esconder em algum canto, no que o interrompi, em tempo, alertando-o de que eles entrariam de qualquer forma.

— Se encontrarem você sem máscara, morrerá sumariamente, então vá colocá-la! Enquanto isso, eu tento entretê-los. Vá agora! Vá! — o pastor Saulo me convenceu sem muito esforço. Ele estava coberto de razão e eu cometendo uma gafe.

Voltei, rapidamente, pelo corredor, entrei na sala onde havia deixado a máscara e a recoloquei, mas quando retornei, notei que o pastor havia apagado o fogo das lanternas do corredor, a porta se encontrava semiaberta e, antes que eu a abrisse totalmente, olhei pela brecha: Saulo estava sem máscara se entregando com as mãos já amarradas e o rosto sendo esbofeteado pelo armífero.

— É muita petulância de um humano entrar na casa de Simbholéria — o armífero vociferou e deu uma rasteira em Saulo, que caiu com o rosto no chão. — Você é um imbecil, ou o quê?

Havia pelo menos dez armíferos e eu sem uma faca sequer. Nada pude fazer e, diante da tragédia que tomava forma na minha frente, lembrei-me de Roberto dizendo: "É muito louvável ser corajoso, mas não se esqueça de que a coragem age por ímpetos banhados de sabedoria!"; "O impetuoso ignorante adianta a noite da vida". Escondi-me em uma das quinas das pedras do corredor, assim que um dos armíferos lembrou ao seu chefe:

— Vamos entrar para ver se não tem mais alguém?

O chefe determinou que ele esperasse um pouco mais e perguntou para o pai do menino que vira alguém pulando o muro e apresentara a denúncia da invasão:

— Quantos foram os que seu filho viu pulando o muro?

— Eu e meu filho estávamos a admirar a chuva desde quando começou a cair. No momento em que fui buscar uma pipoca que minha esposa havia preparado, o meu filho gritou dizendo que alguém havia pulado o muro. Depois disso, ficamos vigiando o tempo todo, sem tirar os olhos da janela, até que a tempestade diminuiu, quando saí de casa para denunciar o ocorrido a vocês.

— Armífero, apenas feche a porta! — determinou o lidera-tropas. — É melhor e aconselhável não entrarmos. Ordem expressa de

Vhenias a Fhenemeh. Temos que obedecer. Alguém deve ficar de vigia aqui, então fique você, já que está tão empenhado.

Antes que o armífero fechasse a porta, ouvi gritos vindos lá da entrada para o jardim:

— Parem o que estão fazendo, imediatamente!

O meu plano enfim se completava. Era a voz de Cebudebah, que adentrava com Roberto, Carijó, Caroio, Bodão e outros armíferos de Khonhozin. Infelizmente não deu tempo de salvar o pastor Saulo, que recebeu um golpe de faca no abdômen. Cebudebah, temendo que fosse eu o esfaqueado, chegou empurrando com muita brutalidade o armífero que desferira o golpe contra o pastor.

— Eu dei a ordem para parar! — Cebudebah berrou próximo do rosto do armífero. — Você está surdo ou é burro?

Roberto já ia desembainhando a espada, mas se conteve quando detectou que o ferido de faca se tratava de outra pessoa. A tensão entre os grupos tomou proporções delicadas, a partir da resposta dada pelo lidera-tropas de Khonhozal: — O senhor não é o nosso adagão. Só recebemos ordens de Fhenemeh! Não pode chegar gritando assim conosco.

— Cale-se! — Cebudebah se impôs com seu corpanzil, fixando o desbocado líder com os olhos de lava incandescente de vulcão de cima para baixo. — Esqueceu-se que está em nosso território — gritou com tamanha estridência, que pude ver sair uma chuva de gotículas de sua boca. — Para o exército, não existe parte, mas um território sobre o qual exerce autoridade. Vocês estão aqui, por bondade de nosso docente, que somente a esta casa faz exceção para ser vigiada por armíferos de outro território. Agora, dê-me licença que vou entrar neste porão, porque recebi denúncia da existência de humanos aqui.

— Mas, senhor, ninguém pode entrar aqui, por determinação de Vhenias.

— Onde está a determinação de Vhenias? Mostre-me! — estendeu a mão, com a palma aberta para cima, ainda com olhar autoritário.

— Bem... Não a temos. É verbal — disse o lidera-tropas desenxabido.

— Aqui está a minha, escrita pelo docente Zauhquin! — Cebudebah quase esfregou a ordem no rosto do chefe armífero e continuou com tom irritado: — Saia da minha frente, antes que eu perca a paciência e cause um incidente!

Enquanto levaram o pastor Saulo até o portão de entrada para receber os primeiros socorros, o adagão e Roberto entraram no porão. Carijó, Bodão e Caroio, atendendo a meu pedido feito a Roberto, por intermédio de Zauhquin, entravam e saíam várias vezes do porão, visando a confundir os armíferos de Khonhozal e de Khonhozin que ficaram na parte de fora. Eu me revesti com os trajes de armífero trazidos por Roberto. Devidamente vestido também entrei e saí várias vezes do porão, revezando com um de meus amigos e, na derradeira vez, entrei para ajudar a retirar Dovília daquele lugar insalubre. Carijó e Bodão a levaram numa maca e fui correndo até onde se encontrava o pastor Saulo, que antes de sua despedida final me disse:

— Não há maior amor do que aquele que dá vida pelo seu irmão! — sentia dores e mesmo assim demonstrava alegria. — Eu já havia cumprido a minha missão, filho!

— Não diga isso. Você vai continuar sua missão por muito tempo! Agora nós vamos levá-lo ao médico. Aguente mais um pouco! — encorajei-o com esperança sincera.

— A Dovília também vai embora daqui? — resmungou baixinho.

— Sim. Já está vindo para a liberdade. Está chegando.

— Que bom! Tenho certeza de que vai conseguir salvar a sua menina — e, com muita dificuldade, o pastor disse as últimas palavras, molhado pela chuva leve e insistente: — Obrigado! Você é o anjo que Deus me enviou para me salvar no anoitecer de minha vida e me trouxe a maior felicidade...

23 VINTE E TRÊS

Novamente no laboratório do Doutor Couquinhos, no dia seguinte ao episódio da casa de Simbholéria, Zauhquin, Zhenodhita e eu estávamos ansiosos por soluções, sendo que Ctasrailo só não foi porque se sentiu na obrigação de prestar todos os cuidados possíveis a Dovília. A questão é que, após meu relato pormenorizado da situação vivida pelos humanos no porão daquela mansão, o casal derramou copiosas lágrimas, não sei se provindas do sentimento de decepção ou de revolta. Zauhquin se comprometeu a fazer uma denúncia devastadora no próximo círculo hierático, a fim de tirar o véu que envolve o real caráter nocivo de Simbholéria e desmascarar seu pedante e hipócrita docente, ou desprezível, agora com o pensamento conclusivo, fantoche Vhenias. Eu não precisei convencer ninguém, a ideia de recorrer a Doutor Couquinhos partiu dos três, com mais veemência de Zhenodhita.

Depois de todo o relato do ocorrido a Doutor Couquinhos por Zhenodhita, que fez questão de pronunciá-lo com oratória e de forma teatral, o cientista também mostrou indignação, no entanto fez questão de frisar que a busca na solução de tais problemas lhe chegava com fisionomia secundária, ante a prioridade de seus principais projetos:

— E o que vocês vieram fazer aqui? — o cientista mostrou-se zangado. — Eu não posso fazer nada a esse respeito. Não me venham pedir armas de destruição, porque, com uma pequena bomba, poderia destruir até a minúscula gramínea deste mundo; com uma arma simples que mira por si só, tendo como projétil um grampo de cabelo, cujo disparo não emite um som sequer, poderia matar individualmente um cachorro, uma cavalo, um fhiio leithoah. No meu mundo, já inventaram a bomba que destrói até as baratas — com uma pinça, elevou uma barata seca que jazia num frasco de vidro transparente. — Mas eu não vou nem sequer cogitar isso...

— Nós estamos aqui para conversar com um amigo e, juntos, por camaradagem, acharmos soluções, seu velho rabugento — disse Zhenodhita irritado. — Não queremos armas. Quem mencionou a palavra arma aqui? Você parece que esqueceu que o conheço há mais de cinquenta anos. É assim mesmo! Quanto mais temos uma pessoa em conta, mais precisamos ter paciência para não pôr tudo a perder.

Doutor Couquinhos abaixou a cabeça e ficou sem graça. Por alguns instantes, pairou um silêncio no ambiente, a não ser o barulho do borbulhar dos balões químicos de experiência, com seus contínuos vapores. O Doutor retirou-se de cabeça baixa, buscou um goró e nos serviu.

— Ora, ora, Zhenodhita, seu velho chorão, você já me conhece de longa data. Às vezes, no silêncio deste lugar, fico me perguntado o porquê de certas reações que tenho e prometo a mim mesmo que vou ser diferente na próxima vez que situações similares me ocorrerem. Mas não, caio sempre na mesma vala. Não vou nem pedir desculpas, senão vão concluir que sou um velho ranzinza sem palavra.

— Eu sei quem você é, velho amigo. Agora vamos beber logo esse goró, que em segundos estaremos todos dando risada.

Zhenodhita, após o apaziguamento natural entre amigos verdadeiros, virou o copo na goela, ato que foi imitado por todos, e — em sequência de orquestra de olho no maestro — preparamos os copos para uma nova dose, que, desta feita, bebemos com respeitosa parcimônia. Zauhquin adiantou o assunto:

— O Joaquim, depois de ter recebido, em primeira mão, esse dossiê verbal atulhado de dados até então desconhecidos da comunidade fhiiarana, que meu pai revelou ao senhor de modo impecável — Zauhquin se dirigiu ao Doutor Couquinhos, enquanto nós rimos à vontade —, ele tem quase por certo que sua namorada está passando pelos mesmos perrengues os quais sofreu a mãe dela, Dona Dovília.

— No entanto! — aproveitei a pausa para respiração de Zauhquin e argumentei: — Não temos como, nem por direito, invadir a casa de Simbholéria, pois isso desencadearia um sério problema diplomático entre as duas partes, fato que também causaria repúdio pelas demais, portanto plausível estopim para o gérmen da guerra, cuja culpa seria atribuída a Khonhozin. Tudo isso traria oxigênio de sobra para os sonhos do docente mesquinho Vhenias, além de atrapalhar os planos de Zauhquin de desmascará-lo com sua conselhista víbora no próximo Círculo.

— Pelas nossas leis, ao contrário do que você diz, nós temos o direito de invadir a mansão — afirmou Zauhquin com autoridade. — Basta que eu assine a ordem! Mas corremos também outro risco, além desses enumerados por Joaquim: o de não ser Cristal que esteja lá. Aí, sim, seremos execrados pelas demais partes.

— Por isso, Couquinhos... — complementou Zhenodhita, entendendo que era sua vez de intervir. — Eles estão aqui para saber de você se existe alguma saída científica que possa ajudá-los.

Doutor Couquinhos colocou a mão no queixo e olhou para cima e para baixo, repetindo o gesto por mais de uma vez. Em seguida, fez contas nos dedos (acho eu que era isso que perpetrava), falando palavras desconhecidas e respondendo para si mesmo: "Não, isso não"; "Definitivamente, não!"; "Que idiota!"; "Não! Pense, mente cabulosa!"; "Espere um pouco! Pode ser!". Estalou três vezes o dedo indicador no polegar. "Sim, mas onde estará?" Saiu ligeiro, quase correndo e abriu a porta de uma sala, que nem imaginávamos existir, e nos chamou:

— Venham até aqui! Preciso que vocês me ajudem a procurar um livro que escrevi há uns 44 anos.

Entramos na sala e ficamos deslumbrados. Era uma biblioteca com poucas estantes, porém satisfatória para uma casa comum, empoeirada e com teias de aranha agigantadas. Pelo jeito fazia muito tempo que não era utilizada, então perguntei a Zhenodhita, cochichando:

— Como tem tanto livro assim, se ele trouxe poucas coisas quando aqui chegou?

— Ele escreveu tudo o que estava armazenado em sua memória, tudo o que estudou no planeta dele. Tinha receios de que sua memória viesse a falhar no futuro. Pelo que vejo, por seus trejeitos, recordou-se de algo, cujos detalhes numéricos ele não tem certeza absoluta.

— Pelo jeito a Arácnes prosperou! — Doutor Couquinhos reto-mou a fala todo animado. — Vejam essas teias como estão! Não tenham medo, Arácnes é demasiado tímida e possivelmente não vai aparecer, a não ser que alguém tenha trazido um rato, cobra ou morcego. Ela adora! — olhou atentamente para os caminhos das teias e voltou-se de repente para nós. — Vamos ao que interessa. Por favor, procurem um livro chamado "A Mente sem Travas".

Depois de uns quinze minutos, Zauhquin gritou, lá do final do segundo corredor, que havia achado o tal livro. Trouxe-o até o cientista, que o pegou com gana e se pôs a procurar o que desejava nas mais de trezentas páginas, enquanto andava em direção à mesa de experiências.

— Aqui está! Hum! — cantarolou uma melodia desconhecida. — Eu tinha por certo que eram de 33 gramas desse produto. Foi bom termos procurado e encontrado o livro, pois são exatos 34 gramas. Os demais conferem com o que estava nessa velha cachola — apontou seu crânio com o dedo indicador. — Então vamos preparar a fórmula aqui mesmo.

— O que o senhor pretende fazer, Doutor? — perguntei ansioso.

Ele continuou seu trabalho como se não houvesse mais nin-guém, ora resmungando alguma coisa, ora expressando alegria ou descontentamento, ora olhando pela lupa ou então pegando plan-tas secas depositadas em vidros na prateleira, para pesá-las numa balança de precisão. Zhenodhita me puxou para trás, fazendo sinal de que eu poderia causar algum acidente ficando ali na frente de seu velho amigo. Depois dos líquidos contidos nos balões mudarem de cor, de condensações e vaporizações, Doutor Couquinhos despejou o líquido da mistura final em um recipiente fechado e foi do outro lado esperar com a mão estendida em direção a um tubo de metal. Caiu em suas mãos um objeto parecido com bala doce. Ele o pegou, depois de higienizar suas mãos com álcool, com o dedo polegar e indicador, e elevou à altura de seus olhos, com expressão de felicidade.

— Aqui está, jovem Joaquim. Com esse doce e um pouco de concentração, você terá poder de estar em dois lugares ao mesmo tempo! Ou melhor: sua mente estará aqui conosco, mas poderá via-jar para onde você quiser, no presente, hoje mesmo ou em qualquer outro dia que já viveu. Sem olvidar que poderá contar com as maravilhosas potências da mente! Uma delas é a leitura da mente alheia. Sim, sim, sim! No entanto, não aconselho a fazê-lo, por uma questão ética: trata-se da invasão da privacidade escandalosamente íntima, a não ser que seja necessária, é claro. Não! Não façam essa cara de incrédulos! Se bem que é preciso ter em mente que não funciona para todos! Eu fiz isso mais de uma vez em Swtrbz e funciona perfeitamente na mente certa — parou um pouco e nos encarou com um olho apertado e, tentando decifrar o que estávamos pensando, continuou: — Devem estar se perguntando por que eu mesmo não me submeto a isso? Incrédulos! Entendam que eu não tenho esse dom, por mais que tenha me esforçado. Joaquim, sente-se aqui nesta cadeira e Zauhquin naquela perto da mesa — voltou rapidamente para a escrivaninha e retirou de uma pasta dois maços pequenos de papel e entregou um para mim e outro para Zauhquin. — Respondam às questões e depois me devolvam — voltou para Zhenodhita. — Você não! Já está muito velho — Zhenodhita respondeu que não tinha interesse mesmo.

Eu não me lembro de todas as perguntas a que respondi, aliás, respondi a todas, porque eram bem pessoais, portanto, cito, sem exatidão, algumas, sobre as quais tive que informar a frequência de um a dez: sonha que voa ou que anda sobre as águas ou sobre as nuvens? Sonha que cai de uma torre, de um penhasco ou precipício? Sonha que é perseguido por assaltante, por armíferos ou demônios? Sonha que está solto no espaço? Quando sonha consegue ver seu corpo dormindo? Sonha com o arco-íris e vê todas as cores? Enfim, o questionário foi muito fácil, mas não entendi o seu intuito. Ambos terminamos quase ao mesmo tempo. Doutor Couquinhos pegou os resultados e sentou-se na cadeira da escrivaninha e parecia fazer cálculos e de lá olhou para mim, colocando a mão no queixo.

— Já está decidido quem vai! — voltou-se para nós com os papéis erguidos para cima com o braço direito. — E não sou eu quem decide. São vocês mesmos com suas respostas. O Joaquim irá. Sua pontuação restou formidável.

— Eu vou! Ainda bem que a tarefa é minha! — eu disse aliviado, pois a causa interessava mais a mim do que aos demais.

— Apesar de eu ter dito que não há problemas quanto ao uso do experimento, preciso alertá-lo de que há somente uma exceção:

não pode haver no ambiente pessoa com sensibilidade proeminente, pois se ela captar algo estranho no ar poderá até mesmo enxergar você e, caso o sinta plenamente, ficará preso entre os dois ambientes (aqui e lá).

— Eu não me importo! Vamos decidir o momento. Por mim, pode ser agora, sem qualquer problema. Ou o que vocês sugerem?

— Joaquim, eu acho um pouco arriscado — disse Zauhquin contrariado. — Você tem certeza de que quer mesmo fazer isso? Pode haver outro meio. Podemos nos reunir em outro dia, com novas ideias...

— Zauhquin, eu preciso fazer isso. Nós já sopesamos os prós e os contras, agora precisamos seguir em frente. Como eu disse, já perdemos tempo demais. Quanto mais o tempo passa, mais Cristal corre perigo. Depois do que Dovília me relatou, eu preciso me enveredar em direção à excelente oportunidade apresentada pelo Doutor Couquinhos.

— Vejo que não tenho como dissuadi-lo! — Zauhquin usou um tom de insatisfação. — Então a minha sugestão é que você retorne ao dia do círculo hierático, tendo em vista todos os fatos importantes e significativos que ocorreram naquele dia! Mesmo porque temos a certeza de que Simbholéria não estava em casa, circunstância que lhe facilitará em muito a averiguação do interior da casa e visualizar, por fim, a presença de Cristal, haja vista que ela ficou lá sozinha.

— Você tem razão. Voltarei para o dia do círculo, durante a ocorrência da reunião.

— Mais uma pequena informação, jovem intrépido! — asseverou Doutor Couquinhos. — Você terá, mais ou menos, quatro horas para executar sua odisseia. É um tempo mais que necessário, mas se faz mister a escolha da hora inicial e dos lugares a serem investigados, da mesma forma, será imprescindível a confiança em nós, seus amigos fiéis, que lhe avisaremos a hora de voltar.

— Seria melhor iniciar meia hora antes de acabar o conselho — opinei. — Pois, se Cristal estiver realmente no solar, poderei vê-la sozinha, e quando Simbholéria chegar... Bem, vamos ver.

Doutor Couquinhos pediu para que eu me sentasse numa poltrona bem macia, perto de um relógio de parede, do qual pude ouvir as batidas suaves. Deu-me a bala, que foi, ao poucos, derretendo em minha boca. Apoderou-se de mim uma sensação muito agradável de paz e, num crescendo, via meu corpo se distanciando da minha consciência, até que atravessei a espessa parede de pedra do laboratório, quando tudo escureceu e a luz somente voltou à medida que me via em um ambiente interno desconhecido, nunca visto por mim. Ante o receio do mistério, retornei com certo desequilíbrio à poltrona, totalmente confuso, com névoa em meus olhos. Lembrei-me, então, da minha missão, de forma especial ao ouvir Doutor Couquinhos a me falar: "Joaquim! Joaquim! Concentre sua visão apenas na casa de Simbholéria, pense somente no bem que fará para Cristal. Preste atenção: a visão na mansão e o ouvido aqui e na mansão".

Fiz um esforço mental em Cristal, na paz que ela me dá e no nosso amor. Tudo foi ficando mais calmo e eu já podia ver o hall de entrada, com um lavabo, cuja torneira com água corrente sai da boca de uma imagem de um animal parecido com um bezerro. Na primeira sala adiante com uns cinco metros de pé direito e piso revestido com mármore preto, pode-se ver várias poltronas, com apoiadores para os pés e uma mesinha central. Na parede, variados quadros retratando personagens desconhecidos, ao menos para mim, sempre com aspecto triste, pouca cor, na maioria retratando o noturno ou o nevoeiro; no lado esquerdo, uma lareira também revestida com a mesma cor de mármore e, no direito, um mezanino. No meio da sala, uma escada com largura capaz de suportar quatro pessoas por degrau, também toda preta, somente as madeiras e o corrimão com a cor carmim. Na cozinha, vi um senhor alto e bem magro, com roupas de maestro, que só podia ser o mordomo Quenquinhas, que, sério e concentrado, preparava um lanche. Havia uma bandeja no passa-pratos por onde passei a observar a sala de refeições: também espaçosa em exagero, com uma mesa de uns 10 metros de comprimento, sem toalha, sem enfeite, sem flor. No teto, tomando-o por inteiro, está pintada uma obra retratando floresta devastada por fogo que deixa atrás de si um amontoado de cinzas, troncos de árvores queimadas e animais mortos. Apesar de a imagem aparentar viva, julguei-a tétrica e assustadora, de mau gosto, principalmente, por estar na sala de jantar. Talvez tenha sido colocada naquele lugar para perder a fome e, com isso, ajudar a emagrecer. Passei pela lavanderia e por outras áreas de serviço e não encontrei Cristal. Espiei pelas janelas o pátio externo e, nos fundos, a horta, ela também não estava. No último cômodo do térreo, percebi certa semelhança com o laboratório do Doutor Couquinhos; por outro lado, substancial diferença. A semelhança é a miscelânea de espécies e quantidade de ervas, de pós e de outros excêntricos produtos, que eu não poderia os identificar jamais. A diferença está na técnica, pois ali se encontrava a diversidade de panelas, chaleiras, canecas e caldeirões. Talvez se tratasse de outro espaço reservado na casa utilizado para cozinhar. Transpus escada e, na parte de cima, o corredor se divide em dois, com diversas portas. Fiz questão de entrar em cada um e concluí que em um lado do corredor os quartos são luxuosas suítes e no outro tudo bem simples, até mesmo o mobiliário. Depois de passar por todos os quartos, ninguém encontrei. No sótão constatei muita coisa obsoleta e abandonada; por outro lado, tomei um susto enorme quando me deparei com esqueletos humanos e animalescos, talvez de porco, cabrito, cachorro ou gato. Voltei rapidamente para a parte de baixo, preocupado com o tempo, pois precisava saber onde se localizava a porta de entrada para o porão. Depois de entranhar-me em todos os lugares possíveis, cheguei a um corredor e não consegui identificar a porta que lhe dava acesso. No porão, estavam Dovília e a outra, que só podia ser a irmã Raquel, que cuidava com delicada atenção de Dovília. Tomei outro susto e tratei de sair do local abruptamente quando irmã Raquel perguntou: "Quem está aí?". E mesmo cega lançou o olhar em minha direção. Foi ótimo isso ter acontecido, pois me deixou precavido ao lembrar o que disse Doutor Couquinhos sobre pessoas com sensibilidade aguçada, que poderiam sentir e até mesmo ver a minha presença. Voltei para a parte de entrada da casa e fiquei escondido atrás das paredes, por orientação do Doutor Couquinhos, que gritava nos meus ouvidos. Ali fiquei à espera da chegada da dona da casa e, enfim, ter uma resposta se Cristal estava realmente naquela casa. Não demorou mais que cinco minutos e o mordomo se apressou em direção da porta, abrindo-a com o corpo ereto e sem emoções no rosto. Adentrou a casa primeiro a conselhista, carregando alguns objetos e bolsas, em seguida Simbholéria e, para minha surpresa, Vhenias, que parou para lavar as mãos no lavabo. Enquanto a colaboradora subiu carregando os apetrechos, Simbholéria e Vhenias se locomoveram para a sala de jantar, onde estava preparado, em cima da mesa central, chá, biscoitos, pães e bolos em pedaços. Parei no passa-pratos para ouvi-los.

— Parabéns, fabuloso Vhenias! A cada dia que passa você melhora ainda mais a sua retórica.

— Ora, minha adorada mestra. Continuo na minha mais sincera ideia de que você é quem deveria ser a docente de Khonhozal e futura imperadora do Fhiiaral.

— Deixe de ser dissimulado, querido! Não diga que é meu o seu desejo mortal.

— Por favor, não me diga essa palavra "dissimulado", pois me vem à lembrança aquela filha de um "catuto", que teve a coragem de me desafiar hoje. Fhiarhana não perde por esperar...

— Acalme-se! Tudo deve ser feito a seu tempo. Quando chegar o seu momento de triunfo, você poderá usá-la como exemplo de agitadora da ordem pública e condená-la a uma morte bem lenta e cruel, com a qual poderá se deliciar, demoradamente, até a última gota de sangue.

— Você tem razão, por isso que a admiro tanto — Vhenias pegou na mão de Simbholéria, que a retirou delicadamente para pegar a xícara de chá. Ele continuou a falar: — Estou pensando no que vou fazer com Zhimbrous. É mais um idiota que aceitou minha proposta no princípio, depois se arrependeu e pode se fazer um ponto negativo motivador de desalento. Por ser um docente respeitado, torna a questão intrincada e, de mais a mais, é feliz e de bem com a vida... Não demonstra tristeza para que se possa concluir que se matou.

— Acidentes acontecem todos os dias, Vhenias! Há muitos idosos que caem de escada; tropeçam e batem a cabeça em quinas de móveis ou pedras; distraídos, são atropelados por carros ou cavalos, enfim, você sabe do que estou falando, portanto ponha sua criatividade para funcionar. Você pode! Você é capaz! Não pode deixar esses pedriscos ficarem na sua frente.

— A nova semente vai ser o maior sucesso, Simbholéria. A sua ideia foi maravilhosa. Logo, logo, a maioria das partes estará em minhas mãos, visto que, indubitavelmente, ver-se-ão endividadas e, sem outra saída, dependerão somente de mim para lhes fornecer as novas sementes. Depois, por um tempo, seus lucros serão colhidos com profusão, até se esquecerem da tradição esquelética e da unidade anacrônica para, enfim, construirmos um império cheio de prosperidade para aqueles que pretendem ter, sem qualquer tipo de limitação, a não ser pelo poder central em suas conveniências.

Simbholéria aplaudiu repleta de alegria e bateu levemente sua mão na mão de Vhenias, dizendo-lhe:

— Cuidado, meu imperador! Não deixe de sonhar assim, que é maravilhoso, mas também não deixe a guarda baixar. Você sabe muito bem que tem um docente dotado de simpatia extrema entre a população do Fhiiaral, até mesmo em Khonhozal, e força política natural e sólida entre os docentes e serviçais.

— Zauhquin! — Vhenias lembrou o nome com ranço. — É um rato esperto que já escapou, pelo menos quatro vezes, da ratoeira. Uma vez teve sorte e, em outras situações, aquele cão de guarda que vive na casa de dele, o tal do Térço, salvou-o. O dia dele ainda vai chegar e tem que ser logo.

— Já falei para você agir com cautela! Quem sabe para quando for o imperador! Ainda assim é necessário encontrar um jeito de colocar o povo contra ele. Pense bem, você trouxe um sinal de prosperidade para os agricultores, que poderão obter ganhos cada vez mais elevados, com a nova semente do ozhóliti! Você sabe! O lucro traz lucros e, consequentemente, o desejo incontrolável de comprar mais terras! Ter mais para ter mais poder. Você precisa inculcar na cabeça mole desse povo que Zauhquin não é a favor da semente e, por isso, inimigo dos agricultores. Ele também tem que ser visto como um retrógrado, preso às tradições, e que a unidade é um entrave para o crescimento individual e coletivo — levantando-se da cadeira, Simbholéria se dirigiu para trás de Vhenias, colocou as mãos em seus ombros e disse quase em seus ouvidos: — Pense, Vhenias! Você será idolatrado, venerado como aquele que promoveu a riqueza para todos e visto não só como um simples imperador, mas o grande líder imperador adorado por todo o império do Fhiiaral.

Vhenias levantou-se de sua cadeira e, olhando para o teto, como se estivesse assistindo a um filme, sorriu de contentamento e disse:

— Sim, é isso mesmo que eu quero!

Simbholéria, dando a volta pela grande mesa, ficou observando o olhar ambicioso de seu pupilo, encantada com sua reação e seu desejo. Então parou na outra ponta e de lá falou com semblante mais sério:

— E o que você pretende fazer com os humanos?

— Só quando eu for imperador...

Simbholéria cortou a fala de Vhenias com um tom não condizente com sua simpatia até então:

— Não, Vhenias! Eu já lhe disse que aquela raça é o que você tem de maior perigo. O culto e a crença deles podem ser pegajosos. O Deus que eles acreditam ter chegado ao seu planeta Terra veio lhes falar de amor ao próximo, de compaixão, de perdão, de partilha, de misericórdia e outras ideias e utopias que enfraquecem os viventes, tornando-os moles de coração, palavras que vão contra todo esse nosso projeto. Eu tenho aquele livro cheio de mentiras chamado Bíblia, que está escondido a sete chaves para que ninguém a leia. Eu sei também que na Nova Babilônia já apareceu mais de um líder religioso propagador dessa crença. Aqui em meu porão, ainda tenho dois que estão sendo muito bem tratados para deixar este mundo em tempo recorde. Por isso, sempre que puder, mande um grupo de armíferos para averiguar se existem esses tipos de líderes naquele lugar tenebroso e, mesmo antes de ser imperador, mande para lá um contingente armado para exterminar a todos. Para isso, é importante que os armíferos não estejam uniformizados, mas esfarrapados, a fim de que não sejam identificados, caso reste algum sobrevivente — e mudando de tom, com muita delicadeza e dengo, Simbholéria chegou-se novamente perto de Vhenias, fez-lhe um carinho nos braços com o dedo indicador e disse: — Depois que você consumar esse intento, terá uma recompensa satisfatória — Vhenias levantou-se e tentou beijar Simbholéria, que se afastou dizendo: — Depois que estiver tudo consumado! Virou as costas para ele e saiu da sala de jantar, enveredando-se para a escada. Vhenias foi logo atrás e, já no mezanino, Simbholéria lhe disse adeus com um sinal de beijo soprado pela mão. Enquanto Simbholéria foi para o seu quarto, a pedido dos meus amigos que estavam no laboratório do Doutor Couquinhos, eu diligenciei no sentido de descobrir qual era o quarto da conselhista, que por certo morava ali, levando em conta que não retornara desde que subiu. Comecei a entrar nos quartos novamente, até o instante em que me lembrei daquela noite de espreita na casa abandonada na frente do solar, da qual vi as luzes acesas nos extremos da casa. Mais que depressa, visualizei o último quarto e nele entrei: tudo muito simples. Um armário, um criado-mudo, uma cama de colchão de capim e uma mesinha para leitura, com a respectiva cadeira. De fato, era o quarto da conselhista, levando em consideração as mesmas vestes usadas no círculo, estendidas sobre a cama, contudo ela não estava lá, para minha decepção e desespero, pois o tempo estava passando rápido. Certamente, no momento em que eu ouvia a conversa de Simbholéria e Vhenias, ela saíra de seu quarto. Antes de me retirar, a emoção me travou a mente, impulsionada pela alegria que transfigurou a minha alma, ao identificar no canto da mesa, os recadinhos escritos em madeira arremessados por mim nas grades onde vi Cristal pela última vez na floresta, no dia em que ela fora sequestrada. Todos ali, meu Deus! Inefável a felicidade ante a concretude da esperança em encontrar meu amor. Procurei por ela em todos os cômodos da casa, deixando para o final o quarto de Simbholéria. Nada! Nem mesmo no quintal ou no porão. Antes de subir novamente, percebi, em cima da mesa central da sala de entrada, um recadinho para Simbholéria assinado pelo mordomo Quenquinhas: "Fui até o centro, comprar peixe, com a novata". Doutor Couquinhos, na minha mente, a pedido de Zauhquin, orientou-me a esperar um pouco mais, alertando que eu ainda dispunha de mais de uma hora para o cumprimento da missão e que seria muito interessante que eu tentasse ver o que estava acontecendo com Simbholéria, enquanto aguardava a volta de Cristal, porém com muito cuidado, escondido atrás de pilares, se possível. Assim o fiz. O quarto de Simbholéria corresponde a uma pequena casa. Na entrada há uma sala com poltronas e uma mesa central; o piso é revestido com mármore preto e rodapé vermelho; a parede é adornada com dois quadros retratando um naufrágio em alto-mar, durante tempestade noturna. O cômodo adjacente se compõe de mesa para refeição, com duas cadeiras; um móvel na parede apropriado para a guarda de litros de vinho; o piso com revestimento idêntico ao anterior; o teto contém uma obra pintada em espiral, em cujos cantos exibem-se olhos com íris verdes com veios vermelhos. Detive-me, antes de entrar no próximo cômodo, de onde se exalava um perfume adocicado, ao me aperceber que a porta do banheiro se abria e de lá saía um espectro assustador: uma velha vestida com uma camisola escura quase transparente, exageradamente magra, quase cadavérica, inclusive corcunda em um dos lados do ombro, demasiadamente enrugada, com ralos cabelos brancos, cujo couro cabeludo exibia erupções cutâneas horrendas, sendo um olho saliente e o outro acinzentado quase fechado, no entanto com a agilidade de uma jovem. Deitou-se na cama e algo muito poderoso me levou a sentir seus pensamentos. Impressionante, eu me tornei um espectador de sua mente, como se estivesse assistindo a uma peça de teatro, a um filme no cinema ou algo parecido e, ao mesmo tempo, via seus movimentos na cama, que agora passo a descrever: "Cristal chega ao quarto de Simbholéria, ainda de madrugada, trazendo-lhe uma bandeja com o café da manhã e recebe um grande esculacho porque a manteiga não está passada corretamente no pão e, com um tapa na bandeja, Simbholéria derruba todo o café no chão e determina que Cristal limpe tudo e traga outro café, com urgência. Cristal não esboça reação, mas Simbholéria identifica o desejo de sua empregada de xingar, esbofetear sua cara e desejar sua morte, e experimenta uma explosiva carga de satisfação e se contorce na cama num sentimento de prazer. Da mesma forma, logo em seguida, quando Cristal limpa o chão onde o café caiu. Posteriormente, na ocasião em que retorna com a nova bandeja do desjejum e, aos gritos, é obrigada a se retirar do quarto, sendo xingada de inútil, imprestável e incapaz. Ainda de manhã, Simbholéria, antes de sair de seus aposentos, faz questão de sujar seu sapato com tinta branca e passa por onde Cristal acaba de limpar. A maléfica sorri para Cristal, com desprezo, e dá a sua gargalhada peculiar. Com o mordomo Quenquinhas e o cozinheiro, também age com tratamento repleto de desprezo e se delicia quando um fala mal do outro ou de Cristal. No círculo quando Fhiarhana faz seu discurso e a insulta com a palavra dissimulada, afirmando que Vhenias não tem capacidade, começa a soltar pequenos gritos de prazer ao sentir o ódio exalante nos dois docentes. Nos momentos de discussão mais acalorada acerca do assunto unidade, chega ao êxtase. Nesse momento de lascívia, o quarto já não está mais perfumado e o que sinto é um odor fétido, como se estivesse diante de um cadáver em adiantado processo de putrefação, de uma fossa aberta, do chorume proveniente de lixo acumulado. O calor que se desprende do corpo de Simbholéria, cuja fisionomia não apresenta mais aquele espectro disforme, expulsa baratas, ratos de esgoto e vermes rastejantes pestilenciais que estavam se aglomerando ao redor de sua cama, para as frestas das paredes, que não existiam antes. A partir de então, quase recomposta nas feições da conhecida Simbholéria, sua mente retoma a imagem de seu fornecedor de alimentos mais substanciais — Vhenias. A megera retrocede a poucos minutos, conforme descrevi, e se embevece, novamente, em delírio, ao sentir o auge da ambição de seu hospedeiro, desejoso de prazer e poder". Concentrado e abismado com o que presenciava, descuidei-me e saí do lugar seguro em que me encontrava e, de peito aberto, parei no meio do quarto para entender de onde saíram e para onde fugiram os ratos, as baratas e os vermes. Antes que Doutor Couquinhos me fizesse qualquer alerta do perigo, possivelmente porque também ficara atônito, surgiu diante de mim, repentinamente, a imagem somente do rosto do espectro dantesco da original Simbholéria, que docilmente, sem me ver, perguntou: "É o Senhor que está aí, mestre?". O susto e o perigo, ou a defesa de minha mente, desligaram-me tanto do quarto da Simbholéria como da poltrona macia do laboratório. Eu me vi num espaço todo cinza, com árvores queimadas e absolutamente nada de vegetal, repleto apenas de ossos humanos e de animais amontoados não muito distantes uns dos outros; enquanto ouvi gritos de lamentações e medo, também ouvia a voz da velha Simbholéria, com eco e bem distante: "Se não é o mestre, então se apresente", e minutos depois: "Apareça, vamos conversar". Suas gargalhadas me vinham aos ouvidos de quando em quando. Com o tempo, se é que o tempo correu, minha mente também foi se tornando cinza e essa sensação me levou ao desespero, por saber que poderia estar perdido no espaço e no tempo para sempre. Concentrei, depois de muito esforço, meus pensamentos em meus sentimentos verdadeiros por Cristal e que precisava sair dali para devolver a ela a vida e a liberdade. Absorvi-me nas cenas bonitas e puras vividas com meus amigos, meus pais e irmãos. Havia muito ainda para fazer em prol da felicidade dos outros e, com esses sentimentos, a calmaria tomou conta de meu espírito, alimentado pela insistente chama da esperança e, só então, senti o calor a invadir minhas entranhas e pude ouvir, de muito longe, a voz da amizade despretensiosa: "Joaquim! Ouça-me! Eu sei que você consegue! Nós o amamos, filho. Volte!". Era Zauhquin. Quando pensei nele, toda a minha memória voltou como um raio e abri os meus olhos diante dele, que gritou alegremente:

— Venham! Pai, Doutor Couquinhos! Ele está voltando!

Os dois que estavam sentados nas poltronas num sobressalto vieram correndo e Doutor Couquinhos exclamou me abraçando:

— Que boa notícia! Você realmente é surpreendente. Vou escrever essa experiência no meu livro de ouro.

— Tem algo em você muito mais que vida, filho! — disse Zhenodhita, chorando. — Eu já tinha desanimado. Achei que não tinha mais volta, mas, para o que não vislumbramos a solução e damos por perdido, o Deus, O Existente, nos prega uma peça, para nos alertar que pouco sabemos sobre os seus profundos mistérios.

— Sabe há quanto tempo estávamos esperando você dar um sinal de vida? — perguntou Zauhquin emocionado.

Fiz gesto com as mãos, demonstrando que não tinha menor ideia e ele mesmo respondeu, com tom de admiração:

— Há pelo menos quinze horas. Mas eu seria capaz de ficar aqui, encorajando-o, pelo resto de minha existência, enquanto sentisse seu sopro de vida.

— Obrigado a todos vocês — eu disse com voz trêmula e sentindo fraqueza no corpo. — Cada vez mais, entendo o valor de uma grande amizade. Vocês ouviram tudo o que eu narrei?

— Tudo! Nos seus mínimos detalhes. Fiquei estarrecido e, confesso, com um pouco de medo — confidenciou Zhenodhita.

— Eu nem tinha ideia de que, por mais de uma vez, corri perigo de vida — disse Zauhquin. — Agora, tenho que me precaver, não só quanto a mim, como também em relação à minha família. Tudo ficou muito claro sobre o porquê dos últimos acontecimentos no Fhiiaral. Esclarecedor dos motivos da nova semente de ozhóliti e da perseguição antiga aos humanos.

— Tudo isso foi muito bom descobrir — eu disse —, mas a minha maior felicidade é saber que Cristal está viva e que já tenho planos de como e quando libertá-la.

E, com o goró nas mãos, falou em tom de festa o Doutor Couquinhos:

— Deixemos mais encrencas para depois, porque agora vamos festejar, com uma boa dose do goró!

24
VINTE E QUATRO

Três dias após, Térço, Zauhquin e eu estávamos novamente reunidos no átrio do prédio-sede dos grandes círculos. Eu não escondia a ansiedade pela chegada de Cristal, Térço, do meu lado, impávido em sua proeminente tranquilidade, e Zauhquin, como sempre, esbanjando suas qualidades naturais de liderança, desprendendo atenção sem distinções de pessoa ou cargo exercido, simpático e interessado e, por isso, querido e bem visto pela grande maioria dos presentes, inclusive por Zheronium, o docente comedido e silencioso, ao extremo. Fhiarhana se fez presente, acompanhada de suas conselhistas, exibindo seus gestos característicos de nervosismo, intolerância e impaciência. O docente geral Cenathithe, com cautela, observava-a a distância, receoso de que a docente impulsiva provocasse novo atrito na chegada de Simbholéria e, finalmente, pensou melhor e determinou que os armíferos do círculo, com urbanidade, convidassem-na para se sentar em seu lugar e aguardar o início da sessão. Ela, bastante contrariada, não deixou barato, desafiou os armíferos, mas acabou colaborando e se dirigiu à sua cadeira. Pelo adiantada da hora, eu me afligia com a demora de Vhenias, desgastado pensando que ele não viria mais. Poucos minutos antes do início dos trabalhos, o docente de Khonhozal pôs seus pés no pórtico, coberto de pompas ao lado de "chique" Simbholéria toda sorridente e exuberante na altivez. Atrás dos dois hipócritas adulterados, simples e cabisbaixa, entrou a luz mais clara que o dia — Cristal. Sim, era ela em tudo, a não ser a mudança estranha proporcionada pela máscara! Pensei com pesar como eu não tinha notado, quando da reunião do círculo anterior, o seu jeito de andar, sua delicadeza? A máscara apenas mudara o seu rosto, mas não sua essência. A emoção novamente se sobrepôs à razão (não deveria chorar ali e, por isso, causar desconfianças), não só pelo fato de vê-la com vida, como também pela compaixão por saber das crueldades pelas quais teve que se sujeitar nas mãos da bruxa malévola e sem escrúpulos. Cristal caminhava tímida com seus passos periclitantes, sem dirigir seu olhar para os lados. Zauhquin, conforme planejamos em sua casa, com Ctasrailo, deteve Vhenias e Simbholéria para uma conversa aleatória sobre questões políticas religiosas e, como já ocorrera em círculos anteriores, Cristal se dirigiu ao seu lugar de costume. Era a minha deixa para executar minha parte da nossa estratégia. Como ela estava carregando alguns objetos e livros, forjei uma trombada acidental, provocando a queda das coisas que levava nos braços para, em seguida, pedir desculpas e poder iniciar qualquer assunto. Logo que os objetos foram ao chão, Cristal olhou para a direção onde estava Simbholéria, como se estive com medo de alguma futura represália e disse-me:

— Como você é desastrado! Olha só, trincou esta caneca!

— É tudo para o seu bem, meu amor — respondi com minha voz natural.

Ela travou o semblante, aparentando não compreender o que se passava, com a caneca na mão.

— Cristal! — eu continuei falando normalmente. — Hoje eu vim para cumprir minha promessa. Sou eu, Joaquim! — segurei firme sua mão. — Não faça nem um movimento suspeito. Assim como você, estou usando máscara. Aja normalmente!

— Joaquim! — ela falou com a voz embargada e num choro contido continuou: — Eu já estava perdendo a esperança em vê-lo novamente.

— Não chore, meu amor! Simbholéria começou a se inquietar e está olhando para cá! Só lhe peço que faça tudo aquilo que Zauhquin lhe pedir durante o círculo e, apesar de não ser fácil, tenha paciência e tranquilidade! Precisa ser corajosa e forte! Pelo nosso amor! Ainda hoje estaremos juntos.

Cristal levantou-se com postura surpreendente e se dirigiu ao local que lhe fora reservado. Eu me juntei a Zauhquin e Térço, que já se dirigiam para o nosso espaço.

Depois de Cenathithe proceder aos protocolos iniciais da reunião, pronunciou-se nos seguintes termos: "Que bom revê-los reunidos pelo bem do Fhiiaral. Felicitações a todos. Muitas foram as inscrições para discurso e proposições. Não sou juiz para decidir acerca do nível de importância de cada uma delas. Estou certo de que cada uma tem seu valor, no entanto surgiu um assunto que incide "**Preservho dha unitorhah**", ou seja, o "perigo de quebra de unidade". O docente geral aguardou as murmurações, que para ele eram esperadas, e continuou: "O docente de Khonhozal — Vhenias é o "**alertah**" e acusa como "**ofhensoh**" o docente de Khonhozin — Zauhquin". Novamente deu um tempo para as atitudes de espanto e indignação dos presentes. Nós apenas olhamos um para o outro e encaramos a situação com naturalidade: "seria espantoso se assim não fosse". Ante os protestos da liderança, Cenathithe ordenou a batida do címbalo e, com autoridade, falou: "Com a palavra, Vhenias". De vez em quando, eu olhava para Cristal, que correspondia discretamente, contudo tive que me conter ao notar que Simbholéria mantinha os olhos para o nosso lado, bem mais que de costume. Confesso que me retraí receoso de que ela pudesse me reconhecer. Vhenias se levantou com toda a sua pompa para se pronunciar:

— A liderança e o povo de Khonhozal se encontram em estado de choque, depois que tomaram conhecimento de um fato inusitado e nocivo para a manutenção da unidade do Fhiiaral que, inclusive, tem o poder de conspurcar os valores basilares deste círculo. Há poucos dias, o adagão de Khonhozin — Cebudebah —, com toda a sua brutalidade e intolerância, aproveitou-se da ausência de nossa amada Simbholéria de seu lar sagrado, sua casa, porque precisou viajar a trabalho para Khonhozal, e nela adentrou para retirar humanos que estavam no porão em situação de extrema precariedade. Segundo ele, tinha recebido ordens do líder Zauhquin para proceder à invasão. O nosso lidera-tropas, chefe dos armíferos para aquela missão, alertou-os de que detinham ordens expressas de Fhenemeh para impedir a entrada de quem quer que seja naquele ambiente. Em vão! De forma truculenta, o adagão de Khonhozin ameaçou o chefe e apresentou a ordem esfregando-a, abusivamente, em seu nariz. Ora, meus prezados líderes, Simbholéria, essa honrada e tão amada fhiia, não tinha o mínimo conhecimento de que havia alguém vivendo no porão de sua casa, mesmo porque ela jamais foi até lá. Se quiserem visitá-la, poderão ver que nem há entrada da casa para o porão. Aliás, se alguém duvidar, eu o desafio a ir agora lá e realizar a vistoria que achar necessária. Depois, um armífero nosso confessou que havia aprisionado dois humanos naquele local para que fossem devolvidos à Nova Babilônia. Um foi morto, porque tentou reagir, e o armífero, em justa defesa, visando apenas a um pequeno ferimento para detê-lo, acabou acertando um golpe em órgão vital. Quanto à outra humana, esta seria devolvida à Nova Babilônia, por extrema bondade de Fhenemeh. Se Khonhozin devolveu a humana para aquele lugar habitado pelo divisor, aí eu já não sei, pois a levaram consigo! A questão que mais me assusta é aquela de um docente que se diz cumpridor da lei ordenar um ato que tem o potencial de prejudicar a nossa tão amada unidade, pois tive que usar as energias totais de minha liderança para acalmar o povo de Khonhozal, que aceitou essa invasão à casa de uma pessoa aclamada e reconhecida por sua bondade e simpatia por todos os habitantes da parte. No círculo local, pediram-me justiça, por sentirem-se desonrados e vilipendiados. A Justiça que peço é o afastamento do docente hipócrita e ambicioso Zauhquin, a princípio provisoriamente e, após o debate que ora reclamo, de forma definitiva, por ter cometido um ato de tão alto grau de periculosidade para a unidade do Fhiiaral.

As conversas paralelas tomaram corpo e Cenathithe deixou livre por alguns minutos, propositadamente. Notei que Simbholéria abraçou Cristal com falso carinho e, por questão de segundo, li os seus lábios, com sorriso simulado: "Se abrir a boca, você é a próxima a ficar cega". Zauhquin se levantou e, sem que fosse necessária a batida do címbalo, os ouvintes, ante a delicada situação, silenciaram.

— Amigos da unidade, servidores dO Existente! Até quando o Fhiiaral vai suportar tanta falsidade impregnada na alma de um docente errático que, com seus belos e encalorados discursos, provoca ilações aparentemente verdadeiras nos corações ingênuos e puros dos povos amáveis deste mundo. Com as palavras ditas há pouco, impregnadas de aparente absoluta segurança, ele chega perto de expungir quaisquer pífias dúvidas. É interessante como a situação é invertida: eu deveria estar no lugar da acusação ou da denúncia, e não sendo acusado e denunciado de forma tão desonesta, com intenção precípua de ser levado ao opróbio de toda a unidade. Por essa razão, minha defesa é a denúncia. De fato, por minha determinação, após ter tomado conhecimento do trabalho servil de humanos na mansão de Simbholéria, o adagão Cebudebah procedeu à devida e justa invasão. Não lhes causa estranheza o fato de dois humanos se encontrarem presos no porão? Por que não os prenderam no quartel, aqui mesmo de Khonhozin? Pergunto aos senhores: é permitida a convivência entre fhiios e humanos no Fhiiaral? Não! É permitida a saída de humanos da Nova Babilônia? Pode um humano trabalhar para um fhiio? Não.

Vhenias interveio:

— O nosso estimado Zauhquin está querendo insinuar que aqueles humanos encontrados no porão invadido ilegalmente trabalhavam para a Simbholéria? Porém, para acabar com mais uma de suas falácias, informo-lhe que se encontra entre nós o armífero que prendeu os humanos provisoriamente no porão. Como eles trabalhariam para esta tão honrada pessoa e cumpridora das leis, se nem há passagem daquele porão para a casa de cima? Quando saíssem do porão para trabalhar, seriam inevitavelmente vistos. Mais uma vez, eu insisto: se quiserem, podem ir agora lá com total liberdade para perícia.

— Está em minha casa... — disse Zauhquin —, sob minha custódia, a humana Dovília, única testemunha que restou viva, aguardando para se recuperar da doença que a acometeu para, enfim, ser devolvida à Nova Babilônia.

— Como uma humana deficiente ocular poderia ter trabalhado para alguém? — indagou Vhenias demonstrando incredulidade. — Quais as condições físicas que ela teria para colaborar nos trabalhos de uma casa tão grande? — e sarcástico continuou, provocando risos na assembleia. — Preparando deliciosos almoços e jantares! Quem sabe? Deixando o chão brilhante, bem varrido e lustrado! Poupe-me!

— Com um pouco mais de esforço, o nosso amigo líder teria plenas condições de ser um comediante — foi a vez de Zauhquin entonar irônico e arrancar sorrisos dos ouvintes. — Todos nós sabemos que os humanos foram banidos para a Nova Babilônia por insistência de Vhenias em seus discursos enfáticos neste círculo, no entanto, nem todos sabem que nunca deixou de usar e abusar do trabalho humano gratuito, principalmente ao bel-prazer de sua idolatrada conselhista. Outra coisa que os meus colegas na liderança não sabem é que ele traz humanos para este círculo desde que assumiu o encargo.

Com essa fala, Zauhquin provocou o maior alvoroço na reunião. Cenathithe se manteve inerte, como que não acreditando no que acabara de ouvir. Zauhquin levantou as mãos pedindo silêncio e continuou:

— Peço ao docente geral Cenathithe para que me autorize a chamar uma pessoa para ficar ao meu lado. Se assim o permitir, dou-lhes a minha palavra de que tudo o que eu disse até agora será devidamente provado sem necessidade de adiamento.

Por incrível que pareça, presenciei um silêncio de cemitério. Olhei para Vhenias e Simbholéria, que pareciam não estar entendendo absolutamente nada, nem mesmo desconfiavam do que estava por vir. Cristal se mantinha encenando. Cenathithe se levantou e disse:

— Para realizar esse ato, ou seja, apenas para chamar a pessoa, você recebe a autoridade de docente geral, absolutamente sem contradita.

As conversas paralelas se proliferaram entre os docentes mais próximos ou entre docentes e conselhistas, que buscavam adivinhar quem entre os presentes era o conhecedor dos fatos. Zauhquin pediu silêncio mais uma vez e chamou, com solenidade:

— Convoco a conselhista de Vhenias!

Simbholéria foi se levantando, com todo o seu charme e delicadeza, sem entender o que se passava na cabeça de Zauhquin, quando Zauhquin gritou mais alto:

— Você não! A outra!

Simbholéria e Vhenias caíram em si, mas não tinham o direito de protestar, pois, quando o docente geral passa a liderança provisória para prática de apenas um ato, segundo as normas da casa, nada pode ser feito. Cristal veio para o nosso lado e sentou-se no meu lugar. Meu coração batia descompassadamente de alegria, entretanto eu não podia demonstrar nenhum raio luminoso de emoção, o que não me impediu de fazer um carinho nas suas costas. Todos os olhares estavam fixos em Zauhquin, que retomou a palavra:

— Para encerrar minha defesa, serei lacônico na acusação, a qual, por si só, consubstanciar-se-á sentença irrecorrível — virando-se para Cristal. — Por favor, Cristal, retire a sua máscara.

Cristal atendeu à solicitação de Zauhquin e, por tal ato, desencadeou desequilibrado tumulto na assembleia, que ondulou entre o ódio, a intolerância e a indignação. Simbholéria simulou um desmaio, sendo prontamente socorrida por Vhenias e, depois de beber chá calmante, pediu a palavra. Mesmo não tendo o direito de se pronunciar por ser conselhista, conforme normas da casa, Cenathithe julgou motivo conveniente, haja vista o inegável envolvimento dela na querela suscitada. Ardilosamente emocionada, ora enxugando lágrimas, ora com a voz embargada, exercendo excelente desempenho da personagem mal-entendida da comovente peça teatral, expôs suas razões:

— Queridos docentes, que amo de coração... Eu não estou acreditando no embuste armado para mim... A minha reputação é conhecida de todos... Jamais seria capaz de cometer essa atrocidade... Eu, tão ingênua, não tinha a menor desconfiança de que uma humana morava dentro de minha casa e, se soubesse disso, já a teria devolvido para a Nova Babilônia. Torna-se extremamente necessário que Vhenias, meu docente, inicie uma investigação a fim de descobrir quem usou dessa artimanha para me embaraçar perante os olhos da sociedade. Para mim, não passa de uma tática de espionagem de docentes inescrupulosos. Ao mesmo tempo, pergunto-me: espiar o quê? Espiar para quê e para quem? Eu sou um livro aberto! Todo o povo me conhece, tanto aqui como em minha amada Khonhozal... O que eu fiz para merecer passar por uma vergonha dessa monta? — Simbholéria chorou copiosamente.

— Ela é uma mentirosa! Sequestrou-me e me escravizou! — gritou Cristal, indignada com a dissimulação de Simbholéria.

— Silêncio! Você não pode falar! — Cenathithe interrompeu Cristal.

Cristal tentou continuar, mas foi contida por mim e Zauhquin. Então chorou com desespero. Alguns dos presentes, contestados por outros, gritaram para que o docente geral a deixasse falar, mas Cenathite determinou a batida do címbalo e retomou a palavra:

— Parece-me justificada a invasão ocorrida na casa da conselhista Simbholéria. Ante os fatos narrados, entendo que foi até necessária, em vista do bem maior. Não vejo necessidade de votação acerca da ação do docente Zauhquin. Quanto à acusação relativa aos humanos, considero bastante robusta e determino que todos os docentes e conselhistas permaneçam nesta parte até amanhã para tomarmos uma decisão a respeito, dando o prazo para "**alertah**" e "**ofhensoh**", agora em polos invertidos, apresentarem as provas de suas alegações terminativas.

VINTE E CINCO

Naquela noite, eu me demorei a dormir. Não sei precisar qual a substância que meu organismo liberou em meu corpo, mas sei com certeza qual a sensação de felicidade que invadiu completamente a minha alma, não somente porque tinha conseguido trazer Cristal de volta para perto de mim e, especialmente, pelo fato de ela agora ser livre novamente, por ter-lhe devolvido a dignidade que jamais deveria separar-se de uma pessoa. Penso até que, se isso não tivesse se tornado possível, talvez no eventual fracasso de não a encontrar ou encontrá-la e nada poder fazer, seria para o resto de minha vida um marco com poder devastador negativo. Mas não, ali me encontrava com o peito estufado: "Salvei meu grande amor" e com a cabeça erguida: "Salvei a mim mesmo!". Com os olhos abertos, deitado na cama, lembrei-me, com um sorriso despercebido por mim, dos meus amigos. De todos. Quão valiosos e quão verdadeiros eles são. Há neles o ideal comum pelo bem, apesar das atitudes e dos pensamentos diferentes: lutam pela justiça, pela fraternidade, pela liberdade e por outros valores benévolos e, para atingi-los, alguns não se importam se vão matar alguém, castigar, injuriar se for preciso, outros não são capazes de matar um gafanhoto se estiver no caminho, pelo contrário, param para admirar o inseto e, se ele fica no caminho, dão-lhe um pequeno empurrão, para que não corra riscos, para, só então, continuar suas jornadas. O que me impressiona é que todos eles elegeram o bem. Falo isso dos amigos que encontrei por aqui e de outras pessoas que nasceram e vivem neste planeta bonito, humanos ou esses seres de estranha aparência que são os fhiios. Eu ouvi, uma vez, meu pai dizer que nem sempre a aparência de uma pessoa informa o que realmente ela é. Aqui, o dizer de meu pai se torna algo concreto em muita coisa que vivi e vi. O que eu ordenei para mim mesmo, naquela noite, foi não me esquecer dos meus amigos e, assim que fosse possível, agradecer-lhes com um abraço fraterno para que sintam minha gratidão até nos ossos. Apesar de Cristal não poder vir para a casa de Zauhquin, eu estava muito satisfeito e não tinha o direito de esboçar qualquer reclamação. Na verdade, assim que acabou a reunião, Zauhquin a entregou para Cebudebah, a fim de que passasse a noite no quartel, tendo em vista que, além de ficar bem protegida, não seria de bom alvitre abrigar mais uma humana em sua casa, além de Dovília. Fiquei imaginando a alegria que Cristal deveria ter sentido no momento em que Roberto se revelou a ela lá no quartel. Aquele céu escuro carregado de raios e relâmpagos que tinha se tornado sua vida, agora, aos poucos, ia se abrindo para transparecer a calmaria do azul do dia e as estrelas na noite. A brisa suave, após a tempestade, passa a roçar sua linda pele do rosto, proporcionando-lhe a sensação de bem-estar. Roberto fora advertido por Cebudebah para não passar a informação a Cristal sobre quem era Dovília, a fim de não atrapalhar os planos traçados para o dia seguinte. Dovília, da mesma forma, ainda não tinha o conhecimento sobre tais planos, nem mesmo das ocorrências na reunião no círculo. Dovília, a pedido de Zauhquin, prontificou-se a comparecer no dia seguinte no círculo para falar tudo o que lhe fosse perguntado acerca de seu sequestro há mais de 20 anos e dos trabalhos forçados que foi obrigada executar na mansão de Simbholéria. A mãe de Cristal sentia melhoras no seu estado de saúde, após o tratamento, à base de chás, prescrito por Doutor Couquinhos, por intermédio de Zhenodhita. Doutor Couquinhos deu esperanças até mesmo da cura completa da cegueira, que, segundo ele, seria possível pelo fato do estágio inicial. Não posso deixar de mencionar que a casa de Zauhquin, apesar de toda capacidade de defesa de Térço, naquela noite foi cercada por armíferos comandados por Carijó e Bodão. Zauhquin achou por bem assim o fazer depois que se convenceu, ante os acontecimentos nefastos ocorridos nos últimos dias, envolvendo as mentes brilhantes inclinadas para o mal de Vhenias e Simbholéria, que, eventualmente, poderiam atentar contra a vida de Dovília.

No dia seguinte, fomos os primeiros a chegar para a reunião marcada para prosseguimento dos trabalhos no círculo. Térço se encarregou de conduzir Dovília para se acomodar na cadeira reservada para mim e ao lado permaneceu calado, enquanto Zauhquin e eu estacionamos no pórtico para acolher aqueles que adentrariam a casa da unidade. Alguns docentes acenavam para Zauhquin, sem exteriorizar intenção de iniciar conversa, outros paravam para lhe prestar solidariedade e reafirmar seus sentimentos e ideais semelhantes, quando não idênticos. Ainda outros passavam direto, como se não nos tivessem visto. Ali conseguimos analisar o termômetro da unidade, cuja manutenção tendia ao arrefecimento, tal qual um navio perigosamente em rumo ao "iceberg" ou, se preferir, um vulcão prestes a atingir a erupção. Fhiarhana protagonizou escândalo desproporcionado ao nos ver e, abraçada a Zauhquin, enalteceu sua desenvoltura, bravura e sabedoria com que revertera a situação criada, segundo ela, por Simbholéria: "Aquela dissimulada! Eu sabia que era ela que dava as ordens naquele barraco. Vhenias é um bonequinho idiota nas mãos daquela safada horrorosa. Zauhquin, hoje quero ver você pondo fim nessa horda de velhacos". Depois de Fhiarhana, passou por nós o mestre Zheronium, que, sem delinear qualquer reação, foi adiante, nem mesmo cumprimentou Zauhquin. Enfim, do corredor central, após a estátua de Vhousvóh Carhinga, surgiram Vhenias todo de branco, com uma espécie de turbante abotoado no centro com o símbolo da unidade, cuja circunferência apresentava uma única cor — a azul, e Simbholéria com pose de rainha, trajada com vestido em semitons de verde, cuja delicadeza imprimia plácidos movimentos ante o toque suave da brisa daquela manhã ensolarada e fresca. Vinham, porém, escoltados por, pelo menos, dez armíferos liderados pelo adagão Fhenemeh, cujo semblante amarrado expressava a intenção de distanciamento social. Assim que chegaram, os armíferos se enfileiraram no último patamar da parte de baixo da escada. Fhenemeh e Cebudebah demonstraram respeito um pelo outro, com o gesto de continência (mão com dedos para cima, tocando o nariz e o meio da testa e tocada no peito). Vhenias entrou na casa do círculo como se não tivesse visto ninguém no pórtico a não ser o novo docente de Carhingal — um leithoah chamado Barrighos Durah —, que o cumprimentou e o abraçou. Aliás, a escolha de um leithoah para docência de Carhingal causou elevado assombro em todo o Fhiiaral, ante a reputada aptidão unívoca dos leithoahs para o trabalho bélico ou para funções de segurança, como vigilância patrimonial, policial ou militar. Além disso, tornou-se público que Barrighos Durah não fora escolhido pela população ou pela liderança de Carhingal, simplesmente passou de governo interino, cujo objetivo seria o de apenas preparar os trâmites eleitorais, para a docência definitiva. Zhenodhita, a partir de rápida visita àquela parte, comentou seu espanto com o aumento da quantidade de armíferos, no trabalho de vigilância nas suas ruas e seus arredores. Simbholéria, ao contrário de Vhenias, parou para cumprimentar a todos, e não deixou de dizer que estava ainda agudamente chateada com acusações injustas que lhe foram desferidas no dia anterior, que, inclusive, não dormira bem naquela noite por descobrir o fato da periculosa existência de uma humana dentro de sua própria casa e que, afinal, fora vítima de um embuste adrede preparado por invejosos, com exclusiva finalidade de sujar sua reputação. Enquanto falava, Simbholéria quase caiu das pernas, quando percebeu que Dovília estava presente no círculo. Mudou completamente de ânimos e pediu licença para entrar, pois tinha que resolver algumas pendengas de protocolo. Enquanto ela se movimentou pelo ambiente, lembrei-me de sua real aparência e tive vontade de vomitar. Talvez, ante esse meu sentimento de repulsa, Simbholéria voltou-se para mim e me encarou por alguns segundos, causando-me sensação de desgaste. Sorriu para mim e elogiou Zauhquin por ter encontrado um conselhista bem afeiçoado e inteligente, finalizando que minha aparência a fazia lembrar alguém. Fixou demoradamente seus olhos nos meus e, séria, porém desconfiada, concluiu: "Bobagem! Estou sonhando". Senti os pelos do corpo inteiro se erigirem sobre a pele gélida, num esforço colossal para não ser flagrado pelo terror colocado a descoberto, pelos meus olhos, ante a remota chance traiçoeira de aquela bruxa ter me reconhecido como sendo o invasor de sua intimidade naquele dia em que a visitei por intermédio da mente ou então, agora que eu sabia do que ela era capaz, a não distante brecha de sua percepção sobrenatural desnudar o meu disfarce de fhiio. Assim que ela entrou, Vhenias voltou e, novamente sem olhar para ninguém, chamou um dos armíferos, portador da divisa de chefe, para acompanhá-lo e sentar-se na cadeira reservada até o dia anterior para Cristal, na função de conselhista. Aquele, portanto, era a sua testemunha. Entramos, antes do soar do címbalo.

Após os procedimentos protocolares, Cenathithe alertou que as falas principais seriam as das testemunhas e deu a palavra a Zauhquin.

— Senhores docentes, mesmo que eu falasse o dia inteiro neste círculo, eu não teria condições de substituir a essência viva do meu discurso. Por isso, no lugar de palavras sonoras, trago-lhes a palavra viva. Aqui está ela, a humana que viveu sob a tirania de Simbholéria, com a conivência de seu cúmplice e, por que não?, seu servo incondicional por 20 anos a fio — o docente Vhenias. Sim! Vinte anos. A outra humana, que tem por nome Cristal, que aqui esteve ontem, entrou na casa de Simbholéria há alguns meses para substituir Dovília, humana explorada de tal forma, que atualmente se encontra cega. E pasmem os senhores e as senhoras. Está cega porque tomou um chá dado por Simbholéria, cuja essência causa tal debilidade no organismo. Mas qual o sentindo de tanta crueldade? Simplesmente porque já não tinha mais agilidade para exercer as duras tarefas na faxina da mansão. Agora, vou deixar que ela mesma nos fale.

Vhenias quis impedir a fala de Dovília pelo fato de ela ser uma humana, mas não foi atendido por Cenathithe, porque, conforme já alertara, a prioridade dos depoimentos seria dada às testemunhas, e esclareceu que no estatuto não havia exceções ou impedimentos para humanos ou outros seres. Vhenias sentou-se inconformado, e Dovília, com certa dificuldade, iniciou seu depoimento.

— Eu cheguei neste planeta há mais de duas décadas, na flor de minha juventude. Vim de um mundo bem diferente e tão bonito quanto este. Não fiz uma opção para chegar aqui, nem mesmo para aqui ficar. Se soubesse como, voltaria imediatamente para lá ou, melhor ainda, para lá teria voltado no mesmo dia e hora de minha chegada aqui, mesmo sabendo que meu retorno representava rejeição e exclusão por ser pobre e ter pouco estudo. Voltaria, sim! Porque, apesar de tudo, era livre para sair pelas ruas. A não ser pelos ricos, políticos, doutores e alguns religiosos, não era vista como um bicho a ser caçado e morto. Para mim, a vida aqui se tornou um matadouro que não mata o boi com uma marretada, mata todos os dias um pouco, até que perca as forças e desfaleça no tédio. Fui escravizada e maltratada por Simbholéria, com a conivência de Vhenias. Vim grávida da Terra e aqui ocorreu o parto de minha filhinha Cristalina. Ainda quando eu a estava amamentando, vieram armíferos violentos e me levaram embora da Nova Babilônia, mesmo que eu implorasse pelo amor da mãe deles para que me deixassem com meu bebê. Imaginem a dor de uma mãe que é impedida de ver sua filha crescer, de dar-lhe o afeto necessário, da alegria ao ver aqueles pequenos olhinhos a esperar pela atenção da mãe. Não vi minha menina crescer, brincar, estudar... Apaixonar-se. Eu perdi tudo isso. Não, não vi! — chorou por uns instantes e continuou com a voz embargada: — Simbholéria não pensou em nada disso, apesar de contar-lhe sobre a minha filha. Ao contrário, cada vez mais, exigiu de mim, até esgotar minhas forças com apenas 41 anos de idade. Humilhou-me diariamente sem piedade, com visível satisfação em ver-me humilhada. Mas não fui somente eu levada à sua casa! Eram mais duas moças e um padre. As moças sumiram depois de algum tempo e o padre morreu de enfarto. A partir disso, tiver que arcar sozinha com a limpeza daquela casa descomunal. Além disso, Simbholéria me obrigou a ser conselhista de Vhenias com ela, no entanto com a expressa ordem de ficar quieta durante as reuniões. Ela dizia que não escolhia fhiios ou fhiias para serem conselhistas, porque seria mais difícil calar suas bocas, caso descobrissem segredos e tramoias entre ela e Vhenias.

Dovília começou a tossir e pediu, aos ouvidos de Zauhquin, para que a poupasse, porque sentia demasiado cansaço e que, por tal motivo, não tinha mais condições de continuar sua fala, em razão de uma força muito negativa que se apoderava dela. Zauhquin agradeceu a ela e disse-lhe que seu testemunho causaria tempestade, inundações e estragos nas vidas de Vhenias e Simbholéria. Em seguida acenou para Cenathithe para dar prosseguimento aos atos. Este deu a palavra a Vhenias.

— A minha testemunha é o chefe da tropa FOGO do exército de Khonhozal — Mhingâum. Ele esclarecerá tudo e estou certo de que não sobrarão dúvidas quanto à minha idoneidade e da lisura na qual é pautada a vida de minha conselhista Simbholéria. Esteja à vontade, chefe armífero Mhingâum.

— Foi pedido para eu falar aqui... — iniciou Mhingâum com a voz trêmula. — Então... tudo o que eu disser, já sei que ninguém vai acreditar — pôs as mãos nos olhos e começou a chorar baixo, deixando soltar um som inusitado (djjiiiiiiii), tirando as mãos dos olhos, olhava para os membros do círculo, em seguida voltava a chorar.

— Fale, fhiio! Você veio até aqui por quê? — interveio Cenathi-the, percebendo que Vhenias estava próximo de dar um tabefe em sua testemunha.

— Eu não fiz nada do que pediram para eu falar (djiiii)... — continuou Mhingâum. — Eu me sentia pronto para servir ao meu docente Vhenias... (djiii)... Depois de ouvir essa infeliz humana, eu não posso mais (djiii).

Entre risos e chacotas, os presentes exaltados sufocaram o restante da fala de Mhingâum. Eu fiquei observando Vhenias, que se dirigiu a Simbholéria, e pude ler seus lábios: "Quem trouxe este idiota aqui, eu não sabia que nosso exército admitia armíferos bundões. Fico ainda mais decepcionado, que o filho de um catuto é lidera-tropas". Virando-se para Mhingâum, Vhenias berrou cheio de ódio: "Você vai falar, caso contrário corto sua língua, aí nunca mais dirá uma única palavra na sua vida". Mhingâum novamente com uma das mãos nos olhos chorou e respondeu negativamente. O címbalo soou e Cena-thithe orientou sobre os procedimentos seguintes:

— Última chance para a testemunha falar. Caso permaneça inerte, passaremos ao julgamento acerca do afastamento do docente Vhenias e, consequentemente, de sua conselhista Simbholéria. Caso esta assembleia decida pelo afastamento, a docência interina exer-cida pelo serviçal respectivo terá seis meses para providenciar nova eleição em Khonhozal, cujo docente eleito será acolhido pelo círculo local, sem qualquer tipo de reserva. Somente hoje, se assim o desejar, Vhenias poderá participar até o fim da reunião deste círculo, exer-cendo todas as suas prerrogativas de líder — Cenathithe sentou-se e estendeu os braços para que Mhingâum desempenhasse sua última oportunidade de falar.

— Eu já sei que minha vida não vale mais nada (djiiii)... Serei, com certeza, deportado para o "Laquadho Phedto" (Água Podre) (djiiiii, djiiii), ou então encontrado por aí com a boca cheia de for-miga, comendo ozólithi pela raiz (djiiii, djiiii)... — inesperadamente, mostrou-se valente e passou a gritar irritado: — Não vou falar! É invenção desses filhos de um "catuto".

Novamente os presentes no círculo irromperam um bate-boca mais agitado e irritadiço. Vhenias, mais que depressa, aproveitou a situação, agarrou Mhingâum pelo braço, arrancando-lhe a manga identificadora do lidera-tropas (chefe), dizendo: "Ainda hoje, eu cortarei sua língua e furarei os seus olhos, seu imprestável! Suma daqui! Não quero nunca mais vê-lo em minha frente, verme dos lodos fedorentos". Simbholéria se mantinha na sua pose, apesar de não aparentar, pela primeira vez, satisfação com o furdunço, pois nem mesmo engendrou a ameaça de um leve sorriso de contentamento. Ela que sentia ódio, diante de um fhiio honesto, que se recusou a mentir, preferindo morrer, perder sua chance inequívoca de ascensão no exército, que preferiu ser ridicularizado a colaborar com a mentira, alicerce perverso de um reino despótico. Com o resultado adverso que acabava de experimentar, tinha plena consciência da privação em parte de seus prazeres noturnos, provocada por aquele simples fhiio chorão, cujas ondas de bem se estenderiam por tempos. Pelo que vi naquela noite em que a visitei mentalmente, não me restavam dúvidas de que Simbholéria não passaria fome, ainda predispunha de variado alimento, tendo em vista que a cobiça, a intolerância, a desunião, a covardia, o ódio, a inveja, o egoísmo, a mesquinhez e outros sentimentos que causam males continuaram a aquecer corações ali naquele encontro de docentes. Porém, se a atitude nobre daquele lidera-tropas sentimental anulasse todo o mal, Simbholéria não poderia sair de sua casa, a não ser que contasse com outro artifício para se tornar bela.

Após a votação, a decisão por maioria, cerca de dois terços, foi pelo afastamento de Vhenias. Cada docente teve sua oportunidade para falar, mas de forma breve. Aqueles que votaram a favor do afastamento justificaram que as provas tinham sido contundentes ante a confissão da testemunha do ofensor. Aqueles que votaram contra asseveraram que apesar da clareza dos fatos não havia necessidade de afastar um docente inegavelmente perspicaz e auspicioso para o Fhiiaral, levando-se em conta todo o seu histórico glorioso para o crescimento econômico e administrativo em prol da Unidade, em especial nos últimos anos e, mais recentemente, quando apresentou uma semente promissora para o desenvolvimento da agricultura de todas as partes. Ao terminar a leitura dos direitos e das obrigações de Vhenias, Cenathithe deu-lhe a palavra de despedida, tendo em vista que esta seria sua última participação nos círculos do Fhiiaral. Enquanto Cenathithe ainda terminava suas considerações, Vhenias conversava com Simbholéria de forma restrita e continuaram assim, em tom baixo, por mais alguns minutos, mesmo com o silêncio dos membros da assembleia, que pareciam ansiosos pelo início de seu derradeiro discurso.

— Quanto à minha dedicação por tudo isso aqui... — Vhenias estendeu os braços, emocionado, como se pretendesse abraçar o prédio e os presentes. — Eu agradeço a manifestação e o reconhecimento e com esse sentimento, utilizando-me desta última oportunidade que me é agraciada, quero me pautar no assunto Wajumajé. As famílias e as casas de deferência de todo o Fhiiaral se reúnem para festejar com o banquete do mingau de ozhóliti, conforme o suposto profeta admoestou para fazer. A partir daí, constrói-se todo o discurso da unidade, que assume o potencial de uma correnteza de águas múltiplas violentas e deságua nas represas dos círculos locais e por consequência, suavemente, atinge a nós, que fazemos parte deste grande círculo, mantenedor da barragem. E nós nada decidimos senão em virtude do multifacetado pensamento de Wajumajé. Sim, multifacetado! Pois qual é a Casa de Deferência que age na unidade em seus ritos e liturgias? Talvez se encontrem sombras de semelhanças aqui e outras acolá! Ora, meus amigos, onde está a unidade nisso? Estamos mantendo a casa sem alicerces. Mantendo o cavalo preso com barbantes. A verdade murcha, frágil como uma flor nascida sobre o rochedo. Quem pode, neste momento, estufar o peito e dizer com toda a convicção: "Wajumajé existiu!"? Mas todo serviçal afirma essa máxima que ouvimos, sem ter o direito de duvidar, desde quando éramos pequeninos: "Wajumajé disse para vivermos na unidade e a expressão disso é a refeição com o mingau de ozhóliti". O hipotético profeta também gritou o mais alto que pôde, antes de sua partida, ninguém sabe para onde, que o Deus, O Existente, mandaria um rei unificador. Há quantos anos? Onde está o tal salvador? Será que já nasceu e morreu e nós nem ficamos sabendo? Meus caros docentes! Esse tipo de pensamento atravanca o progresso e nos deixa fadados à mesmice. Vamos deixar de lado as anedotas e nos apegar naquilo que está concretamente escrito: o primeiro livro que é histórico e verdadeiro. Hoje em dia, um quarto dos fhiios não quer mais nem ouvir falar dessa anacrônica doutrina e há a tendência do crescimento do número de apóstatas. Essa é a minha proposta para hoje. Vamos trabalhar com a realidade, no palpável, sólido... Concreto. Deixemos de lado as crenças populares, o pensamento efêmero e as ideias abstratas, que trazem somente deletérios efeitos para as diversas nações promissoras do Fhiiaral. Temos que soltar as amarras que nos prendem às partes preguiçosas e mal-acostumadas espalhadas por este mundo repleto de opções para os que querem avançar.

Cenathithe decidiu, após todos os olhos se voltarem para ele, pela anulação das prévias inscrições para discurso, em razão da provocação lançada por Vhenias e, por ser aquela a sua última oportunidade para apresentar proposições, assumia um caráter de situação insólita e de urgência. Determinou, em seguida, a distribuição aleatória de pronunciamentos, por vontade da roda da álea violeta. Zauhquin me explicou o sistema. O docente geral usaria uma roda com os nomes de todas as partes do Fhiiaral em pequenos quadrados fechados dos lados, sobre a qual é colocado um funil com seis aberturas. Enquanto a roda gira, são colocadas pedras de uma única vez no funil. No quadrado que cair a pedra violeta, o respectivo docente da parte sorteada terá o direito de acolher ou recusar o desejo da pedra violeta. Antes do início dos trabalhos, Zauhquin pediu licença ao docente geral para dispensa de sua testemunha Dovília, que estava muito cansada. Térço a levou até Cebudebah para atendimento ao pedido de Zauhquin e, ao voltar, entrou na sala dos mortos, onde se encontrava Mhingâum e por lá ficou durante a fala dos líderes. Absorto em meus pensamentos, perdi parte do discurso de Murthakis, docente de Ghodhoizih, favoravelmente à proposição apresentada por Vhenias, acrescentando apenas que haveria a necessidade premente de um diálogo exaustivo e franco com os serviçais, a fim de se evitar revoltas religiosas. Em seguida a pedra violeta apontou Carhingal e o fhiio leithoah, um dos maiores que já tinha visto, Barrighos Durah passou a falar com voz mais grave em relação aos demais, além da língua presa e nariz trancado e ritmo compassado:

— Concordo plenamente com Vhenias. Wajumajé é apenas lenda. O Fhiiaral precisa crescer. A unidade como está não pode ficar. A semente nova do ozhóliti é muito importante. Não há necessidade de falar com serviçais. Temos poder de criar novas normas. E todos têm o dever de cumprir... Aquilo que aqui decidirmos. Se houver discordância e virar baderna, a espada da lei ou a forca devem colocar os arruaceiros em seu lugar. A prisão com penas duras. O medo trará a obediência. Abandonar crenças em palavras de quem nem existiu é o caminho.

Cenathithe girou a roda: Xaphékhol. Docente Khinhous. A parte Xaphékhol é a mais distante do Fhiiaral (depois de lá, há um grande mar chamado de "Nit notrilh", mar mortal, e segundo Zauhquin todos os que se aventuram em busca do fim nunca mais voltaram para contar o resultado); em razão disso, Khinhous nem sempre participava dos círculos, apesar de também ter a sua propriedade em Khonhozin. Nas suas faltas, participavam seus conselhistas, a fim de que lhe repassassem as informações detalhadas das decisões e discussões, porque, como já expliquei antes, conselhistas não têm direito à fala. Khinhous é de estatura baixa, tem uma barriga bastante saliente, bigode até altura do estômago e o bico caído. Apesar de careca no tampo da cabeça, seus cabelos vão até a metade das costas.

Seus conselhistas o colocaram em cima de um banco de madeira:

— Ainda bem que estou aqui hoje, pois se assim não fosse eu mandaria cortar a língua dos meus conselhistas, certo de que mentiam ao me repassarem as informações estapafúrdias que meus ouvidos captaram até agora. Eu que venho do lugar mais longínquo do Fhiiaral poderia, por isso, ser o primeiro a atentar contra a unidade. Mas não, sempre prezei por isso: a beleza de diversas culturas diferentes poderem vir aqui, conversar e decidir algo em conjunto para o bem de todos. Agora o que vejo me assusta. Um brutamontes, que não sabe nem falar direito, derramar essa verborragia malcheirosa. Eu não acredito que a sua parte o elegeu, muito menos a liderança de Carhingal. O Vhenias, que aprontou uma barbaridade aqui, tem o direito de fala para simplesmente afirmar aquilo que sempre pensou e sonhou: "cada um cuida do que é seu". Às vezes fico a conversar comigo mesmo e me questiono: será que é só isso que ele quer? Pelo que ouvi, nas conversas paralelas aqui do meu lado ou até onde meu ouvido escuta, houve razoável acolhimento relativamente aos pronunciamentos anteriores ao meu, até mesmo após a fala abominável do fhiio grande de corpo e vazio de mente, que fez apologia à violência instrumentalizada. Meus amigos, eu não ficarei sacrificando minha família e meus miolos tentando incutir na mente da população difícil de Xaphékhol essa ideia de unidade, se vejo que aqui ela já está caindo no precipício. Em Xaphékhol já há demasiada desconfiança de que, aqui por essas bandas, Wajumajé já caiu em descrédito. Se a maioria aqui decidir pela unidade e pela luta por ela, tenham certeza de que isso me dará forças para continuar, caso contrário, o descanso de minha mente também será prazeroso.

Depois de mais dois votos favoráveis dos docentes de KorholKhokhol e de Olaistheh e um posicionamento contrário em discurso apimentado de Fhiarhana de Munemanh, o sorteio deu voz para Rhaphinhaa de Shorhos, docente jovem de aproximadamente 20 anos de idade. Segundo os fhiios, é de beleza incalculável. Fez-me lembrar de Yambho, pela aparência e pela personalidade extrovertida e despojada. Segundo Zauhquin fora eleita docente naquele ano e trouxera consigo um casal jovem para serem seus conselhistas. Rhapinhaa, sem rodeios, deu início à sua alocução:

— Eu estava inscrita para falar e, não por acaso, a pedra violeta me elegeu. Falo em nome de toda a juventude não só de Shorhos, mas de todo o Fhiiaral. Queremos trazer ares novos e afugentar a atmosfera venenosa sustentada pelo pensamento retrógrado que nos impele a fazer por fazer. Um perfume novo! É isso! Para entrar por nossas narinas e atingir o cérebro, que está carregado com decrépitas leis pútridas. Wajumajé já era, queridos!

Com a última frase, Raphinhaa provocou brigas e bate-bocas entre favoráveis e contrários a Vhenias. Zauhquin me disse para ficar tranquilo, pois inacreditavelmente a roleta havia indicado, seguidamente, docentes favoráveis ou que não se sentiam seguros com relação à unidade. Havia grande chance de os demais se posicionarem contra. Vhenias e Simbholéria vibravam a cada manifestação de apoio e pareciam confiantes na vitória. Cenathite determinou aos armíferos que separassem os docentes mais exaltados de seus oponentes desequilibrados, mantendo a ordem, com o significante apoio do címbalo, que soou por duas vezes, dando-lhe o ensejo de reiniciar os trabalhos, com o prosseguimento da fala de Raphinhaa:

— Todos aqui são suficientemente inteligentes para entender que estamos vivendo um momento histórico para o Fhiiaral. Está em nossas mãos, ou seja, na nossa vontade. Afinal nós fomos escolhidos pelas partes para decidir em nome de nosso povo. Eu não quero pensar que estou em meio a docentes covardes e medrosos. Os que se sentem assim aproveitem a oportunidade para se juntar ao Mhingâum.

Chorem com ele e deixem o espaço para quem tem coragem. Vamos decidir que Wajumajé não existiu, que foi um grande engano...

— Cale-se! — a voz desconhecida pelos jovens e praticamente esquecida pelos docentes antigos fez-se ecoar por um grito estridente e rouco, causando espanto não somente pela batida do cajado no piso, cujo impacto estilhaçou o granito com faíscas de fogo e consequentemente fragmentou a haste em diversos pedaços, mas por se tratar de mestre Zheronium. Raphinhaa permaneceu onde estava e, quando ameaçou abrir a boca, o velho mestre novamente a fez calar.

— Nem mais uma palavra, jovem menina! — ninguém mais se atreveu a soltar um pio, mesmo Cenathithe. — Você repete a verborragia que lhe foi transmitida por corações perversos! O sábio ou a sábia escuta os dois lados ou todos os lados existentes! Mesmo que não concorde! Mesmo que tenha visto a verdade, porque pode tê-la conhecido em sonhos: sonhos da noite e sonhos do dia. O diálogo é primaz, o saber ouvir é essencial e as conclusões, a partir disso, são ações mentais advindas dos dois primeiros. Peço, por gentileza, que a docente Raphinhaa se sente, pois guardo comigo uma verdade latente e preciso libertá-la hoje. Essa verdade me fez mudo por longos anos. Eu prometi que voltaria a falar somente no dia em que fosse necessário revelá-la. Entendo, depois do que ouvi neste círculo neste dia, que deve ser hoje, de maneira especial porque sinto que é próxima a minha hora de deixar este mundo. Um homem precisa reconhecer, a partir dos sinais que lhe são apresentados, o momento certo de tomar decisões, para não morrer com seus conhecimentos velados. A partir dos absurdos ditos, compreendo que o Deus, O Existente, me avisa sobre a proximidade de minha morte, então tenho que falar, pois, se me omitir hoje, eu não saberei decifrar outro sinal tão proeminente. Um homem morto cala-se para sempre, porém sua voz pode continuar causando pelo tempo. Wajumajé não deixou um livro entre nós, exatamente para testar até que ponto nossa fé seria forte em relação às palavras do Deus, O Existente. Ele viveu entre nós e, quando ficou idoso, buscou refúgio na solidão das montanhas Uhrias, localizadas na região do Laquadho Phedto — a Água Podre, e nunca mais foi visto. O profeta, antes de partir, mostrou o livro aos meus antepassados e lhes revelou que um dia os fhiios deixariam de acreditar nas palavras do Deus, O Existente, e, displicentemente, iriam desejar o fim da unidade, por motivos ambiciosos e mesquinhos. Quando isso ocorresse, o descendente do Rhoniuns, vivente naquele dia, faria a revelação de onde está o livro. Nem em pensamento suspeitei caber a mim a tão triste incumbência. Portanto, revelo aos senhores e às senhoras docentes e conselhistas do Fhiiaral que o livro está na montanha mestra das Thitiuhrias, acondicionado em uma de suas dezenas de grutas.

Zheronium sentou-se ajudado por seus conselhistas. A partir disso, o alvoroço tomou tais proporções, que nem mesmo o címbalo tocado continuamente teve força para controlar. Todos exaltados queriam falar um mais alto que o outro. O que pude apurar, após exagerado esforço, é que todos queriam viajar para o Laquadho Phedto — a Água Podre, tendo em vista que encontrar ou não o livro era questão de prova para seus respectivos argumentos.

26 VINTE E SEIS

Mesmo que no futuro eu continuasse a carregar o estigma de humano naquele mundo, não sei precisar em que ponto do universo localizado, eu me sentia realizado e feliz, por ter colaborado na guinada do feitio da sua história e estupefato por não me omitir como um mero espectador. Afinal, poderia, sim, esperar as coisas acontecerem, considerando que não fazia parte daquele mundo e que, possivelmente, estaria só de passagem por ele e, por isso, assumir uma postura covarde e inerte. Longe disso, fiz história, provoquei a história e queria participar da história. Todas as pessoas nascem com algo que lhe é próprio, mas podem passar sua vida imitando os outros e jamais desenvolver o que lhe é próprio ou original, não lê, não ouve, não pensa e não age ou então faz tudo isso de forma medíocre e age pela cabeça alheia. Termina seus dias como cópia ou imitação, sem nunca ter demonstrado quem realmente é na sua originalidade. Ante esse pensamento, a satisfação tomou conta de mim, porque, pela minha iniciativa, com a colaboração e apoio de meus amigos na nossa ação conjunta em tentar resolver os mistérios concernentes ao sequestro e sumiço de Cristal, bem como abrirmos questionamentos sobre os fins pretendidos com a semente nova de ozhóliti, conseguimos reverter o resultado pretendido por Vhenias na reunião do círculo. Forjado a falar, Zheronium abriu estradas com contornos de novas esperanças para grande parte do Fhiiaral e esfriou as ambições de Vhenias e de Simbholéria. Esta, de cabeça baixa, cansada e raivosa, saiu do ambiente antes mesmo do alvoroço ocorrido após as últimas palavras de Zheronium. Aliás, não posso deixar de relatar peripécias daquele dia que trouxeram à tona a selvageria incubada nas entranhas de alguns docentes e conselhistas, antes tão gentis e cordiais, que transtornados gritavam palavras de indignação e contrariedade como se fossem animais indômitos. Miravam o teto como se não vissem mais ninguém à sua frente e, com os punhos cerrados, brandiam os braços e as mãos para cima. Com esses movimentos, involuntariamente, acertaram cotoveladas ou golpes em seus adversários, que revidaram ofendidos. Porém, certos docentes ou conselhistas estavam armados com facas, apesar dos devidos cuidados na revista realizada no pórtico do prédio. Assim que o primeiro docente ameaçou utilizar sua arma branca em defesa própria, outros também retiraram as suas do turbante ou da bota, não sei precisar. Dali em diante, a correria desenfreada pelos cantos da grande casa, visando à saída pela porta, causou o pisoteio dos mais frágeis, que foram lançados ao chão. Avisados pelos porteiros, Cebudebah e Fhenemeh com seus armíferos adentraram o salão com o fim de salvaguardar seus docentes e conter aqueles com ânimos exaltados. A estatística final até que não resultou drástica, proporcionalmente à dimensão do distúrbio eclodido: dois conselhistas mortos, a docente Fhiarhana ferida com um corte profundo no antebraço, o docente de Olaistheh — Khabruss — hospitalizado em estado grave, ferido na barriga com três golpes de faca, e quatro conselhistas que apresentaram luxações leves, após serem pisoteadas. Com o retorno da ordem, do lado de fora do prédio, os docentes convergentes nos ideais de unidade conversaram entre si sobre a indiscutível viagem para a Água Podre. Definiram marcar com urgência reunião para definição acerca dos rumos a tomar em conjunto, ante as sérias dificuldades e perigos daquele lugar. Zauhquin foi escolhido ali mesmo para liderar o grupo disposto a encontrar o livro de Wajumajé, que, imediatamente, deliberou, com o apoio dos demais, o prazo de duas semanas para a ocorrência da reunião e dispensou todos para que voltassem às suas respectivas partes, a fim de espalhar a notícia, antes que chegasse distorcida. Assim que todos foram embora, Zauhquin me disse:

— O que você está ainda fazendo aqui? — antes que eu respondesse, continuou: — Eu sei que está impaciente e desejoso em ver sua amada desde ontem. Vá, meu filho, você merece, lutou com Inteligência para libertá-la — e me abraçando: — Parabéns! É uma honra ter um amigo como você! Porém, todo cuidado ainda é pouco. Cebudebah encontrará um lugar para vocês conversarem, sem serem vistos.

Não podemos esquecer-nos de que você é um fhiio ainda, para todos os efeitos, e é de bom alvitre lembrá-lo que nem todos os que estão no quartel merecem a nossa confiança.

— Eu que devo agradecer a vocês — estendi os braços para Térço, Cebudebah e Zauhquin. — Eu nada teria conseguido sem vocês — dei um abraço em cada um. — Reconheço, nos três, amigos verdadeiros, sinceros e fiéis — e um pouco distante deles, caminhando com pressa, ainda falei: — Mais tarde nos veremos, Zauhquin! Cebudebah pode ir para o quartel sozinho porque preciso passar no comércio da parte. Até, meus amigos.

A minha intenção era comprar flores para levá-las à Cristal, porém, pelo caminho, pensei melhor e percebi o desvario que estava por cometer, levando um buquê ao quartel, ação temerária com potencial provocador de curiosidade dos armíferos que, por infortúnio, encontrasse pelo caminho, que, não sem razão, questionariam o motivo de entregar um buquê de flores para a humana presa no quartel. Acabei por comprar somente um botão de rosa vermelha, que escondi dentro de minhas vestes, a fim de que não fosse notado. Enquanto pagava a florista, ouvi dois senhores comentando sobre os acontecimentos ocorridos na reunião do círculo e impressionei-me com os floreios dos relatos: "Zheronium se levantou da cadeira e uma luz ofuscante brilhou em seu rosto... De seu cajado, saiu fogo, cujas fagulhas chamuscaram as roupas dos docentes contrários que se encontravam à sua frente...". Com sorriso no rosto e apressado para o encontro com Cristal, não fiquei para ouvir o restante, apesar da curiosidade.

Cheguei ao quartel e fui logo atendido por um lidera-tropas que estava a me esperar.

— Estou cansado de esperar por você! — disse ele, com alguma irritação. — No entanto, recebi ordens para lhe passar um recado da moça humana. Ela disse que nunca mais quer vê-lo, porque está apaixonada pelo Caroio.

Quando eu disse indignado e espantado "isso não pode ser verdade, eu... o Caroio?", o lidera-tropas deu uma gargalhada com muito gosto e só então o reconheci.

— Roberto, seu grande palhaço, dê-me um abraço aqui!

Carijó, Bodão e Caroio saíram de onde estavam escondidos para se juntar ao nosso abraço, também rindo bastante.

— Por que você fez aquela cara de decepção quando o Roberto mencionou meu nome? — perguntou Caroio como se não tivesse entendido.

Aí, sim, todos riram mais ainda, já que pelo grupo ele era eleito o mais feio, não por causa de seu estrabismo, mas por seus traços bem marcantes: uma testa muito alta, nariz adunco e comprido, com a ponta muito próxima da boca pequena, cujos lábios superiores são bem mais finos que os inferiores e queixo saliente. Usando a máscara do Doutor Couquinhos, ele até que parecia mais bonito. Roberto e os demais estavam radiantes com as conquistas que estavam alcançando ali naquele lugar. No começo tudo foi muito difícil, ante o preconceito que eles, os humanos disfarçados, nutriam em relação aos fhiios, e esse sentimento criou, em seus primeiros contatos, uma barreira muito complicada de se vencer. Depois, viram que, assim como na Terra, há gente boa e gente má, também ali ocorria idêntica situação. Descobriram que generalizar os seres, estabelecendo conceitos frágeis e radicais para grupos definidos, remete-nos a ações inflexíveis, dotadas de poder fictício criador de conceitos alicerçados no pântano da ignorância. Meus amigos agora esbanjavam felicidade pelo fato de estarem trabalhando naquilo que sempre sonharam fazer, com o acréscimo inestimável de repassar o que sabiam a jovens e adultos vocacionados para caminho congênere. E mais: atônitos com a rapidez e destreza com que os armíferos fhiios assimilavam os ensinamentos, além da admiração e respeito com que passaram a ser tratados em tão pouco tempo.

— Voltem para seus aposentos, suas corujas atrofiadas — disse Roberto para os demais. — O Joaquim não veio aqui para namorar vocês!

Bateram continência com ar de riso e saíram, enquanto Roberto me levou até um jardim fechado por muros de dois metros de todos os lados, com abertura apenas pelo portão de madeira. Era o lugar onde os oficiais se refugiavam para meditar ou para conversar sobre assuntos mais restritos. Um espaço muito aconchegante e bonito, repleto de flores, árvores frutíferas baixas e palmeiras. Retirei a minha máscara antes de Roberto me empurrar para dentro e fechar o portão.

Entre os pequenos blocos de jardim, sentada em um banco, iluminada por charmoso luzeiro, lá estava ela aguardando por minha chegada. Meu coração bateu tão forte, que tive a sensação de que se encontrava em meu ouvido e, da mesma forma que o som alto de um automóvel faz vibrar as janelas de nossas casas, eu o ouvia e o sentia. Fui correndo ao seu encontro e igualmente ela o fez em direção a mim. Abraçamo--nos e nos beijamos ardorosamente e assim abraçados choramos de felicidade. Nada a falar, nada a pensar, nada a acrescentar, somente a sensação do encontro dos corpos num abraço tão eloquente, que nem o maior poeta de todos os tempos se arriscaria delinear. Todo o significado da paz se esgotou no momento em que nossos corpos se tornaram único. O amor em seu inequívoco sentido se fez presente. O sonho passou à sua concretude e a realidade se curvou docilmente para a abstração. A certeza que antes engatinhava tomou forma adulta, conservando traços ingênuos da infância e se apoderando de aspectos experientes da senilidade. Não havia mais dúvidas de que aquela pessoa tão amável e dotada de qualidades afáveis, alegres e aprazíveis, poderia viver ao meu lado pelos restos de nossas vidas, seja em que mundo fosse, seja lá o que viesse pela frente.

Após esse momento tão intenso do nosso reencontro, contei--lhe tudo o que ocorrera depois de seu sequestro da Nova Babilônia: os planos, os desesperos e as esperanças, o empenho dos amigos, inclusive do Doutor Couquinhos. Ela, entre palavras e lágrimas, descreveu-me os fatos que sucederam depois que sentiu minha presença pela última vez na floresta, afirmando que sempre foi muito bem tratada até o primeiro dia de sua chegada à casa de Simbholéria, sendo que, depois disso, apesar de que por pouco tempo, conheceu um verdadeiro inferno. Simbholéria a recebeu com muito respeito, acolhimento e educação, como se fosse uma princesa. Serviu-lhe chá às dez da manhã, determinou que se recolhesse a um quarto muito requintado até ser chamada para o almoço, no qual experimentou iguarias variadas, recebendo todo o respeito de hóspede. Durante a tarde, foi agraciada com tratamento de beleza, como o corte de cabelo, a depilação, a pinturas nas unhas e massagens. Ganhou vestidos bonitos e roupas novas e foi servida com um café colonial. À noite, participou de um jantar de príncipes. No outro dia, acordou em um quarto muito simples, sem saber como chegara lá. Saiu da cama por volta das sete horas da manhã, conforme seu costume. Vestiu-se com a única roupa que havia no quarto e desceu para tomar café, quando foi recebida pelo mordomo Quenquinhas, que lhe dirigiu palavras rudes: "Vagabunda, preguiçosa, agora essa é boa! Vejam só! Se essas são horas de uma serviçal se levantar. Tive que servir o café, já que a princesa resolveu dormir demais. Pode se preparar, que a patroa vai aparecer cuspindo fogo". Cristal disse que tentou se justificar, mas Quenquinhas, com rudeza, ordenou-lhe que calasse a boca e começasse a trabalhar se quisesse ficar viva. Enquanto varria a casa, Simbholéria saiu de seu quarto, vestida com um roupão bordô e olhou para ela de cima para baixo com soberba, virou o rosto e se locomoveu para a sala de baixo. Cristal passou a chorar soluçando. Tentei acalmá-la com forte abraço e lhe pedi para não continuar a falar se assim não o quisesse, que poderíamos voltar ao assunto em outro dia. Ela, entretanto, enxugou as lágrimas e continuou. Sem compreender o que estava acontecendo, desceu a escada e se aproximou de Simbholéria, visando a esclarecimentos. A dona da mansão nem olhou para ela e respondeu que tudo aquilo que ela havia experimentado no dia anterior tinha a finalidade educativa e que jamais iria se repetir. Era apenas para ter a consciência de quem ela realmente era: uma serva; e do que representava: nada! Apenas um verme desprezível. Ainda asseverou que nunca mais lhe dirigisse a palavra e que sua fala na casa se resumiria em somente responder quando fosse provocada. Pela primeira dentre outras tantas vezes, mandou que calasse a boca, assim que ameaçou fazer-lhe uma pergunta. Dali em diante, houve infindáveis maus-tratos, tanto por parte de Simbholéria como do mordomo Quenquinhas. Cristal me confessou que a única coisa que lhe mantinha viva era a esperança do cumprimento de minha promessa em procurá-la e que tinha absoluta certeza, em seu íntimo, de que eu estava vivo. Sentia isso no seu coração e na sua alma.

Novamente abracei Cristal com compaixão e a beijei com muita paixão e disse-lhe:

— Eu sei que você tem muita coisa ainda para me contar, mas já é tarde e Roberto deve estar me esperando do lado de fora deste jardim. Ele e você precisam descansar.

— Fique mais um pouco, eu estava com muita saudade de nossos momentos juntos. Por mim, eu passaria a madrugada e o dia de amanhã... Todos os dias de minha vida ao seu lado — ela me abraçou mais forte, segurando-me para eu não sair dali.

— Era justamente isso que eu estava pensando: viver toda a minha vida de agora para frente sempre ao seu lado. Eu serei o homem mais feliz da Terra e... — virando para baixo coloquei a máscara e voltei a face para ela — do Fhiiaral!

Rimos bastante, ainda mais depois que ela também colocou sua máscara. Tentamos nos beijar com as máscaras, apesar da sensação não ser ruim (a máscara também se liga com o sentido do tato), mas não conseguimos, porque começávamos a rir. Então as tiramos para nos despedirmos. Cristal me disse que havia combinado com Roberto a sua volta para a Nova Babilônia para o final de semana. Eu compreendi a intenção, ante a necessidade de rever seus pais adotivos e tirar-lhes o peso da tristeza e me comprometi a ir junto. Além disso, de qualquer forma, teriam que simular a sua devolução para a cidade dos humanos, para não provocar disseminações de fofocas entre a população, provocadas pela demora de sua permanência no quartel. Disse-me que não seria Roberto quem a levaria, mas um grupo de armíferos comandados por Carijó. Eu me comprometi a ir junto e ela deu uns saltinhos de alegria, apertando minhas bochechas, o que provocou um bico nos meus lábios. Rimos novamente e eu lhe falei:

— Tem um porém! Antes de voltar para a Nova Babilônia, você deverá conhecer uma pessoa muito importante que está na casa de Zauhquin!

— Quem é? Eu a conheço? É alguém da Nova Babilônia?

— Não posso lhe falar quem é a pessoa, agora. Você terá uma grande surpresa. Prepare-se!

— Ah, não! Agora fiquei curiosa. Fale-me quem é! — disse toda dengosa.

— Vá de máscara. Lá poderá tirá-la. Conversarei com Roberto para providenciar tudo o que for necessário. Que dia pode ser, mas antes de nossa partida para a Nova Babilônia?

— Já que você não pode me adiantar quem é a pessoa, quero ir amanhã mesmo.

Abraçamo-nos novamente e nos beijamos. Ela ficou no jardim, esperando Roberto me levar para fora do quartel, para depois buscá-la e encaminhá-la para seu próprio quarto. Combinei tudo com Roberto e fui para a casa de Zauhquin, sentindo que a noite, mesmo sem luas, estava tão maravilhosa como aquela em que dançamos na festa da Nova Babilônia, antes dos acontecimentos funestos que separaram as nossas vidas. O céu tinha mais estrelas e elas brilhavam muito, a brisa suave batia em meu rosto, sugerindo felicitações pela minha sensação de paz.

27 VINTE E SETE

As sombras das casas e as árvores do outro lado da rua em ângulo diagonal atingiam a varanda onde me encontrava naquela metade de tarde ensolarada, cujo céu azulado exibia poucas nuvens no horizonte, formando a imagem de rabos de galo. As folhas que caíram das árvores, mescladas entre o alaranjado e marrom, após a varredura das calçadas pelos moradores, eram arremessadas pelo vento de um lado para outro, como se estivessem dançando uma valsa, cujo som somente elas ouviam. Aquele ar quente e úmido entrava pelas minhas narinas tentando me trazer a tranquilidade para a minha ansiedade: "Ela não veio na parte da manhã nem na primeira divisão da tarde. Será que vem agora para o café, ou de repente para o jantar?". Voltei, pela sétima vez, para dentro da casa e encontrei Ctasrailo e Zauhquin preparando a mesa para o café. Ao me verem naquele entra e sai, os dois se olharam, sorriram e continuaram sem nada falar. Eu também não disse uma só palavra, bebi o chá de ervas mil que sempre estava à disposição no fogão e voltei para a cerca da frente. Disfarçadamente caminhei até a esquina. Nada! Novamente em casa, dirigi-me aos fundos para ver o que Térço fazia e tive uma surpresa grande: encontrei Minghâum.

— Boa tarde, não sabia que você estava por aqui.

Térço apareceu na porta da casa dos fundos e se adiantou:

— É! Ele é meu amigo — disse apontando o dedo para Minghâum, com aquela voz rouca e esticando algumas sílabas. — Ele vai trabalhar comigo!

Minghâum balançou a cabeça, positivamente, bastante satisfeito, ante seu semblante de alegria. Térço continuou:

— Queriam matar ele! Mas eu vi na cabeça dele que ele é bom! — balançou a cabeça com sinal de afirmação.

Minghâum abaixou a cabeça e ficou olhando de canto de olho para mim, mexendo com os dois dedos polegares como se estivesse limpando as unhas. Eu o recebi com boas-vindas e lhe disse que, se o Térço afirmava sua bondade, não havia por que duvidar. Voltei para o interior da casa e indaguei os donos:

— Vocês não têm receio de abrigar em casa um soldado que era do exército de Vhenias? Pode ser mais uma jogada da bruxa e, de repente, estamos caindo feito patos, ainda mais que somente hoje terão três ou mais humanos aqui. Sem pensar que Dovília se encontra indefesa ainda cega...

— Acalme-se, rapaz! — interrompeu Ctasrailo com delicadeza. — Você tem alguma noção dos motivos pelos quais o acolhemos com segurança em nossa casa? Poderíamos tê-lo mandado para a Nova Babilônia, logo que Térço e Zauhquin o encontraram. Não seria essa a atitude normal e adequada com nossa lei?

— Realmente eu estranhei, tanto que, mesmo com a hospitalidade com que me receberam, acabei fugindo.

— A verdade é que o Térço tem um sentido a mais e consegue captar a bondade nas pessoas — continuou Ctasrailo. — Raramente erra ou talvez não erre. Nós que não interpretamos direito suas reações. Segundo o que ele diz, vê fumaça acima da cabeça de todas as pessoas, seja fhiio ou humano e, quando você surgiu, Térço gostou de sua presença, então ficamos absolutamente tranquilos.

— Joaquim! — disse Zauhquin. — Você se lembra de Térço naquela penúltima assembleia do círculo, na ocasião do banquete do ozhóliti? Olhando para Simbholéria, ele afirmou: "Ela não é ela. É veia". Aquilo me chamou atenção, mas como ele também disse que a conselhista "não era ela", pensei que ele estivesse fazendo uma brincadeira. Depois tudo fez sentido, quando descobrimos que Simbholéria é realmente uma senhora idosa e que a conselhista se tratava de Cristal.

— Que interessante, eu não havia conectado as palavras de Térço com os fatos que vieram à tona mais tarde.

— Então, querido! Térço tem poderes desconhecidos de nossa razão — argumentou Ctasrailo. Fique tranquilo com a presença de Minghâum. Tenha certeza de que ele tem muitas qualidades e que de uma forma ou de outra nos ajudará, mesmo que seja para aprendermos cada vez mais a dialogar, a baixar as armas apontadas para a diversidade.

— Agora, sinto-me envergonhado.

— Estaria preocupado se não estivesse — falou Zauhquin. — Quando o coração se fecha para o novo, não é mais capaz de se envergonhar, porque o pífio conhecimento lhe satisfaz.

Assim que tornei a olhar para a janela da frente da casa, avistei dois armíferos frente ao portão e, como Cristal não estava com eles, gritei de lá para Zauhquin, inconformado com a ausência dela, procurando me convencer da feitura de eventual contratempo. Tomei a iniciativa, apesar da aparente decepção, em atender os mensageiros. Assim que abri a porta, minha face resplandeceu por só então me atentar que era Cristal acompanhada por Roberto e, antes que eu falasse alto absorto na minha inesperada feliz descoberta, Zauhquin me deteve, pedindo com cortesia para as visitas entrarem e agindo com prudência para não atiçar a abelhudice dos espiões de passagem. Dirigimo-nos à mesa da merenda, que se encontrava posta, onde Dovília aguardava sorridente sentada na cadeira da ponta, na expectativa da chegada dos humanos. Ctasrailo, como sempre astuta, pediu que Cristal se sentasse ao lado de Dovília e sentou-se na cadeira frontal a Cristal, para auxiliar melhor sua hóspede com deficiência visual. Depois de uma breve oração de agradecimento pelo alimento, começamos a nos servir com bolinho de chuva, bolo salgado de ozhóliti, chás e sucos. A conversa girou em torno de brincadeiras e recordações cômicas sobre acontecimentos recentes. Ali em torno da mesa da refeição, humanos e fhiios se sentiram à vontade na partilha do alimento, da alegria e da amizade. Depois que terminamos e nos sentimos satisfeitos, Ctasrailo, que já tinha conquistado a amizade de Dovília, disse-lhe, segurando sua mão:

— Para nossa família, está sendo uma experiência encantadora a presença desta pessoa maravilhosa aqui. Já está bem recuperada da saúde. Chegou debilitada, cansada e um pouco desanimada. Agora está quase vendendo vontade e força.

— Meu Deus, nem sei como agradecer tanta bondade — disse Dovília, com lágrimas nos olhos. — Desde quando cheguei nesta cidade, quer dizer nesta parte, nunca tinha convivido com outros fhiios, a não ser com Simbholéria e Quenquinhas. Eu achava que todos neste mundo eram maus. Aqui só vejo carinho e amor despretensioso. Desde que cheguei neste lar, agradeço a Deus todos os dias e nem sei se vou conseguir pagar tanto amor.

Ctasrailo a abraçou de lado. Cristal permanecia parada como uma estátua desde o instante em que Dovília mencionara o nome Simbholéria. Estávamos esperando alguma reação dela, até que saiu de sua letargia.

— A senhora trabalhou na casa de Simbholéria? Então é aquela pessoa que eu vi de relance quando cheguei naquela casa?

— Sim! Trabalhei como escrava por quase 20 anos! Depois fiquei fraca e cega, sendo substituída por outra moça. Então era você? Meu Deus! Como conseguiu fugir de lá?

— Era ela mesma, Dovília! A Cristal! — Ctasrailo disse sorrindo.

— Você a chamou de Dovília? — Cristal perguntou com voz embargada e olhos lacrimejantes.

Dovília não atinou muito bem sobre o nome Cristal, mas para esta, pelo histórico do sumiço de sua mãe, pelo nome mencionado e por tudo o que tinha passado depois de seu sequestro, não lhe sobraram dúvidas de que estava diante de sua mãe, a não ser que estivesse diante de coincidência uma em um milhão, principalmente pela raridade do nome Dovília. Ante todos esses sinais claros, Cristal irrompeu-se num choro incontrolado.

— Eu sou Cristalina! Minha mãe se chama Dovília.

Dovília, que já estava estranhando a emoção da moça, também ficou sem reação momentânea e colocou a mão no peito. — Ctasrailo, você está brincando comigo?

— Eu não disse que iria encontrar sua filha e que era minha namorada? — adiantei-me à resposta de Ctasrailo.

Mãe e filha se abraçaram chorando e ficaram assim por um bom tempo. Depois foram sentar-se nas poltronas, a filha com a cabeça deitada no colo da mãe.

— Que pena que não possa ver você — disse fazendo carinho nos cabelos da filha. — Você é linda! Ai, ai, dizer "minha filha" era algo tão abstrato para mim. Agora você está aqui nos meus braços. Quanta felicidade Deus me dá e quanto que tenho a agradecer.

— Você vai recuperar totalmente a visão, Dovília! — falei com segurança, a fim de convencê-la. — Ctasrailo obteve essa afirmação pelo próprio Doutor Couquinhos! Ele é um cientista sábio.

— Ah! Eu tenho minhas dúvidas! Não estou enxergando absolutamente nada.

— Segundo o Doutor, o problema seu não é genético, nem mesmo doença ocular. Foi ocasionado por um veneno existente na erva conhecida como svélica, cujo uso prolongado pode causar cegueira séria irreversível.

— Aquela bruxa deixou todos cegos então! Todas as noites, o mordomo Quenquinhas nos levava um chá muito gostoso lá no porão e bem quentinho para bebermos. O bule ficava no aquecimento do fogão e bebíamos mais ainda no outro dia. Mesmo antes de ir definitivamente para o porão, eu bebi o maldito chá por, pelo menos, três meses. Como eu não percebi? Bem, deixa pra lá. Isso já não importa mais. Importa apenas que hoje estou com minha filha amada. E agora vou me esforçar mais para beber o chá bendito preparado pela Ctasrailo, que não é tão gostoso. De agora em diante, este chá amargo terá o sabor de doçura, de paz e gratidão. É assim que vou bebê-lo.

Saí da poltrona e pisquei para Cristal, dando o sinal de que a deixaria a sós com sua mãe, a fim de que ficasse mais à vontade para conversar e se conhecerem melhor. No alpendre encontrei Ctasrailo e Zauhquin trocando palavras com Roberto e este, eufórico, falava sobre os treinamentos executados com o exército de Khonhozin. Havia uma cadeira de sobra e, apesar do gesto de Zauhquin para que eu me sentasse, preferi me apoiar no guarda-corpo para ouvir o entusiasmado amigo:

— ...as moças parecem ter mais vontade e até fazem um tipo de competição com a rapaziada, que não querem dar o braço a torcer. Há uma menina que parece ter nascido para a luta. Está sempre disposta e solícita. Possui uma agilidade natural tanto para a espada como para o arco e flecha, além de ser muito inteligente. Penso que assim que completar 17 anos poderá tranquilamente atuar como chefe.

— Há muitos inscritos com essa idade? — perguntou Ctasrailo.

Eu logo decifrei onde era queria chegar. Fiquei em silêncio para certificar-me de que minha intuição estava em dia.

— São onze rapazes e duas moças! — respondeu Roberto. — Por mim não aceitaria gente tão nova... Mas se a lei permite... — fez gesto de subordinação.

— Você poderia nos dizer o nome da moça, Roberto? — Zauhquin foi mais incisivo.

— Sim! Yambho! Ela é um verdadeiro fenômeno em agilidade, superou, com alguns rapazes, todas as vicissitudes dos treinamentos. Por que me perguntam?

— Ela é nossa filha, assim como Oduithin! — disse Ctasrailo toda orgulhosa, porém não mais que Zauhquin.

— Que surpresa agradável! Mais um ponto positivo para os dois jovens, que em nenhum momento se refugiaram na posição dos pais para obterem qualquer tipo de vantagem. Eu nem imaginava isso! Eles nunca reclamaram da forma dura com que são tratados durante a formação?

— Imagina! — respondeu Ctasrailo enlevada. — Yambho volta para casa aos finais de semana inflamada, com brilho nos olhos, contando as maravilhas que fez e que aprendeu no quartel. Seu entusiasmo nos enaltece e também nos dá tranquilidade. Oduithin se demonstra feliz com a nova fase, contudo fala menos, é mais comedido, próprio de sua personalidade mais séria.

— Mas não vá facilitar as coisas para eles — suplicou Zauhquin. — Por favor, não faça isso, Roberto, só porque agora sabe quem são os seus pais — rimos.

Roberto elogiou a iniciativa da liderança de Khonhozin em deflagrar a juventude para o pensamento patriótico, principalmente em razão do recôndito plano adjeto de Vhenias, idealizado por Simbholéria. Agora, com armíferos bem treinados, a parte não iria mais sucumbir facilmente. Quanto à ida a Laquadho Phedto, segundo a estratégia de Cebudebah, seria deslocada para lá a quantidade de armíferos suficiente para lotar dois navios, sendo que o grande contingente permaneceria em alerta para defender a parte em caso de algum ataque-surpresa. Zauhquin e Ctasrailo concordaram plenamente, tendo em vista que as demais partes favoráveis à manutenção da unidade do Fhiiaral, caso decidissem enviar armíferos, convocados ou voluntários, certamente não mandariam todos, porque o perigo era iminente e transparente. Roberto nos expôs o resultado da reunião para tratar sobre a viagem à Água Podre, realizada ente ele, Cebudebah, Carijó, Caroio e Bodão, em caráter informal, no entanto com potencial promissor, caso suas elucubrações fossem levadas a efeito. Apesar do silêncio de Vhenias, não lhes restavam dúvidas sobre o seu interesse em encontrar o livro de Wajumajé, não obstante seu interesse visar única e exclusivamente à sua total destruição. Estavam convictos de que o ambicioso docente botaria seu avantajado exército, por água ou por terra, para aniquilar todos os demais, com o propósito de impedir qualquer aproximação de navios das montanhas Thitiuhrias. Dessa forma, se o exército de Khonhozal encontrar o aventado escrito antes de todos, promoverá sua eliminação, garantindo, assim, o sepultamento da crença de sua débil existência. Com isso terá condições favoráveis para a instauração do seu sonhado império fhiiarânico. Zauhquin e Ctasrailo aplaudiram e elogiaram as reflexões do grupo, julgando-as inteligentes e consistentes. Agradeceram o empreendimento de Roberto por uma luta que não precisaria ser dele, mas que fora assumida por ele com carinho e vontade. Concluíram que a viagem para a Água Podre não deveria ser tratada como uma simples aventura, e sim como uma partida para a guerra, com todas as prevenções necessárias e todos os cuidados possíveis. Por fim, solicitaram a Roberto que repassasse os sinceros agradecimentos e gratidão a Carijó, Caroio e Bodão. Eu particularmente fiquei feliz por Roberto estar satisfeito com sua nova ocupação e, de modo especial, por ele conversar com fhiios de forma tranquila e serena. Zauhquin também pediu a Roberto a não convocação de seus filhos para a missão e, caso fosse possível, que ficassem em Khonhozin. Ctasrailo concordou, pois estariam voando perto do ninho com os pais. O marido, surpreso, argumentou:

— Ctas, eu pensei que era certo para nós que eu faria a viagem!

— Nós não chegamos a conversar claramente sobre isso, Zauh. Se a viagem é tão óbvia para você, então eu também vou. Lembre-se que eu fui armífera e ganhei muitos prêmios e troféus, portanto não adianta argumentar. Serei muito útil, principalmente porque vou protegê-lo. Se você precisar de cuidados, não serão as mocinhas que irão ajudá-lo.

Os dois riram e se deram as mãos. Zauhquin concordou e afirmou que se sentiria agraciado com a presença de Ctasrailo ao seu lado, transmitindo-lhe a paz tranquilizadora da ternura, concomitantemente, avivando nele a fortaleza fundamental para transposição das dificuldades flagrantes da viagem audaciosa em busca do livro do profeta. Percebi repentina mudança de comportamento em Roberto ao assistir a cena romântica e, sabedor de sua melancolia proveniente da separação súbita e violenta de sua família, veio-me um ímpeto de aliviar seu sofrimento e lhe noticiar a teórica chance de voltarmos à Terra. Controlei meus ânimos, sufocando o estímulo da compaixão com o açoite da palavra dada: assumira o compromisso de silêncio sobre o assunto com o Doutor Couquinhos. De mais a mais, lá num cantinho de minha alma, algo me dizia que minha candidatura para cobaia da experiência do velho cientista tinha sido uma loucura, haja vista a remota sorte de não dar certo e a desvairada aventura me levar para um mundo radicalmente esdrúxulo. Roberto enxugou as lágrimas com tal maestria, que seu abalo emocional não chegou a ser percebido pelo casal feliz. Levantou-se da poltrona e olhou para o horizonte, onde se via apenas réstia avermelhada do Sol encravada entre nuvens negras e as montanhas cinzentas. Os pássaros, já recolhidos nas árvores plantadas nas calçadas da rua, soltavam seus últimos cantos, como se quisessem se despedir do dia com uma saudação de agradecimento, ou quem sabe numa oração pedindo a proteção contra os perigos da noite. Os grilos se projetaram em seus palcos escondidos para o "show" da noite, com originalidade apresentaram aquela cantiga de sempre, com as mesmas parcas notas, fazendo-me recordar uma frase de uma amiga de adolescência: "Por que a gente quer matar o grilo quando entra em nossa casa ou no nosso quarto? Porque ele sempre canta igual". Roberto voltou-se para o casal, agora recomposto, e agradeceu pela conversa, por ter sido de grande proveito e prazerosa, mas era hora de ir embora. Eu pedi para ele ficar mais um pouco, para que eu pudesse ter um tempo a mais com Cristal. Ele compreendeu e concordou.

Chegando à sala de baixo, encontrei Cristal sozinha e ela veio ao meu encontro, dizendo que Ctasrailo havia levado sua mãe para o banho. Confessou-me sua incerteza em viajar à Nova Babilônia, depois da irrefutável felicidade despertada pelo encontro com sua mãe até então desconhecida, agravado pelo fato do estado convalescente. Em contrapartida, seu amor e consideração por Dona Jacinta e Seu Delfino exigia a premente postura de levar-lhes a notícia de sua libertação dos grilhões do poderio de Simbholéria e, com isso, erradicar o sofrimento que certamente lhes proporcionava aflições e outras doenças. Fiquei em silêncio e quiçá ela tenha compreendido que a decisão cabia somente a ela e que eu a apoiaria em qualquer situação.

— Ah! Tenho outra novidade! — Cristal quebrou o meu silêncio. — Roberto dispensou Carijó e ele próprio me levará para a Nova Babilônia.

— Que ótimo! — percebi que já havia definição pela viagem.

— Ele quer ir pessoalmente, a fim de tomar conhecimento sobre os resultados dos treinamentos realizados por Magricela e Pacuera nos recrutas voluntários. Disse, ainda, que não ficará muito tempo por lá, talvez um ou dois dias, ante a urgência do aperfeiçoamento e qualificação bélica dos armíferos de Khonhozin.

Confesso que toda essa conversa sobre uma eventual guerra no Fhiiaral não me agradava nem um pouco, mas entendia a necessidade de treinamento para a defesa de possíveis ataques. Até mesmo Cebudebah conservava a esperança na paz e que a beligerância só se tornaria realidade caso fossem atacados. Cristal me abraçou e percebi que ela esperava que eu dissesse algo. Eu disse:

— Eu também vou.

28 VINTE E OITO

Três dias após, o comboio partiu para a Nova Babilônia com a seguinte composição: oito armíferos, os lidera-tropas Caroio e Bodão, comandados por Roberto, todos montados, mais o carro exibindo para a população Cristal, a humana que era devolvida para a cidade dos humanos e eu, que acompanhava a prisioneira. Zauhquin e Ctas-railo, com Térço e Minghâum, aproveitaram o ensejo para regressar ao sítio, com o intuito de resolver problemas administrativos. Os filhos ficaram aos cuidados do avô Zhenodhita. Combinamos com Zauhquin e Roberto que no desvio, cerca de 3km antes do sítio, deixaríamos o carro escondido no galpão e montaríamos nos cavalos para acelerar a viagem. Naquele local Cristal ficou de colocar um lenço para cobrir o nariz e a boca, um chapéu para esconder os cabelos. Ela e eu teríamos que nos vestir com roupas de armífero. Tudo como medida de segurança, segundo o precavido Roberto. Antes, porém, fizemos aquela parada costumeira no bar do Zhéniquoh para o almoço e breve descanso. Os armíferos ficaram na parte de baixo acompanhados de Caroio, Bodão, Térço e Minghâum, ao passo que os demais e eu subimos para o andar de cima, no lugar de costume reservado pelo proprietário. A comida caseira preparada no fogão à lenha se misturou com um leve cheiro de fumaça e acionou a ânsia de encher o estômago, sensação agravada pela invasão nas minhas narinas do delicioso aroma da pimenta-dedo-de-moça exalando do pote virgem aberto do meu lado por Zhéniquoh. O vendeiro nos serviu pão caseiro fatiado em pequenos pedaços quadrados, purê de batata e de ervas aromáticas, com cebolinha e manjericão picados. Em copos delicados, numa bandeja de prata, ofereceu-nos batidinha de amora, exceto à Cristal.

— Seu Zhéniquoh! Sirva a moça, por favor! — pediu com delicadeza Ctasrailo.

— Ah, pois não, Senhora Ctasrailo — atendeu todo desconcertado. Apesar de saber que Zauhquin e Ctasrailo eram grandes defensores da liberdade dos humanos, certamente o dono do bar não esperava que se sentassem à mesa com um deles. Zauhquin compreendendo a situação interveio:

— Cristal se tornou nossa amiga, mas infelizmente não podemos conviver com ela, em obediência à tirania da lei vigente, arquitetada pelo pior dos facínoras que conheci em minha vida. Sua falácia convenceu a aprovação da norma perversa pela maioria dos docentes do Fhiiaral. Roberto e os demais militares estão cumprindo ordem para devolvê-la à Nova Babilônia.

— Então ela é a humana que foi obrigada a trabalhar como escrava para Simbholéria?

— Ora, vejam só como as notícias se espalham rapidamente, hein, Seu Zhéniquoh? — Ctasrailo disse sorrindo com as mãos na cintura.

— Pois é! Aqui eu fico sabendo de tudo, mesmo sem querer. É fhiio de todo lado que aparece e eles falam! Eu tenho ouvidos bons — brincou Zhéniquoh, ao servir os comensais, e prosseguiu: — Aliás, sinto-me na obrigação de comunicar aos amigos que Vhenias, apesar de ser destituído pelo círculo hierático, decidiu não realizar eleições e se proclamou docente perpétuo de Khonhozal, apoiado por Fhenemeh e o exército, bem como por grande parcela da população. Esvaziou o círculo local e decapitou os docentes e serviçais da parte que não o apoiaram.

— Como você ficou sabendo disso? — indagou Zauhquin.

— Quando foi? — perguntou exaltado Roberto.

— Uma pergunta por vez! — Zhéniquoh estendeu os braços como se pedisse calma e respondeu: — Hoje, há menos de uma hora. Passaram por aqui, fugindo de Carhingal dois docentes locais e me transmitiram essa terrível notícia.

— E o que mais lhe informaram? — perguntou preocupada Ctasrailo, acompanhada pelos olhares curiosos dos demais.

— Parece que Vhenias quer sacramentar seu domínio sobre Caringhal. Com isso exercerá o poder sobre as mais populosas partes do Fhiiaral, para ser proclamado rei do território com maior potencial bélico.

— Nossas viagens deverão ser mais breves do que prevíamos — Zauhquin bateu na mesa com semblante nervoso, olhando para mim. — Voltaremos amanhã mesmo do sítio, nem que seja à noite. Penso que vocês deverão ficar somente um dia na Nova Babilônia.

Concordamos de plano e terminamos o almoço sem delongas. Roberto ordenou a Caroio que voltasse para Khonhozin para passar as infaustas novidades a Cebudebah, a fim de que tomasse as providências necessárias ao estado de alerta, contudo sem causar pânico na população. Seguimos conforme planejado, no entanto apreensivos com as informações repassadas por Zhéniquoh e cientes do perigo que representavam as decisões tomadas pelo ambicioso Vhenias. A sensação provocada pela notícia pesava nos ombros, dando a impressão de que o caminho tomava as proporções longínquas e penosas. A viagem que antes tinha um sabor de passeio com a namorada, agora era uma jornada de aventura e talvez até desnecessária. Por outro lado, Roberto entendia que era preciso, pois se os recrutas humanos estivessem bem preparados seriam um grande apoio, lutando ao lado de Khonhozin e das outras partes coligadas. Quando ele me revelou esse seu intento, resolvi ir mais além, tentando arrancar-lhe algo que eu também passara a refletir algumas horas após a conversa com Zhéniquoh.

— Roberto, segundo o que sei, você tinha a intenção de fazer o treinamento na Nova Babilônia, apenas visando à autodefesa da cidade e dos cidadãos. Hoje, se bem entendi, está pretendendo ver humanos lutando ao lado de fhiios?

— Realmente, jamais passou pela minha mente essa situação. Contudo, agora que faço o trabalho com eles, meu pensamento mudou.

— É nobre de sua parte... Será que é só por esse motivo?

— Bem... É... — ficou sem saber o que dizer e se irritou: — Droga! Será que você já desconfiou do meu plano incubado? Desembucha! Fale o que tem nessa mente monstruosa!

— Se nossos pensamentos não se convergirem, você terá a obrigação de me contar — e para irritar ainda mais Roberto completei: — Fitando bem dentro de sua alma, eu concluo que está intencionado a se candidatar a prefeito da Nova Babilônia!

Ouvi aquela sonora gargalhada de meu amigo, brandindo sua cabeça, e reagiu.

— Você pensa que eu nasci ontem? Não sou obrigado a lhe confessar depois de uma barbaridade dessas. Pare com brincadeiras e diga logo o que você anda cogitando. Se contar mais uma piadinha, juro que dirigirei a palavra somente à Cristal, até o fim da viagem.

— Está bem, nervosinho! Nossa convivência foi intermitente, com períodos de pouca duração e mesmo assim com intensa solidez, cujo resultado foi um belo fruto da amizade sincera. Aprendi muito com você, não só porque acatei de coração os seus ensinamentos práticos, mas também pela descoberta de sua personalidade... De como pensa e age. Se a minha resposta, desta vez, séria, pairar jungida à sua, concluirei que estou próximo ao seu patamar de estratégia. Vamos lá: eu e você sabemos que o destino dos homens e mulheres neste mundo está fadado ao extermínio, em caso de vingar o ambicioso plano de Vhenias no intento de se tornar imperador e governar o Fhiiaral. Simbholéria é a mente influenciadora do desequilibrado e arrogante docente. Ela tem ódio da raça humana e você sabe bem o motivo: as palavras que a Bíblia contém e de que os homens e mulheres são conhecedores, mesmo que em parte, não são benvindas no seu plano de governo. Temem a difusão das mensagens bíblicas por aqui, como, por exemplo, partilha, misericórdia, caridade, dignidade, enfim... Justiça e igualdade. Esse receio de aniquilação da humanidade povoa a sua cabeça, Roberto... Seu instinto de sobrevivência desarvorou em você um plano inteligente: se os homens lutarem em defesa da unidade, com os fhiios que a desejam, e porventura vencerem a guerra, o resultado inequivocamente esperado seria a liberdade dos humanos e, oxalá, a igualdade de direitos relativamente aos habitantes sobreviventes do Fhiiaral. Tudo isso ultimado pelo fato de homens (você, Carijó, Caroio e Bodão) terem cooperado, exercendo o papel de mentores, no desenvolvimento físico e intelectual dos valentes armíferos fhiiaranos. Daí a sua preocupação não só com o resultado do treinamento dos recrutas para a defesa dos habitantes da Nova Babilônia, ao se dirigir para lá, mas também para saber se estão aptos para lutarem ao lado dos fhiios. É isso, meu amigo.

Roberto, que não havia dito uma só palavra, sentado em seu cavalo de cabeça para baixo, segurou a rédea e me aplaudiu lentamente. Os demais armíferos e Bodão estavam uns 50 metros à frente, olharam para trás, mas Roberto determinou que continuassem na mesma toada para frente. Cristal, também admirada, manifestou-se no sentido de estranhar o meu silêncio durante longo período e só agora compreendia que eu estava maquinando algo. Roberto agradeceu pela nossa amizade, ainda mais pela forma com que me referi a ela. Até brincou perguntando se eu não havia recebido lições de bruxaria com a Simbholéria, ou se eu não tinha roubado a bola de cristal dela. Depois expressou sua admiração pela minha sagacidade, confirmando que eu havia exposto nos mínimos termos o seu íntimo pensamento. Brincou novamente dizendo que seu íntimo não era mais íntimo, depois que revelei exatamente o que ele pensava. Mais sério, confidenciou-nos sua preocupação com a reação que poderia causar o seu pedido para que os homens lutassem em favor dos fhiios. Por tal razão, solicitou-nos empenho desmedido para o convencimento corpo a corpo não só dos jovens, mas de igual forma de seus pais e das lideranças, tais como o delegado, o prefeito e o padre. Comprometemo-nos a isso, apesar de saber que não seria tarefa fácil e, após breve silêncio, aproximamo-nos do grupo dianteiro para acelerar a viagem.

Ao nos aproximarmos da entrada da Nova Babilônia, Roberto notou algo estranho no alto do penhasco e sugeriu que ficássemos mais próximos uns dos outros e, sussurrando, orientou-nos a esperar suas ordens, em caso de qualquer incidente inesperado. Passou seu barrete e a insígnia, identificadores da sua posição de lidera-tropas comandante, para o soldado Iluximdtu, o qual deveria falar em seu nome, caso necessário. Descemos a rampa natural, apreensivos com a situação temerária, contudo preparados para eventual combate. Não obstante, para nossa surpresa, deparamo-nos com a cidade silenciosa e, em algumas janelas das casas, somente idosos a nos observar. Quando menos esperávamos, nos vimos cercados por pelo menos dez homens armados com espadas, facas e zarabatanas. Do alto dos telhados, quantidade semelhante surgiu com arco e flecha apontado para nós. Em poucos segundos, Magricela se apresentou no meio dos que estavam no chão e determinou que entregássemos nossas armas, a que obedecemos imediatamente. Pacuera surgiu no meio dos arqueiros e gritou com autoridade para descermos dos cavalos, com as mãos direcionadas para o céu. Magricela deu a ordem para caminharmos por 10 metros e ficarmos um do lado do outro. Por fim, chamou Dona Jacinta e deu-lhe a palavra:

— Eu só queria saber se algum de vocês sabe o paradeiro de minha Cristal?

Eu segurei com força o braço de Cristal para que ela ficasse em silêncio. Ela entendeu e assim o fez. Iluximdtu pediu a Dona Jacinta que lhes descrevesse as características de Cristal. Ela desenhou com suas palavras um retrato perfeito de sua neta de coração e demonstrou todo o seu sentimento de tristeza, que não a deixava mais viver em paz. Por isso, estava cultivando em seu coração uma casa assombrada por fantasmas vingativos, que a cada dia de edificação assentava um novo tijolo de ódio. Por fim exclamou em alta voz um pensamento sábio que trago guardado comigo: "crescemos e nos tornamos adultos! Com o tempo, envelhecemos. O amor não, ele apenas nos acompanha". Iluximdtu respondeu, conforme combinara com Roberto, que Cristal se encontrava no carro e que estavam ali para devolvê-la.

— Eu só vejo fhiios e uma fhiia aqui — aduziu Magricela, olhando para dentro do carro.

— Tire o lenço do rosto e o chapéu! — Iluximdtu pediu a Cristal.

Cristal saiu correndo, desvencilhando-se do véu, para abraçar Jacinta, que parecia não acreditar no que via. Antes de irem para casa, Cristal voltou-se e falou nos ouvidos de Magricela, que sorriu abafado e voltou a ficar sério. Deu ordem para que permanecessem ali somente Roberto, Bodão e eu, e para que os demais fossem encaminhados à prisão. Assim que viraram a esquina, Magricela ordenou que seus guerreiros abaixassem as armas e correu para nos abraçar, ao tempo em que tiramos nossas máscaras. Pacuera desceu do telhado gritando feito um índio e se juntou a nós, que rejubilávamos por nosso reencontro, quando vimos os demais recrutas se deslocaram de seus esconderijos camuflados. Roberto sorriu satisfeito com o que via: por volta de duzentos e cinquenta recrutas, número que traduzia o bom resultado da liderança de Magricela e Pacuera.

— Estou muito satisfeito com o trabalho desenvolvido por vocês — disse Roberto referindo-se a Magricela e Pacuera. — Pelo que avalio na abordagem da recepção, vocês recebem um dez com louvor. Da mesma forma, com relação à quantidade de voluntários. Foram brilhantes, inteligentes e convincentes. Parabéns.

— A ordem seria matar qualquer fhiio que aqui entrasse — disse Magricela. — No entanto fomos convencidos por Dona Jacinta a dar uma chance, a fim de que ela perguntasse sobre o paradeiro de sua neta.

— Permitam-me expor-lhes um detalhe — intrometeu-se Pacuera, arrancando sorrisos nossos. — Os nossos vigias fixados no alto do penhasco informaram-nos por sinais que não havia leithoah no comando e que as fardas eram de outra cor. Concluímos que não deveríamos ir com tanta sede ao pote. Assim nos contivemos.

— Parabéns mais uma vez. O desempenho de vocês e dos aprendizes foi impecável. Por mim, faria um discurso de elogios, mas a situação nos impele à urgência. Então vou lhes detalhando os próximos passos. Os armíferos ficarão presos até amanhã, porque não podem nos ver sem máscaras. Pelo pouco que vi até agora, a minha presença é dispensável e concluo que poderia voltar hoje mesmo a Khonhozin.

— Qual é o motivo de tanta pressa, mestre? — indagou Pacuera.

— Haverá guerra, meu amigo! Ela sempre vem quando ambiciosos sonham com poder! Há um louco chamado Vhenias que pretende fazer do Fhiiaral um império e dele o imperador. Falarei mais sobre isso na reunião que não pode ficar para amanhã. Preciso que vocês convençam seus homens a convidar, ao menos, uma boa quantidade de habitantes para comparecerem à Igreja nesta noite, para passarmos algumas informações e decidirmos sobre o nosso futuro neste planeta, ante a guerra que se aproxima. Eu me habilito a me encontrar com o prefeito, o delegado e o padre. Insistam para que compareça somente uma pessoa de cada família, que tenha poder de decidir por todos, uma vez que não há espaço suficiente na Igreja.

Dito isso, a ordem foi repassada aos recrutas, cuja única vestimenta em comum era um boné de variado modelo tingido de preto, e imediatamente cumprida de forma satisfatoriamente organizada.

29
VINTE E NOVE

Na hora marcada para a reunião, havia muita gente para fora, porque a Igreja estava totalmente lotada, desde o presbitério até a parte do coro, cujo espaço fora construído recentemente na lateral esquerda da nave, mais próximo ao altar. Roberto, ao ver aquela quantidade de pessoas, revelou-me que nunca havia falado para tanta gente e me incumbiu para fazer o pronunciamento. Em último caso, poderia me ajudar com breves apartes. No momento titubeei, dado que nem havia me passado pela cabeça que teria que falar ao público. Geralmente organizamos o discurso para evitar desvios desnecessários, na fidelidade à coesão e à lógica. Depois, acalmei-me, porquanto me senti seguro por conhecer o assunto a ser tratado e, firme, parti para a exposição:

— Senhoras, senhores, juventude, boa noite! Todos nós viemos para este mundo da mesma forma e por enquanto estamos presos aqui. Não há como voltar. Por essa razão, precisamos de espaço igual, para alcançarmos nossa tão sonhada liberdade. Sabemos que no Fhiiaral, assim como de onde viemos, há pessoas boas e pessoas más. Então não podemos tecer generalizações capazes de gerar futuros embriões de grosseiros preconceitos, cujos frutos podres conhecemos como intolerância. Há muita gente boa entre os fhiios. Os mais antigos desta cidade conheceram dois: Zhenodhita e Doutor Couquinhos. Eu conheci muitos outros. O mesmo podem afirmar Roberto e Cristal. Também tivemos a infelicidade de conhecer Simbholéria e Vhenias. Esses dois são os mandantes de todos os sequestros que ocorreram aqui, diante de nossos olhos. Simbholéria é perversa e a cabeça pensante manejadora das ações maléficas de Vhenias e este adora ser influenciado, dado que a cobiça é o sentimento que mais lhe apetece. Simbholéria nutre verdadeiro ódio pelos humanos, logo Vhenias também. Simbholéria quer ver os humanos extirpados deste mundo com a morte, por consequência, Vhenias também. Muitas vezes Vhenias tentou, por sua retórica, convencer os demais líderes do Fhiiaral a condenarem todos nós à morte, contudo, entre os fhiios de bom coração, há natos eloquentes, que falaram a nosso favor e, mesmo assim, não dissuadiram o grande círculo, caído em armadilhas políticas de Vhenias, em aprovar a lei que determinou a marcação humana tal qual ou até pior ao gado, cortando um pedaço do dedo e queimando o dorso das mãos com um ferro quente. E é aquele fhiio mesquinho e odioso que, neste momento, tece uma teia repleta de cavilações para transformar o Fhiiaral em um império governado exclusivamente por ele e segundo as suas leis. Na nossa história terrestre, bem conhecemos esses tipos de líderes que, após assumi-rem o poder, desmascaram seu verdadeiro caráter, produzindo um Estado de exceção, matando sem piedade quem não comunga com suas ideias. Vhenias está formando um grande exército para invadir as demais partes à força. E eu lhes afirmo com absoluta precisão: assim que ele for imperador, seu primeiro decreto determinará a nossa extinção. Por essa razão, viemos de Khonhozin, onde Roberto, Carijó, Caroio e Bodão estão dando todo o suporte de treinamento bélico, para convocar os recrutas daqui, a fim de que lutem ao lado dos fhiios de boa índole, visando a evitar um possível destino cruel para todos nós. Quero lhes dar um tempo necessário, pelo menos dez minutos, para discussão sobre o assunto. Já retomo. Obrigado.

Alguns ameaçaram palmas e, percebendo que não foram acom-panhados, contiveram-se. Enquanto acontecia o debate por mim proposto, perguntei a Roberto e a Cristal:

— E daí? Como me saí?

— Perfeito! — respondeu Roberto. — Eu não conseguiria falar nem a metade, e se chegasse até a metade teria me perdido umas duzentas vezes.

— Estou orgulhosa de você — disse Cristal me dando um beijo.

Passado um pouco mais do tempo por mim sugerido, retomei a palavra, desta feita com Roberto ao meu lado:

— Obrigado pela atenção de todos. Antes de fazermos a vota-ção, darei a palavra a duas pessoas com pensamentos divergentes, se houver. Uma parte dos presentes começou a gritar: "Seu Júlio! Seu Júlio! Seu Júlio!". O prefeito levantou-se e ponderou:

— Obrigado, meus amigos. Eu poderia falar e expressar a opinião de muitos aqui. No entanto, entendo que um pai ou uma mãe de nossos soldados terá mais condições de ser mais resoluto do que eu, pois não tenho filho e, de repente, não retirarei a opinião do fundo do coração. Então abdico da incumbência tão gentilmente me oferecida.

Antes que aclamassem outro, Dona Gertrudes levantou-se e veio em nossa direção a passos largos, posicionou-se de frente com a multidão e se expressou:

— Mães e pais que amam os seus filhos nunca, jamais aceitarão os entregar para o matadouro. Eu sou avó de dois meninos maravilhosos, bondosos por demais, amorosos ao extremo, tanto que se alistaram como voluntários para colaborar na defesa de seus parentes e do povo desta cidade. Agora, vamos ser sinceros, sair daqui, para defender fhiios, em guerra que não é nossa? Vocês que vêm até a nossa cidade tão pacata e nos fazem essa proposta, deveriam ter vergonha. Se entenderem justo entrar nessa batalha em favor de uma raça que nos espezinha, façam isso por sua conta e risco. Deixem as nossas crianças em paz!

Quando Dona Gertrudes terminou seu discurso singelo e comedido, porém fulminante, recebeu uma saraivada de palmas, o que nos deixou deveras preocupados:

— Agora, se houver, gostaria de ouvir a opinião contrária! — antecipou-se Roberto, com as faces rubras.

O Delegado Mércio e sua esposa Judite também se dirigiram ao presbitério:

— Nós somos avôs também — abraçou sua esposa e continuou. — Temos cinco netos recrutas, que se tornaram voluntários para defender nossa cidade e também porque têm o sangue militar nas veias. Eles gostam muito daquilo que fazem e não trocariam o que estão aprendendo por nada. Talvez por esses dois velhos aqui, sim! — arrancou risadas dos ouvintes. — Pelo que pude depreender da fala deste jovem sonhador aqui... — apontou para mim. — Posso até estar errado, mas, se entrarmos na referida guerra, digo entramos porque até me incluo se for preciso. Se entrarmos nessa guerra, teremos muito a ganhar, se o lado que defendermos for o vencedor. Sim, senhores! Vejo grande probabilidade de alcançarmos a nossa tão sonhada liberdade e a dignidade de vivermos ao lado dos fhiios como iguais. Eu tenho o seguinte pensamento edificado pelo longo dos anos: quero morrer lutando, não pretendo morrer como um covarde. Se o tal do Vhenias vencer a possível guerra, nem mesmo os nossos valentes jovens poderão nos defender. Nesse caso, é melhor lutar pela justiça ao lado de um grande exército do que brigar sozinho contra um poderoso exército, porque nos omitimos no momento propício. Se ficarmos inertes, não teremos só um líder maluco comandando um bando de armíferos de uma parte, mas um poder bélico de um império que desejará o nosso fim. Por essa razão, sou favorável a apresentar o nosso apoio a Khonhozin, assim que for necessário.

O casal foi também aplaudido, porém com menor intensidade. Notei que os soldados presentes se manifestaram favoráveis. Conversamos entre nós e sentimos que havia alguma possibilidade de aprovação. Passamos à votação solicitando que os favoráveis levantassem a mão, mas o resultado foi desfavorável à nossa proposta, fomos derrotados por quase dois terços dos presentes. Roberto, nervoso, pediu que eu terminasse a reunião:

— Quero agradecer a presença de todos aqui. Assim como vocês decidiram, os soldados voluntários apenas continuarão a receber o treinamento para defesa desta cidade e de seus cidadãos. Afinal, ainda não foi deflagrada a guerra. Mesmo assim, peço encarecidamente a todos que reflitam sobre o assunto aqui abordado, analisando mais acuradamente as falas de Dona Gertrudes e do casal Mércio e Judite, porque ambas são igualmente verdadeiras. Manteremos contato por emissários que lhes passarão as informações sobre as notícias vindouras. Muito obrigado.

Roberto nos pediu para voltarmos para a casa de Dona Jacinta, porque não estava se sentindo bem no meio daquela gente que agora mais do que nunca julgava medrosa e covarde. Saímos pela sacristia, ajudados pelo padre Ângelo, que nos convidou primeiro para tomar um chá. Roberto primeiramente recusou e só aceitou depois que o padre lhe ofereceu uma dose de cachaça, para espantar a decepção. Depois de tomar mais que duas doses, fustigou o clérigo a dar sua opinião a respeito da decisão e ainda o censurou por seu silêncio na reunião, já que em suas homilias, não raras vezes, tomava ares proféticos ao fazer apologias à dignidade e igualdade dos seres criados por Deus. Padre Ângelo, com seu semblante alegre e paternal, respondeu-lhe que o resultado da reunião surgiu de um processo democrático louvável e que, se restou negativo para nós, deveríamos dar tempo ao tempo. Elogiou a mim e a Roberto sobre a nossa capacidade de liderança, por não fazermos imposições, já que estas são sempre mais fáceis e tentadoras para quem toma a dianteira no comando. Ouvir, esclarecer e deixar refletir é próprio de líderes sábios. Insistiu que a semente havia sido lançada. Era preciso paciência para aguardar a brota. Se brotasse, dependendo dele, daria belos frutos. E continuou: "Quanto às homilias, apesar de que tudo o que fazemos esbarra na vida em sociedade, as reflexões de um padre ou pastor não podem se tornar um ato enfadonho. Tudo depende de como chega à palavra de Deus até nós: se ela se refere a um aspecto social, é sobre isso que se fala ao povo (política, partilha, solidariedade, caridade, pobreza...); se nos vem com um tom de oração, é sobre esse tom que a homilia deve ser dirigida. Quem dita a palavra é Deus, eu não sou Deus, apenas seu instrumento: Ele usa a minha inteligência e todo o meu ser, se eu Nele me abandono. Portanto, amigos, eu não posso colocar ideias onde Deus nem pensou sobre elas". Acrescentou, ainda, que o seu silêncio na reunião decorreu da inesperada sugestão de Seu Júlio, deixando bem claro que os pais e mães teriam preferência para discursar, o que também foi providencial, pois lhe trouxe um vasto campo de reflexão. Roberto se desculpou e agradeceu ao padre pela fina educação.

No outro dia cedo, colocamos nossas máscaras e, depois de termos combinado com o delegado Mércio, fomos até o local onde estavam os fhiios armíferos aprisionados. Roberto, ao soltá-los das grades, em apartado, de forma sucinta e clara lhes esclareceu que ocorrera um grande mal-entendido na decisão dos humanos em prendê-los. Mentiu, também, ao afirmar que nós tínhamos sido detidos em outro local. Perguntado se todos estavam bem, o armífero Iluximdtu respondeu que fizeram uma alegre festa na cela, com vinho e comida à vontade, inclusive café da manhã. Até brincou que se fosse preciso, sendo tratados com tanta regalia, poderiam ficar mais alguns dias. Para evitar delongas com explicações, Roberto ordenou nossa partida imediata, e sem tergiversar informou que Cristal deveria voltar conosco, vestida da forma como viera, ante o perigo de vida que corria. Ninguém questionou e partimos em seguida.

No caminho, antes de chegar num espaço descampado, perguntei a Cristal como tinha sido o reencontro com Dona Jacinta e Seu Delfino.

— Foi simplesmente emocionante. Ela grudou em mim e não queria mais me largar até chegarmos à casa. Vovô estava sentado numa cadeira na varanda da casa e com aquele olhar fixo no horizonte. Eu me aproximei dele, ele me olhou, em seguida olhou para vovó e perguntou quem eu era. Ele não me reconheceu — Cristal chorou, enxugou as lágrimas. — Parecia até que não reconhecera nem mesmo vovó. Disse-lhe comovida que era eu, sua neta Cristalina. Ele sorriu sem graça por não se lembrar. Dei-lhe um abraço bem apertado e não senti a reciprocidade, dando-me a impressão de que abraçava uma estátua de cimento. Ele, como que desconfiando de algo errado consigo, pediu licença para ir dormir com o pretexto do cansaço e nós o acompanhamos até o quarto. Depois fui para a cozinha com vovó e, até a chegada de vocês, contei-lhe toda a história até então desconhecida por ela. Vó Jacinta ficou muito feliz e entendeu perfeitamente a necessidade da minha volta para Khonhozin. Expressei a minha preocupação com vovô e ela quis me deixar tranquila, dizendo que vovô era sua tarefa, um diamante pesado que carregava no coração com todo o carinho deste e do outro mundo e que jamais se estressaria com suas atitudes, como nunca o fez antes de ele ficar enfermo. Disse por último que, dentro de seu coração, não sobreviviam dúvidas de que, mesmo nos momentos de esquecimento de seu amado Delfino, em seus momentos de sumiço da realidade, ele estaria ali presente com ela, em algum lugar vivo de seu cérebro doente. Ele sempre fora um homem amoroso e é assim que ela o vê. E, assim que ele retornar dessa viagem do esquecimento, encontrarão um tempo para namoro.

— Que bonito esse jeito de Dona Jacinta. É exemplo para ser seguido!

Cristal me mandou um beijo da sela do cavalo, no momento em que fui surpreendido por Roberto:

— Devemos ficar atentos. Em silêncio de preferência.

— O que está havendo?

— Parece que a paixão lhe roubou os sentidos — disse Roberto com deboche. — Antes de entrarmos no campo aberto, temos que fazer uma averiguação pela floresta num raio de 100 metros dos dois lados. Tenho quase certeza de que estamos sendo seguidos, a uns 2km. Bodão já me alertou que sentiu um leve cheiro de fumaça. Você e Bodão devem voltar para investigar se de fato alguém nos segue. Os demais ficarão comigo aqui, inclusive Cristal.

Adentrei a mata densa com todo o cuidado necessário para não ser visto primeiro, inclusive me camuflei. Sorrateiramente, Bodão me seguia com certa distância na diagonal. Passado algum tempo, meu companheiro assobiou, imitando o canto de um pássaro nativo, conforme havíamos combinado caso um de nós encontrasse algo que indicasse uma possível pista. Segui na sua direção e ele me apontou pequenos galhos dobrados recentemente. Dali, partimos em busca de confirmação de nossa suposição, até encontrarmos rastros de cavalo e, mais uns passos à frente, estrume do animal. Voltamos à nossa formação anterior: eu seguindo as próximas pistas e Bodão, na diagonal, astutamente com olhos fixos tal qual uma jaguatirica, mesclado com os olhos velozes do macaco. Desta vez, eu imitei o pássaro, visando à aproximação de Bodão, tão logo avistei o inimigo na espreita atrás de um tronco espesso de uma árvore parecida com figueira. Era um fhiio alto e magro que se encontrava sem o cavalo. Possivelmente, teria levado o animal para um local mais distante ao constatar a parada do nosso grupo.

Ante sua camuflagem, eu só consegui avistá-lo porque ele saiu do tronco para beber algo que tinha deixado ali por perto. Orientei Bodão para ver se encontrava o cavalo e investigar se não havia mais ninguém com o nosso espião, enquanto eu ficaria aguardando e observando os seus movimentos. Bodão voltou logo e afirmou que não havia mais ninguém, apenas o cavalo. Com isso, senti-me seguro para atacar e tentar render o nosso oponente, ao passo que Bodão ficaria na retaguarda para resolver qualquer inconveniente, principalmente se surgisse mais alguém. Aproximei-me dele, silencioso como uma onça e, antes que o enxerido intentasse qualquer reação, a faca já estava no seu pescoço. Bodão se aproximou e amarramos suas mãos, tapando sua boca e seus olhos, para levá-lo até nosso grupo, que estava nos esperando. Ao chegarmos Roberto pediu que eu colocasse a faca na sua jugular e arrancou-lhe a venda da boca:

— Eu sabia que havia uma assombração no meio da floresta, mas nem imaginava que fosse tão feia! Vou pedir para o meu amigo tirar a faca de sua garganta, mas, se você gritar ou não responder às minhas perguntas, eu mesmo lhe cortarei a língua e furarei os seus olhos.

Roberto fez sinal para que eu abaixasse a faca e perguntou ao armífero:

— Por que você estava nos seguindo?

— Eu não estava seguindo ninguém. Vim caçar uns passarinhos para colocar em gaiolas.

— Então você está decidido a ficar sem língua e não enxergar nunca mais. Tudo bem.

Roberto enfiou um pano na boca do mentiroso e a vedou novamente. Determinou que somente Bodão e eu ficássemos ali e que os demais se afastassem uns dez metros, tirou a venda dos olhos do armífero, pegou sua faca afiadíssima e cortou um pedaço de sua orelha. O rapaz se contorceu feito um frango destroncado e após alguns minutos Roberto admoestou-o novamente para não gritar, perguntando-lhe se iria colaborar. Com a resposta afirmativa, em seu movimento de cabeça, Roberto lhe tirou a venda e o pano da boca e, antes que lhe perguntasse algo, foi atendido imediatamente sobre a perguntar anterior:

— Eu estava seguindo vocês a uns 3km, por determinação do Comandante Udioh, conforme ordem do Adagão Fhenemeh.

— Por que motivo? — Roberto perguntou apertando o colarinho do soldado espião.

— A missão é matar a humana que vocês levaram para a Nova Babilônia, mas um batedor que foi na minha frente descobriu que vocês não a deixaram lá, pelo contrário, traziam-na de volta. Ele passou por mim e foi passar as informações a Udioh e eu fiquei para observar vocês, para me inteirar se não mudariam de rota.

— Quantos vocês são? E onde estão acampados?

O soldado de Khonhozal ameaçou não falar e Roberto o apertou contra o tronco da árvore com o antebraço em seu pescoço e com a faca próxima à outra orelha, fazendo com que ele respondesse com a voz apertada.

— Somos 20 — não conseguiu continuar, esmorecendo sem sentidos.

— Idiota. O lugar em que estão acampados nós já sabemos, basta ter olfato. Amarrem-no no tronco da árvore e, assim que recuperar os sentidos, boca tapada.

— O que faremos, Roberto? — perguntei preocupado com Cristal, que não ouvira a conversa.

— Precisamos pensar rápido, pois o tal do Udioh deve ser um leithoah e deve estar aguardando a volta deste infeliz, tendo em vista que já sabe que estamos trazendo Cristal de volta.

— E se desviarmos o caminho, não adentrando o campo? Daremos a volta caminhando dentro da floresta com a maior rapidez que pudermos.

— Para evitarmos o perigo a Cristal, penso que seja a melhor saída. Com o cavalo bem descansado do espião, Cristal poderá seguir galopando, caso nos descubram e entremos em combate.

Roberto determinou a nossa saída imediata. Abandonamos o armífero batedor desmaiado e amarrado no tronco da árvore. Demos a volta em sentido contrário de onde havia o sinal de uma leve fumaça do outro lado da parte descampada. Passadas duas horas, sentimo--nos mais seguros e continuamos a viagem normalmente, apesar de não baixarmos guarda. Perto de um penhasco, saímos novamente da floresta para uma vegetação composta de gramíneas. Para nossa surpresa, do lado oposto do penhasco surgiu, repentinamente, um grupo de armíferos de Khonhozal e logo percebi a presença do batedor, de cuja orelha Roberto cortara um pedaço. Conclusão: tratava-se do mesmo grupo que ficara à nossa espreita e que, agora, alcançara--nos aplicando judiada velocidade em seus cavalos. Chuviscava no momento, o céu encoberto com nuvens e muitos raios no horizonte. O comandante leithoah se posicionou à frente de Roberto e falou destemido:

— Udioh, comandante desta missão do exército de Khonhozal.

Roberto não se apresentou e olhou para ele com ar de insignificância e permaneceu fixo nele, até que o fhiio grande retomou:

— Vamos levar a humana conosco.

— Qual o motivo? — perguntou Roberto, com tamanha altivez, que deu a impressão de ser maior que o seu interlocutor.

— Ordem do adagão Fhenemeh!

— E o que o faz pensar que entregarei a humana de mãos beijadas? Eu também tenho ordens de devolvê-la sã e salva ao quartel de Khonhozin.

— Você não vai entregá-la em razão de sua insignificância perto de mim. Além disso, estão em menor número — respondeu Udioh, já irritado. — Eu sozinho mato todos sem muito esforço.

Roberto, sabendo da fama dos leithoahs acerca de sua prepotência e arrogância, bem como orgulho exacerbado, acima da razão, fez-lhe um desafio:

— Proponho-lhe uma luta somente entre os comandantes: você e eu. O vencedor leva a humana para seu adagão.

Enquanto o leithoah e os seus subordinados caíram na gargalhada, mais que depressa, falei aos ouvidos de Roberto que era suicídio. Ele me repreendeu usando de sarcasmo: "Você não é o homem de fé?". E, sisudo, orientou-me para deixar Cristal mais perto da entrada da floresta, durante a luta e, em caso de derrota, que ela fugisse no cavalo descansado. Voltou-se para Udioh, que respondeu a seu desafio, com tom intimidador:

— Eu aceito, mas só se for mortal. Será um prazer matá-lo, principalmente porque cortou a orelha de meu armífero! — Udioh pegou um tipo de tacape com uma bola de ferro na ponta e o rodopiou no ar, como se fosse uma pena.

Roberto sacou sua faca afiada e desembainhou sua espada e nos falou alto para ser ouvido pelo oponente e seus comandados: "Aprendam como se mata um porco gordo e cansado. Hoje teremos sete latas de banha para a despensa". Udioh veio para cima de Roberto furioso, ofendido, movido com acentuada gana e certo de que acabaria com Roberto no primeiro golpe, que, com a agilidade de um toureador, num passe de dançarino de tango, desviou-se com o grito "Lá vai o touro". Udioh, por empenhar grande força em seu impetuoso ataque, na busca de se conter quando ludibriado com a rapidez de Roberto, freou seu corpanzil, escorregou na grama molhada e só parou próximo ao penhasco. Novamente foi chacoteado pelas palavras afiadas de meu amigo: "Precisa fazer mais exercícios, barriga de onze leitões". Com grito de ódio, mais uma vez, Udioh investiu de forma temerária, confiando em sua força bruta, mas Roberto se deslocou com sagacidade e feriu seu oponente com a faca, provocando corte leve no braço. Eu comecei a compreender a jogada de Roberto: sua intenção era primeiramente cansar seu adversário, além de açulá-lo para que desejasse acabar de forma instintiva aquela briga pífia, assim considerada pelo maior leithoah que eu vira, mesmo porque demonstrava absoluta confiança em sua vitória. Fiquei admirado com a intrepidez e sabedoria do meu amigo, que cônscio da força brutal característica de um leithoah não abria espaços para deslizes. Roberto se movia liso, ensaboado, aproveitando-se do chuvisco que, aos poucos, transformara-se em chuva densa. Evitava o contato com contornos pelos lados, rolava por baixo, corria e sempre que podia dava um contragolpe. Udioh ofegante e extenuado simulou um soco e, inesperadamente, levantou seu tacape no corpo de Roberto, arremessando-o de costas nas pedras. Com impacto, Roberto caiu no chão feito um saco de batatas, com ferimento na testa, avermelhando seu rosto com sangue. Udioh se ajoelhou no chão de tão esgotado e deu um grito de guerra como vencedor. Deixando seu tacape no gramado molhado, recuperou o fôlego, levantou-se e vociferou: "Alguém mais quer desafiar o imortal Udioh?". Antes que eu desse o sinal para Cristal fugir, ouvi um som parecido com o guinchar de um chimpanzé furioso. Roberto se levantou, pegou o tacape que estava na grama e, no momento em que saltou para golpear Udioh, este se virou e recebeu a estocada na parte da frente do pescoço. Com a batida, a arma se quebrou e o leithoah, com os olhos arregalados, como se não acreditasse no que acontecia, tombou morto. Roberto caiu novamente no gramado, esvaído no cansaço. Então os armíferos de Khonhozal amedrontados fugiram, gritando: "Mataram o irmão de Fhenemeh. Ele vai se vingar!". Bodão e mais dois dos nossos atiraram com arco e flecha, derrubando cinco deles e, quando os demais partiram no encalço do restante, Roberto, limpando o rosto, deu ordem para pararem, porque tínhamos outra urgência a cumprir: voltar para Khonhozin, além disso, seria importante a divulgação da notícia pelos sobreviventes em Khonhozal, a fim de que a fama do resultado no embate causasse temor e cautela nas pretensões bélicas de Vhenias relativamente a Khonhozin. Roberto foi atendido por um armífero com moderada prática para prestar os primeiros socorros, que, com eficiência, estancou o sangramento na testa.

— Não imaginei que você seria tão maluco — eu disse a Roberto, fazendo graça.

— Se eu não fizesse dessa forma, poderia perder algum de vocês. Enfrentar Udioh sozinho foi difícil, mas seria ainda mais se avançássemos em grupo.

— Depois dessa vitória, sua fama vai se espalhar positivamente não só em Khonhozin. Você conseguirá consolidar sua liderança. Estes armíferos presenciaram sua façanha. Eles estão maravilhados e a divulgarão com muita devoção, forjando o aumento da confiança que todos necessitam para si mesmos e alimentando o tão sonhado respeito de um líder, o qual não se alcança simplesmente pela superioridade em dar ordens, mas pela autoridade de saber, sentir junto, fazer com, reconhecer e elogiar.

TRINTA

Na reunião designada para os preparativos visando à perseguição do livro de Wajumajé, destacada pela abastada presença de docentes, inclusive por alguns inspiradores de mirrada confiança, ante seus conhecidos pronunciamentos ambíguos, às vezes anacrônicos, às vezes progressistas, ou então em dissenso a pontos basilares da unidade e, em momento posterior, indeclináveis na defesa de sua manutenção. Diante disso, dessumimos, sem hesitação, que o que fosse tratado e decidido naquela conferência, mesmo que tentássemos propor um pacto de sigilo, seria indubitavelmente repassado a Vhenias e, sem consumar exagero, no dia seguinte. Os docentes, desta feita, não trouxeram seus conselhistas, e sim os serviçais, eis que o assunto já se encontrava delimitado. Neste caso, a reunião ia de encontro aos interesses das casas de deferência, cuja direção era exercida pelos serviçais, e estes, bem ou mal, conservadores ou não, populares ou soberbos, gastavam suas energias na manutenção da crença advinda dos costumes passados de geração em geração acerca das palavras ditas pelo profeta. Mesmo com o surgimento da multiplicidade de normas litúrgicas, que inclusive eram motivo de desavença e muita discussão, porque uns serviçais as queriam simples e originais, enquanto outros criaram rubricas exuberantes em solenidade, atribuídas ao desejo do profeta. Com relação a esses últimos, quanto ao banquete do ozhóliti, era tudo muito sisudo, não se dava um passo sem que fosse realizado na estrita forma prescrita e, caso se realizasse de forma diversa, não se imbuía de qualquer valor e validade, portanto urgia a correção imediata, a fim de ser aceita pelo Deus, O Existente. Enfim, de uma maneira ou de outra, o banquete se realizava em todas as partes da unidade. Como a reunião designada fora marcada para a casa de deferência de Khonhozin, estavam presentes Ctasrailo, Roberto, Cebudebah, Térço e o serviçal Izhaigro, que já não exercia mais as suas funções, em decorrência de sua idade avançada. Apesar de não ter sido convidado, o longevo serviçal fez questão de participar, justificando ser uma das suas últimas ações em benefício do Fhiiaral. Após pouca discussão, a decisão unânime foi pela partida em duas semanas, cada parte se incumbiu do envio de armíferos e comandantes lidera-tropas até a quantia necessária para a lotação de seus respectivos navios. Seria uma ação conjunta para formar um grande exército com a finalidade de enfretamento da extraordinária viagem para a inexplorada Laquadho Phedto — a aterradora e assombrada Água Podre. Dessa forma, as partes ainda ficariam com uma boa quantidade de armíferos para defesa e proteção de seus territórios. Alguns docentes se abnegaram em participar da campanha, alegando problemas de saúde e de idade. A maior parte deles, no entanto, afirmou que não perderiam a oportunidade por nada. Quando Zauhquin se preparava para encerrar a reunião, pela porta do lado esquerdo, surgiu um fhiio gritando que gostaria de ser ouvido e, depois de ouvido, ajudado:

— Meu nome é Gindrhus e venho de muito longe, após a notícia ter chegado às nossas terras localizadas após o mar Iguidhalvho — disse ofegante ao parar na frente de todos.

— Acalme-se, Gindrhus! — aconselhou Zauhquin. — Vamos ouvi-lo. Diga de onde você é e que notícia chegou até você, que seja tão importante para interromper nossa reunião? Pode falar, mas com tranquilidade e sem gritos.

— Eu venho de Ghuori, vizinha de Jhubin e Dharasth. Um soldado fugitivo de Khonhozal chegou aos nossos povoados e noticiou pelos arredores que vocês irão para a Água Podre em busca do livro de Wajumajé e que há uma grande chance de guerra aqui, durante a viagem ou mesmo naquelas terras inóspitas.

Zauhquin fez sinal para que o extasiado fhiio parasse de falar e ficou pensativo, porque bem sabia sobre a verdade daqueles povoados: era terra sem lei, onde ocorria todo tipo de assassinato pelo simples prazer de matar. Ele pediu silêncio aos demais, que principiaram um burburinho, e pediu que Gindrhus continuasse:

— Quando tal notícia lá chegou, os povoados amanheceram em festa e, apesar de toda a miscigenação e diversidade, a iminência de uma guerra unificou os pensamentos. Assim, elegeram-me diplomata... — Gindrhus fez sinal de aspas com ar de deboche. — Para vir até aqui e solicitar a permissão da nossa participação nessa guerra lutando do lado de vocês.

— Mas ainda não existe guerra e espero que não venha a existir — argumentou Zauhquin, tentando dissuadir Gindrhus. Pelo que entendi, não lhe apetecia a ajuda de um povo que despreza a moral. Por outro lado, se não aceitasse a proposta, eles a fariam da mesma forma para Konhozhal. — Nós temos em mente que, se conseguirmos encontrar o livro, tudo será resolvido — arrematou Zauhquin.

Gindrhus soltou uma engraçada gargalhada e continuou:

— Que ingenuidade! Pensando dessa forma, vejo que vocês precisam muito de nossa ajuda.

— Diga-me, Gindrhus: por que vocês optaram por lutar ao nosso lado?

— A unidade do Fhiiaral nunca se intrometeu em nossos territórios, deixando-nos a liberdade de viver o estilo de vida que escolhemos. Somos um amontoado de gente vivendo sem governo, sem lei. Sobrevive aquele que for mais rápido, mais forte, mais astuto... — Gindrhus deixou à mostra seus dentes amarelados e cariados num sorriso de satisfação, em meio ao seu bigode e barba eriçada. — Para nós, não interessa um tirano maluco comandando tudo e todos. Com certeza, seremos atingidos e, à força, teremos que mudar nossa filosofia de vida — soltou uma gargalhada, quando pude sentir o seu bafo fedorento mesmo distante. Sem contar que o mau cheiro que exalava de suas roupas tomou conta de todo o espaço no qual nos encontrávamos. Pelo jeito, há muito tempo não tomava um banho.

— Vocês têm um navio para se locomoverem até Laquadho Phedto? — perguntou Zauhquin, torcendo para que a resposta fosse negativa, pois se assim o fosse teria uma desculpa para negar o pedido.

— Se alguma parte precisar, temos alguns de sobra! Ora, meu caro líder, nós moramos próximos ao mar Iguidhalvho. Esqueceu?

— Então está feito! Partiremos daqui a duas semanas para a nossa jornada.

Gindrhus se inclinou e se despediu, afirmando que não nos arrependeríamos de nossa decisão. Logo que ele saiu, abrimos todas as portas e janelas da casa de deferência, mesmo porque alguns serviçais já estavam do lado de fora em busca de ar puro. A reunião foi retomada, ante os novos fatos surgidos, precisamente sobre o apoio dos novos aliados do mar Iguidhalvho. Feitas modestas ponderações, concluiu-se pela decisão acertada de Zauhquin e a assembleia, ao invés de terminar, retomou força ante o surgimento de considerações pertinentes ao medo do desconhecido. Não havia um fhiio entre os presentes que tivesse arriscado viajar para aquele lugar tenebroso, mesmo porque, segundo eles, não havia o que fazer ou explorar naquelas paragens. Entretanto, o acervo latente na mente deles e da maioria da população compunha histórias marcantes de terror capazes de produzir sérios tormentos psíquicos aos debilitados de força emocional. Zauhquin, pressentindo a ocasião periclitante, sugeriu brecha para intervalo e me chamou, com Térço, Roberto e Cebudebah, para uma conversa isolada dos demais, numa salinha ao lado. Fechou a porta e perguntou ao Térço:

— Você não se incomoda com a volta às origens?

— O que é "azorigens"?

— Estou sugerindo visitarmos o lugar onde você nasceu! Onde está o seu pai.

Térço olhou para o lado e permaneceu pelo menos um minuto ali parado, como se estivesse vendo imagens à sua frente, ora gesticulando suavemente, ora se expressando apenas com os olhos, e enfim respondeu:

— Não me incomodo, talvez!

— Você poderia nos dizer o significa o talvez?

Térço passou a olhar para cada um de nós e girou em 180 graus o corpo, indo e voltando de um lado para outro, com o joelho encostado no outro, batendo o pé esquerdo no direito, com os braços cruzados perto do umbigo, expressando um sorriso tímido. Zauhquin percebeu que ele não queria se manifestar e o admoestou a não falar com detalhes.

— Talvez o Véio "mudou!" — afirmou balançando a cabeça positivamente e continuou emocionado: — Também tenho saudade!

— Meu amigo! Por que não disse isso antes? Eu aqui, no meu egoísmo, nunca lhe perguntei sobre isso. Peço-lhe desculpas de coração! — Zauhquin abraçou Térço como um pai abraça um filho. Térço, porém, não mostrou alegria corporal, mas pude observar nos seus olhos um brilho de felicidade. Zauhquin continuou:

— Precisaremos da ajuda de seu pai para conseguirmos, quiçá, encontrar o livro de Wajumajé. Ninguém de nós conhece aquele território, a não ser de ouvir falar. Todos os que se posicionaram com o intuito de viajar para lá demonstram coragem, porém há um sentimento de medo incrustado no íntimo de cada um.

— Zauhquin, eu não estou entendendo de que você está falando! — exclamou Roberto, demonstrando certa impaciência.

Zauhquin volveu seu olhar para Térço e lhe pediu permissão para revelar-nos alguns fatos de sua vida e da de seu pai. Térço apenas movimentou a cabeça positivamente.

— Roberto e os demais me perdoem, mas eu somente tive essa ideia durante a reunião lá dentro. Por esse motivo, os convidei para cá, a fim de tratarmos sobre esse específico assunto. A única pessoa que realmente conhece o Laquadho Phedto é o pai do Térço, o Véwio Carrascuz Tércius — o lendário Véio Carrasco. Para o Fhiiaral, ele morreu há muitos anos, crença engendrada de sua ida para a Água Podre há mais de 40 anos e por nunca mais ter regressado. E pasmem! Foi o primeiro humano que aqui chegou. As demais aparições de humanos ocorreram somente dois anos após a chegada do pai de Térço. Ao contrário dos demais, não foi expulso para morrer na Nova Babilônia. Todos acreditavam que era resultado de miscigenação e ele viveu poucos meses aqui, visto como qualquer outra aberração por parte da população. Sentindo-se estranho e estranhando tudo o que via, buscou informações sobre um lugar em que poderia viver sozinho. Não recebeu ajuda nesse sentido e, entendendo que sua única alternativa seria arriscar-se pelos mares, trabalhou embarcado em navios comerciais, até que um dia, bem informado das ilhas desabitadas, ao avistar o território da Água Podre, surripiou um bote do navio, sendo visto pela última vez remando em direção daquele território.

— Então deve ter encontrado mais pessoas por lá! — afirmei olhando para Térço. — Térço é seu filho legítimo?

— Eu não queria entrar nesse assunto, portanto serei breve — esclareceu Zauhquin, após observar o olhar de reprovação de Ctasrailo. — Naquela embarcação, da qual o Véio roubou o barco, havia uma moça muito bonita, fhiia, é lógico, ante a inexistência de outros humanos. Essa fhiia, cujo nome é desconhecido nesta história, também não retornou com o navio.

— Então quer dizer que Térço... — Zauhquin me fez sinal para silenciar.

— Dessa história, somente nós que estamos aqui ficaremos sabendo — asseverou Ctasrailo. — Não pode sair daqui, porque Térço já sofre muito com outros preconceitos. E, depois, vai virar uma especulação sem fim, se a notícia se espalhar.

— Mas por que temos que conversar com tal Véio Carrasco, se o Térço também veio de lá? — perguntou Roberto desejoso de saber mais.

— Bem! Primeiro: porque o Véio não permitia a saída do Térço — respondeu Ctasrailo, demonstrando irritação. — Então ele ficava quase o tempo todo no terreno de plantio e da criação, impedindo a invasão de animais selvagens. Segundo: acabamos de ouvir que Térço sente saudades do pai e quer visitá-lo.

— Não está mais aqui quem perguntou! — exclamou sorrindo Roberto e já emendou outra pergunta:

— O que exatamente você está planejando, Zauhquin?

— Quero propor a vocês viajarmos uma semana antes do encontro geral que ocorrerá na ilha Dhovhô. Assim teremos tempo de receber as informações necessárias do Véio Carrasco acerca das precauções que deveremos tomar ao adentrar o Laquadho Phedto. Nós iremos embarcados na nave doada a Cenathite pela unidade do Fhiiaral. Cebudebah comandará a outra nau, que levará o nosso esquadrão de armíferos.

— Muito interessante! Gostei da ideia! — entusiasmou-se Roberto. — Apenas, peço ao Comandante Cebudebah que me libere, além de 20 armíferos e armíferas, Caroio e Bodão.

— Liberados prontamente! — respondeu Cebudebah. — O Carijó ficando comigo me ajudará demasiadamente. De qualquer forma, depois nos encontraremos e nos juntaremos, formando único grupo.

— Joaquim? — suavemente me perguntou Ctasrailo, como se já soubesse de minha grande angústia.

— Eu vou também! Minha preocupação captada pela sensibilidade de Ctasrailo é real. Quem cuidará de Cristal? Ela já sofreu tanto e agora precisa vencer seus temores. Tudo é demasiado recente para ela.

— Tenho duas pessoas que tratarão Cristal e Dovília como princesas — respondeu Ctasrailo. — Doutor Couquinhos e Zhenodhita! Eles ficarão mesmo com Tebhotin. O que você acha, Zauh?

— Ótima ideia, querida! Por isso que te admiro tanto, meu amor. Vamos conversar com eles, amanhã — Zauhquin voltou-se para nós e concluiu o nosso aparte. — Tendo em vista que todos concordam com os direcionamentos propostos, voltemos à reunião, senão o pessoal vai se enervar.

Sabendo da existência de traidores no interior da reunião, Zauhquin apenas noticiou que nossa embarcação partiria um dia antes do combinado e que aguardaria a chegada de todos na ilha Dhovhô. Essa ilha tem a forma de uma ferradura, cujo golfo se perfaz com pequena abertura e larga circunferência, abarcando águas de profundidade suficiente para a estrutura portuária. É murada naturalmente nas costas com altas montanhas pontiagudas. No mar é a última porção de terra conhecida pelos fhiios, portal que desempenha o papel de única possível parada antes do Laquadho Phedto. Antes de finalizar a reunião, todos os pormenores foram discutidos e resolvidos com lídima praticidade e veloz tranquilidade. Na ilha Dhovhô, todos receberiam informações necessárias para o avanço ao inédito destino, portanto seria o local para descanso e, se possível, de festa de partida.

Terminada a reunião, Ctasrailo e Térço foram para casa. Zauhquin, Cebudebah, Roberto e eu fomos para o quartel, para tratarmos dos últimos preparativos antes da viagem. Se Cristal não estivesse lá, eu certamente não iria. Ao chegarmos, os armíferos e as armíferas treinavam sob as orientações de Bodão e Caroio, divididos em três blocos. No grupo de Carijó, havia mais armíferas que armíferos. Vi logo entre elas o destaque de Yambho treinando uma novata. Quando me aproximei um pouco mais, percebi que a novata tratava-se de Cristal, usando máscara de fhiia. Até que ela demonstrava aplicação e vontade, mas seus gestos envolviam exagerada delicadeza. Fiquei feliz, pois, para mim, isso demonstrava que ela remava na busca de recuperação emocional abalada por seus recentes traumas. Não quis interferir na sua concentração, até porque ela nem havia notado a minha presença e acabei entrando na sala de Cebudebah, para acompanhar meus amigos, que já estavam por lá.

— Eu tenho absoluta convicção de que, pelos menos, 90% têm plenas condições de enfrentar eventual guerra! Alguém quer fazer uma aposta? — desafiou Roberto ruborizado.

— Só que os mais velhos têm mais experiência! Agirão com mais cautela! — boquejou Cebudebah.

— Eles têm muita balda! Fiz o que pude, mas não consegui mitigá-las! — ponderou Roberto, indignado, dando um murro na palma de sua mão esquerda.

— Vamos fazer o seguinte — Zauhquin tomou as rédeas da conversa —: no navio de Roberto, embarcamos 80% de recrutas e 20% de veteranos, e vice-versa no navio de Cebudebah. Que tal?

Os debatedores responderam que, se assim fosse, seria razoável e concordaram. Roberto ponderou que cada um teria o direito de escolher os seus 80% primeiro e, depois da seleção pronta, ambos poderiam indicar os componentes dos 20%, além disso, entenderam ser bobagem a discussão, tendo em vista que todos se reuniriam no final.

Considerando que o assunto da reunião não prescindia de minha presença e opinião, voltei para o pátio para ver Cristal treinar. Notei que Yambho havia assimilado bem os ensinamentos de luta, ao passo que Cristal apenas engatinhava. No fundo gostei! Sua técnica, notavelmente embrionária, não lhe daria qualquer probabilidade de ser escolhida para a viagem peçonhenta. Passei mais de meia hora admirando as atitudes, os olhares, os trejeitos, o sorriso, a alegria que aos poucos voltava no semblante de Cristal. A sua indignação na repetição de erros de defesa, a vontade de aprender, de se levantar depois da queda, enfim, tudo para mim era motivo de admiração. Ah, que pecado! Não mencionei sua beleza inata e exclusiva, que me deixava ali como um metal travado para não se deslocar pela atração do ímã. Ao terminar o treino, saí de meu esconderijo (um tronco de uma árvore com galhos baixos, no jardim lateral).

— Vejam só! Logo teremos uma lutadora profissional! — disse-lhe sorrindo.

— Desde quando você estava ali? — perguntou-me surpresa.

— Cheguei há pouco, mas não quis atrapalhar. O que você está pretendendo, vestida de armífera e treinando para lutas?

— Olha aqui quem me incentivou! — Cristal apontou para Yambho, que veio nos encontrar também e continuou. — Depois de tudo o que vi e passei, entendi que seria de bom alvitre aprender a me defender e, quem sabe, futuramente, defender pessoas boas de gente má.

— Eu tenho certeza de que ela vai se sair muito bem, Joaquim! — opinou Yambho, abraçando nós dois.

— Eu não tenho dúvidas disso. Ela é muito inteligente e perspicaz — dei um beijo em Cristal por cima da cabeça de Yambho, que sorriu e saiu em disparada para tomar banho.

TRINTA E UM

O dia da partida do agrupamento de Roberto para o alto-mar foi mantido em segredo, inclusive para os armíferos e as armíferas selecionados, que se obrigaram a ficar aquartelados, em alerta, preparados para cumprirem ordens a qualquer momento. Saímos às quatro da madrugada para não despertar a curiosidade de ninguém e em dois grupos — um comandado por Cebudebah e outro por Roberto. O grupo de Cebudebah tinha a função apenas de nos acompanhar até as imediações de Khonhozin e, tão logo cumprisse sua tarefa, voltaria para o quartel. O nosso grupo seguiria em direção ao porto. Zauhquin, Ctasrailo, Térço e eu nos vestimos com as vestes próprias de combatentes. Minghâum já se encontrava dias antes no porto à nossa espera, visando a averiguar se tudo estava correndo nos conformes.

O porto do rio Thingus pertence a Khonhozin e dela dista em torno de 13km. Está situado num povoado com o nome de Khonhó Pequeno (como se fosse Khonhozinzinho). A sua população é composta de trabalhadores e trabalhadoras na área pesqueira, portuária e comerciária.

A tripulação nos aguardava embarcada e tudo estava preparado em minúcias para a nossa chegada. Entramos sorrateira e rapidamente no navio, visto que algumas casas, naquela hora, exibiam luzes acesas e, em pouco tempo, segundo Minghâum, alguns fhiios iniciariam suas tarefas de rotina. Toda essa cautela se embasava no escopo de evitar que Khonhozal fosse informada por algum eventual espião ou arguto interesseiro, que, curioso, facilmente venderia tais informações por parco dinheiro. E se Khonhozal porventura tomasse conhecimento de nossos planos, Vhenias não iria poupar esforços para nos lançar nas profundidades do mar, o que por certo causaria um desastroso desânimo no povo das demais partes e, por conta disso, a desistência da busca pelo livro de Wajumajé. Felizmente, tudo havia saído conforme o treinamento e imagino que nem cachorro nos viu, se viu não latiu. O navio começou a se mover e Roberto ordenou que todos os embarcados permanecessem em seus aposentos e lá mesmo efetuassem a troca da roupa militar por roupas civis, até determinação em contrário. Assim que me troquei, Roberto me convidou para subir ao convés. Era uma noite sem luas e o frio da madrugada ganhou forças após a troca de turno entre a brisa suave e a cantante ventania, que passou a fustigar nossas faces e a balançar o navio, abalando a sua até então estabilidade flutuante. Com as mãos nos chapéus para evitar que voassem, passamos para estibordo, mais próximo da proa. O convite de Roberto somente a mim intencionava a oportunidade de visualizarmos o local onde ele morou por um bom tempo, no meio da floresta e na margem do rio Thingus, onde nos conhecemos e nos tornamos amigos. Não foi possível. A noite estava muito escura e só consegui ver as montanhas pontiagudas de rochas brancas e pretas. Ao voltarmos para o interior do navio, expulsos pelo frio e pela decepção de nosso intento inexitoso, deparamo-nos com um avolumado silêncio e, assim como os demais, fomos dormir em busca de descanso, a fim de evitar o desgaste desnecessário, já que não havia mais o que fazer.

Assim que os raios do sol ultrapassaram a transparência do vitral da janela triangular do quarto no qual eu estava dormindo, vesti-me e subi ao convés e pude notar que navegávamos em alto-mar. A brisa suave da aurora parecia empurrar o navio como uma paina que se desprende da paineira e desce levemente ao chão, tocando-o com tão suprema delicadeza, que do atrito diminuto provocado as vibrações jamais serão captadas pelo ossículo bigorna do ouvido humano. Já não interessava mais o lado do navio para mim, tendo em vista que o horizonte assumia contornos de desenhos idênticos, a não ser o céu, que para leste exibia a beleza maravilhosa do nascente e, para oeste, nuvens brancas esparsas. Tomei a decisão aleatória de me encaminhar para a popa. Talvez o inconsciente tenha tomado tal decisão. Pensei nessa hipótese depois de sopesar a perspectiva holística permitida por aquele espaço para quem olha para trás. O mar se encontrando com o céu em determinados pontos me lecionaram uma distorção na realidade: o que eu via era céu ou era o mar? Meu pensamento, como sempre, nos momentos de solidão, acabava me lançando no surpreendente arcabouço da memória. Voltava mais uma vez à minha feliz infância. Interessante que a combinação da brisa fria e do sol nascente resgataram a lembrança pueril de um mês de junho, talvez julho, e um sol poente. Nossa casa não tinha muros, assim como a de todos os vizinhos, apesar das divisas imaginárias. Quase todas as famílias eram compostas por mais de três filhos com idades parecidas e cada um estudando na Escola Estadual, em suas respectivas séries, em períodos matutinos ou vespertinos, de acordo com as necessidades dos pais. Depois das cinco horas da tarde, a molecada se reunia para jogar futebol num campinho improvisado num terreno baldio. Dava sempre dois times e um ou outro menino ficava na reserva, esperando a chance de entrar no jogo. Antes de iniciar a partida, os dois melhores de bola, entre os mais velhos (diferença de três anos dos mais novos), na base do par ou ímpar escolhiam os jogadores de seus times. A seleção começava pelos melhores e terminava nos pernas de pau. Eu era sempre escolhido entre esses últimos, mas não faltava nenhum dia. Nos dias de verão ou até os meados das estações a ele atreladas, eu voltava para casa antes do pôr do sol e tomava banho para jantar com toda a família. No inverno, era preciso ter muito cuidado para não atrasar. Agora o motivo de minha lembrança: naquele dia de inverno, a meninada se empolgou e quando notamos o sol já estava dizendo adeus. Voltei o mais rápido possível e o meu castigo por não ter jantado com a família se resumiu em fazer fogo no fogão à lenha, na casa de madeira dos fundos (lavanderia e depósito), esquentar a água num latão e tomar banho na bacia, iluminado apenas pelo fogo do fogão. A água ficou quente, mas o corpo recebia a friagem própria do inverno. Terminado o banho, coloquei tudo em seu devido lugar e entrei. Minha mãe me perguntou o que eu queria. Respondi que desejava jantar. Então recebi mais uma lição dura com sua voz severa: "Eu já te avisei: galo onde canta, janta". Eu estava faminto, mas entendi o recado e, quando já me direcionava para o quarto, ela abriu o forno do fogão e retirou o prato que tinha feito para mim. Ela não disse nada e foi para a sala, onde se encontravam os demais.

O sol já estava todo empolgado acima do horizonte e eu ainda refletia. Apesar de não ter como abraçar minha mãe e meu pai e dizer-lhes sobre o meu infinito amor e eterna gratidão, estava com o sorriso nos lábios, pois a vida me dera a chance de sobreviver naquele mundo diverso. A chama da esperança derretia os muros da incerteza e o meu espírito se impregnava da asserção de que encontraríamos o livro de Wajumajé e, assim que voltássemos triunfantes, por intermédio das invenções do Doutor Couquinhos, eu regressaria para a Terra. E, se tudo desse certo, todos os humanos que sofreram o mesmo acidente ao olhar para aquela pedra verde também poderiam voltar, inclusive e, prioritariamente, Cristal. Lá, marcaríamos nosso casamento, teríamos nossa casinha e filhos para nos alegrar. Eu ainda teria toda a oportunidade de demonstrar aos meus velhos e irmãos os meus sinceros sentimentos amorosos.

Os nossos dias de viagem no mar foram bastante monótonos. Nós humanos não pudemos tirar nossas máscaras, apesar de não incomodarem em nada. Além disso, acostumamo-nos com o uso sutil. Zauhquin e Ctasrailo pareciam fazer um cruzeiro. Ao dispor deles, havia um sofisticado quarto de casal, com banheiro no interior, banheira, armários e um alpendre suspenso acoplado ao cômodo. Eles trouxeram bebidas e outras guloseimas. Um dia fui conversar com eles e os dois estavam com roupas de praia deitados nos divãs do alpendre, com guarda-sol e tomando um drinque todo cheio de firulas. Eles me receberam naturalmente, mas colocaram roupas de uso corriqueiro. Fiquei feliz em ver tanto respeito e delicadeza que um dispensava gratuitamente ao outro.

Roberto, em todos os momentos em que com ele conversei, não aparentava normal tranquilidade. Ao contrário, apreensivo e ansioso, mesmo com seus exercícios espirituais, jogando sobre si, de forma exacerbada, a responsabilidade pela vida dos jovens idealistas que comandava. Chegou a afirmar que preferia ter vindo sozinho. Diante dessa dificuldade emocional, utilizou-se da panaceia dos treinos diários de defesa pessoal com o grupo de combatentes. Eu também aproveitei a oportunidade para me reciclar e me aprimorar. Chamamos Térço e Minghâum para o treino, que toparam de pronto. Térço não conseguiu aprender nenhum golpe, mas também não apareceu quem o derrubasse. Minghâum, por sua vez, entrou demonstrando qualidade e logo já estava disputando com os demais. Tudo ia bem, até que bateu a cabeça no chão ao sofrer um golpe na coxa. Levantou-se e, com as mãos nos olhos, começou a chorar, ao mesmo tempo em que ofendeu seu oponente com palavrões. Roberto, cismando que o embuste tomaria corpo, chamou atenção de Minghâum, que ainda falou uns palavrões para o nada, ainda chorando, apoiou-se em um caixote e, com a voz com tons valentes, afirmou que não brincava mais. Ali turrou por quinze minutos, ora olhando para os lados com os olhos marejados, ora fungando e cuspindo no chão. Inesperadamente voltou a treinar ou "a brincar", de acordo com sua acepção sobre o que acontecia naquele momento. Apesar de lutar bem, Minghâum não levou a sério o treinamento e mais uma vez recebeu um golpe, por azar no nariz. Novamente repetiu os gestos anteriores, no entanto, o oponente da vez irritou-se com os palavrões e lhe desferiu um sopapo para cada xingamento. Minghâum apanhava, não revidava, continuava a chorar e a xingar seu contendor. Roberto veio gritando de onde estava: "Mas que grande idiota. Parem agora com isso, antes que jogue os dois para servirem de comida dos peixes grandes do mar". Mais tarde, Roberto entendeu a fase mental de Minghâum e orientou os armíferos e as armíferas a não levarem a sério seu comportamento.

Fomos avisados pelo capitão que havia terra à vista e, segundo os seus cálculos, geograficamente se tratava da porção de terras onde poderia estar inserido o Laquadho Phedto. Sabíamos por Térço que seu pai não habitava na Água Podre exatamente, porém nas proximidades. Solicitamos suas orientações para ancorarmos em local mais próximo possível, a fim de facilitar a nossa chegada à praia em barcos menores, ante o desconhecimento da existência de portos naturais nas redondezas. Térço nos informou que havia um rio que nos permitiria entrar direto no Laquadho, entretanto teríamos que andar muito até a morada do pai. Térço expressava atitudes ansiosas de larga tensão, gaguejando bastante ao falar e evitando olhar o continente. Zauhquin, ao perceber o estado emotivo de seu amigo e por conhecer bem sua história, pediu para os demais se afastarem um pouco, menos eu, por ter conhecimento elástico da história de Térço e por ter os méritos de sua confiança. Para evitar embaraços a Térço, fomos até a proa, onde não havia ninguém. Zauhquin colocou o braço no ombro de Térço e enquanto caminhávamos disse:

— Meu amigo! Se você não quiser descer do navio, eu vou compreender perfeitamente. Por outro lado, se pretende vencer o único medo que o sufoca, esta será uma oportunidade valiosa, porque sairá daqui com a vitória dentro de seu coração. Você pode somente nos mostrar o local mais apropriado para descermos e fica aqui embarcado, nos esperando, ou pode ir conosco. Se decidir ficar, terá que conviver eternamente com a dúvida se daria certo ou não o reencontro com seu velho. Fique bem à vontade para decidir. O que você decidir, nós daremos total apoio.

Térço permanecia inerte, naquele seu modo peculiar, e respondeu:

— Minha cabeça! — colocou a mão na nuca como se estivesse sentindo dor. — Não entendo... Eu vim, porque queria! — olhou para o céu, depois para o piso do convés e continuou com muito esforço: — Eu preciso... Eu devo ir!

Eu senti compaixão e penso que Zauhquin, ainda mais, ao ver os olhos de Térço, lacrimejantes.

— Então a primeira coisa que tem que fazer é olhar para o lado onde o mar se encontra com a terra — disse Zauhquin.

— Eu vou olhar! — Térço virou-se para o outro lado com intrepidez e rapidez surpreendentes. Suas sobrancelhas nas partes próximas ao nariz curvaram-se, seus olhos fixaram-se e seus punhos cerraram, assumindo todo o seu corpo uma atitude de combate e continuou: — Não é aqui. Mais para frente! — apontou com a mão estendida e ficou naquela posição.

O navio seguiu. Zauhquin e eu ficamos ao lado de Térço, que permanecia estático com a mão apontada para frente. O capitão achou estranho, mas nada comentou, apenas olhava para nós aguardando qualquer ordem súbita, ante a inusitada situação. De repente, Térço virou para o continente e gritou "é lá". Lá, onde ele apontou, avistamos uma fileira de montanhas rochosas pontiagudas e separadas. Quando o navio parou, todos se dirigiram a estibordo para tomar conhecimento da paisagem, por curiosidade. Ainda era de manhã quando deixamos o navio, que ficou ancorado aguardando nossa volta e, em pequenas embarcações, chegamos a terra firme. Montamos o acampamento próximo à praia. A ordem era que a viagem até a casa do Véio Carrasco seria realizada apenas por Zauhquin, Ctasrailo, Roberto, Caroio, Térço e eu.

Minghâum insistiu em ir também, mas Roberto foi duro com ele e determinou sua permanência com os demais no acampamento. Térço não defendeu seu novo amigo, pois receava sobre o que iria enfrentar ao encontrar seu pai. Almoçamos e partimos montados nos cavalos que trouxemos embarcados.

TRINTA E DOIS

Saindo da praia, encontramos uma vegetação rasteira por pelo menos dois quilômetros até nos depararmos com pequenas rochas em formato de facas apontadas para o céu, como se tivessem sido colocadas ali por um gigante. As rochas, na base, atingiam a circunferência variada de 12 a 40 metros, atingindo a altura aleatória de 20 a 60 metros. A vegetação naquele local consistia em pequenos arbustos e gramínea roxa. Mais à frente, a vegetação tornou-se mais densa e as rochas pontiagudas, mais esparsas até passarem à condição de montanhas e, mesmo assim, mantinham-se descontínuas, tanto que passamos por entre elas sem necessidade de subir. Havia grande quantidade de árvores parecidas com coqueiros altos, mas que não davam cocos, e sim cachos de uma fruta vermelha semelhante à banana. Passando daquele lugar, tivemos que enfrentar a subida em direção ao planalto. As montanhas eram naturalmente cobertas por gramíneas vermelhas e escassas árvores, exceto em torno das grotas que ornamentavam seus seios, fornecendo proteção eficaz para as nascentes de água, que tímidas, em raros clarões, deixavam-se aparecer com o humilde esteio dos raios do sol, ao pratear suas cascatas. Ao atingirmos o ápice da montanha, avistamos uma paisagem predominantemente rochosa do planalto e bem adiante um novo declive, cujo horizonte desaparecia envolto por fumaça ou névoa. Antes que continuássemos, Roberto pediu que fizéssemos silêncio:

— Parem! Ninguém fale!

— Por quê? — indagou Térço.

— Alguém está nos seguindo! — colocou o dedo indicador na boca, fazendo o som e o gesto de silêncio. Térço ficou parado olhando para ele por alguns segundos e disse:

— É! Ele já nos viu!

— Quem, Térço? — perguntou Ctasrailo.

— O Véio...! Pode ficar tranquila! Agora já sabe que estou aqui! É... — balançou a cabeça em sinal de afirmação. — Vai esperar na casa.

Passamos a caminhar sobre a rocha com larga extensão plana, cujas extremidades eram compostas por fendas de variada largura. Descemos 10 metros por uma rampa natural e entramos em uma das fendas. A uns cinco metros de cada lado da parede rochosa adornada por folhagens e samambaias heterogêneas, afixaram-se paus afiados nas extremidades, cujas pontas se dirigiam para o alto, em convergência. Naquela hora, o sol tomava conta de todo o ambiente, fazendo com que os regatos brotados em cada lado das paredes de pedras refletissem o cristal de suas águas num brilho formidável. No início da fenda, podia-se ver uma porta baixa, mais horizontal do que vertical, feita de madeira maciça. Térço parou na metade do caminho, gesto que seguimos imediatamente. A porta se abriu e dela saiu um senhor com barba e cabelos brancos, vestido com calça e camisa de estopa, escuras, usando chapéu de palha com cone pontudo, botas curtas com canelas à mostra e cinturão rústico rodeado de facas.

— Somente o rapaz! — o velho fez sinal para que Térço se aproximasse. Este, por sua vez, olhou para Zauhquin, que o encorajou a ir.

Ao chegar perto de seu pai, Térço pediu-lhe a bênção estendendo suas mãos postas. O velho não esboçou nenhum sinal e permaneceu com o olhar fixo no filho, até que as lágrimas correram-lhe no rosto:

— Seu idiota! Não sabe o quanto sofri com sua ausência. Pensei até que tivesse morrido — abraçou Térço com tanta força, que o ergueu do chão e, como era de se esperar, não houve correspondência do filho, que ficou inerte feito um toco de madeira. Percebi, no entanto, alegria nos seus olhos e até mesmo uma risada alta e descontínua.

— Tenho saudade do senhor... Também do Tordo!

— Quem são esses? — perguntou Carrascus apontando para nós.

— Eles são amigos!

Véio Carrasco se dirigiu até nós, um pouco ressabiado e nos fitou, agindo feito um cão que fareja, e disparou:

— Há muitos anos não vejo humanos (nós estávamos sem máscara, a pedido de Térço) ou fhiios por aqui. Não gosto de visitas. Quando irão embora?

— Só ficaremos hoje, se o senhor permitir — adiantou-se Ctasrailo.

— Assim é melhor. Ainda mais que tem uma fêmea junto. Se eu não tivesse reconhecido meu filho, todos já estariam mortos — disse próximo do rosto de Ctasrailo, expressando um naco de aversão.

— Não se preocupe com pouso, ficaremos acampados aqui fora. Trouxemos barracas — contornou Roberto.

— Acho melhor não! — agora, o velho quase fungou no ouvido de Zauhquin. — A não ser que montem guarda de pelo menos dois. Há criaturas noturnas por aqui, que não são ferozes, mas covardes e traiçoeiras. Estando todos lá dentro de casa, poderei dormir tranquilo, apesar de necessitar apenas de quatro horas de sono. O que ocorre é que detesto ser interrompido enquanto durmo. Se ficarem aqui, tenho sono leve e certamente ouvirei gritos... Entrem! Vamos beber vinho ou hidromel. Poderão beber à vontade, porque estão vencendo a validade... Aí terei que jogá-los fora.

Tivemos que nos abaixar para passar pela porta e ficamos impressionados com as paredes de dentro brancas naturalmente. A fogueira do fogão iluminava seu interior e nenhum cheiro de fumaça podia ser sentido, pois era sugada por um exaustor presenteado ao velho morador por uma greta iniciada naturalmente e terminada, por seu trabalho, apenas no acabamento. No centro, uma mesa e bancos em madeira. Carrascus não disse mais uma palavra sequer e permaneceu com o semblante fechado até antes de começar a beber hidromel. Depois de cinco copos, ele passou a ensaiar início de conversa, no entanto não sorria. Zauhquin, esperto como sempre, ao perceber o novo estado de ânimo do anfitrião, principiou um diálogo envolvendo o assunto objeto de nossa viagem:

— Bonita a geografia e a flora daqui. Ficamos maravilhados com tudo o que vimos até agora: pedras pontudas e montanhas espalhadas, árvores frutíferas, vegetação variada, água cristalina...

— Ande mais tempo para frente, que sua opinião mudará "rapi-dinho"! — Véio encarou Zauhquin com seriedade.

Da forma como Carrascus dirigiu a palavra a Zauhquin, com-preendi que ele não estava nem um pouco à vontade para conversar com fhiios. Fiz sinal ao meu amigo, para que não insistisse no diálogo e passei a tomar a iniciativa:

— O que o senhor quer dizer com mudar de opinião?

Véio Carrasco direcionou seu olhar penetrante e misterioso para mim e manteve-se silente. Eu não movi meus olhos para o lado, man-tive-me firme, aguardando a resposta. O pai de Térço aparentemente está com a idade por volta dos setenta anos, porém é visivelmente forte, as rugas se espalham pelo rosto de forma variada e acentuada, o olho direito quase sempre fechado, aliás, sendo mais claro, quando fala o olho esquerdo fica sempre fechado e o direito bem arregalado, suas sobrancelhas são cerradas e brancas. Seu nariz é achatado e queixo quadrado, orelhas de abano bem grandes, sendo que uma delas exibe três cortes pequenos em forma de triângulo. Os cabelos não lhe faltam, no entanto aparados possivelmente por navalha ou faca. Notei que na parte de cima das orelhas e no lóbulo há muitos pelos também brancos, assim como em seus braços, que ele deixou à mostra após ter dobrado a manga de sua camisa de estopa. Nos braços também observei muitas cicatrizes. Ele acendeu um cigarro de palha e, entre a fumaça e outros goles de hidromel, começou a falar com um olhar distante, agora.

— Lá está a Água Podre, um lugar exuberante e ao mesmo tempo traiçoeiro com o qual me encontrei pela primeira vez há mais de 40 anos. Eu vivia camuflado, observando tudo o que acontecia por aqui e não notei nada aqui que fosse mais perigoso do que minha pequena experiência de vida na Terra. Há, como eu disse, animais muito bonitos e gentis, assim como existem os carnívoros medrosos ou covardes, como queiram, porém muito traiçoeiros, que não irão atacar você enquanto sentirem uma mínima faísca de um revide, um contra-ataque. Tente dormir ou se perder na desatenção e você terá uma morte repentina e fatal. Esses eu dominei e hoje fogem de mim. Basta aparecer alguém diferente e eles ficam alvoraçados, observando todos os seus hábitos até sentirem que têm uma chance... E aí vocês já sabem.

— E como são esses animais? Qual a aparência deles?

— Eu sou péssimo para descrever. Você conhece a traíra? Peixe carnívoro, comum em alagados, banhados e represas de água doce. Então, a cabeça de um desses animais é bastante parecida com a traíra, principalmente seus dentes e olhos. No entanto têm cabelos compridos e barbas (machos e fêmeas), sem bigode. São bichos que andam eretos ou com as quatro patas. Corpos peludos, menos no pequeno rabo. São muito comuns por aqui, porque se reproduzem com extrema rapidez e são os mais traiçoeiros. Neste momento, lá fora, devem estar observando e aguardando qualquer movimento. Eu os chamei de covardes feiosos. A outra espécie esquisita que também pode possuir cérebro, mesmo minúsculo, comum por aqui, foi apelidada por mim de tatu-burro. Se, porventura, topam-se pelo caminho, traçam um batalha de vida ou morte. Tem a couraça de tatu-bola, mãos e dedos muito semelhantes aos nossos. São carecas e andam somente em pé. Fora essas raças estranhas, há outros animais que me servem de alimento, bem parecidos com os existentes na Terra, com poucas modificações, às vezes na cabeça, na quantidade de dedos, no rabo, no chifre, enfim...

Carrascus novamente parou com seu pensamento distante entre tragadas no cigarro de palha e outros goles de hidromel. Aproveitei a deixa para obter respostas mais objetivas.

— E na Água Podre também é assim?

Véio deixou espalhar pelo ambiente uma gargalhada sarcástica. Notei que Roberto já estava ficando impaciente e fiz sinal para que Ctasrailo o acalmasse veladamente, ao passo que o senhor ranzinza novamente me encarou, levantou-se abruptamente e disparou:

— Não me digam que estão planejando fazer um passeio na Água Podre! Seria até interessante! As aberrações que lá habitam já devem estar com saudade de carne humana e fhiiarana.

— Você acha que ninguém mais tem condição de sobreviver à Água Podre? — interpelou Roberto um tanto quanto sério. — Por acaso menospreza a nossa capacidade?

— É... Pode ser que alguns sobrevivam! — resmungou Carrascus enquanto mastigava em alto som uma linguiça defumada.

— Quem sabe, se o Senhor nos ajudar, poderemos sair todos vivos! — Eu afirmei exaltado, mais para animado.

— Ajudar em quê? Primeiro, eu não vou até lá com vocês, nem que meu bode me sussurre aos ouvidos! Não pretendo ver gente morrendo novamente! Depois, eu não vejo a hora de vocês irem embora! Não gosto de companhia. Não gosto de visitas...

— Não temos a intenção de pedir que nos acompanhe! Gostaríamos somente que nos passasse informações sobre os perigos da Água Podre, para cumprirmos com êxito uma missão.

— Que missão? Vão falar sobre Deus para converter os monstros? — mais uma vez riu exageradamente.

— Não, senhor! Fhiios de todo o Fhiiaral estão vindo em caravanas, assim como nós, visando a localizar o livro do profeta Wajumajé. Na verdade está ocorrendo uma ruptura na unidade entre os povos, abrindo uma grande brecha para a guerra geral. Colocou-se na mente de muitos que a unidade é retrógrada e um pesado entrave para o desenvolvimento econômico, cultural e social da vida fhiiarana. Se acharmos o livro, poderemos reverter tal situação.

— Não entendo! — levantou-se Véio, pegou um carvão em brasa e reacendeu o cigarro de palha. — Como tal livro chegou à Água Podre?

— O próprio Wajumajé o trouxe, quando se tornou um eremita no fim de sua vida — respondi antes que Zauhquin tentasse.

— Um velho conseguiu sobreviver na Água Podre, sem conhecê-la? Vocês estão mais loucos do que eu. Vamos fazer o seguinte: bebamos à vontade, porque eu não vou perder tempo com vocês. São todos dementes. Esqueçam! Não há livro naquele lugar, porque o velho doido deve ter morrido já na água — levantou mais um copo para o alto e engoliu o goró, mastigando mais um naco de linguiça em seguida, cuja gordura escorreu por entre os dedos.

Estava muito difícil convencer Véio a nos ajudar. Ficamos em silêncio, bebendo o vinho que ele nos oferecera. A tarde já ia terminando, quando entrou pela porta um rapaz muito parecido com Térço, com uma pequena diferença: ele andava com os joelhos quase encostados no chão, ou melhor, quando o joelho de uma perna chegava rente ao chão o da outra perna levantava e vice-versa. Seus braços sempre para baixo, com o ombro um tanto encolhido no pescoço, características de quem sofreu paralisia infantil ou algo parecido. Totalmente mudo e sem reações faciais, aproximou-se de Véio e estendeu-lhe a mão direita, gesto que foi atendido com "Deus te abençoe!". Térço, feliz, correu ao seu encontro e abraçou sua cabeça e os dois choraram.

— É meu irmão! — e apontando para nós: — Meus amigos! Dê a mão para eles, Tordo!

Tordo estendeu a mão direita, com os dedos apontados para frente, a cada um de nós, mas só olhava bem no rosto de quem cumprimentava, sem qualquer reação e sem apertar a mão.

— Ele não fala! — adiantou Térço, após colocar seu irmão sentado ao seu lado. Depois os dois ficaram em silêncio como de costume, mas Térço tinha algo de inquietude nos seus movimentos, parecia que pressentia a nossa desistência relativamente ao plano de pedido de ajuda ao seu pai e soltou a voz para se desvencilhar daquela angústia:

— Joaquim! Então a... A... A Simbholéria e o Vhenias vão vencer!

— Ainda não! Nós iremos de qualquer jeito ao Laquadho Phedto, meu amigo!

— Repita o nome que você falou, Térço! — levantou-se o velho meio engasgado com o gole que atravessava sua garganta.

Térço não moveu um músculo sequer, assustado com a reação de seu pai, que insistiu com estupidez:

— Vamos! Desembucha! Qual é o nome que você pronunciou?

— Simbholéria e...

— Basta! — Carrascus sentou-se na cadeira e resmungou: — Não pode ser! É muita coincidência se for.

Silenciamo-nos, surpresos com a reação irascível de Véio. Zauhquin cochichou aos meus ouvidos, sugerindo que eu fizesse uma pergunta. Esperei mais um pouco e o atendi:

— O senhor conhece alguém com esse nome?

— Há muitos anos... Muitos anos. — respondeu, imbuído na fumaça e continuou vagarosamente, apertando o punho: — Se eu a vir novamente, a matarei sem pestanejar... Sim! Do contrário, num piscar de olhos, quem morre sou eu. A cobra mais peçonhenta, traiçoeira e má que já conheci em toda a minha vida. Diria que é o próprio diabo, se não o for, é sua filha predileta. Qual a aparência dela?

A pergunta nos deixou desconcertados, ao percebermos que não havia entre nós um consenso acerca da resposta.

— É uma fhiia bonita... — acudiu açodadamente Zauhquin e eu, imediatamente, completei:

— Todos elogiam sua beleza realmente. Ela deve ter aproximadamente 35 anos, minha altura mais ou menos, cabelos pretos e é muito sensual.

— Então não é quem estou pensando. A que conheci deve ter minha idade...

— Ela é "veia"! É, sim — Térço novamente se manifestou e voltou a se mostrar taciturno.

Apesar de termos o conhecimento da verdadeira aparência de Simbholéria, nós não queríamos falar sobre esse assunto, por respeito ao Doutor Couquinhos e mesmo porque Carrascus já duvidava de nossa sanidade mental e, pelo seu comportamento temperamental, poderia bem nos expulsar de sua casa, se entendesse que zombávamos dele. Quanto ao aparte de Térço, posso dizer que me deixou deveras impressionado, tanto que seu pai entrou em profunda introspecção, afastou a garrafa de hidromel e descreveu a Água Podre.

TRINTA E TRÊS

— Nem tudo eu sei sobre a Água Podre, mas aquilo que sei eu vou lhes relatar. Eu não fui para lá para fazer turismo, para passear ou porque estava com vontade de ver o que havia naquele horizonte sombrio. Na verdade, não passou de mais uma fuga do meu sentimento de impotência diante do ódio que comprimia minha cabeça e destruía "devagarzinho" meu coração. Algo além de minhas forças. Um poderoso mal, em forma de fêmea, aproximou-se de mim e por mim se apaixonou e eu a amei com toda a minha alma, se é que existe alma. Depois que ela me abandonou, para aquele sertão enfurecido, levei, sem ter noção dos perigos, os nossos filhos. Estes dois que aqui estão. Eles eram apenas bebês — Carrascus fez uma pausa e abaixou a cabeça escondendo-se no chapéu e, em seguida, continuou: — Foram criados até uns cinco anos de idade dentro de uma caverna, tomando sol somente até o meio-dia, sempre perto de mim e, quando eu saía para caçar, os dois iam amarrados em sacos de couro presos nas minhas contas. Sobrevivemos porque sempre tive muito bem desenvolvidos meus cinco sentidos e nunca errei uma pontaria. A paciência na observação antes do ataque, aprendida aqui com os animais que já mencionei foi para mim de grande valia. Mesmo assim, tive que lutar inúmeras vezes, basta olharem para mim, as cicatrizes me acodem na verdade. Raríssimas vezes vi o céu azul naquele lugar. A partir da tarde, surge a névoa e esta perdura até nove ou dez horas na manhã do dia seguinte. Há mais água, se assim posso dizer, que terra ou rochas. Nessa água apodrecida, vivem animais semelhantes aos vermes, que se locomovem e na terra rastejam em seus limbos. Não há peixes! O verme mais comum é branco, com a barriga transparente, seu tamanho corresponde ao de um elefante

MARCOS ROGÉRIO NOGUEIRA DA MATTA

asiático, sem os pés. Engole um homem inteiro rapidamente e, após seu banquete, podemos ver a presa se mexendo dentro de sua enorme barriga, pelo menos por uns 30 segundos. A partir daí, começa a se decompor, sobrando só os ossos, que o bicho devolve pela boca fedorenta. A esse verme dei o nome de larva-alva. Outros vermes atingem o tamanho de um cabrito, no entanto possuem dentes tão fortes, que são capazes de quebrar ossos com voracidade assombrosa. São variadas as suas formas e sempre nojentos. Chamei-os de pira-nhas-da-fossa. Os devora-pança atingem o tamanho de um tambiú! Conhecem aquele lambari grande? Esses saltam 15 metros e tentam entrar em alguma cavidade do rosto. Depois que entram, devoram todas as vísceras de sua vítima. No entanto, morrem em seguida, pois estufam e não têm mais como sair do defunto. Agora o mais terrível — o coró-ralo. Parece uma solitária gigante de três a quatro metros de circunferência em uma extremidade e 25 centímetros na outra. A boca, localizada na extremidade mais larga, possui dentes afiadíssimos, desenha um formato de ralo de passagem de água. Sua boca suga a presa e, como não consegue engolir, nem mastigar, num movimento brusco bate a vítima na rocha, que se estraçalha em seus dentes e é sugada para seu bucho. Esses são os bichos do líquido. Há algo com o qual é preciso ficar muito atento: a própria água. Se alguém cair na água, caso não haja vermes por perto, e não for tirado em cerca de dois minutos, volta somente o esqueleto. A própria água é assassina devoradora de carne. O esqueleto, no entanto, fica intacto. Além da carne humana ou fhiiarana, descobri um fenômeno incomum: a água adora metais. Eles derretem em uns dez minutos após o contato com ela. Se ocorrer a vaporização com névoa, adeus canhões, facas, espadas que estejam ao ar livre.

Carrascus levantou-se e pediu para Tordo preparar o jantar. Ctasrailo e Zauhquin se colocaram à disposição para ajudar, mas foram impedidos apenas com um gesto ríspido de recusa do anfitrião, que completou com rudeza:

— Térço pode ajudar! Eu quero que vocês continuem prestando atenção no que eu digo. Sentem em suas cadeiras!

— Existe alguma forma de defesa contra o ataque desses ver-mes? — indaguei com respeito.

— Se você me deixar continuar...

— 324 —

— Desculpe! Ficarei em silêncio.

— Quanto ao espaço líquido chamado Água Podre, não há o que fazer, basta não cair dentro dele. Tudo o que for de metal deve ser guardado em local protegido da água ou da eventual névoa. Quanto aos vermes, vamos lá: a larva-alva pode grudar nas paredes no navio e, durante o período do dia em que não há sol, subir ao convés para dar o seu bote desleal. Não resiste a um pequeno raio de sol e se esvai no contato com o sal. Então aconselho vocês a espalharem sal em torno de todo o navio, sem deixar brechas. Já as piranhas-da-fossa não podem sentir o cheiro da morte, portanto, se alguém morrer, elas entrarão no navio, ensandecidas e, por tal motivo, não distinguirão o que é vivo do que é morto. Segundo conselho: desfaçam-se dos mortos, imediatamente, jogando-os para fora do navio. Os devora-pança só atacam se puderem enxergar orifícios lhes dando condições de entrar em suas vítimas, ou seja, se virem sua boca, seus olhos, o nariz ou as orelhas. Eu não tenho dicas para isso. É preciso encontrar alguma maneira de não deixar essas possíveis portas de entrada à vista. Há também a alternativa de se desviar de seus ataques ao fio da espada ou então, quem sabe, com um samburá, já que aqueles bichos asquerosos não sobrevivem por muito tempo fora de seu habitat podre natural. Para o coró-ralo, não há dicas de defesa. Aparecem raramente, mas quando dão o ar da graça não há muito o que fazer. Aqueles vermes amaldiçoados não se satisfazem facilmente e, por serem glutões, matam mais do que necessitam para aplacar a fome. É necessário que fiquem bem atentos, ao passarem perto de rochas altas. Nesses lugares os avantajados vermes aguardam na espreita pela passagem de qualquer ser que se mova. Se vocês forem atacados por eles, lutem. Não adianta se esconder, pois, sabendo da existência de comida no local, terão força de sobra para afundar o navio.

— Céus! — encabulou-se Ctasrailo, enquanto Carrascus projetou seu olhar para ela como se pronunciasse: "Eu não disse?".

— Calma, querida! Depois conversaremos sobre isso! — Zauhquin abraçou sua esposa.

— Onde vocês acham que o livro está depositado, nessas paragens tão ermas? — perguntou Véio.

— Na Montanha mestra das Thitiuhrias! — respondi.

— Vocês terão uma aventura muito difícil! Mas, como disse o grandão aí. — Véio apontou para Roberto. — Vocês podem, sim. Se forem corajosos e inteligentes, sobreviverão para contarem histórias interessantes para seus filhos e netos. Se o profeta Wamamé... Como é o nome mesmo?

— Wajumajé! — respondeu Ctasrailo.

— É esse aí mesmo. Então! Se ele chegou à montanha mestra das Uhrias, deve ter sido protegido por seres do céu — Véio riu, entendendo que tinha contado uma piada. Como ninguém riu, continuou: — Por outro lado, não vou duvidar totalmente: naquela montanha, há em seu interior construções antigas, pontes e escadas disparatadas... Ah! Tem mais um detalhe: o rio de água doce que atravessa a Água Podre com ela não se mistura. Ele é caudaloso no seu itinerário e muito difícil de ser identificado, principalmente na névoa. Se o tal profeta conseguiu essa façanha certamente não foi molestado. Mas... Enfim... Se vocês estão dizendo... E querem mesmo fazer essa empreitada, vou continuar...

Véio foi interrompido por um barulho de panelas e tampas caindo no chão. De forma impetuosa, pegou um pedaço de pau, de uma pilha que estava próxima à mesa e atirou-a com exacerbada estupidez na cabeça do Tordo, que não esboçou qualquer reação, nem mesmo soltou gemido e continuou cozinhando. Térço, olhando para o seu pai, com receio, juntou as panelas e tampas com a maior cautela possível. Roberto, que já se encontrava em ponto de explosão com relação à brutalidade do dono da casa, saiu para respirar um pouco e Zauhquin conteve Ctasrailo, que se levantou indignada. O Véio sentiu que sua atitude havia sido reprovada e aguardou as reações. Como ninguém o contestou, continuou sua fala normalmente:

— Falei do líquido desprezível, agora passo a falar do perigo do céu. Há um animal que não raras vezes cruza o espaço deste continente. Não é traiçoeiro e come de tudo um pouco. O que quero dizer? Devora carne de qualquer espécie, viva, morta ou em putrefação. Alimenta-se desses vermes da Água Podre também e devora frutas maduras e vegetação verde. Por que ele não é traiçoeiro? Aliás, essa característica me faz seu fã. Ele rasga o céu avisando a sua presença por meio de seu canto infernal. Assim que ouvi o canto sepulcral daquele animal majestoso, dei a ele o nome de inhaqui, cujas palavras representam exatamente a sonoridade produzida em sua garganta, que apresenta diferença apenas no prolongamento do "a". "Inhaaaa-qui" — Véio imitou o som estridente. — Se ouvirem isso, procurem esconderijo ou abrigo imediatamente, porque se o inhaqui vir vocês haverá uma perseguição implacável. Falando nisso, vocês notaram aqueles paus afiados apontados para cima, lá fora?

— Sim — respondi. — Achei bastante interessante. Poderia dizer que ficou arquitetônico, bonito!

— Aquilo não tem nada a ver com beleza, rapaz! Já me salvaram duas vezes de ataques de inhaquis. Inclusive um não teve tempo de desviar e acabou se chocando com as pontas das grandes flechas, vindo a ficar muito machucado. Eu dei-lhe o golpe de misericórdia. Seus ossos estão do outro lado da entrada. Experimentei a carne. Não presta. Amarga — Véio cuspiu no chão.

— E como ele é? — perguntou Roberto, que já havia retornado.

— De quatro a cinco metros de comprimento, as patas traseiras são como as de uma onça e as dianteiras como de um gavião, com bicos de ganso compostos por presas grandes e afiadas na parte superior e na parte inferior. Penugem pelo corpo e penas bem distribuídas nas asas compridas — Véio interrompeu a descrição do inhaqui, para enaltecer a beleza do lugar, apesar dos perigos: — Os demais pássaros são inofensivos e diferentes daqueles que conhecemos na Terra, até mesmo o canto. Eu nunca ouvi um sabiá por aqui. São muito bonitos.

— Você tem razão quanto à dificuldade que enfrentaremos! Suas informações e dicas são preciosas — disse Roberto em tom de agradecimento. — Se não as tivéssemos recebido, seria realmente catastrófica nossa viagem.

Carrascus demonstrou irritação. Para mim, ele não ficou contente com o agradecimento. Pegou novamente a garrafa de hidromel e se serviu dizendo:

— Eu não estou fazendo isso por vocês, mas contra alguém! — bebeu mais um gole. — Em terra não há o que temer ou que se precaver, a não ser pisar em cobras, ser picado por aranha, escorpião ou outros insetos peçonhentos. Acho que é isso!

A noite já havia chegado não fazia muito tempo e Tordo e Térço serviram o jantar: arroz, feijão, carne frita na banha e grande variedade de salada.

— Que maravilha! Há muito tempo não como arroz e feijão! — exclamou Roberto.

— Onde o Senhor encontrou as sementes? — perguntei a Véio.

— Quando vim para esse mundo azedo, por sorte, estava com os bolsos cheios de arroz e feijão. Tinha acabado de fazer um trabalho escolar de colagens de grãos para minha sobrinha. Durante algum tempo, conservei as sementes em potes de barro e, quando resolvi me isolar, trouxe-as comigo. Foi a melhor coisa que fiz. Hoje tenho alguns sacos armazenados e continuo plantando.

— Muito saboroso. Não acha, Ctas? — comentou Zauhquin.

— Demais — respondeu Ctas e já fez um pedido a Carrascus: — O senhor poderia nos fornecer algumas sementes para plantarmos em nosso sítio?

— Daqui nada sai! Se eu quisesse fazer isso, já o teria feito antes — rechaçou a ideia o velho bruto, mastigando feito um porco raivoso.

— Não está mais aqui quem falou — Ctasrailo rebateu com indiferença e se dirigiu aos cozinheiros: — Parabéns, Térço e Tordo! A comida está maravilhosa! Só que vocês fizeram uma quantidade para alimentar uma nação.

— Não fale besteiras! — Véio interveio novamente. — Eles nunca deixaram sobra. São dois bois e comem mesmo por uma nação. — Véio, desta vez, serviu-se com vinho e bebeu o primeiro copo antes de continuar: — Falar em nação, eu havia me esquecido de um importante detalhe. Quando a Água Podre se encontra com as montanhas Thitiuhrias, contorna quase que totalmente as vastas terras que as compõem. De um dos lados, vem o rio de água doce mesclado com a água venenosa. Por viver lado a lado com o perigo, dei o nome a esse rio de Destemido. Do outro lado, somente paira o lago pútrido. As duas partes não fazem das montanhas Thitiuhrias uma ilha por questão de um local com poucos metros de terra, chamado Ghughu. Para além desse marco, eu nunca passei. Essa grande porção de terras — as Thitiuhrias, não se enganem, não se compõe apenas de montanhas. Estas são verdadeiros muros que se elevam após vasta planície. A montanha mestra das Thitiuhrias, apesar de não ser solitária, fica bem no centro dessa planície. E agora vou dizer algo que pode até causar espanto no casal fhiiarano, caso não tenham conhecimento desta verdade: naquelas planícies habitam, há muitos e muitos anos, fhiios ancestrais daquilo que vocês chamam Fhiiaral. Eles vivem sempre juntos como se fosse uma boiada no pasto. Comem somente alimentos de origem vegetal. Plantam em conjunto e onde plantaram comem o que semearam em conjunto. Não falam, não riem, não choram, não brigam. Não precisam de casa, dormem no sereno, a chuva não lhes faz mal, da mesma forma que o sol. Há um silêncio misterioso em todas as suas ações. Falo tudo isso, por quê? Para chegar à montanha mestra, vocês terão que passar pelas planícies.

— Bom! Pelo menos não ficaremos o tempo todo na água de esgoto! — manifestou-se Ctasrailo.

— Cada vez que sou interrompido, fico pensando se vale a pena continuar — Véio novamente se irritou.

— Ela não fez por mal, Senhor Carrascus! — acudiu Zauhquin.

— Olha aqui, Zauh, você não precisa me defender! — levantou-se irritada Ctasrailo. — Eu sei que precisamos ter educação e respeito, mas ele é muito estúpido. É um cavalo dando coice para todo lado. Ninguém aguenta isso. Tenha santa paciência. Eu não tenho um pingo de medo de gente truculenta. Eu não quero mais escutar uma palavra e vamos pegar nossas coisas e dormir lá fora. Onde é que já se viu! Esse velho rabugento e senhor "sabe-tudo", convida-nos para pousar em sua casa, oferece-nos jantar e a gente tem que ficar pisando em ovos para não ofendê-lo.

— Mas ele é o pai do Térço! A gente já sabia de seu jeitão...

Antes que Zauhquin continuasse, Carrascus deu uma grande gargalhada e desta vez parecia ser natural, ou seja, nem sarcástica nem forçada. Roberto, que já ia se levantando da mesa para levar as coisas para fora, parou em seu lugar, assim como todos nós ficamos em suspense.

— Eu sou assim mesmo! Xucro! Já havia me esquecido das reações das pessoas com esse meu "jeitão", como disse o fhiio aí — riu novamente apontando Zauhquin. — Sua esposa me fez lembrar quem eu sou: antes uma criança irritante, depois um homem irritado e, agora, um velho rabugento. Suas palavras não me agridem de forma alguma. Nunca fui tratado com delicadeza e nunca tratei com delicadeza também. Para sobreviver à Água Podre, é preciso agir como a fhiia agiu. Não pode haver respeito, compreensão, delicadeza... É! Gostei de sua atitude verdadeira. Sentem-se, ficarei mais atento aos meus impulsos. Onde foi que nós paramos mesmo?

— O senhor estava falando que, para chegar à montanha mestra, teríamos que passar pelas planícies! — relembrei a ele.

— Antes de continuarmos, gostaria que vocês não me chamassem mais de senhor. De agora em diante, podem me nomear Véio ou Véio Carrasco. Não porque sou velho, mas porque meu nome de batismo é Véwio Carrascus Tércius. Meu pai quando me registrou tinha a intenção de me chamar pelo nome Zélio, porém o cartorário, ou porque não entendeu ou então porque a pronúncia do meu pai era muito ruim, acabou registrando Véwio. Bem! Fora as curiosidades, voltemos ao povo que habita as planícies das Thitiuhrias. É o fhiiaral original. Mas isso não importa. O que interessa é que vocês saibam que eles se comportam como uma manada de elefantes ou um rebanho de búfalos, que se espanta e estoura diante do perigo ou de barulhos que fogem da normalidade. Eu chamei esse fenômeno de estouro do fhiiaral. Em conjunto e de forma muito violenta, o bloco fhiiarano vai arrasando tudo o que encontra pela frente. Muitos morrem, mas também nada fica pelo caminho por onde passam. É algo impressionante. O resultado de devastação é infinitamente maior que o de uma manada de elefantes, assustada. Então, vai a minha sugestão: façam acurado silêncio ao entrarem na planície e, se for possível, sondem a área antes de decidirem o caminho pelo qual irão seguir.

34
TRINTA E QUARTO

No outro dia, já navegando em direção ao grande encontro das esquadras na ilha Dhovhô, sentados na borda do navio, Roberto e eu conversávamos sobre os fatos ocorridos na viagem até a casa de Térço:

— Acho que Véio havia entendido que a volta do Térço era definitiva — comentei.

— Sabe que eu nem pensei nessa questão.

— Eu senti reação de surpresa ou decepção por parte dele. Interessante que Térço, assim como nada falou quando chegou, nada explicou quando saiu. Simplesmente estendeu a mão para seu pai, pedindo a bênção. Carrasco demorou um pouco para responder, olhando seriamente para o filho e parece ter compreendido que aquele não mais lhe pertencia.

— Agora que você falou, posso dizer que tem razão. O homem é muito estúpido e não gosta de mostrar reações sentimentais.

— Lá no fundo, Roberto, devem existir fagulhas de amor.

— Só se for muito, mas muito no fundo. Ali há um rancor passional.

— Você quase não falou durante a nossa estada lá. O que houve?

— É verdade, Joaquim. Eu poderia ter me empenhado mais, porém meu instinto dava sinal para não tentar. Tive receio de minhas reações, ante a ignorância do velho chato. Para mim não havia mais conserto e foi uma surpresa quando ele se dispôs a nos ajudar. Estou ainda a ruminar o que foi que mexeu com seu estado de insignificância relativamente aos nossos propósitos.

— Em alguns momentos, senti você nervoso. Pensei até que fosse pôr tudo a perder.

— Ninguém é de ferro. Tive que me conter, principalmente quando Véio atirou o pedaço de madeira na cabeça do Tordo.

— Eu também fiquei chateado e, por outro lado, impressionado. O Tordo parece ser mais forte que o Térço, rapaz! Aquele enorme pedaço de madeira lhe atingiu a cabeça e ele nem gemeu, apenas mexeu no cabelo como se estivesse espantando um mosquito.

Ouvimos o grito do marinheiro, avisando que estávamos chegando à ilha Dhovhô. Havia muitos navios ancorados. Eram apenas as embarcações das várias partes do Fhiiaral, aliadas pelo propósito da unidade, com a finalidade da busca pelo livro de Wajumajé. No local funcionava um pequeno comércio avizinhado de minguadas casas de pescadores. A reunião então ficou marcada para ser realizada em nosso navio, em razão do menor número de passageiros militares, com a presença obrigatória somente dos docentes, dos comandantes e dos chefes, pautada com o cunho mais informativo que deliberativo. Depois, cada participante, de forma livre, deveria repassar as notas recebidas para os armíferos, armíferas e tripulantes de seus respectivos navios. Zauhquin cuidou de transmitir com detalhes aos participantes as palavras de Véio Carrasco e, no transcorrer de sua fala, ocorreram, em inúmeros momentos, expressões de lamúrias, espanto e medo. Zauhquin — líder por natureza —, cônscio das provocações que surgiriam, preparou discurso brilhante para o encorajamento necessário, porque bem sabia que alguns docentes, assim como no princípio, não desistiriam de forma alguma, outros, todavia inseguros, quase abandonaram a causa. Porém, como sempre, nem todos são coerentes e idealistas, nem todos estão prontos para correr riscos por um bem maior. São esses que apoiam com palavras e, no conforto de suas poltronas, esperam o resultado dos coerentes, dos assim considerados loucos por lutarem de peito aberto em favor de causas em prol do bem comum, mesmo que a morte seja uma realidade vicinal. Afinal, se tudo der errado para os que assumem os riscos, para os covardes restará a certeza de que não deveriam mesmo ter assumido a luta. Se a luta resulta no sucesso, os medrosos e covardes poderão usufruir da festa da vitória, porque, ao menos, deram apoio. Dois docentes com suas respectivas esquadras, depois da história dos vermes e dos inhaquis, entenderam que tais acréscimos ultrapassaram, em muito, suas expectativas de apoio à causa, que se resumiram tão somente no enfrentamento da Água Podre. Enfim, retornaram para suas respectivas partes, desejando sucesso na empreitada dos demais. Transmitidos os informes por Zauhquin, passaram-se às deliberações, resultando em quatro decisões: a) a partida em direção ao Laquadho Phedto se daria em dois dias; b) festa naquela noite e, na outra noite, concentração; c) o navio comandado por Cebudebah partiria naquele mesmo dia para a parte mais próxima para comprar sal e os outros apetrechos encomendados pelos comandantes, visando à defesa de suas embarcações, como, por exemplo, capacetes, redes finas ou filós e armas feitas de madeira; d) os navios, que não vieram guarnecidos adequadamente, permaneceriam na entrada da Água Podre, aguardando a chegada de Cebudebah. Os demais poderiam prosseguir na viagem, porém lentamente, até a aproximação dos retardatários.

Eu não tive disposição para participar da festa e levei para a popa do navio um litro de vinho. Encontrei Térço, que trazia uma pedra arredondada, mais ou menos o dobro do tamanho de uma bola de futebol, e a amontoou com outras equivalentes no canto da popa esquerda do navio. Ele simplesmente olhou para mim e grunhiu, dando a entender que havia terminado o serviço. Só correspondi a seu olhar, como se lhe respondesse com um "muito bom", pois não estava disposto a perguntar o motivo daquele monte de pedras e preferi ficar sozinho, admirando a paisagem do mar noturno. A saudade, naquele dia, bateu de todos os lados: dos meus pais e irmãos, dos amigos da Terra e, de forma intensa, de Cristal. Depois de três copos de vinho, bebidos sem parcimônia, senti que o barco se movia e as estrelas giravam no céu sem luas. Estava tudo escuro e, sem sentido, comecei a rir, pensando que talvez eu fosse um idiota recalcitrante. Que impulso persuasivo me levara a deixar minha amada distante, para lutar sem qualquer garantia de vitória por algo que não era meu. Uma tentação me envolveu a mente: eu poderia voltar e esperar pelo término da invenção científica do Doutor Couquinhos e, aí sim, arriscar em algo que me beneficiaria, ou seja, regressar para a Terra e levar comigo Cristal, para meus pais conhecerem-na. Para que eles, igualmente, admirassem-se com a sua beleza. Fitei novamente as estrelas e divaguei: "É muito lindo tudo isso, que estética maravilhosa".

Isolei com a mão uma estrela mais próxima do horizonte, totalmente solitária: "Não posso negar sua importância e beleza, mas, se existisse somente ela, não seria tão belo". Tirei as mãos do rosto e concluí: "O conjunto no céu deu mais brilho para o céu. A estrela solitária tem sua importância, no entanto sua importância aumenta quando faz parte do todo. A obra se completa". Bebi o restante do vinho e, entre acordado e dormindo, senti a suavidade de Cristal tranquilizando todo o meu ser. A brisa maviosa soprava seus cabelos, e suas vestes e seu sorriso com seu olhar singelo acalentaram-me como se me dissessem: "O meu amor o trará para meus braços novamente. Não tenha medo. A oportunidade do nosso encontro surgiu aqui neste mundo. A oportunidade foi uma resposta para mim e o amor é um dom para nós". Depois disso, a única coisa que me recordo é de ter sido arrastado até minha cama.

Acordei no outro dia com leve dor de cabeça, por volta das nove horas da manhã, alarmado por gritos vindos do nicho vizinho. Eu estava com uma ressaca desgraçada, mas me levantei da cama apressadamente e fui tomar conhecimento do que estava acontecendo. Roberto e Bodão seguravam o Caroio em sua cama, que urrava ensandecido, com a perna toda ensanguentada. O médico chegou para o atendimento, estancou o sangramento e deu-lhe remédios para diminuir a dor. Depois que ele dormiu, devidamente dopado, Roberto sussurrou irritado se dirigindo a mim:

— É esse o resultado do exagero! Você eu arrastei para a cama de madrugada, visto que, não sei por quanto tempo, já estava dormindo no sereno. Ainda bem que é fraco para a bebida. Agora esse aí — apontou para Caroio — bebe como se o álcool fosse água.

— Eu não posso ser culpado por isso! — com as mãos para o alto, retrucou Bodão.

— Você foi avisado para ficar de olho nele! — Roberto falou um pouco mais alto e se conteve no final.

— Eu fiquei, Roberto. Por volta das duas horas, eu vim com ele para dormirmos. Ele até deitou na cama. No entanto, eu dormi, mas o desgraçado voltou para a festa. O que poderia fazer?

— Tudo bem. Desculpe! Você não é a mãe dele. Um cavalo desses já bem sabe se cuidar sozinho.

— O que aconteceu? — perguntei interessado.

— Bem, como já disse o Bodão, o desgraçado o enganou e voltou para a festa e bebeu até amanhecer o dia. Dormiu perto das pedras logo após o boteco. Certamente acordou ainda bêbado para urinar e caiu nas pedras pontiagudas. Ainda bem que não bateu a cabeça. Se não fosse a mãe do dono do boteco, ele poderia ter se esvaído em sangue. Ela viu o ocorrido da janela de seu quarto e avisou seu filho, o qual pediu socorro.

— E o que vamos fazer com ele? — perguntei.

— Teremos que levá-lo. Não dá para voltar. Pelo menos temos médicos ou enfermeiros em várias embarcações. Que isso sirva de lição para todos nós. Todo exagero que praticamos nos devolve em dobro consequências maléficas para o corpo e, pior, para a mente. É como um bumerangue traiçoeiro: se o lançamos, temos que ter consciência do que ele pode fazer, que é voltar para nossas mãos. Se nos descuidamos ou se não conhecemos sua manobra, na volta pode nos atingir e até nos matar.

No dia da partida para a Água Podre, Caroio já estava andando com a perna enfaixada, apoiado por uma muleta improvisada. Todos os navios foram saindo do golfo na sequência contrária da chegada. Cada um com sua bandeira e todos com a bandeira da unidade do Fhiiaral. Podíamos sentir uma energia positiva envolvendo as embarcações, em razão da confiança num bom desfecho da aventura. Nosso navio tomou a dianteira, mesmo porque Zauhquin precisava exercer sua liderança aclamada e bem recebida pelos demais. Não demorou muito e nos aproximamos do Portal (se assim posso considerar), do famigerado Laquadho Phedto, onde o rio "Destemido" (nome dado por Véio Carrasco) deságua no mar Iguidhalvho. Tinha claro em meus conceitos que a foz do rio Destemido seria curta e escura de sujeira, no entanto, enganei-me completamente, a desembocadura é extensa e a água é limpa. Em cada extremidade, há enormes rochas, verdadeiros domos de granito de 500 a 1.000 metros de altitude. Adentramos o itinerário do rio e depois de aproximadamente cinco quilômetros foi possível visualizar a densa névoa pairando sobre o lago ou mar, não tinha certeza em razão da grande extensão. Observei que, naquela distância do portal, o rio passou a comprimir contra as rochas uma água com variação de tonalidade, ora verde musgo, ora bege, ora alaranjada e até amarelada. Então entendi o porquê do nome Água Podre. Ao mesmo tempo, o rio também passou a ser apertado por aquela água densa, tanto que a sua largura também passou a diminuir. Os demais navios que estavam adequadamente preparados para enfrentar aquela fossa assassina também nos acompanhavam com relativa proximidade. As três embarcações que não trouxeram defesas apropriadas pararam logo na entrada para aguardar a chegada de Cebudebah com seus comandados. Nosso navio, conforme definido na reunião com os docentes, entrou na névoa para fazer o reconhecimento inicial da área, porque, sendo bom ou não o que veríamos, a busca pelo livro não ensejava mais nenhuma possibilidade de retorno. Assim que entramos, a visibilidade se tornou difícil, ou seja, de 10 a 15 metros nada se podia enxergar, inclusive o rio, portanto percebemos que seria impossível seguir o seu itinerário, ainda mais se realmente fosse caudaloso, conforme afirmara Véio Carrasco.

— A viagem será demorada! — resmungou Zauhquin pensativo.

— Por quê, Seu Zauhquin? — perguntou Bodão.

— Como é que poderemos navegar rápido, se não enxergamos absolutamente nada? — respondeu Roberto irritado.

— Temos que voltar e passar a informação aos demais — Zauhquin passou a mão na cabeça. — Apesar de que todos têm noção prévia das dificuldades latentes deste lugar.

— É, mas nunca será demais relembrá-los sobre os sinais de luz como meio de comunicação — asseverou Roberto, esforçando-se para enxergar algo a mais, porém em vão.

Antes que fosse dada a ordem para voltar, ouvimos vários estrondos, que remeteram nossos ouvidos para a foz. Mais que depressa, voltamos e, depois de passarmos da cerração, ficamos estarrecidos com o que presenciávamos. Os navios que aguardavam pela chegada de Cebudebah sofriam ataques por navios de guerra distintos, em quantidade bem maior que nossa esquadra. Foram totalmente massacrados e começaram a afundar.

— Quem são eles? — perguntou Roberto, sem entender.

— Só podem ser os dissidentes da unidade — respondeu Zauhquin, como se não estivesse acreditando no que via.

— Por essa nós não estávamos esperando — comentou Ctasrailo. — O que vamos fazer?

— Ou os enfrentamos agora, aqui, ou levamos a briga para dentro da Água Podre — respondi, pendendo para a segunda assertiva.

— Você está certo, Joaquim! Eles são muitos e têm armamentos pesados — completou Roberto. — Se ficarmos e os enfrentarmos, nossa chance será mínima. Temos bons e bem treinados armíferos e armíferas, mas nada poderão fazer contra bombas.

— Sim! — afirmou angustiado Zauhquin. — Diante das condições da Água Podre, apesar de tudo o que nela tem, ainda assim, nossa chance será maior.

— É mesmo! — concordou Térço, tentando acalmar Minghâum, que dizia chorando: — Já vou me despedir em pensamento de minha mãe. Já era difícil essa água dos infernos, agora essa...

Zauhquin, sem mais delongas, ao notar que os navios inimigos começaram a se locomover em nossa direção, deu a ordem para tocar o sinal de fuga e a fuga seria para o desconhecido e invisível Laquadho Phedto, enquanto Roberto subiu no teto do tombadilho e acenou com uma bandeira, visando a colaborar na compreensão dos líderes da frota. O capitão do navio procurou seguir o quanto foi possível o caminho desenhado pelo rio, atendendo às orientações de Ctasrailo, porém sem plena certeza se estava correto o rumo que tomava. Roberto, ao descer do tombadilho, veio gritando:

— Todos em posição de ataque e defesa. Hoje saberemos se o treinamento foi realizado a contento — e se dirigindo a mim segredou: — No tombadilho há três botes mal-amarrados, que podem cair na água a qualquer momento. Precisarei voltar lá com mais dois fhiios para resolver o problema, antes que não possa mais fazê-lo — e voltando-se para a tropa gritou novamente: — Agora é guerra de verdade! Cada um já sabe o que fazer. Eles vêm em nosso encalço e nós os receberemos com gentilezas?

— Não! — soou uma resposta uníssona de disposição e confiança.

— E como serão as nossas boas-vindas, então?

— Com muita morte e sangue! — respondeu a maioria, que logo foi apoiada pelos demais com gritos de guerra e imitações de uivos de lobos misturadas às de guinchos de macaco.

Em silêncio, cada um se dirigiu para sua respectiva posição, conforme orientações do treinamento. Em torno de uma hora navegando por entre a névoa, Roberto chamou dois fhiios para ajudá-lo na amarração dos botes soltos no tombadilho. Com um olho, eu prestava atenção naquilo que não podia ver, na expectativa do surgimento repentino do inimigo; com outro olho, torcia para que Roberto saísse daquele local perigoso, tendo em vista que poderíamos não estar mais no leito do rio. Assim fiquei por uns dez minutos, até que, abruptamente, fomos abalroados a estibordo por navio do lado oposto. Na batida, Roberto e os dois armíferos foram atirados na água. Deixei o meu posto e pulei no teto do tombadilho, mas quando olhei para baixo não vi sinal do meu amigo e dos outros armíferos. Gritei seu nome e nada ouvi. Quando me virei para trás, vinham ensandecidos dois armíferos de Khonhozhal em minha direção com suas espadas em punho.

— Ora, vejam só! Se não é o conselhista do Zauhquin — ironizou um deles.

— Disseram-nos para vencer a batalha e fazer o máximo de escravos! — o outro armífero exclamou.

— Nós ganharemos medalhas por prender um fhiio famoso. Um conselhista é famoso, não é? — o primeiro assim disse, antes que os dois partissem com ímpeto para cima de mim.

Em três golpes, derrubei os dois no rio. Só então percebi que no convés a luta fervia. O navio inimigo havia emparelhado ao nosso, visando a nos pegar de surpresa, no entanto grande parte caiu na água com as flechas atiradas por nossos arqueiros. Pelo jeito não estavam bem preparados na arte da guerra e foram facilmente vencidos. Terminada aquela batalha, novamente os combatentes uivaram e guincharam respingados por sangue inimigo, seguido pelo grito: "Roberto! Roberto! Roberto!".

— Onde está o Roberto? — questionou Bodão, ao sentir sua falta.

— Infelizmente, ele se foi — respondi com a cabeça baixa. — Ele, Grhungios e Jhuthelo.

— Como isso foi acontecer! Não estou entendendo! — atônito, Zauhquin começou a andar em círculos. — Numa batalha fácil como essa, ele foi atingido? Quem o jogou no rio? Nós temos aqui duas baixas, mas não são o Grhungios e Jhuthelo.

— Zauh, acalme-se! — Ctasrailo sussurrou no ouvido de Zauhquin. — Você não está causando boa impressão aos nossos bravos combatentes, que parecem desnorteados com a notícia.

— Fale-nos o que houve, Joaquim! — pediu-me Zauhquin, recomposto.

— Roberto subiu no teto do tombadilho com Grhungios e Jhuthelo para amarrarem de forma adequada os dois barcos salva-vidas, que estavam se soltando. Com o abalroamento, os três caíram na água. Subi logo em seguida, mas não consegui enxergar mais nada e, quando pensei em descer com uma corda pela escada do casco da popa, fui atacado por dois armíferos inimigos. Ao perceber que tínhamos sido invadidos, após derrotar meus oponentes, desci para ajudar na batalha.

— Mas por que você não voltou e pulou na água para salvá-los? — gritou Bodão com aspereza e arrancou sua máscara de fhiio. — Não vou mais usar essa porcaria.

Os armíferos e as armíferas não compreendiam o que estava acontecendo ao verem a verdadeira face de Bodão. Fhilériah, armífera líder por natureza, tomou a palavra:

— Roberto usou um humano para ajudar em seus treinamentos? Fomos enganados esse tempo todo?

Mais alguns se somaram à indignação de Fhilériah e passaram a disparar comentários de insatisfação e intolerância. Zauhquin deu um tempo para as reclamações e tomou a palavra com altivez:

— Bravos guerreiros! — o burburinho ainda continuou.

— Bravos guerreiros! Eu serei o próximo a morrer! — nenhuma voz mais se ouviu e Zauhquin continuou:

— Eu serei o próximo a morrer por todos vocês, se preciso for, e terei adiantado o final de minha missão neste mundo. Contudo, eu não quero morrer agora e acredito que nenhum de vocês também quer. São jovens idealistas que vejo na minha frente. Jovens que lutam por aquilo que acreditam. Sim! Porque se tem alguém aqui que não sabe o que está realmente fazendo, ou que está aqui porque cumpre ordens, pode entrar neste navio fantasma ligado ao nosso, virá-lo para o caminho de casa e ir embora. Esse é o momento. Não será considerado desertor, eu asseguro. Eu vou prosseguir e honrarei o nome de Roberto e os demais que morreram hoje acreditando num mundo melhor para todos — dirigindo-se para Bodão, continuou perguntando:

— Pelas informações repassadas para todos que estão aqui presentes, qual é o tempo que a carne humana atura a água podre, antes de ser derretida?

Bodão abaixou a cabeça para não responder e Fhilériah antecipou-se:

— A duração máxima de dois minutos!

— Então, meus amigos! Afirmo ser covardia imputar a culpa em alguém por algo que esse alguém, ou qualquer outro ou outra com capacidades além das normais, jamais teria como ter evitado. Agindo como juízes implacáveis, seremos causa de mazelas na consciência de um despreparado espiritualmente. Joaquim nada pôde fazer: até chegar ao tombadilho, seu tempo para salvamento quase se tinha esvaído. Se ele estivesse certo de que se tratava do rio de água limpa, não tenho dúvidas de que teria pulado. Quem aqui tem condições de constatar onde realmente estamos? No rio Destemido ou na Água Podre?

— Desculpem-me, Seu Zauhquin e, principalmente, Joaquim — Bodão se manifestou envergonhado. — Eu agi com impetuosidade, apesar de tantas vezes Roberto ter me alertado sobre isso.

— Não há necessidade de pedir desculpas! — Zauhquin virou-se para Bodão e sorriu. — Reconhecer o erro é sempre bom! Melhor ainda é procurar não cometê-lo mais — e aumentando o tom de voz, dirigiu-se a todos: — Amados filhos de Khonhozin, eu já aprendi vendo uma formiga trabalhando; pássaros construindo ninho, revoando, cantando ou caçando; a inconteste humildade de um cavalo; a beleza oferecida gentilmente pela planta, com a bela visão de suas flores ou o delicioso gosto de suas frutas, sem nada me pedir em troca; a ação ávida de vermes devorando um corpo em putrefação; o vigor e a temperança do sol; a tranquilidade de uma nascente e sua bondade infinita e insistente; e muitos outros exemplos de professores da natureza doando aulas gratuitas e desinteressadas. Eles não nos avaliam, mas são exímios mestres. Basta pararmos um pouco e deixar nossos sentidos se abrirem para o novo. O novo, recebido com candura, favorece o serviço recíproco. Diante disso, eu pergunto a vocês: esses seres são classificados como fhiios? São inteligentes? Que coisa triste é o preconceito, não? Aquele que agora declarou guerra contra nós — Vhenias — espalhou essa ideia sobre os humanos, ou seja, o conceito de que eles não são bons. Isso ficou na mente de muita gente e, quando se pensa ou se vê um desses humanos horripilantes e perigosos, o preconceito faz com que o repilamos com repugnância. Há alguns aqui que não querem aceitar que aprenderam com um humano — um ser inteligente tanto quanto nós, diferente apenas na aparência do pescoço para cima. Eu aprendi com os seres da natureza e aprendi muito com os humanos, assim como aprendi com os fhiios. Existe a lei conhecida de todos, que nos impõe a atitude imediata de matá-los se estiverem fora da Nova Babilônia. Vocês têm o direito de cumprir essa lei agora. Entrego-lhes o lidera-tropas e seu mestre Bodão, um humano. Como pretendem matá-lo?

O silêncio permaneceu entre os combatentes, inertes com a cabeça para baixo, até que Fhilériah orquestrou e foi seguida pelos demais.:

— Bodão, comandante! Bodão! Bodão!

Zauhquin pediu silêncio com as mãos e falou em tom sereno:

— De agora em diante nosso novo comandante é o Bodão, que deverá ser respeitado como tal. Fale, Bodão.

— Estou emocionado e feliz por poder ser quem eu sou inteiramente, sem máscaras. Eu prometo defender os interesses do Fhiiaral, como se fhiio fosse, até a morte, comandando vocês com todo o respeito e sabedoria. Primeira ordem: doravante, silêncio total, pois os navios inimigos podem estar próximos.

TRINTA E CINCO

Desvencilhamo-nos das garras que amarravam ambos os navios, jogamos a maioria dos corpos no rio e o restante, no convés do navio agressor, inclusive os nossos dois armíferos que morreram na batalha, pois, seguindo as instruções do Véio Carrasco, precisávamos não chamar atenção e impedir a entrada do verme piranha-de-fossa. Continuamos em direção ao nosso destino empregando maior velocidade na capacidade do navio.

Passada uma hora de navegação, ouvia-se ao longe, de vez em quando, gritos de horror e de desespero, que cessavam rapidamente. No encalço do silêncio, gritos tomavam o corpo coletivo. Talvez uivos voluntários visando a encorajar o ataque contra o invasor, que poderiam ser fhiios ou algum monstro desconhecido até então, ou quem sabe urros involuntários decorrentes do medo, naquelas situações em que a fuga é critério inaproveitável. Às vezes, tudo silenciava e o vento trazia o som distante das espadas que se cruzavam na demanda pela suspensão das batidas cardíacas, em meio ao estampido de bombas de pequeno alcance. Não bastassem os perigos singulares da Água Podre, a guerra causava devastação em variegados pontos de um lugar que nos deixava cegos às manobras dos sectários de Khonhozal. Bem! Não eram manobras intencionais, pois eles também nada viam. A questão é que estavam em maior número e jogavam com tentativas aleatórias para nos encontrar. Restava para nós a esperança de que não estivessem devidamente preparados para enfrentar aquele mar inóspito e cheio de horrores, considerando que não receberam as mesmas informações que nos foram passadas velo Véio Carrasco. Então, havia o consolo de que também estavam sendo atacados pelos seres desconhecidos e sedentos de carne, terríveis habitantes daquelas águas pútridas. Cada um de nossos combatentes continuava em sua posição estratégica, até que uma armífera, movida pela curiosidade, olhou rente ao casco do navio a bombordo e enxergou uma larva-alva e, logo mais abaixo, esqueletos boiando. Sem perguntar para ninguém, atirou uma flecha no verme, que acabou se desgrudando do casco. A armífera comemorou o seu feito e chamou o armífero que estava a alguns metros perto dela para ver o verme se contorcendo. Bodão gritou para não olharem para fora, mas não deu tempo, os dois caíram no convés e começaram a estrebuchar exprimindo dolorosa agonia, com as mãos agarradas no ventre, fazendo um esforço inútil para arrancar o bicho que nele se movia de um lado para outro.

— Não gritem, nem saiam de seus lugares! — ordenou aos demais Bodão. — Não há o que fazer, foram pegos por devora-pança — e, olhando para mim, falou sussurrado: — Assim que pararem de se mexer, rapidamente, vamos jogá-los fora do navio, a estibordo.

Eu puxei a armífera pelos braços e Bodão, o armífero, ambos mortos. Confesso que fiquei estarrecido e com muita pena dos dois jovens. Aqueles que presenciaram a cena começaram a chorar de comoção e outros permaneceram inertes e assustados.

— Parem de chorar e fechem a boca! — alertou com veemência Bodão. — Todos sabemos sobre os perigos destas águas. Então não marquem bobeira. A larva-alva não entrará aqui! Nós temos o sal espalhado por volta de todo o navio. As piranhas-da-fossa só entrarão aqui se deixarmos algum defunto dentro do navio. Os devora-panças estão na espreita para pular na boca, ouvido, nariz de quem os convidar, deixando o rosto à mostra para a água. Temos que torcer para não encontrar o coró-ralo. Atentos! Atentos! O tempo todo e todo o tempo!

Zauhquin e Ctasrailo observaram de longe os acontecimentos. Assim que Bodão terminou, Ctasrailo voltou para seus aposentos e Zauhquin veio ao nosso encontro.

— Estou orgulhoso de vocês! — disse ele. — Parabéns aos dois. Primeiro porque Bodão soube conduzir muito bem a situação e, segundo, porque Joaquim não interferiu em seus comandos. Fico ainda mais satisfeito com o acolhimento das ordens pelos jovens combatentes. Isso quer dizer que nosso novo comandante tem boa liderança.

— Obrigado, Seu Zauhquin! Tive que pensar rápido e falar sem medo. Penso que agora estou mais seguro, principalmente pelos seus elogios — comentou Bodão.

Eu simplesmente sorri e agradeci aos dois. A viagem teve sua continuidade acompanhada pelos gritos que rasgavam a noite tenebrosa. Os nossos armíferos e nossas armíferas sentiam calafrios assim que avistavam luzes vermelhas em baixa altitude sulcando os véus da cerração densa e vigorosa. Sem saber o que eram realmente aquelas luzes, surgiram dúvidas sobre se tínhamos real conhecimento de todos os monstros da Água Podre. Ninguém ameaçava um efêmero fechar de olhos, mesmo que chancelado pelo sono. Olhos vivos, ouvidos abertos, adrenalina saindo pelos poros. Térço e Minghâum não viram a batalha e as mortes provocadas pelos devora-panças, pois não saíram da cozinha para nada, fincados no trabalho que se prontificaram a realizar em colaboração com o cozinheiro, de forma especial de descascar batatas, alho e outros alimentos. Entre os mantimentos, infelizmente não levamos carne, mesmo que fosse charque, atentos de que se trata de animal morto, fator que chamaria atenção dos vermes. Na hora do jantar, dividimo-nos em grupos de três, mas cada grupo entrava no refeitório preparado para se alimentar com a maior brevidade possível e alerta para uma volta repentina ao convés, em caso de necessidade. Antes de o terceiro grupo sair para o jantar, começaram a pular para dentro do convés pequenos monstros, com corpos do tamanho de um cachorro da raça Rottweiler, cuja aparência asquerosa dava a impressão de que estavam derretendo. Assim que atingiram o convés, soltaram gritos estridentes, como se sofressem uma metamorfose para poder respirar, e surgiam de seus corpos roliços e adjetos pernas não muito simétricas. Ao ver aqueles dentes afiados, não pestanejei e, assim que avançaram sobre nós, também parti para o ataque. Meus valentes parceiros não me deixaram combater sozinho. Unidos, conseguimos cortá-los com nossas espadas de aço. Zauhquin desceu gritando:

— Piranhas-de-fossa! São piranhas-de-fossa. Temos que descobrir quem morreu, ou se tem restos mortais clandestinos em nosso navio. Rápido, temos que agir agora. Um grupo fica aqui com Bodão para combater os vermes e o outro segue comigo e Joaquim para vasculharmos toda a nau, à procura do cadáver.

— Ainda bem que nossas espadas de aço ainda estão intactas e podemos usá-las com toda a força e perspicácia — agitou-se Bodão e, fazendo rodopios com a espada, ordenou ao seu grupo: — Em prontidão! Mostremos para esses vermes quem tem inteligência aqui.

O jantar do último grupo ficou postergado. Até o cozinheiro, Minghâum e Térço passaram a nos ajudar na procura do eventual cadáver ou de seus pedaços. Vasculhamos todos os cantos, todos os quartos, banheiros e outras salas, dentro do tombadilho e nos barcos acoplados. De repente, Térço parou na frente de Zauhquin, apontando para o quarto de Caroio.

— Não, Térço, nós já reviramos todos os quartos e não encontramos ninguém que tenha morrido — explicou Zauhquin, tentando dissuadir Térço de sua suposição.

Térço seguiu em direção de Caroio, olhou para ele e começou a tirar as ataduras de sua perna. Ao terminar apontou com o dedo. Caroio soltou um grito de desespero ao ver a situação de suas feridas, que exalavam um cheiro muito forte.

— Rapaz, você já sabe o que devemos fazer! — disse Zauhquin, com um aspecto de compaixão, mas com muita segurança.

— Tudo bem! Pode chamar o médico e o enfermeiro! — aceitou Caroio.

Zauhquin nos encarou, no sentido de que devíamos ficar calados, pois era do conhecimento geral que viajaram conosco dois médicos, um embarcara em um dos navios que aguardavam os equipamentos que seriam trazidos por Cebudebah. Com certeza estava morto. O outro voltou com um dos docentes que desistiram da viagem, na ilha Dhovhô. Cada navio levava um enfermeiro, mas o nosso morreu ao engolir o devora-pança. Então me adiantei:

— Caroio, aguarde que vamos chamá-los. A questão é que não temos anestesiantes, então você precisará ingerir bebidas alcoólicas...

— Agora você falou minha língua, amigão — Caroio salivou com alegria.

— Só que é necessário que beba a largos goles.

— Vão buscar... O que estão esperando? Beber em largos goles é a minha paixão.

Enquanto serviam bebidas a Caroio, Minghâum colocou ferros largos para esquentar no fogo e Zauhquin foi até seu quarto e trouxe de lá uma espada estilosa e leve.

— Esta espada eu ganhei de presente do Doutor Couquinhos — disse ele, com orgulho. — Não é um metal conhecido aqui em nosso mundo. É grande e pesa pouco, porém corta tudo, até aço — e olhando para Térço: — Pegue-a. O corte da perna deverá ser feito dois dedos abaixo do joelho.

— Mas... — eu iria questionar sobre o encargo dado a Térço.

— Não diga nada! Você verá que ele fará com perfeição aquilo que lhe pedi. A ausência da necessidade de aplausos faz milagres impensáveis para aquele que faz da ostentação de seus dons a sua razão de viver.

Na parte de convés, a luta com os vermes devoradores de cadáveres só crescia. Ctasrailo trouxe ervas curativas e tranquilizantes, para serem ministradas ao paciente antes e após a amputação. Ao nos aproximarmos do quarto, já ouvimos Caroio bem elevado no álcool e presenciamos o momento em que tirou sua máscara também, dizendo que queria chegar ao céu com a cara humana, apesar de ser mais feia que aquela que a máscara lhe proporcionava. Assim que Ctasrailo lhe serviu a erva tranquilizante em mais um copo cheio, ele caiu inconsciente. Sua perna foi colocada sobre um banco de madeira e ele amarrado em cordas, travado pelos companheiros, com um pedaço de madeira entre os dentes. Térço desceu a espada, decepando a perna gangrenada, partindo ao meio o banco sobre o qual estava apoiada.

Caroio quase não sentiu o golpe, no entanto, acordou aos berros quando Minghâum cauterizou a parte cortada, estancando o sangramento. Ctasrailo enfaixou a parte da coxa e abaixo do joelho, com as ervas curativas antibióticas, anti-inflamatórias e analgésicas. Eu peguei a parte apodrecida e sai correndo até o convés, apoiado por duas armíferas para eventual confronto direto com as piranhas-de-fossa. Atirei a perna morta para bem longe e ficamos por lá para acabarmos de matar as que estavam ainda no navio. Alguns combatentes sofreram cortes não muito significativos e receberam o tratamento com as ervas de Ctasrailo. Tivemos que lavar todo o convés, pois o fedor dos vermes mortos era tanto que chegava a causar náusea.

Depois do banho com água salgada, nos sentimos obrigados a jantar, mesmo ante a recente situação asquerosa em nosso confronto com os vermes. Tínhamos por certo que a fraqueza por falta de alimento poderia ser um inimigo impiedoso naquele momento. Zauhquin, Ctasrailo e Bodão, que já tinham jantado, chamaram-me para uma mesa em separado e Ctasrailo tomou a dianteira da conversa:

— Precisamos tomar uma decisão. Um só não tem as mínimas condições de pensar por todos, ainda mais que Roberto não está mais conosco.

— A questão é que os combatentes ainda não estão, mas ficarão cansados — afirmou Zauhquin.

— Também não temos certeza se precisaremos de mais uma noite antes da chegada às terras das montanhas Thitiuhrias — acrescentou Bodão.

— Estou entendendo onde vocês querem chegar! — eu disse decifrando a charada. — É necessário o descanso para a tropa. Mas não há como todos dormirem e ficarem acordados poucos vigias.

— Sua opinião é a mesma de Zauh! — constatou Ctasrailo.

— Não sei qual a justificativa de Zauhquin — adiantei-me a Zauhquin. — Para mim, os animais repugnantes destas águas são imprevisíveis. Penso que, a essa hora, estão grudadas no casco do navio, uma boa quantidade de larvas-alvas. Se ocorrer qualquer incidente com o sal que nos circunda, penso que poucos vigias darão conta de destruí-las e sanar o problema.

— É mais ou menos nessa direção a minha justificativa, Joaquim — confirmou Zauhquin. — Então minha proposta é a de nos organizarmos em turnos de revezamento.

— Pensando bem, concluo que vocês dois têm razão! — concordou Ctasrailo. — E quanto a você, Bodão?

— Também concordo! Faremos quantos turnos? Quanto tempo cada?

— Não mais que três! — afirmou Ctasrailo, com incisão! — e acrescentou: — Cada um de três horas de sono.

Diante de tanta convicção, concordamos por unanimidade. Dividimos os turnos em um de fhiias (que somavam um pouco mais da metade do total de fhiios) e dois de fhiios. A pedido de Ctasrailo, Bodão foi até a cozinha e chamou Térço e Minghâum para colaborarem nos turnos. Antes de chegarem até nós, ouvimos Minghâum resmungando e falando palavrões, porque queria dormir a noite toda: — Porque amanhã nenhum filho de um "catuto" vai descascar batata no meu lugar. De repente, porque ficarei com sono, posso cortar meu dedo ou até minha mão, aí eu quero ver como vão se arranjar... "Catutarada".

O primeiro turno dos fhiios desceu para descansar e os demais permaneceram em seus postos, preparados para qualquer novidade que pudesse aparecer por entre a névoa, que dificultava ainda mais a visibilidade por todos os lados do navio. Apesar de todo o perigo que nos circundava, baixamos guarda, momentaneamente, levados pela capciosa tese da mente que a lógica da noite é dormir. Justamente naqueles minutos de sossego, como um relâmpago, dois navios adversários se emparelharam ao nosso e, antes que alguém se movesse em defesa, um fhiio leithoah apareceu diante de nós trazendo Zauhquin com as mãos amarradas e com a faca em seu pescoço:

— Abaixem suas armas e rendam-se! Senão o Quinzinho aqui nunca mais fala! — gritou o grandalhão.

Térço quis reagir para salvar seu amigo, mas Zauhquin pediu para que ele nada fizesse.

Não deu tempo nem mesmo de avisar os fhiios que estavam dormindo em seu turno. Abaixamos nossas armas e vimos quando foi colocada uma rampa dos dois lados para os armíferos oponentes passarem para o nosso navio, carregando correntes de ferro. Suas cabeças estavam protegidas com um capacete diferenciado, exibindo o formato de cocuruto de tubarão-martelo, confeccionado com algum metal leve, detalhado com pequenas grades na boca e no nariz e com vidro compacto para proteger os olhos. Os devora-panças se atiravam na direção deles, enquanto atravessavam as pontes improvisadas, batiam em seus capacetes e caíam novamente na água. Dentre os armíferos comuns, surgiu mais um leithoah, dedução inequívoca ante o seu tamanho. O fhiio desproporcional, sem tirar o capacete, disse com ironia:

— Mas que sorte grande a minha! Encontrei o navio tão pro-curado e cobiçado! E o melhor ainda, sem nem sequer uma pequena batalha! Que comandante idiota está à frente destes jovens idiotas? — e com desdém concluiu: — Destas jovens inocentes e delicadas.

Eu reconheci logo a voz. Era o Fhenemeh! Deduzi que Zauhquin também já sabia de quem se tratava, tanto que disse:

— E aí está o pau-mandado de Vhenias! Não cogitei que o veria nestas águas, Fhenemeh...

— Cale-se! — ordenou o leithoah irritado retirando o capa-cete e sem falar nada. Apenas com as mãos determinou que seus armíferos nos acorrentassem e continuou com arrogância e raiva: — Todos, daqui para frente, serão nossos escravos. É a nova lei do Fhiiaral. No entanto, um eu terei o prazer em matar de forma bem demorada. Onde está o tal do Roberto? Trouxe comigo um chumaço de cabelo do meu irmão Udioh, que ele matou — voltando-se para mim, gritou tão próximo, que senti gotas de saliva batendo em meu rosto. — Diga, conselhista de Zauhquin, onde está o seu amigo? Está se escondendo entre as fhiias? Não me diga que ele é um covarde?

Fhenemeh me pegou pelo pescoço e estava me sufocando, quando Bodão gritou:

— Roberto morreu, assim que entramos nesta névoa. Eu assumi o comando.

— O que é isso? Vocês trouxeram um humano e é o comandante! — Fhenemeh deu uma demorada gargalhada, que foi acompanhada por seus sequazes. — É por isso que os rendemos com tanta facili-dade! O que sabe um humano na arte do comando?

— Ele sofreu um acidente... — Bodão tentou responder sem receios, porém Fhenemeh o interrompeu bruscamente:

— Cale essa boca nojenta! Eu não falo com humanos — gritou com aspereza, soltando gotículas de saliva no rosto de Bodão, e em seguida lhe desferiu um murro no queixo, derrubando-o no chão nocauteado. — Raça desprezível! Será que o Senhor palavras bonitas poderia se manifestar?

— Como dizia o nosso comandante Bodão... — respondeu Zauhquin — Roberto caiu na água podre, quando estava amarrando os botes salva-vidas no tombadilho.

— Que pena! Morreu muito rápido!

Ao notar que Térço fora amarrado só com uma corrente nas mãos, Fhenemeh fez com que seus comandados colocassem correntes em suas pernas e no pescoço, porque já sabia da fama de sua força.

O grupo do primeiro turno que estava dormindo subiu também acorrentado, com Ctasrailo, que prestava cuidados a Caroio. Mesmo com todo o estresse, percebi que Minghâum não se encontrava entre nós. Fiquei preocupado, pois ele havia subido com o Térço.

Fhenemeh deixou em torno de 30 armíferos seus em nosso navio e voltou para a sua embarcação. A ordem era para que o nosso navio voltasse reconduzido para o mar Iguidhalvho, ao passo que ele com sua tropa continuariam sua atividade bélica em busca de mortes e mais prisioneiros. E para não fazer confusão, no sentido de evitar que nosso navio fosse atacado por seus partidários, mandou colocar uma luz vermelha na parte mais alta. Assim todos saberiam que se tratava de embarcação dos aliados contra a unidade. Com isso, entendemos a inteligente estratégia dos inimigos e compreendemos o porquê do golpe certeiro que recebemos.

TRINTA E SEIS

A noite foi passando e, pelos meados da madrugada, quando havia muitos fhiios dormindo, e mesmo na ocasião em que os armíferos de Vhenias, para os quais não apresentávamos qualquer perigo, já que nos encontrávamos acorrentados, deixaram se levar pela sonolência, notei que um armífero de Konhozhal passou por trás do leithoah que dormia na cadeira de vime de Ctasrailo e retirou pelo menos dois metros de sal com uma pequena vassoura. O armífero sinalizou para que Térço fizesse silêncio, ao perceber que este ameaçava falar em voz alta. Captei no mesmo instante que se tratava de Minghâum. Mesmo assim, o lidera-tropas acordou para chamar sua atenção:

— Armífero imbecil, o que está fazendo aí? Onde está o seu capacete?

— Eu o deixei no refeitório — respondeu Minghâum quase chorando.

— O idiota está querendo que suas entranhas sejam devoradas? Volte e coloque o capacete.

Minghâum voltou chorando, mas o leithoah nem notou e voltou a dormir. Eu captei qual era o embuste sábio de Minghâum, no entanto poderia se tornar perigoso para todos nós. Ele abrira uma passagem para um verme que ainda não tínhamos visto em ação. Passei a ser apenas um espectador, porquanto não podia alertar ninguém sobre o perigo iminente. A larva-alva, que certamente tinha grudado no casco em localidade mais próxima do portal aberto por Minghâum, adentrou o convés. Era mais um bicho horroroso que se apresentava. Não fazia movimentos como uma lagarta ou mandarová, ela simplesmente escorregava rapidamente em seu limbo; seus três olhos pareciam que, a qualquer momento, cairiam de sua cara; a coloração bem branca se derretia; e pingavam deixando um visco no chão; tendo a barriga transparente sem tripas e seu dorso musguento cravado com pelos compridos retesados e esparsos. Deslizou com velocidade em direção ao leithoah que dormia aos roncos, o qual acordou gritando horrorizado, todavia não teve tempo de pegar a sua espada. O verme o sugou com extrema facilidade, o que aterrorizou a todos que acordaram assustados, irrompendo uma gritaria desenfreada. Vimos o leithoah se mexendo no ventre do verme, mas em pouco tempo foi cuspido o seu esqueleto inteiro. Mais aterrador tornou-se o fato de tudo o que era de metal também sofrer o derretimento. Como o leithoah era grande, a larva-alva parece ter ficado satisfeita e voltou da mesma forma que entrou para o fundo das águas pútridas.

— Como esse monstro entrou aqui? — gritou o substituto do lidera-tropas. — Deve haver algum lugar no navio sem a quantidade necessária de sal. Temos que investigar. Enquanto isso, tragam mais sal lá da despensa.

— É aqui, chefe! — gritou um armífero de Konhozhal, mostrando com o dedo o local sem a devida proteção do sal.

Preencheram o espaço por onde o verme entrara, entretanto não desconfiaram da sabotagem de Minghâum, pois o visco deixado tomou todo o espaço aberto.

— Agora eu sou o chefe aqui! — esbravejou Sinthrous. — Tanto armíferos como prisioneiros deverão seguir minhas ordens. Ah! Só para acrescentar: vocês são mesmo incompetentes. Como deixaram um espaço sem sal aqui. Agora, fico a me perguntar: como conseguiram sobreviver até agora? São um bando de despreparados.

Enquanto Sinthrous fazia seu discurso de superioridade, a névoa se tornou mais densa ainda. Senti a temperatura baixar de forma muito brusca. Penso que a queda foi de, aproximadamente, quinze graus. Ouvi uns pingos no chão e estranhei, porque não chovia. Aproximei a corrente dos meus olhos e vi que se derretia lentamente. Sinthrous parecia não entender o que estava acontecendo. Eu sim e os nossos também: era a evaporação da Água Podre. Essa informação, com segurança, o grupo adversário desconhecia. Ao perceber que o seu capacete e as facas e espadas de aço derretiam como gelo no calor, o novo lidera-tropas gritou desesperado:

— Matem todos, antes que escapem!

Já era tarde para essa ordem. Nossas correntes se derreteram completamente e as armas deles agora eram substância líquida, escorrendo pelo chão. Nem Bodão, que exibia sinais da pancada que levara do leithoah, nem Zauhquin, nem Ctasrailo, nem mesmo eu, demos qualquer ordem. Os nossos armíferos e nossas armíferas, na base da arte marcial, atacaram com ferocidade e jogaram para fora do navio todos os invasores, que foram rapidamente devorados pelos vermes ou então derreteram nas águas assassinas impiedosas.

Zauhquin, depois de uma prévia e breve conversa com Ctasrailo, Bodão e comigo, convocou todos os navegantes para se aglomerarem no convés e passou a seguinte comunicação:

— Agora estamos com uma aparente proteção contra ataques de Konhozhal. A luz vermelha pendurada no lugar de nossa bandeira, que já foi retirada, impedirá que sejamos incomodados. Outro ponto a ser considerado: se a evaporação, testemunhada por nós, fenômeno que causou a diluição dos metais, abrangeu todo o território do Laquadho Phedto, é quase certo que ocasionou uma diminuição drástica na quantidade de armas de nossos contrários. Esses dois pontos nos trazem razoável tranquilidade, portanto, decidimos que ficarão poucos vigias noturnos para o resto da madrugada. Preciso de dez para essa tarefa difícil. Dez que sejam capazes de realmente permanecer de olhos abertos.

Antes que surgissem os voluntários, eu ergui minha mão, seguido por Bodão e Térço. Em seguida, mais de 20 levantaram as mãos. Então Zauhquin, aleatoriamente, escolheu mais oito.

— Os demais podem ir descansar. Não percam tempo com conversas ou banho, pois cada minuto é precioso. Logo os chamaremos para seus postos.

Enquanto desciam, Zauhquin se aproximou de nós:

— Vocês poderiam aproveitar o momento para dormir um pouco! Não pensei que todos seriam voluntários. Eu já estava decidido que ficaria acordado.

— E por quê? — perguntei em tom de brincadeira.

— Porque eu não conseguiria dormir. Seria perda de tempo tentar.

— Então... — sorri, acompanhado por Bodão.

— E o Minghâum, onde está?

— Eu "vi ele" dormindo de boca aberta! Vi, sim — respondeu Térço, prontamente, com semblante alegre.

— Ele merece, não? — indaguei, tentando saber se os demais visualizaram o seu grande e inteligente feito.

— Não entendi! — Bodão me fitou em tom de dúvida.

— Ele é corajoso! Não sei como ele não ficou acorrentado e se vestiu com as fardas de Konhozhal, também não sei onde as arranjou, mas sei que, sem ser notado, foi ele quem retirou o sal do local mais próximo do leithoah. O resultado todos sabem.

— Senhor O Existente! Ele fez isso? — colocou a mão no queixo Zauhquin, surpreso. — Muito esperto, pois se o leithoah estivesse vivo no momento em que iniciou a evaporação, tudo poderia ser diferente, na agilidade dos comandos.

— Sim. Estranhei o fato de eles não saberem sobre a evaporação! — disse Bodão.

— Agora, como eles ficaram sabendo sobre como se defender dos vermes desse lugar assombrado? — Zauhquin questionou a si próprio. — Até onde temos conhecimento, somente Véio Carrasco é perito oriundo de traquejo detalhado deste lugar. Ele teria nos falado se tivesse contatado com Vhenias ou algum de seus subordinados. Quem será que instruiu tão bem o lado de lá? Konhozhal soube exatamente como se preparar para vir aqui, inclusive melhor que nós em um ponto: os capacetes. Por outro lado, não sabiam da evaporação que derrete metais.

— Eu tenho uma suposição! — expressei-me tentando aguçar a curiosidade dos demais.

— Estranho você, pois sempre fala as coisas quando já tem os fatos nas mãos! Por favor, conte-nos o seu palpite — peticionou Zauhquin.

— Por tudo o que sabemos e a vimos fazer, eu diria que é Simbholéria.

— Poderia ser, mas entendo que não. Ela nem chegaria perto deste lugar. Ela vive do luxo e das vaidades — Zauhquin fez cara de nojo.

— É! Você pode ter razão. Mas então quem seria?

— Não tenho a menor ideia, Joaquim. Não quebremos nossas cabeças com esse assunto agora. Temos que dirigir nossas mentes e nosso físico para alcançarmos nosso objetivo: encontrar o livro de Wajumajé — e, olhando para o céu, terminou o assunto. — Muito bem, vou colocar meu amor para dormir e depois volto.

O restante da madrugada transcorreu com total normalidade e exagerada tranquilidade, tendo em vista os acontecimentos pretéritos recentes, no entanto nenhum vigia dormiu, sequer pestanejou. Em nenhum momento, vimos novamente as luzes vermelhas cruzando o espaço e agora que sabíamos o que elas significavam chegamos à conclusão de que os ataques e as procuras dos navios inimigos tinham cessado. Não havia dúvida para nós de que irrefragavelmente sofreram e sofreriam muitas baixas, após perderem suas armas e seus equipamentos de proteção. Estávamos, praticamente, em situação de igualdade, a não ser pelo fato de nossos combatentes serem treinados para a luta corpórea e com armas de madeira.

Depois das oito da manhã, foi dada a ordem do toque da alvorada. Em cinco minutos, todos deveriam comparecer ao refeitório para o desjejum. Segundo Ctasrailo, Caroio estava se recuperando muito bem e depressa, entretanto, um tanto quanto decepcionado por ter perdido a perna e não poder ajudar, julgando-se a si mesmo como um peso morto. Ela o encorajou a ficar bem depressa, pois, assim que voltássemos, daríamos um jeito em sua perna com a ajuda do exímio cientista Doutor Couquinhos, que nunca deixou de resolver os problemas que lhe foram trazidos. Isso o deixou esperançoso e até sorriu, pedindo que lhe trouxesse comida para ficar forte.

Assim que voltamos para nossos postos, percebemos que a névoa já não era tão cerrada como antes, tanto que Bodão deu o sinal de alerta ante a proximidade de um navio à deriva que podia ser visto vagamente a uns 50 ou 70 metros de distância. A luz vermelha estava acesa, portanto poderia tanto ser um dos nossos, capturado, ou um navio adversário, preparando-nos uma armadilha. Era preciso cautela. Bodão determinou aproximação comedida. Parecia um navio fantasma: não havia qualquer movimento de vida e o que sobrou acima do convés compunha visão sombria de completa assolação, como se os marinheiros tivessem enfrentado uma tormenta atroz. Em algum lugar dentro do navio, quiçá, poderia ainda haver vida ou então, para nosso desconsolo, somente os ossos de cadáveres, haja vista a quantidade de piranhas-de-fossa que o infestava. Ao avistar aqueles vermes, imediatamente, Zauhquin ordenou o desvio de nosso navio do encontro com o perigo iminente.

— O que será que aconteceu? — perguntou, horrorizada, Ctasrailo.

— Não sei, meu amor! — respondeu Zauhquin. — De uma coisa, tenho certeza: não foi batalha entre fhiios.

— Temos que nos preparar para que está por vir à nossa frente. Não é coisa tacanha! — afirmei com veemência e receio.

— Todos em seus lugares e preparados para o combate ou para enfrentar o diabo! — gritou Bodão, amedrontado. — E que Deus tenha piedade de todos nós.

TRINTA E SETE

O temor de Bodão não era desprovido de razão, além de todos os vermes que enfrentáramos até então, tínhamos o conhecimento da existência dos inhaquis e do terrível e maior de todos os habitantes daquele amontoado aquoso fedorento — o coró-ralo, ainda desconhecido por nós. O estrago que vimos no navio de Khonhozhal só poderia advir do ataque de um deles. A questão é que não vislumbrávamos qualquer ideia de como combatê-los, ainda mais agora que em torno de 90% de nossas armas de metal foram derretidas quando da evaporação ocorrida naquela madrugada. O pior é que as que sobraram estavam defeituosas e com parquíssima afiação. Algo mais forte do que nossa vontade nos impelia para frente. Não voltaríamos por nada, mesmo que isso nos custasse a própria vida. Foi exatamente essa determinação que vi nos olhos daqueles valentes jovens ao notarem que o navio passava por perto de enormes paredões de pedra esparsos na imensidão daquele mar cheio de horrores. Sim, porque cogitei que os inexperientes e as inexperientes jovens entrariam com medo para o interior da embarcação, pois sabiam que aquele era o local que o coró-ralo reservava para engendrar sua tocaia. Cônscios de que o grande verme poderia naquele momento estar à nossa espreita, esperando o momento certo para dar o bote, os que tinham pedaços de armas de metal as empunharam, inclusive Zauhquin surgiu portando aquela espada que ganhara do Doutor Couquinhos, enquanto os demais, firmes na defesa, aguardavam com lanças e arco e flecha. Térço se dirigiu para a popa e ficou esperando sentado no monte de pedras que carregara naquela noite de festa na ilha Dhovhô. Roberto, em uma de suas preleções, havia orientado que, caso chegasse o momento que estávamos para enfrentar, fossem aparelhadas várias escadas de corda e madeira em volta do casco, visando a proporcionar uma saída rápida da água, em caso de acidente com queda para fora do navio. Assim o fizemos, ao mesmo tempo em que lamentamos porque não saímos da ilha com o navio devidamente equipado com aquelas escadas, haja vista que tal artimanha poderia ter salvado nosso comandante, o amigo Roberto. Sentimos que cada vez mais a cerração cedia espaço para a claridade e, entre nuvens baixas esparsas, o azul do céu foi dando o ar da graça. Quando enfim nos desvencilhamos da névoa quase que totalmente, ouviu-se um estridente som parecido com o bramir de um elefante, porém com variação mesclada entre o grave e o agudo. Para nós não havia dúvidas de que seríamos atacados por um coró-ralo, pois o som produzido pelo bicho não lembrava a palavra "inhaqui", conforme a didática de Véio Carrasco. Presenciamos, finalmente, o ataque de pelo menos três corós-ralos em um navio de Khonhozal por volta de um quilômetro à nossa frente. Os armíferos do navio atacado corriam de um lado para outro, tentando se defender com o que tinham em mãos, ou seja, com pedaços de pau improvisados, tendo em vista que depuseram toda a confiança nas suas armas de metal. Ledo engano. Seus canhões, suas balas de canhão, suas espadas, suas armaduras e suas facas se perderam com o fenômeno ocorrido na madrugada. Não tivemos muito tempo para entender o ataque das feras e eles sucumbiram aos gritos de horror e desespero. Apesar de soar insensível, aprendemos algo como espectadores do extermínio brutal: os vermes grandes não se dotavam de olhos e nem sempre suas investidas acabavam em desfecho certeiro e isso, no entanto, não se convertia em benefício às suas almejadas vítimas, tendo em consideração que, a cada ação agressiva, o monstro detonava partes do navio indispensáveis para a proteção contra as larvas-alvas, arremessando pedaços de madeira para todos os lados. As larvas-alvas, com o caminho aberto ante a ausência do sal, entravam no convés e devoravam aqueles que passavam em sua frente.

Zauhquin, percebendo o medo que as imagens provocavam na tropa e ao notar que Bodão empacara, sem qualquer iniciativa, assumiu o comando, gritando:

— Armífero Khrues e armífera Liombho ficarão responsáveis para repor o sal onde as bestas destruírem; 20 arqueiros em seus postos para atirar à vontade nos corós-ralos; cinco arqueiros não terão piedade das larvas-alvas, caso seja necessário; armíferos Vhindros e Shilcol jogarão os mortos para fora do navio, se for necessário; os demais farão o que for possível. Só não façam o possível para morrer e...

Antes que Zauhquin terminasse, ocorreu uma grande explosão no interior do navio de Konhozhal, espantando os corós-ralos de sua volta. Não passaram cinco minutos para chegar a nossa vez. O bramido era ensurdecedor e o ataque foi certeiro. A fera se levantou uns 15 metros de altura acima da água e desceu velozmente sobre um de nossos armíferos, que voltou grudado na sua boca cheia de dentes afiados nas laterais. O verme violento levantou o armífero gritando inerte em sua boca, como que sugado por um grande exaustor e, num movimento veloz, bateu a boca na muralha rochosa e sugou os pedaços do pobre combatente para o interior de seu corpo roliço, deixando no local uma marca vermelha de sangue. Uma chuva de flechas atingiu o monstro, fazendo-o soltar bramidos diferentes, um pouco mais altos e somente agudos, dando a entender que convocava os demais. Aquelas flechas certeiras entraram somente pela metade, atordoando a fera por algum tempo. Causou-nos espanto que, em poucos minutos de contorção, o corpo do verme num movimento de contração interna pareceu ter absorvido as hastes que o perturbavam. Voltou-se para nós mais furioso do que antes e errou o bote, acertando a proteção a estibordo, fazendo com que voassem pedaços de madeira, como uma explosão de granada. Antes de uma nova investida do primeiro, surgiu mais um coró-ralo igualmente voraz e um pouco maior que aquele, ao mesmo tempo em que entraram pela lateral abalroada duas larvas-alvas. Os corós-ralos, que agora já somavam três, investiam ferozmente, às vezes levando um dos nossos para as pedras para a morte certa, outras vezes errando o alvo e, neste caso, causando danos à nossa embarcação. Quando recebiam a saraivada de flechas, se contorciam e voltavam ao ataque após absorção dolorosa. Com a repetição de nosso contra-ataque, foi possível notar que a absorção foi se tornando mais lenta e os vermes também passaram a diminuir a velocidade. Diante dessa situação, Térço entrou em ação. Pegou uma daquelas pedras que trouxera para o navio e esperou o momento certo para arremessá-la. Eu não entendia o que ele pretendia, mas no primeiro arremesso acertou o corpo do monstro, que desceu até a água se contorcendo, no entanto voltou em poucos minutos.

— Além das flechas, tentemos as lanças! — gritou Zauhquin, buscando fugir da investida de um dos monstros.

Eu entendi qual era sua intenção e gritei mais forte ainda:

— Vamos jogar as lanças, mas não errem o alvo!

Já havíamos matado cinco larvas-alvas, apesar de a equipe do sal estar cumprindo bem o seu encargo. Porém, por descuido, o armífero Khrues foi surpreendido por um daqueles vermes, que surgiu em sua frente, a uns cinco passos da armífera Liombho, que, ao ver seu amigo já na metade da boca da larva, derramou o sal no corpo pegajoso do verme, que passou a se retorcer ensandecido com a ação salina, certamente dolorosa para ele. A armífera se atirou sobre a larva como se estivesse em cima de um touro raivoso, agarrada em um de seus pelos compridos salientes em seu couro grosso. Ela, corajosamente, não se desgrudou e, na primeira oportunidade que teve, talvez única, abriu o ventre transparente do bicho escorregadio com sua pequena faca afiada, de onde salvou seu companheiro ainda inteiro, porém desmaiado.

Enquanto isso, as lanças, por serem bem maiores que as flechas, atravessavam o corpo de um dos corós-ralo, enfraquecendo-o ainda mais, ao usar toda a energia na penosa absorção dos objetos penetrantes. Térço arremessou outra pedra com acentuada força e foi então que entendi qual era sua proposta. A pedra acertou em cheio a boca do monstro, quebrando todos os seus dentes. Sem os dentes e fraca, a lombriga gigante caiu sobre o convés e recebeu uma investida fatal, advinda do ataque de sua aliada de espécie, que, instintivamente, descia para levar para um fhiio consigo. Com o impacto, espalhou pedaços e líquidos pelo convés do navio, atingindo vários fhiios, que limparam seus rostos enojados. Os combatentes mais próximos empurraram o verme para fora do navio, após Térço ter colocado duas pedras para dentro de sua boca. Com isso, a esperança ganhou corpo e os guerreiros pareciam ter se abastecido de toda a energia que advém da vontade de vencer uma batalha. Sentiram o sangue ferver nas veias: era possível matar as feras da latrina. Usando a mesma tática, puseram fim à vida do segundo verme gigante, com uma pequena diferença: Zauhquin, após o arremesso preciso da pedra efetuado por Térço, impiedosamente, com sua espada afiadíssima, partiu o monstro em duas partes. O terceiro coró-ralo, um pouco menor, submergiu repentinamente, após ter levado mais uma armífera para o rochedo. Para nós foi boa a trégua, embora não tenha levado nem cinco minutos, pois o bicho retornou, mas não estava só. Surgiu o quarto coró-ralo, maior que os demais. A guerra retomou suas forças e o combate foi épico: nossos combatentes gritavam enfurecidos e atacavam sem medo. Muitos morreram, muitas lanças e flechas atingiram os corpos longos dos vermes, até que na quarta vez que foram alvejados, enquanto o maior se recuperava, o menor caiu se contorcendo no convés, fato que favoreceu o caminho para sua morte. Os combatentes, como se fosse um formigueiro, estraça-lharam o corpo do bicho, com palavrões e gritos de ódio. O monstro sobrevivente bramia com mais intensidade e mesmo fraco investiu sobre nós. As flechas, lanças e pedras foram ao seu encontro em contrapartida. Apesar disso, quem voltou em sua boca atiçou ainda mais a todos. Nas lanças que atravessaram seu corpo e nas flechas infiltradas até a metade, subimos como macacos, até mesmo Zauhquin com sua espada. O verme se mexia de um lado para outro e, apesar de agonizante, bateu sua boca na pedra e matou Bodão. Zauhquin enfiou a espada abaixo de sua boca e nela se pendurou, rasgando verticalmente aquele corpo desprezível, que caiu no convés. Muitos armíferos que se encontravam nele agarrados, esfaqueando-o ou furando-o com lanças, caíram no convés também, outros caíram na água e, entre esses, poucos sobreviveram, porque conseguiram subir pelas escadas deixadas para o socorro, a tempo, ou seja, antes de serem derretidos pela água ou atacados por piranhas-de-fossa ou por devora-panças. Por sorte, caí dentro do convés e prontamente passei a ajudar no resgate dos que imergiram na água. Ainda tenho a recordação triste daqueles que estavam na metade da subida e viam suas mãos com a carne e tendões sendo consumidas se transfor-mando em apenas esqueleto frio, ou então uma das pernas sofrerem a mesma sina. Com isso caíam gritando desesperados e em pouco tempo emergiam seus esqueletos.

— Capitão, vamos tirar essa embarcação com urgência deste lugar! — esbravejei, ao notar que Zauhquin sentara-se no chão des-norteado e cansado. — Vamos! Agora! — e dirigindo-me aos com-batentes no mesmo tom nervoso: — Voltemos para nossos postos! Não sabemos se existem mais desses por aí! Se existirem, lutaremos até a morte! — ergui minha lança e fui seguido pelos companheiros, que gritaram com fúria e assumiram seus lugares para enfrentar novamente o que aparecesse.

Térço se aproximou de Zauhquin para consolá-lo e até levou um susto quando o docente de Khonhozin levantou-se angustiado:

— E Ctasrailo? Onde ela está? — correu desesperado de um lado para outro e só parou quando Térço entrou em sua frente, dizendo:

— Ela está no quarto!

— Como assim, no quarto?

— Eu tranquei a porta!

— Não acredito! Ela deve estar uma fera! — abraçou Térço agradecido. — Então, foi por isso que você demorou a começar o ataque com as pedras?

Térço confirmou balançando a cabeça e Zauhquin continuou:

— Só que agora terá que ir comigo até o quarto e explicar tudo. Senão a coisa ficará feia para o meu lado.

Aquele foi o último rochedo pelo qual passamos e não fomos mais atacados. Talvez os corós-ralos fossem territoriais e, se isso se confirmasse verdadeiro, teríamos dizimado aquela família. Eu concluí que fosse uma família, a julgar pelos dois menores — os filhos — e os dois maiores — a mãe, que atacou em conjunto com os filhos, e depois o pai, que chegou atrasado e se doeu quando sentiu a morte do último filho, conclusão de que me veio após seu último bramido desconsolado.

TRINTA E OITO

Passamos por mais alguns navios destroçados, de onde resgatamos pouquíssimos sobreviventes e, após o meio-dia, com o retorno da névoa que tomou conta do Laquadho Phedto, seguimos em silêncio, exaustos e comovidos com a numerosa quantidade de mortos, deixados para trás. Nada mais nos assombrou naquele resto de dia e, por volta da meia-noite, as estrelas apareceram. Atirei uma caneca na água para trazer uma amostra e enfim dei a notícia:

— Estamos navegando em água doce!

Os gritos de alegria e alívio ecoaram na noite linda que nos trazia um troféu da vitória do primeiro desafio. Zauhquin trouxe os garrafões de vinho e quem quis bebeu para descongestionar a ansiedade e para engambelar ao menos um minguado espaço do coração, depois da avalanche substancial de adrenalina.

Segundo nossas expectativas, chegaríamos às terras das Thitiuhrias nos meados da manhã. Ao nos certificarmos de que o perigo era praticamente inexistente, montamos guarda com quem já descansara na madrugada anterior e fomos dormir, apesar de o sono não se prolongar na perfeita tranquilidade.

Acordei no outro dia com os gritos do capitão Ghinghiim a noticiar: "Terra à vista! Terra à vista!" Era a margem do rio Destemido, ou do lago represado pelas águas límpidas do rio no encontro com a Água Podre. É isso mesmo, o rio vem do outro lado das terras das Thitiuhrias e forma um grande lago margeado pelo Laquadho Phedto, que advém do lado oposto. A profundidade tanto do lago como da Água Podre deve ser imensa, já que, mais perto do mar, o volume lacustre comprime a imensidão pútrida e se distancia bem menos das margens montanhosas.

O navio baixou a âncora o mais próximo possível e seguro da margem do lago (em torno de cinquenta metros), exatamente onde se abria uma fenda com largura de em torno de 20 metros nas paredes de pedra. Não visualizamos nos horizontes laterais do lago nenhum navio atracado. Ninguém se arriscou a nadar, então usamos nossos dois únicos barcos que sobraram inteiros e outros dois que retiramos dos navios destroçados que encontramos na noite anterior.

Já em terra firme, onde de longe pensamos ter visto pedras e pedaços de pau, encontramos um amontoado de ossos: crânios, fêmures, costelas, enfim parecia um filme de terror.

— Que horror, Zauh! — murmurou Ctasrailo, abraçando o marido.

— É verdade, querida! Esses não conseguiram sobreviver ao Laquadho Phedto.

— Fhiios de sorte. Não enfrentaram os corós-ralos, caso contrário, não existiriam nem mesmo os seus ossos — concluiu Minghâum com os olhos lacrimejantes.

— Vamos seguir em frente. Este lugar me dá arrepios! — decidiu Zauhquin.

— Não seria melhor esperamos por Cebudebah? — ponderei.

— E quem pode afirmar que ele e seus comandados estejam vivos? Mesmo que estivessem, não há como saber se tomaram a mesma direção nossa para trazer o navio exatamente aqui.

— Você parece estar com a fé fracassando, meu amigo!

— A minha fé é a mesma! Afinal O Existente nos trouxe até aqui! Estamos vivos, não estamos?

— Está bem! Só não vou discordar de você, porque aqui, neste ponto, estamos num campo aberto e, sendo assim, seremos alvos fáceis para os inhaquis. Além disso, o navio ficará atracado aqui, ou seja, haverá um ponto de referência para o comandante Cebudebah.

— Então, meu jovem, coragem! — Zauhquin bateu nas minhas costas. — Você comanda agora.

— Tropa preparada? Vamos em frente! — dei a ordem.

Despedimo-nos do capitão e da tripulação que permaneceria ancorada naquele lugar até a nossa volta. Um soldado ficou para cuidar de Caroio em sua recuperação, que se encaminhava de forma surpreendente, após ter recebido de Ctasrailo todas as orientações necessárias.

Após nossa chegada naquela passagem no meio das rochas, tomamos o caminho pela vegetação local à nossa frente em direção, bem mais distante, das montanhas Thitiuhrias, que se destacaram imponentes e majestosas. Desta vez, não somente para mim, mas para todos, aquela paisagem exótica era algo totalmente novo, a ser explorado e admirado. A planície exageradamente plana com raríssimos morros baixos e espaçados, revestidos apenas com gramíneas, compõe-se de apenas duas espécies de árvores: uma delas atingia altitudes descomunais, pelos meus cálculos, pelo menos 140 metros, com parcos galhos, da mesma forma, extensos. Suas raízes sobem da terra até quatro metros ao tronco, formando, não raro, uma gaiola bem arquitetada pela natureza. Estas são poucas em relação à segunda espécie, que apesar de surgirem em maior quantidade deixam espaço de luz para o surgimento e a manutenção de gramas e raros arbustos. São árvores de baixa estatura, que atingem no máximo cinco metros. Sob suas sombras, nada cresce, haja vista seu formato, semelhantes a um guarda-chuva, eis que se revestem de apenas cinco ou seis folhas enormes. Pelo que medi, de forma aproximada, as suas folhas atingem três metros de comprimento por três de largura, com miúda convergência nas pontas, por volta de dois metros. Ao subirmos em um dos pequenos morros, Ctasrailo se emocionou com a beleza natural do lugar.

— Que lindo, Zauh! Tudo é verde, porém numa variação maravilhosa de tonalidade!

— Eu nunca vi algo assim antes! — contemplou Zauhquin. — Como o Deus, O Existente, é criativo. Com única cor, desenhou esta obra espetacular.

— Zauhquin! Está tudo muito bonito por aqui, mas precisamos descer — eu disse apontando para as árvores.

— Sim, sim! Qual o motivo da pressa? — irritou-se Ctasrailo.

— Por que será que os galhos das grandes árvores são também grandes e fortes? E por que será que as árvores menores parecem um esconderijo? — perguntei, já sabendo da resposta.

— É a natureza! Ela assim se fez! — respondeu de forma impetuosa Minghâum.

— Não é bem assim, Minghâum — aduziu Zauhquin, observando os lugares que citei na pergunta. — Já entendi o que Joaquim quer dizer: naquelas árvores altas, em seus galhos fortes, os inhaquis devem parar para descansar e observar se existe alguma presa dando mole. As árvores baixas, que parecem uma casa, são verdadeiros esconderijos ou caminhos que devemos seguir para chegarmos vivos nas montanhas Thitiuhrias. Neste monte estamos como que a dizer: "Venham, inhaquis! Venham nos devorar!".

— Não vai me dizer que O Existente foi quem fez assim? — retrucou Minghâum.

— Pode até ser que sim ou pode ser que não! O importante é usarmos a sabedoria que ele nos deu.

Ao ouvir tais palavras de Zauhquin, descemos rapidamente, e Minghâum desceu reclamando que isso não era vida, que ele era mesmo um desgraçado, que não servia para nada, nem para pensar.

— Você pensa, sim. É mais "sabido" que eu! — Térço falou alto, com o intuito de animar seu amigo. — Você lembra lá no navio?

— O que tem o navio?

— Lá, lá... Lá você enganou o fhiio leithoah! Eu vi! Vi sim!

Minghâum olhou de lado para Térço, com seus olhos verdes lacrimosos, e entendeu que seu amigo se referia ao episódio em que se vestira de armífero de Konhozhal para abrir a passagem para a larva-alva que devorara o leithoah. Essa lembrança o fez erguer a cabeça e caminhar animado, com a tropa.

— Não façam barulho! Vamos andar em silêncio! — orientei a todos. — Pode acontecer de encontramos armíferos inimigos ou então chamarmos atenção de animais dos quais não temos conhecimento se são perigosos, além de inhaquis que sobrevoam esta área. Pela distância a que enxergamos as montanhas Thitiuhrias, chegaremos lá somente amanhã, portanto sigamos por mais uma hora e, após, armaremos o acampamento em lugar seguro.

Passamos uma noite tranquila e restauradora, abrigados pelas árvores de baixa estatura e de folhas descomunais, genuínas casas aconchegantes, cujo teto impediu que recebêssemos uma única gota de orvalho. Durante a nossa caminhada no dia posterior, por duas vezes nos refugiamos nas mesmas árvores, assim que ecoou no céu o aviso cantado pelo temido animal voador, reproduzindo o som da palavra i-nha-qui, com prolongamento na letra a, exatamente conforme descrevera Véio Carrasco. Em uma dessas vezes, por uma fresta na folha da árvore, pude confirmar a minha previsão: o bicho havia pousado no galho da árvore colossal e ali ficou na espreita, até que repentinamente desceu num voo rasante e carregou consigo dois fhiios presos em suas garras dianteiras. Não pude precisar de qual parte eram as desditosas presas que gritavam com intensa exasperação, cujo pavor sonoro se pôde ouvir por longos segundos, até tudo silenciar. O fato serviu de alerta para nós: havia mais fhiios caminhando por aquelas planícies. O sol se aproximava do horizonte quando chegamos ao pé da primeira montanha mais alta, cuja sombra se projetou sobre nós, como que nos acolhendo com ternura. Era preciso subi-la antes do anoitecer para nos inteirarmos do caminho que nos esperava pela frente. Durante a subida de leve aclive, encontramos as mesmas espécies de árvores baixas da planície, não obstante a menor quantidade e o maior espaçamento entre elas. Do alto do morro, nos defrontamos com um espaço geográfico alternativo, composto por escassas árvores espalhadas pelo campo ondulado praticamente simétrico, revestido em determinados pontos com vegetação alaranjada e azul, na altura do abdômen de uma pessoa mediana. Mais adiante surgia suntuosa montanha rochosa rodeada por colinas mistas de pedra e vegetação. Só podia ser a mestra das Thitiuhrias. O sol se deixou cair lentamente no início e, em seguida, despencou de vez por detrás das colinas, deixando o horizonte todo colorido, com a predominância do roxo e do vermelho. Era também nossa hora de parar, preparar um alimento e descansar embaixo daquelas árvores gentis e acolhedoras. Pelo prognóstico traçado, no dia seguinte adentraríamos as cavernas da mestra das Thitiuhrias para concretização de nossa missão.

Depois que comemos algo para silenciar o estômago, encostei-me sentado no tronco da árvore e, tão logo me veio uma sonolência incontrolável e quando me achava no estado de tremelique, despertei assustado ao ouvir um "psiuuuu" agudo e demorado. Nem deu tempo de eu levantar a cabeça e me vi, inesperadamente, imobilizado e silenciado com uma faca no meu pescoço. Na minha frente, no reflexo da fogueira, dois encapuzados traziam Zauhquin e Ctasrailo feitos prisioneiros.

— Silêncio ou será um homem morto! — asseverou meu agressor.

Pensei: "Um homem morto? Como ele sabe que sou humano?". Estranhei por que razão Térço continuou comendo uma banana tranquilamente, como se nada estivesse acontecendo.

— Térço, por que você não faz algo? Fica aí parado! — irritou-se Ctasrailo.

— Ele é amigo, ué! — Térço disse depois de engolir um pedaço de banana, com extrema pachorra.

Os nossos guerreiros naquele momento apontavam as armas para os invasores:

— Vocês não têm a mínima chance de saírem vivos daqui, portanto abaixem suas armas e se entreguem! — ordenou a soldada Fhilériah.

— Mais uma vez te peguei desprevenido, hein, Joaquim? — balbuciou meu agressor.

— Roberto! Não pode ser! — virei-me para abraçar meu grande amigo, cuja vida para todos nós tinha se interrompido de forma drástica na entrada da Água Podre.

Os armíferos e as armíferas emudeceram assombrados como se realmente se encontrassem diante de um fantasma. Zauhquin e Ctasrailo foram liberados por seus dominadores, que retiraram os capuzes, cujas gargalhadas eu pude conhecer mesmo na escuridão imensa.

— Magricela e Pacuera? Não posso acreditar — suspirei muito animado, erguendo meus braços para cima, sem mais palavras.

— O que vocês têm aí para matar nossa fome? — perguntou Roberto, como se não tivesse acontecido nada com ele.

— Como você conseguiu sobreviver? — indagou Zauhquin ao abraçar Roberto. — Venham, sentem-se aqui neste tronco ao redor da fogueira, já lhes serviremos um charque com farinha e mingau. Ainda estão bem aquecidos.

Mais que depressa, Roberto, Magricela e Pacuera se serviram e começaram a comer apressadamente, como se não se alimentassem há muito tempo.

— Tomem vinho, senão vão se engasgar com a farinha! — Ctas-railo ofereceu-lhes um copo cheio.

— Muito bem! — dei um tapa nas costas de Roberto. — Tenho certeza de que todos aqui querem saber sobre suas sete vidas, além de nos esclarecer como encontrou Magricela e Pacuera! Já sei! Você tem uma máquina de teletransporte e não havia nos avisado!

— Engraçadinho, não? Quase morri e você ainda faz piada! — Roberto engoliu o resto do vinho que estava em seu copo e mostrou-me o copo para que eu o servisse mais uma vez, enquanto limpou a boca com a mão.

— Que é isso, meu amigo! Você não sabe o quanto estou feliz!

— Ainda não vi o Bodão... — ao notar nosso semblante triste, Roberto não quis esboçar qualquer reação. — Entendo! Era um bom e valente homem!

— Ele foi... — eu quis esclarecer, mas Roberto começou a falar na minha frente, com o intuito de me impedir de continuar.

— Assim que caímos do navio, arremessados na água pelo extremo choque sofrido, por sorte não fomos atingidos pelos barcos que se desprenderam do tombadilho. Mesmo com a falta de visão provocada pela névoa cerrada, constatei, antes de emergir para a superfície, que mergulhara em água doce. Não acreditando no que tinha visto na submersão, mergulhei novamente para ratificar a descoberta. A água doce não se mistura de forma alguma com a água condenada, dando a impressão da justaposição do óleo e água no mesmo ambiente. A divisão é visivelmente demarcada. Os vermes na água podre se alvoroçaram com a nossa presença, mas não ultrapassavam o limite e, quando algum se arriscava, voltava para dentro do limite de seu espaço como se tivesse tocado o fogo ou o ácido. Caímos muito perto do limite entre as duas águas. Eu e Grhungios emergimos verticalmente, mas Jhuthelo não conseguiu fazer a mesma leitura e inclinou-se na horizontal para o lado da morte, sendo, imediatamente, capturado e devorado pelos malditos monstros esganados. Na superfície, nós encontramos os barcos e neles entramos, certos de que teríamos que nos afastar o mais rápido possível daquela linha divisória. Fiquei surpreso ao deduzir que, em menos de um metro da flor da água, a cerração não se fazia presente. Esse fenômeno viabilizou a visão exata do curso do rio, portanto de suas divisas com a água fedorenta. Então resolvemos voltar, porque encontrar vocês novamente seria improvável e muito arriscado, pois não nos restavam dúvidas de que vocês já estariam navegando fora da água doce.

— Que descobertas formidáveis! — comentou Zauhquin. — Continue, Roberto, por favor!

— Assim que nos desvencilhamos da névoa, remamos rumo ao portal, guiados pelo leito do rio e, quando lá chegamos, fomos resgatados pelo navio comandado por Cebudebah, que vinha acompanhado por outro navio diferenciado dos nossos. Cebudebah estava totalmente perdido, sem saber o que fazer, já que não encontrara os demais navios que deveriam aguardá-lo, a fim de se municiarem com as mercadorias que vinha transportando, conforme combinado na ilha Dhovhô. Depois que lhe informei que os navios dos quais ele falava se encontravam bem acomodados no fundo do mar, destruídos por ação bélica inesperada e covarde de Konhozhal, ele se enfureceu e, aos berros, queria partir imediatamente no encalço dos agressores. Convenci Cebudebah a não se levar pelo ímpeto e lhe informei sobre a experiência e conhecimento dos detalhes importantes que obtive com a minha queda do navio e, diante disso, precisávamos pensar em meio astutos para bem utilizarmos as novidades. Perderíamos um pouco de tempo para pensar; no entanto, se chegássemos a um bom termo, o tempo seria facilmente recuperado com uma navegação mais veloz. Convencido com minha proposta, Cebudebah me apresentou o navio agregado. Não imaginam a felicidade que me envolveu ao saber quem eram os marinheiros. A rapaziada da Nova Babilônia!

— Meu Deus do céu. Eles tomaram coragem! — eu disse, como se não estivesse acreditando.

— Agradeça aos dois aí! — Roberto apontou para Magricela e Pacuera. — Eles devem ter feito algo extraordinário por lá. Aliás, ainda não tive tempo de fazer essa indagação a eles. Deixemos isso para depois. Por ora, continuarei meu relato. Não sei se posso considerar navio a embarcação onde se encontravam os humanos — colocou as mãos no queixo e gracejou: — Engraçado! Falo humanos, como se não fosse um!

A afirmação de Roberto deixou os fhiios e fhiias surpresos.

— Você não é um fhiio? — levantou-se Fhilériah, perplexa.

— Não! — Roberto retirou sua máscara, seguido por Magricela e Pacuera, e fixou seus olhos em mim, como se exigisse que eu fizesse o mesmo.

— Só falta vocês afirmarem que Zauhquin e Ctasrailo também são humanos! — indignou-se Fhilériah.

— Eles não! Eu sim! — tirei minha máscara.

Somente os grilos cumpriram seu ofício naquele momento. Um olhou para o outro e inesperadamente alguém abriu um sorriso, o qual foi acompanhado por risos e finalmente seguido por múltiplas gargalhadas. Roberto pediu em seguida que contivessem o volume das vozes, sendo atendido prontamente, porém aquela juventude que o tinha muito em conta, por tudo o que aprendera com ele, sussurrou em massa levantando o punho: "Roberto, Roberto, Roberto!" e em seguida: "Joaquim, Joaquim, Joaquim". Zauhquin chorou emocionado, mas Roberto, como sempre, esforçou-se para não demonstrar sentimento e continuou.

— Não se esqueçam de que estamos no meio de uma guerra, valentes combatentes. Vou continuar meu relato, antes que vocês me façam fraquejar.

— Fiquei um pouco decepcionada! Achava você lindo! — brincou Fhilériah, provocando novos risos contidos.

— Sem mais interrupções! — escarniu Roberto sorridente. — A embarcação dos aliados da Nova Babilônia nada mais era que um grande barco pesqueiro, que por eles fora assaltado durante uma madrugada no porto do rio Thingus em Konhozhin. Depois de um bom tempo de navegação quase sem rumo, por coincidência, Magricela e Pacuera, devidamente mascarados, atracaram o caixote flutuante no porto de Cabhriusthelo para solicitar informações sobre o itinerário correto para prosseguir e lá encontraram Cebudebah, que fazia as compras dos equipamentos, cumprindo a tarefa de que ficara incumbido. Então tudo se encaixou. Entenderam?

— E qual foi o estratagema que vocês montaram para chegar aqui antes de nós? — questionei, pressupondo a criação de alguma engenhoca arquitetada, haja vista o comentário do meu amigo há pouco acerca da boa visão do caminho formado pelo rio à baixa altura do nível da água, espaço onde ocorre o fenômeno da ausência de névoa.

— O próprio Grhungios, que se salvou comigo, sugeriu que juntássemos na superfície da água dois barcos pequenos nas duas laterais da embarcação pesqueira, com o objetivo de servirem de guias na névoa cerrada. Para tanto, acoplamos neles mastros com setas em condições de serem vistas pelo mestre comandante. Elas, de acordo com o que os colaboradores dos barcos viam, apontavam o correto caminho traçado pelo rio, cujo leito é incrivelmente comprimido pela água podre, fenômeno que se torna sempre inédito. Com tal método, não sofremos os ataques de vermes. Eles não sobrevivem na água doce, como já disse. Inclusive nos desviamos por diversas vezes de embarcações inimigas que cruzavam nosso caminho, que agora não nos viam, mas nós os avistávamos, graças aos guias colaboradores corajosos dos pequenos barcos. Atingimos, portanto, uma velocidade boa e constante e chegamos aqui com folga.

— E onde estão as tropas dos homens e as de Cebudebah? — Ctasrailo quis saber.

— Os homens, que agora estão sob meu comando, apoiado, logicamente, pelo grande apreço que têm por Magricela e Pacuera, estão acampados a alguns quilômetros ao norte. Nós três saímos cedo para fazer um reconhecimento da área próxima e acabamos por enfrentar dois embates com pequenos agrupamentos. Os aliados de Khonhozal contam com um enorme contingente de guerreiros e descobri que, durante o tempo em que ficamos incrédulos quanto à vinda da guerra, procederam a treinamentos semelhantes à guerrilha em florestas, porém superficiais, no meu julgamento. Não sabem se comunicar no mato nem se camuflar, muito menos dominam conhecimentos da luta corpórea. Quanto à tropa de Cebudebah, esta, na noite anterior, locomoveu-se em direção ao planalto e, se tudo der certo, conforme planejado, chegarão às montanhas para nos esperar! Caso não ocorram contratempos.

— Isso é muito bom, pois amanhã cedo partiremos para lá! — afirmou Zauhquin com as mãos para trás e o peito estufado. — Queremos chegar à montanha mestra e...

— Nem pensar! — Roberto cortou a fala de Zauhquin. — Se vocês quiserem morrer ou lutar de forma insana com os inhaquis, estejam à vontade. Mas, se preferirem partir conosco agora à noite, sem se cansarem de esforços desnecessários, teremos o prazer de sua companhia.

— Como você pode ter certeza de que seremos atacados pelos inhaquis? — questionou Zauhquin.

— Com eu já disse, chegamos bem antes de vocês aqui e logo descobrimos que outros afoitos, inimigos ou não, antes de nós pisaram na planície e, extasiados diante da visão da montanha anelada, saíram de forma impensada e atropelada para os campos durante o dia. Grande quantidade dos idiotas serviu para encher os buchos dos arrojados animais voadores, muitos lutaram bravamente e pouquíssimos atravessaram para o outro lado, estarrecidos por verem quase toda a tropa saciar o instinto assassino e voraz das feras do ar. Alguns até conseguiram voltar para os arvoredos, porém os inimigos que vieram em nossa direção abraçaram a morte ao fio de nossas espadas. Diante de tal aprendizado, Cebudebah seguiu para as montanhas na noite anterior, entendeu? Os inhaquis não voam no período noturno. Nós decidimos esperar e seguir em frente, estrategicamente, nesta noite.

— Hoje não temos condições físicas para ir! — adiantou-se Ctasrailo. — Olhem para eles e para elas — apontou os combatentes. — Estão muito cansados. Andaram o dia inteiro.

— De qualquer forma, temos muito que lhes agradecer, pois, se não tivessem aparecido por aqui, amanhã não sei o que seria de nós — agradeci aos três amigos.

— Entendo perfeitamente que não podem e não devem ir conosco. Aguardaremos vocês. Fiquem de olhos abertos para se defenderem de eventuais ataques por aqui. Entendeu, Seu Joaquim? Da próxima vez, pode não ser eu! — Roberto me abraçou fraternalmente. — Coragem, nós atingiremos nosso objetivo.

TRINTA E NOVE

Roberto com seus dois companheiros desapareceram na escuridão da mesma forma que surgiram entre nós: sorrateiramente. Em meio a tantas mortes, às tristes matizes de violência, à alternância entre o ódio e o desespero, afinal o encontro com Roberto (que já o tínhamos por morto), a adesão dos humanos à causa da Unidade e o sucesso de Cebudebah até aquele momento trouxeram a nós dulcificante alento, que sem dúvidas se transformariam em preciosa energia e em esperado vigor para todos nós.

Sem dar atenção às abafadas murmurações dos fhiios que salvamos daqueles navios encontrados à deriva, os quais não receberam o treinamento ministrado por Roberto, Bodão e Caroio, dei a ordem para formação de quatro turnos para vigilância noturna, com um aumento significativo do número de vigilantes. Os armíferos resgatados, aparentemente insatisfeitos, mantiveram o burburinho e se reuniram em um grupo menor, e o possível líder ergueu a voz:

— Eu não vou obedecer a ordens de um humano! Será que não tem nenhum fhiio aqui com capacidade de comando? O que um homem sabe fazer?

— Aposto que nem sabe lutar! — gritou outro.

Os componentes originais da tropa formaram uma meia-lua na retaguarda do grupo revoltoso e, como nunca me viram treinar com eles, nem mesmo lutar em outra situação, senti que olhavam para mim, aguardando uma reação ou uma resposta contundente da minha parte.

— Vocês preferem lutar com ou sem bastão? — respondi tranquilamente.

Zauhquin quis me impedir, mas calmamente eu lhe disse que sabia o que estava fazendo.

Olharam um para o outro e responderam juntos, com o aspecto facial sorridente e muita confiança. — Com bastão!

Um terceiro reclamou que seria fácil a luta com bastão e os instigou à luta braçal. Respondi:

— Primeiro eu luto com os dois e, depois que derrotá-los com o bastão, farei conforme pede — apontei com o dedo para aquele que queria a luta braçal.

Eles riram sarcasticamente, certos de que venceriam e, quando avançaram sobre mim, eu os detive com a voz alta:

— Opa! Opa! Calma! Faremos um acordo, sem ressalvas. Se eu vencer essas lutas, aqueles que duvidam dos humanos prometerão obediência aos comandos humanos e ouvirão dos fhiios e das fhiias de Khonhozin, durante todo o dia de amanhã, as histórias que eles têm para contar sobre os treinamentos que receberam dos humanos.

— E se você perder? — perguntou um deles com um sorriso maroto.

— Eu abandono o comando e entrego para qualquer um de vocês.

— Essa vai ser moleza!

Partiram para cima de mim com exagerada confiança e descomedida displicência. Não estou certo se assim o fizeram porque realmente não sabiam lutar ou porque me subestimaram. E, exatamente por não pressupor seus potenciais, com poucas defesas e dois golpes precisos, caíram estendidos no chão, desacordados, afinal eu tivera um exímio mestre na floresta de Khonhozin. O terceiro, obviamente irritado, não me deu espaço para o tempo de me recompor e, na pressa e do jeito que veio, acertou em meu rosto um direto alto, desequilibrando-me, tanto que por pouco não fui ao chão. Conforme se defendia e buscava aplicar seus golpes, percebi nele um dom natural, mesmo porque no Fhiiaral não há ainda aprimoramento da arte das lutas corporais. Entendi que precisaria ficar precavido e lutar com seriedade, então passei a me defender dos ataques veementes do meu oponente, ao mesmo tempo em que lhe deferi chutes baixos na coxa e panturrilha, com o intuito de que se cansasse e se irritasse. Logrei êxito! Ele se irritou e me aplicou um "jab" e em seguida outro, o que fez aumentar sua confiança, contudo lhe enfraqueceu a concentração, a tal ponto que me forneceu a chance de golpeá-lo com uma joelhada voadora no rosto. Para mim, o ardil havia liquidado a fatura, no entanto aquele fhiio bom de briga tinha também o queixo duro a seu amparo e, apesar de ter sentido o impacto violento, levantou-se e retomou seus ataques, empenhando-se em acertar com um direto. Em vão! Eu já tinha assimilado sua técnica natural e respondi com três "jabs" nos seus supercílios. Ele aparentava exausto, no entanto partiu com maior fúria em minha direção, buscando me acertar de qualquer forma, dando murro até na sombra, como se fosse briga de rua, e para o seu desespero descarreguei no seu queixo um cruzado. Quando caiu quis novamente se levantar. Ciente de sua resistência, não me deixou alternativa, a não ser finalizar com um mata-leão, com o tempo estritamente suficiente para fazê-lo perder o sentido. Demorou poucos segundos e meu oponente se recuperou e, sem saber direito o que havia acontecido, acabou por compreender que havia sido derrotado.

— Qual é o seu nome, soldado? — perguntei, dando-lhe a mão para se levantar.

— Timbrhus! Agora seu comandado — bateu continência.

— Você luta bem! Onde foi que aprendeu?

— Brigando com a fhiiarada, por aí, desde criança!

Volvi o olhar para o grupo de rebeldes, que, de forma conjunta, bateram continência.

— Vocês precisam melhorar o combate com bastões. Amanhã, Fhilériah se incumbirá de dar algumas dicas, além de colaborar para que vocês cumpram com o nosso acordo.

Zauhquin, apesar de contente com o resultado das lutas, não se mostrou convencido acerca da sensatez de minha decisão. Não deu uma palavra e foi se juntar a Ctasrailo. No outro dia, pela manhã, se aproximou para conversar comigo.

— Talvez uma conversa aberta sobre conceitos pudesse ter resolvido a questão ontem, não?

— Por favor, Zauhquin, não coloque mais peso sobre mim.

— Eu sei, filho! Você nem é deste mundo e mesmo assim faz muito por nós. Eu só peço que você reflita um pouco.

— Tudo bem! Se você está me pedindo, em um momento mais tranquilo, pensarei sobre isso. Hoje, tenho para mim que agi corretamente. Eles desafiaram a minha competência e receberam uma resposta cabal, sem elucubrações, sem discursos, mas bem prática. Mesmo os armíferos e as armíferas do nosso grupo nada sabiam sobre mim. Agora, terão história para contar.

— Talvez, você tenha razão! Talvez, essa tenha sido a melhor atitude! Eu sei que você é bom! Não só de luta, mas principalmente de coração! A questão é que sempre quero resolver na conversa, mas há muitos cabeças-duras em toda parte, inclusive aqui. As atitudes também causam. Estou aprendendo... Estou aprendendo, meu jovem.

— De qualquer forma, prometo-lhe que pensarei sobre o que disse — coloquei a mão no ombro de Zauhquin. — Falando nisso, eu já estava mais que necessitado de uma conversa assim com você. Desde que saímos, não tivemos tempo para isso, não é? Eu vejo que você faz de conta que não se incomoda com a presença de Ctasrailo no meio de todo esse inferno que nos rodeia, ao mesmo tempo não tira a atenção dela, como se vigiasse uma pedra preciosa, mas com todo o cuidado para não ser flagrado por nós.

— Você é muito esperto mesmo, Joaquim! Olhe que fiz de tudo para não ser pego — Zauhquin tirou o chapéu e coçou a cabeça, franzindo a testa.

— Isso demonstra todo o seu amor por ela. Esse amor que também me inspira com relação à Cristal — fiz breve silêncio e continuei. — Eu sonho com ela todas as noites e penso nela em todos os momentos em que a cabeça se esvazia da vigilância. Talvez seja egoísmo da minha parte a tranquilidade que me infesta em saber que ela está lá em Khonhozin em segurança com amigos e que não teve tempo para aprender a lutar, caso contrário, estaria aqui comigo. Digo egoísmo, porque sei que ela deve estar sofrendo, sem saber o que acontece comigo.

— Joaquim, do fundo de meu coração, eu gostaria que fosse a minha situação igual à sua. Eu tenho meus filhos e os amo muito. Ctasrailo é o amor de minha vida... — as lágrimas escorreram de seus olhos. — Nessa noite estive pensando: diante da guerra na qual somos personagens ativos, eu daria a minha vida pela dela. Por outro lado, não sei o que seria pior: eu vivo e ela morta ou ela viva e eu morto.

Parece egoísmo, mas sofro desde já em pensar nela sofrendo com minha morte. Apesar de todo o meu amor, acredito que eu seria mais forte que ela para enfrentar tamanha desgraça. São pensamentos desse conteúdo que me permeiam os devaneios — colocou novamente o chapéu na cabeça e com o punho fechado continuou nervoso. — Maldita guerra! Nós só íamos pegar o livro! Para que a morte de tantos? — não disse mais nada e saiu de cabeça baixa.

Saímos em direção às montanhas Thitiuhrias, assim que o sol deixou seus últimos clarões. À noite, durante a caminhada, apesar da escuridão, ouvimos e até vimos vultos de muitos animais e pássaros em grupo ou solitários se movendo nos campos. Certamente desenvolveram hábitos noturnos como autodefesa contra os inhaquis. Ainda quando o breu não havia tomado conta do espaço, muitos deles se levantaram do chão como se estivessem camuflados. Na parte levemente mais elevada, com dificuldade ainda assistimos ao movimento da terra e das pedras, de onde saíam criaturas noturnas e, em alguns casos, onde pensávamos que eram apenas pedras, na verdade eram os próprios bichos. Isso nos fez concluir que os inhaquis não são dotados de olfato.

Do outro lado dos campos, uma pequena equipe de monitoramento nos aguardava. Reconhecemo-nos pela troca de silvos, conforme combinado com Roberto, na noite anterior.

— Roberto ordenou que ficássemos aqui esperando por vocês! — disse Pacuera em sussurro.

— Onde ele está? — perguntei.

— Ele seguiu em direção à montanha mestra. Vocês chegaram antes do previsto por nós!

— A maioria é jovem e todos estavam bem descansados. Além disso, foi um dia sem contratempos.

— Isso é bom, porque ainda terão tempo para descansar mais um pouco, até a chegada do dia. Vamos! Precisamos sair deste lugar. É alvo fácil, tanto para os inhaquis ao amanhecer, como para o inimigo, que pode nos ver de longe.

Enquanto marchávamos, Pacuera continuou a me passar as informações, sendo ouvido também por Ctasrailo e Zauhquin:

— Para chegarmos até a montanha mestra, temos que seguir as Thitiuhrias ao norte e só teremos acesso a ela a oeste.

— O que encontraremos se formos em frente ou pelo sul? — indagou Ctasrailo.

— Se seguirmos em frente, um "cânion" gigantesco, ao passo que, se formos para o sul, há uma grande possibilidade de enfrentarmos batalhas ou guerrilhas. É certo que ninguém veio do oeste, tendo em vista que não há entrada para cá.

A aurora já apresentava sua graça, quando nos encontramos com o batalhão dos homens, que nos aguardava em prontidão.

— Sejam bem-vindos. Daremos um tempo para vocês descansarem! — Roberto acolheu-nos feliz.

— Vamos subir a mestra, Roberto. Não queremos descansar! — Zauhquin se apressou em responder, olhando para mim e depois para a tropa.

Apesar do cansaço, ninguém se opôs, respondendo com um olhar de seriedade e com extrema necessidade psicológica de atingir o final da tarefa pela qual nos empenhávamos. Roberto entendeu perfeitamente a gana daqueles jovens e pediu apenas que comessem um pedaço de pão e bebessem um pouco de chá, para adquirirem mais energia para a subida. Assim o fizemos, por ser necessário.

O Sol já se apresentava novamente, quando surgiram três fhiios com uma bandeira sem símbolos, acompanhados por dois vigias de Roberto. Eram do exército de Khonhozal e traziam mensagem de Fhenemeh

— O comandante Fhenemeh está no centro das cavernas na montanha mestra e convida todos os docentes e adagões ou comandantes das partes para que adentrem a caverna sem receios, para comerem juntos o mingau de ozhóliti na paz. Além dos docentes e comandantes, poderão levar mais dez acompanhantes, tendo em vista que o espaço é pequeno para todos.

— E onde ficarão os demais? — questionou Ctasrailo.

— No lado de fora. Há um campo espaçoso, onde poderão fazer suas refeições.

Roberto deu a ordem para que seus guardas deixassem os fhiios de Khonhozal retornarem em paz, tendo em vista que vieram em paz.

— E se for uma armadilha, Roberto? — puxei meu amigo pelo braço, com ar de desconfiança.

— Iremos preparados para o que der e vier. Afinal não há como afrouxar agora.

— Será que eles encontraram Cebudebah, também? — indagou Zauhquin.

— Eu acho que não! Segundo um grupo da tropa de Cebudebah que ficou aqui para nos esperar, o adagão dividiu seus combatentes em três. Uns seguiram para o centro da montanha, outros para o sul, partindo do oeste, e outros ainda, para o oeste. Tenho para mim que o grupo que adentrou as cavernas pode não ter sido encontrado. Talvez o grupo que seguiu para o oeste também não, já que de lá ninguém vem.

QUARENTA

A montanha não ofereceu fortes resistências para a subida, mesmo porque o caminho milenar fora construído com rampas revestidas com pedras trazidas do sopé e escadas entalhadas à mão em pedras preexistentes. Ficamos animados ao ver que, acima de nós, estava o grupo de Fhiarhana. Apesar de ser um batalhão pequeno, possivelmente pelo elevado número de baixas, a docente inflamada de Munemanh havia sobrevivido à Água Podre e estava ali, um pouco à nossa frente, em busca do mesmo bem que, para todos, teria o poder de fortificar e sacramentar a unidade do Fhiiaral.

Em um dos mirantes da montanha mestra, localizado no lado oeste, parei para me deleitar com a esplendorosa natureza vista de cima. Bem ao longe, o rio Destemido esbanja poderio e grandiosidade, segue caudaloso sem dar dicas de onde se origina e depois desaparece entre morros baixos revestidos de florestas. Já a planície que domina o território, da direção do rio até o pé da montanha onde me encontrava, é composta por campos abertos com árvores espaçadas, com variações de altura. Um pouco mais ao sul, vi uma vegetação homogênea, dando a entender que se tratava de plantio de milho ou outra cultura. Depois forcei meu olhar, quase não acreditando no que avistei: parecia um bando de animais, mas só podia ser o povo ancestral mencionado por Véio Carrasco. Sim! O originário fhiiaral. Estava muito longe e o movimento daquela multidão era praticamente uniforme, como se fosse uma revoada de andorinhas, mas bem lenta. Seria mais preciso se o comparasse com o movimento das águas do mar. Essa poderia ser a razão de ninguém vir para as montanhas por aquele lado, por temor ou por não sobreviver ao ser notado. Ao perceber que mais um grupo subia logo atrás do nosso, apressei meus passos, no entanto não alcancei mais os meus amigos.

Antes da entrada da caverna, encontrei muitos conhecidos que logicamente não me conheceram por eu estar sem máscara e também nada disseram, apesar de estranharem, porque eu era mais um humano que se apresentava livremente naquele lugar. Um pórtico, produzido pela natureza, imponente surgiu à minha frente, quase que convidando para entrar. Do outro lado, na parte de fora, num espaço plano e extenso, estavam reunidos os sobreviventes das armadilhas do Laquadho Phedto, componentes das esquadras das partes, adversos ou não, que, por instinto natural de sobrevivência, não se misturavam, e cada indivíduo se mantinha unido ao seu agrupamento. Passando pelo pórtico me deparei com um salão de grandes proporções, cuja parte central é ornamentada com uma mesa de pedra que acompanha a circunferência oval do salão, a não ser nas extremidades, onde as pontas da mesa só não se confluem em razão da existência de espaçamento de menos de um metro. Em uma das pontas, após o espaçamento referido, edificou-se uma mesa em plano mais alto, bem menor, com três lugares apenas. A impressão que tive é a de que fora colocada ali recentemente. No lado esquerdo da mesa grande, a uma distância de cinco metros, há um muro de pedras, por sobre o qual passam enormes correntes que sustentam uma rocha plana presa à superfície, perpendicular ao salão. Depois da referida rocha presa, há um vão de pelo menos 30 metros, cuja profundidade eu não pude mensurar, porque não ouvi o barulho do encontro com o chão da pedra que atirei para a escuridão. O cheiro vindo da preparação do banquete exalava por todos os cantos, impregnando minhas narinas e aguçando o meu apetite. Nas paredes do grande salão, há várias passagens com corredores que devem levar a outros ambientes e duas escadas direcionadas para cima feitas de pedras justapostas, com degraus irregulares. Como nas escadas havia guardas impedindo a subida, tomei a direção de um dos corredores e saí em uma câmara de uns 30 metros quadrados, com luz natural vinda de umas frestas na parede. Dessa câmara partem mais dois corredores no mesmo patamar e outros dois, um em aclive e outro na diagonal. Não segui em frente, ante a demasiada escuridão. Voltei para o salão e segui por outro corredor, que estava claro, com tochas acesas. Este também me levou a uma câmara, com ramificações para baixo em três direções. Um dos lados pude ver que apresentava claridade e para esse eu segui. Era outra câmara com mais ramificações. Voltei mais uma vez para o salão e me deparei com Roberto, Térço e Minghâum. Zauhquin e Ctasrailo conversavam com outros docentes e comandantes.

— Onde você estava? Sumiu de repente! Não fique andando sozinho por aí. Nem todos querem você vivo. Esqueceu que está sem máscara? — repreendeu-me Roberto.

— Eu parei no mirante para olhar o relevo e acabei me desprendendo de vocês. Você já andou aqui por dentro?

— Sim. Há labirintos por toda parte. Precisamos iniciar a procura pelo livro. Isso aqui não está me cheirando coisa boa.

— Tem algo muito esquisito aqui! — Térço falou em voz alta e olhou de um lado para outro.

— Sim, disseram que era para entrarem dez pessoas das poucas partes que sobreviveram na viagem, mas há muitos armíferos armados de Khonhozal por todos os cantos do salão — observou Roberto.

— Eu sabia que tinha coisa errada por aqui! A gente não devia ter vindo agora. É isso aí, vamos morrer — resmungou Minghâum amedrontado, pois até então estava esbanjando felicidade e sorrisos.

Antes que eu falasse discordando de Minghâum, o som de uma trombeta oriundo da parte de cima de uma das escadas ecoou no interior da caverna. Mais que depressa, todos olharam para cima, atraídos pelo barulho.

— Sejam todos bem-vindos e em paz! — Vhenias estendeu as mãos em forma de abraço com um grande sorriso nos lábios. Estava vestido com trajes e uma capa, ou manto talvez, inteiramente prata. A camisa fechada com botões dourados e no manto desenhada, também a ouro, a imagem do ozhóliti, nos dois lados. Surgiu sem qualquer adorno da cabeça e, para minha surpresa, sem a companhia de Simbholéria. — Peço a gentileza de todos para se aproximarem da grande mesa e se colocarem nos lugares que melhor lhes convenham.

— Ô dissimulado! — berrou Fhiarhana. — Isso aqui está muito estranho! Recebemos o convite de Fhenemeh. E agora você surge aí todo iluminado! Que embuste é esse? Assim já fica difícil acreditar nessa sua saudação de paz.

Vhenias se virou para Fhiarhana com um olhar fulminante, mas, imediatamente, abriu um novo sorriso e falou mansamente: — Essa é a maneira de os armíferos de Khonhozal passarem seus recados. Eu dei a ordem a Fhenemeh e ele a deu a seus armíferos, portanto para eles quem deu a ordem foi seu comandante. Tranquilize-se, querida, tudo é paz. Logo, você verá.

— Como pode falar de paz, se quase nos fez escravos — vociferou Ctasrailo.

Vhenias, pelo jeito, ainda não tinha notado a presença de Zauhquin, haja vista a sua expressão de espanto ao ouvir Ctasrailo. Conversou em voz baixa com Fhenemeh, que gesticulou como se não compreendesse a situação.

— Só agora meu comandante me noticia o infortúnio — voltou-se para o casal, com ares simpáticos, e disse: — Primeiramente quero expressar a minha alegria em vê-los sãos e salvos. Quanto à sua denúncia, conversarei com meu adagão após nossa festa para que preste mais atenção às minhas ordens. O que ocorreu foi um mal-entendido e, por essa razão, peço a você, caríssimo Zauhquin, e aos seus comandados minhas sinceras desculpas. Por favor, vamos nos sentar à mesa.

— Nós não viemos aqui para comer! — um grito estridente soou na caverna, vindo do pórtico. — Viemos aqui, com muito custo e com muitas mortes, para pegar o livro do profeta Wajumajé! — todos ficaram embevecidos ao denotarem que se tratava do mestre Zheronium. Por certo, tal sentimento de espanto adveio da pergunta que todos se fizeram a si mesmos: "Como aquele fhiio centenário conseguira passar pelo Laquadho Phedto?".

O fato resultou num falatório desordenado, contudo direcionado à idêntica conclusão: Zheronium estava coberto de razão.

— O mestre Zheronium está certo, Vhenias! — Zauhquin se manifestou com segurança. — Primeiro encontramos o livro do profeta. Encontrado, faremos a grande festa do ozhóliti para celebrar a confirmação da unidade.

Os fhiios e os humanos, ao ouvirem Zauhquin, de forma imediata, começaram a se locomover em direção dos corredores, no entanto foram parados por Vhenias, que anunciou com veemência:

— O livro não existe!

— Blasfêmia! — gritou enraivecido mestre Zheronium. — Blasfêmia — batendo no peito e chorando. — Só se você o destruiu — o velho sentou-se, sentindo-se mal, e teve que ser atendido pela sua enfermeira.

— Infelizmente, esta é a verdade: o livro nunca existiu — afirmou Vhenias.

— Como você tem certeza disso? — perguntou Brhintho, o serviçal de Kabrohen, tendo em vista que Jhirbas, o líder, havia perdido a vida na viagem.

— Os docentes ou serviçais, inclusive você, que já estavam neste lugar, antes da minha chegada, podem sem receios confirmar o que digo — disse Vhenias e, apenas com um gesto, instigou Khinhous de Xaphékhol a se manifestar.

— Nós chegamos aqui bem antes do exército de Vhenias e vasculhamos tudo e nada encontramos — confirmou Khinhous.

— Nós chegamos depois de Khinhous e não pudemos acreditar na negativa da existência do livro. Então fizemos o mesmo procedimento de busca, que, para nosso desalento, também restou malsucedido — afirmou a serviçal Mhurthilias de Olaistheh, cujo docente também sucumbira na Água Podre, devorado por uma larva-alva.

— Depois, nós chegamos e vasculhamos tudo aqui, para não sobrarem dúvidas, e isso nos trouxe a triste face da frustração diante da irrefutável conclusão da inexistência do livro — complementou Vhenias, pesaroso.

— Vocês estão falando bobagens! — num último esforço gritou Zheronium.

— É! O livro existe! — também gritou Térço.

A conversa entre os presentes assumiu tom um pouco mais exasperado, porque, dentre os afinados com Khonhozin, a maioria não confiava em Vhenias. Este, por sua vez, novamente quis tomar o domínio da situação para si.

— Pronto! Agora vocês estão dando créditos para um velho lunático e um esquisito retardado. Eles não sabem o que estão dizendo. Preferem ouvi-los a confiar na palavra do honrado docente Khinhous, a dar créditos às afirmações do sábio serviçal Mhurthilias?

— Nós queremos procurar o livro! — expressou-se Zauhquin com mansidão. — Se o encontrarmos, nos reuniremos com grande felicidade para o banquete e voltaremos alegres para nossas casas.

— Como queiram — Vhenias fez uma vênia e estendeu o braço direito.

Os docentes, os adagões, os serviçais e os respectivos agrupamentos de armíferos se organizaram de tal forma, que não ficou qualquer abertura ramificada do grande salão sem que um grupo nela adentrasse, inclusive as escadas. O nosso grupo teve que usar tochas para iluminar o caminho o qual fomos incumbidos de vistoriar.

O corredor em declive nos levou a uma câmara com temperatura mais baixa, da qual partem mais três túneis. Achamos sensato dividir nosso grupo em três, apesar de sermos poucos. Eu segui com Térço e Minghâum por um dos túneis, que nos direcionou para um espaço maior, cuja parede frontal a uns 20 metros da entrada apresentava buracos contíguos. Tivemos que passar por uma ponte precária em forma de arco, sobre uma profunda rachadura na rocha, para percebermos que o lugar em que nos encontrávamos tratava-se de um cemitério antigo. De frente para a parede, entalhado em pedra, afigurava-se um ambão em forma de triângulo.

— O livro deve estar no ambão! — entusiasmou-se Minghâum.

Corremos até o local, mas nada encontramos.

— Temos que olhar nas catacumbas! — chamei meus colegas para me acompanharem.

— Eu achei que o livro estaria no ambão! Agora não está... — Minghâum começou a chorar. — Eu não quero ver os defuntos. Depois eu não vou dormir direito.

— Está bem! Não precisa vir. Veja se encontra alguma coisa por aí. Vamos, Térço.

Passamos a investigar todos os túmulos. Na maioria não havia ossos. Bem no final, do lado esquerdo, encontrei alguns corpos saponificados e concluí que foi bom Minghâum ter ficado fora da tarefa, pois a visão realmente era muito assustadora. Vasculhamos tudo, iluminando cada mínima fresta nas pedras e não obtivemos êxito. Quando chegamos à câmara, conforme combinado, aguardamos o retorno de Zauhquin e Ctasrailo com seu grupo. Assim como os demais, o casal nada encontrou. Contei-lhes sobre o cemitério e tanto o grupo de Roberto como o de Zauhquin e Ctasrailo, por simples curiosidade, decidiram visitá-lo. Térço e Minghâum voltaram com eles para lhes passar as informações e eu fui para o grande salão, onde avistei Carijó, no pórtico, que me acenava para que me aproximasse dele.

— Que bom ver você vivo, Carijó! — dei-lhe um forte abraço.

— Eu também fico feliz em revê-lo. Estou com muita pressa e preciso lhe passar notícias de Cebudebah.

— Está tudo bem com o agrupamento?

— Sim. Nós nem subimos aqui. Fomos direto para o oeste. Cebudebah pediu para que eu lhes informasse acerca do desembarque no lado oeste das Thitiuhrias, há dias, de um batalhão de fhiios leithoah. Tudo indica que estão aguardando ordens ou sinal para subir até aqui. Nós ficaremos lá embaixo para tentar contê-los, caso seja necessário, mas você sabe, será suicídio. São muitos. De qualquer forma, cumpriremos nossa parte, mesmo que isso custe as nossas vidas.

— Santo Deus. Está tudo bem tramado.

— Ah! Tem mais um detalhe. Cebudebah pediu para avisá-los que um tal de Gindrhus, vindo das terras de Ghuori, de Jhubin e de Dharasth, também surgiu ninguém sabe de onde e afirmou que lutará ao nosso lado até a morte. O maluco afirmou que o sonho dos habitantes daquelas ilhas é matar, em conjunto, pelo menos um fhiio leithoah em suas vidas.

— Eu sei quem ele é. Na nossa última reunião preparatória em Khonhozin, ele pediu para entrar na guerra conosco, mas nunca pensei que viria. Aliás, como eles conseguiram chegar aqui?

— Não tenho ideia. Só sei que, segundo ele, partiram de suas terras com dois navios cheios e chegaram apenas com um. Pelo que tudo indica, vieram se matando pelo caminho.

— Imagino.

— É um povo louco — disse Carijó fazendo voltas no ouvido com o dedo indicador. — Agora, tenho que ir. Fiquem preparados. No que depender de nós, os leithoahs não subirão. Se subirem, será em pequena quantidade. Então, esqueçam-nos.

Repassei as informações aos meus amigos e concluímos por unanimidade que Vhenias estava preparando uma armadilha para todos nós.

QUARENTA E UM

Os outros grupos também voltaram de suas averiguações e ninguém veio portando o livro do profeta. Zheronium estava perplexo, sem compreender, tendo em vista que passara a vida inteira guardando o segredo e, para ele, não era possível que fosse tudo mentira. Tudo ali dentro agora exalava desconfiança e decepção. Se o livro nunca existiu, muita coisa em que se acreditou perdia o sentido. Era nesse diapasão que as conversas paralelas se encorpavam. Vhenias, antes receoso com a possibilidade de porventura alguém encontrar o livro, agora se mostrava aliviado e transbordante de felicidade, sentimento personificado em seu sorriso de satisfação. Dentro desse clima desastroso para a unidade, o docente ambicioso chamou atenção de todos, determinando o toque da trombeta, e falou destemido e seguro:

— De geração em geração, a ideia de unidade tem se mantido incólume. Pela tradição, todos nós sempre acreditamos nas palavras de tal profeta que nunca existiu. Na verdade, fomos enganados por anos a fio com pensamentos fantasiosos. Vivemos, por essa razão, estagnados, sem perspectivas de crescimento. Ninguém ambiciona algo a mais para si, porque o que tem satisfaz suas necessidades. Cada "governinho" gere na segurança de sua mesmice. Um amontoado de fhiios sem projetos. Por isso, neste grande dia, eu vim preparado, como docente arrojado, inovador, empreendedor, sem receios, para avançar a novos horizontes intelectuais, econômicos e territoriais. Está mais que confirmado que o famigerado livro não existe. Não passou de um sonho. Não um sonho bom, mas vão, diria arcaico... Atrasado. Nada melhor que este lugar, onde a lado oeste pasta silencioso o original fhiiaral, para reunir os melhores e mais valentes fhiios, a fim de confirmarem a minha autoproclamação como o primeiro imperador no Fhiiaral e, a partir disso, a recondução deste mundo repleto de potencialidades ao seu verdadeiro rumo no sucesso do desenvolvimento.

Os ânimos se exaltaram por parte de alguns, outros se mostraram indecisos, mas a maioria parecia acatar o pensamento demente de Vhenias.

— Isso é o maior absurdo que já ouvi, ainda mais por não termos a verdade sobra a inexistência do livro — exaltou-se Zauhquin, direcionando tais palavras aos presentes.

— Zauhquin! Zauhquin! Está tudo preparado... Olhe! — Vhenias apontou para as mesas e para ele próprio. — Naquela mesa frontal, você pode ver três lugares: a cadeira central é minha, a da esquerda é de Fhenemeh e a da direita é sua. Você também está no meu projeto.

Os armíferos de Khonhozal adentraram o salão e se acomodaram ao longo das paredes. Também vi que alguns arqueiros apareceram acima das escadas.

— O livro existe e a unidade tem que continuar — mais uma vez soou o grito estridente de Zheronium, que, chorando e batendo no peito, continuou. — O Deus, O Existente, não mentiria para mim. Não mentiria.

— Façam esse velho calar-se! O livro não existe! — Vhenias berrou com raiva.

— Se ele não existe, o que é isto em minhas mãos? — uma voz jovial e conhecida se manifestou.

A multidão curiosa se voltou para o lado esquerdo da mesa grande, de onde vinha o som daquela doce voz, mas só era possível ver o muro de pedras, onde está presa por correntes a rocha plana.

— O que você está fazendo aqui, minha filha? — Ctasrailo foi ao encontro da voz, que ela conhecia bem de quem era.

Zauhquin permaneceu olhando de longe, quando — com todos — viu surgir Yambho com o livro nas mãos, cercada por seis amigas. Vhenias perdeu a cor e vi um ódio homicida surgir na sua face e, sem que ninguém percebesse, falou aos ouvidos de Fhenemeh, que imediatamente, também sem ser percebido, deu ordem aos seus arqueiros para atirarem, ordem que foi cumprida sem quaisquer indagações. Poupou a vida apenas de Yambho, certamente porque teve receio de ela levar uma flechada e cair na fenda profunda com o livro, que desejava para si. Vhenias, enlouquecido, pulou para a pedra agregada e partiu para cima de Yambho, que se defendeu como pôde. No instante em que as fhiias foram mortas, a batalha começou dentro do salão, da mesma forma, no campo plano na parte de fora. Enquanto eu lutava com as armas que tinha, vi Vhenias golpear Yambho com uma faca e tomar-lhe o livro. Por sorte a menina caiu para dentro do muro. Zauhquin fazia o que podia para se desvencilhar de seus oponentes para seguir em direção à sua filha na intenção de salvá-la. No entanto, Ctasrailo se encontrava mais perto e, com a espada na mão, saltou para a pedra plana, e o impacto desprendeu a pedra da parede, com o rompimento de algumas das correntes antigas e enferrujadas. Térço, instintivamente, agarrou as correntes que sobraram para evitar o desastre que se afigurava, sabendo que, se também pulasse para ajudar a esposa de seu maior amigo, todos já teriam desabado para as profundezas do abismo escuro, com a pedra. Ctasrailo, com um golpe de pé, jogou a adaga de Vhenias para longe. Zauhquin enfim chegou e viu sua filha esfaqueada e sua esposa numa luta mortal com Vhenias e notou que ela tinha dominado seu oponente com uma chave de perna, tanto que gritou para ele salvar a filha, que tudo ia ficar bem. Zauhquin olhou para Térço, que balançou a cabeça, dando a entender que seria mais prudente ouvir sua esposa. Mais que depressa, pegou a menina no colo e a levou para o local onde estavam preparando o banquete, por saber que lá havia um médico, seu velho conhecido, apesar de pertencer a Khonhozal. Ctasrailo, sem saber a gravidade do ferimento da filha e, por isso desesperada, empurrou Vhenias para a beirada da pedra para que ele caísse. Enquanto isso, eu tinha chegado mais perto, assim que derrotei mais um oponente, e gritei, alertando-a que não continuasse a empurrar Vhenias, porque o peso que levaria para a beirada da pedra poderia forçar a quebra das outras correntes. Mesmo assim, ela insistiu. Quando Vhenias estava para cair, segurou em sua perna, a pedra balançou e as outras correntes quebraram. Térço foi obrigado a soltar a corrente, quando foi arrastado até a borda e sentiu que se continuasse não teria como se salvar. A pedra foi para o abismo, levando Vhenias, Ctasrailo e o livro. Térço olhou para baixo com suas mãos ensanguentadas pelo esforço que fizera para segurar a pedra, deixando cair uma lágrima de seus olhos. Após, seu rosto avermelhou e soltou um grito que ecoou pelo salão, demonstrando seu sentimento de impotência, frustração e ódio.

— Eu não queria que ela morresse. Era uma pessoa boa — falou com os olhos cheios de lágrimas.

— Térço, escute. Você fez o que pôde — eu disse a ele, com calma, apesar de não estar naquele estado e continuei firme para instigá-lo ainda mais. — Se pretendemos sair vivos daqui, teremos que derrubar e prender Fhenemeh.

— Eu quero matar! Ele é o Vhenias agora.

— Não! Não vamos fazer isso! Com ele vivo, poderemos travar o exército de leithoahs que está se dirigindo para cá.

Diante daquele fervo de espadas e gritos da batalha que se travava dentro do salão, Térço mirou o olhar fixo em Fhenemeh, que sem esforços dava fim às vidas de nossos combatentes, partiu em sua direção deixando para trás um corredor de adversários caídos no chão, como se não enxergasse ninguém à sua frente, somente seu alvo, que, na sua mente, era o próprio Vhenias, que matara a esposa de seu grande amigo. Alguns voaram metros ao receberem seus golpes. Fhenemeh, ao vê-lo, desdenhou:

— Não vai me dizer que o retardado, o idiota de Khonhozin, está nervosinho e quer me bater! Venha, que vou ensinar como um burro carrega a carroça.

Fhenemeh levantou o braço para acertar a cabeça de Térço e, quando o desceu, sua mão parou num obstáculo inesperado para ele: uma só mão. Térço não só travou o braço de Fhenemeh, como ergueu o gigante e o derrubou no chão, queda que lhe custou a fratura do mesmo braço que erguera, com o agravamento de o osso quebrado ficar exposto. O grandalhão urrava de dor, praguejando por todos os lados e, antes que tentasse levantar, viu-se imobilizado, amarrado com cordas que se encontravam perto da mesa grande. Os armíferos de Khonhozal, ao saber que Vhenias caíra no precipício e presenciar a derrota do colossal comandante Fhenemeh, ergueram seus braços para cima, rendidos, e a batalha teve seu fim.

— Covardes! Não se rendam! — esbravejou Fhenemeh, amarrado. — Logo chegarão reforços! Lutem, seus idiotas! Bundões!

— Vhenias está morto e você, derrotado, com o braço quebrado e imobilizado com as cordas! — justificou-se a jovem docente Raphinhaa de Shorhos, apoiadora da causa de Khonhozal. — A guerra acabou!

— Não! Ainda temos Simbholéria!

— E onde ela está? — num gesto de deboche, Shorhos colocou a mão acima dos olhos. — Eu não a estou vendo lutando entre nós.

Enquanto os combatentes de Khonhozal foram conduzidos para um dos compartimentos da caverna, preocupado que eu estava, entrei no mesmo local a que Zauhquin levara Yambho na tentativa de salvá-la. O pessoal da cozinha estava sentado nos cantos das paredes, visivelmente amedrontados com a fúria do que ocorria no salão. Mais aos fundos, vi um senhor sentado em uma pedra, observando de perto a transfusão de sangue do pai para a filha. Aproximei-me com cautela. Zauhquin olhou para mim com aflição, como se quisesse receber boas notícias. Eu lhe pedi que se concentrasse no que estava a fazer e chamei o senhor, que agora sabia que era médico, para conversar em separado. Afirmou ser um velho amigo de Zauhquin e que, com as parcas condições de que dispunha, conseguira até fazer o impossível pela menina e que havia uma grande chance de ela sobreviver, em razão de sua força juvenil. Eu sabia que Zauhquin queria saber o que estava acontecendo lá fora, mas eu lhe virei as costas, pesaroso, e saí, certo de que as notícias terríveis relativas a Ctasrailo, naquele momento, poderiam prejudicar o procedimento de transfusão em andamento.

Voltando para o salão, ainda encontrei os adeptos do imperialismo sendo agrupados e encaminhados para as câmaras, para que ficassem lá até nova ordem. Os mortos foram levados para o campo de fora e empilhados para serem queimados, pois não cabiam no cemitério do local.

Zauhquin chegou ao salão, perguntando por Ctasrailo. Esse foi o momento mais difícil para todos aqueles que presenciaram o grande amor que existia entre o casal. Aqueles que os acompanharam durante a viagem, aqueles que conviveram com os dois e que testemunharam tantas vezes o carinho, a delicadeza, a cumplicidade, os pequenos gestos de namorados, sem se importarem se havia ou não plateia. Aquele amor entre o casal era o sonho de muitos jovens apaixonados. Agora, todos sabiam que sua amada o deixara para sempre, não por sua vontade, mas por fato alheio, ao tentar pôr um fim em quem machucara o seu filhote. Mais uma vez, ouviu-se ecoando pelo salão aquela pergunta que assumia uma entonação triste, como a de um canarinho que canta desconsolado, após o gavião ter levado sua companheira. Ninguém quis responder, nem mesmo encarar o docente tão amado. Ele olhou para Roberto, que abaixou sua cabeça. Térço, ao lado de Fhenemeh, não sabia se colocava a mão sobre a outra, se se apoiava em uma perna ou na outra, se olhava para o teto ou para nada. Então, virou-se para mim e, antes que me perguntasse, eu me adiantei e o abracei.

— Ela se foi, Zauhquin! Ctasrailo morreu! Você precisa ser forte.

Zauhquin, incrédulo sobre o que eu lhe acabara de afirmar, girou sua cabeça para um lado, depois para outro, com os olhos cheios de lágrimas.

— Seu amorzinho o deixou! — zombou Fhenemeh dando risadas. E, antes que continuasse, Térço deu um murro em sua cabeça, cujo impacto fez com que os dentes lhe cortassem a ponta da língua, gerando um sangramento de séria proporção.

— Como foi que isso aconteceu? Eu não posso acreditar! — Zauhquin chorou como criança.

— Ela tinha imobilizado Vhenias e pretendia empurrá-lo para fora da pedra, a fim de que ele caísse na escuridão, no entanto ele segurou em sua perna, fazendo a pedra, que já havia se desprendido da parede, balançar ainda mais. Com isso, as correntes se desprenderam e os dois foram para o abismo, com o livro encontrado por Yambho.

Zauhquin correu para o abismo, dizendo que ela não podia ter morrido, e chamou desesperado por Ctasrailo, até que compreendeu que agia à margem da razão e sentou-se do lado do muro. Permaneceu ali por uns instantes com a cabeça baixa, até que se levantou bruscamente e se dirigiu para onde havia deixado Yambho, sem nada dizer.

Pacuera adentrou o salão gritando para que fôssemos ver o que estava acontecendo no pé da montanha.

— O batalhão dos leithoahs começou a se locomover para cá, mas há algo muito estranho acontecendo lá embaixo — gritou Pacuera.

— Térço, você consegue levar Fhenemeh? Ele não pode ficar aqui sozinho. É muito perigoso, mesmo amarrado — argumentou Roberto.

Térço fez sinal que sim e Fhenemeh, apesar de não conseguir falar pelo motivo de sua língua estar quase cortada totalmente, projetou um sorriso de satisfação por saber o que estava por vir.

QUARENTA E DOIS

Na parte de fora, onde os agrupamentos estavam reunidos, havia vários amontoados de fhiios inertes misturados com humanos, mortos na batalha que ali também se travara. Dirigimo-nos para a parte oeste. De lá de cima, pudemos ver o que ocorria na planície: o exército dos leithoahs, oriundo de território que não faz parte do Fhiiaral, portanto fora da unidade, marchava apressadamente com o objetivo de alcançar a encosta da montanha mestra. Sem entrar em pormenores, poderia afirmar que somavam um total de 10.000 armíferos corpulentos, dando seus passos sem medo, armados com espadas, lanças e manguais (bolas de ferro). No meio deles, poucos fhiios portavam bandeiras com a imagem da caveira de um animal, talvez um cachorro. Cantavam ao compasso da marcha e do tambor uma melodia praticamente falada: "Os fracos sucumbem. Os fortes vencem, convencem! Contemplem! Matar, esmagar, dominar! Ex-ter-mi-nar!".

Antes do aclive, o agrupamento de Cebudebah aguardava para encarar a grande batalha suicida. Mesmo de longe, podia-se observar que aquele agrupamento corajoso era composto de elementos com estatura bem menor do que a daqueles que avançavam. Alguns arqueiros, prontos para atirar, espreitavam de cima das árvores e esperavam o momento mais oportuno para não desperdiçar flechas. A grande multidão que compunha o originário fhiiaral, desta feita bem mais próxima da montanha mestra, tanto que seus movimentos agora se tornavam mais claros para quem a via de cima, ainda não percebera a movimentação que se desenrolava a uns 10 quilômetros à sua esquerda. O exército dos leithoahs também não percebeu um movimento que se iniciara paralelo a ele, a em torno de dois quilômetros, do lado direito e que se deslocava com intensidade em direção ao jurássico "fhiiaral". Eram os anarquistas das ilhas de Ghuori, Jhubin e Dharasth, liderados por Gindrhus, os quais não queriam a vitória de Vhenias, porque a Unidade não lhes impedia o livre-arbítrio de viver sem lei.

— Temos que descer para apoiar Cebudebah! — disse Magricela com desespero.

— Espere um pouco mais! — respondeu Roberto, sem tirar os olhos da cena da iminente batalha.

— É melhor alguns de vocês descerem com uma bandeira branca e se entregarem! — falou com dificuldade Fhenemeh e sorrindo: — Apesar de que não vai adiantar.

— De que você está falando? — indaguei.

— Enquanto a briga estava feia, aqui dentro, um dos nossos levou a ordem minha para que o invencível exército de Leithoshal viesse para cá e não poupasse o inimigo — deu uma gargalhada entre aspectos de dores na língua. — Tem mais! Quem está à frente do exército indômito é o leithoah mais truculento que já conheci: o líder de Carhingal! Barrighos Durah. Quem sabe se me soltarem não poupo a vida de alguns de vocês — novamente soltou sua gargalhada irritante.

— Coloquem panos dentro da boca desse idiota e façam-no calar a boca! — ordenou Roberto e, voltando-se para Magricela, falou baixo: — Espere mais um pouco! Gindrhus está bem perto. Se o plano dele der certo... Se não der, todos nós desceremos para nossa batalha final.

Gindrhus e os seus se mantiveram a certa distância do "fhiiaral". Percebi, pela movimentação, que ele deu a ordem para alguns malucos que o acompanhavam atacarem desordenadamente, esfaqueando os primeiros fhiios do rebanho que encontraram. Com os gritos dos que foram golpeados, a multidão de fhiios aborígenes, que age em uniformidade em tudo o que faz, estourou como uma boiada e tomou a direção leste, destruindo como um tornado o que encontrava à sua frente. O plano de Gindrhus não surtiu o resultado planejado, já que o "fhiiaral" se locomovia veloz e violentamente para a montanha, um pouco mais ao sul. Roberto balançou a cabeça, desapontado, e determinou que todos se preparassem para a descida. Eu permaneci ali um tanto quanto decepcionado, porém com um último fio de esperança, até que notei que, ao chegar às rochas, aquela massa brutal unânime mudou de direção para o norte. Gritei avisando Roberto e os demais para que voltassem rápido para ver o que ocorria.

— Céus! Se eles mantiverem o itinerário, terá o efeito de uma bomba! — alvoroçou-se Roberto.

Eu vi Fhenemeh perder seu sorriso ao sentir o desastre que sofreu sua esperança. O "fhiiaral", cujos integrantes gritavam ao mesmo tempo, com olhares fixos no nada, chocou-se de forma atroz e tão intensa, que não sobrou tempo de reação para os grandalhões. Como se fossem frágeis plantas, foram derrubados e pisoteados, e seus corpos massacrados em uma chacina comandada pelo instinto de sobrevivência coletivo. Após a passagem da onda mortal, restaram ossos quebrados, carne moída, mãos, braços, pernas, cabeças e vísceras espalhadas pelo chão, um mar de sangue. Incrivelmente, sobreviveram três leithoahs vivos na dianteira e quatro na retaguarda. Desorientados com o ocorrido, os sobreviventes da dianteira foram feitos prisioneiros de Cebudebah. Estes tiveram mais sorte, porque aqueles da retaguarda sofreram o ataque pelos revoltosos sanguinários de Gindrhus, que pareciam formigas atacando um gafanhoto. Ouviam-se de longe os gritos de ambos os lados: os anarquistas com gana de matar e os leithoahs com medo e aterrorizados. Gritos de contentamento ecoaram tanto da parte de baixo como da parte de cima da montanha mestra, aclamando a vitória e o fim da guerra.

Enquanto o agrupamento de Cebudebah subia a montanha, cantavam uma música muito popular no Fhiiaral (U.U.A. A.A.A.A. A.A. O topo alcançar. U.U.A. U.U.A. U.U.A.A. A.A.A. I.I.I. Subir, subir, subir!), bem antiga, mas sempre pedida a qualquer grupo musical de animação de festas, que foi logo acompanhada pelos que presenciaram a batalha de cima. Satisfeito com o resultado da guerra, porém com o coração apertado, sem perder tempo, fui ao encontro mais uma vez do meu amigo Zauhquin. Encontrei-o firme diante de Yambho, que recobrara seus sinais vitais, apesar de que ainda não havia acordado. A despeito de sentir a minha presença, Zauhquin não se voltou para mim. Parece que fazia uma oração quase que em transe, com os olhos fechados e suaves movimentos nos lábios, além das pálpebras que tremiam como se visse algo ou alguém. Esperei por mais alguns minutos, observando aquela pessoa tão bondosa e amorosa, não só para com sua família como também para com os semelhantes e outras criaturas. Vi quando ele se ajoelhou e ergueu os braços para o alto, sorrindo primeiro, e na sequência abriu os olhos, dos quais escorreram lágrimas e surgiu um brilho que eu nunca tinha visto:

— Tudo irá bem! Tudo irá bem! — disse Zauhquin demonstrando serenidade.

— Você precisa de algo, Zauhquin? — corri até ele, preocupado.

— Tudo irá bem, Joaquim! Tudo...

Pensei, naquele instante, que meu amigo perdia o juízo e certamente fiz uma expressão preocupada e de compaixão, porque ele me disse para nada temer, que a vida tinha que continuar e que havia muita coisa ainda para fazer em benefício de outras pessoas. Com transcendente convicção, bateu em minhas costas e me garantiu que em poucas horas a Yambho estaria pronta para começar uma nova etapa de sua vida, que Ctasrailo estava bem, apesar de toda a saudade que o perseguiria por muito tempo, que sua ausência mudaria o jeito de levar sua vida, a qual viveria intensamente até seu último suspiro, porque era isso que havia prometido a Ctas.

— A guerra acabou! Os leithoahs foram derrotados! — informei-lhe com muito entusiasmo.

— Eu sei! — abaixou a cabeça sem demonstrar alegria.

— O agrupamento de Cebudebah está chegando, com os poucos sobreviventes das ilhas de Ghuori, Jhubin e Dharasth, liderados por Gindrhus.

— Joaquim! Preciso que você me faça um favor!

— Pode pedir mais de um, se quiser.

— Avise Roberto e Cebudebah para que convoquem todos para se reunirem aqui neste salão. Depois de tantas mortes, tenho a impressão de que o espaço terá capacidade para abrigar a todos.

— Só os defensores da unidade?

— Não! Todos! Se o agrupamento de Cebudebah não couber, tendo em vista que acabou sendo o de menos baixas, poderá ficar uma parte dele próximo ao pórtico. Ninguém com armas, principalmente os amigos de Gindrhus — Zauhquin sorriu ao pronunciar essa última frase.

Apenas os três leithoahs vivos, entre eles o docente de Charinghal — Barrighos Durah, foram mantidos presos. Os demais, adeptos de Khonhozin ou partidários de Khonhozal, inclusive Fhenemeh, ante seu estado inofensivo em decorrência dos ferimentos, juntaram-se em torno da mesa central e nos demais espaços dentro do grande salão. Só então Zauhquin se aproximou e começou a falar:

— Não faremos festa de vitória, porque não houve vitória. Todos nós perdemos. Depois da guerra, é quase impossível afirmar que haja alguém aqui dentro que não leve consigo o peso de ter matado alguém. Éramos livres dessa recordação antes do conflito. Para que serve o poder se não for para promover o bem comum? A ambição personificada está no fundo do abismo e, mesmo antes de cair lá, levou consigo o amor também personificado. A diferença é que o amor acompanhará para sempre aqueles e aquelas que o conheceram. A ambição só voltará quando a guarda for baixada, abrindo-se espaço para a ação do divisor. A materialidade que viemos buscar para recuperar a fé de muitos também foi para o abismo. Nós vimos o livro, no entanto não sabemos de seu conteúdo. Os escritos de Wajumajé existem! Será que podemos acreditar nas palavras da tradição de pai para filho ou ainda há a necessidade de tocar o material? Se alguém ainda necessita disso, vá buscar o livro. Talvez ele ainda esteja caindo ou quem sabe já encontrou guarida no chão frio. Eu lhes garanto que não vou, ainda mais que estou morto de fome. Enfim, eu já pedi para os cozinheiros esquentarem o ozólithi. Façamos desta mesa uma única mesa que se estenda por todo o salão, onde fhiios de todas as partes, de toda a natureza e humanos agora livres comerão juntos o banquete da unidade.

Zauhquin foi aplaudido por sua fala e, por terem compreendido que não havia vitória para nenhum dos lados, todos comeram em silêncio. O silêncio do respeito, o silêncio da tolerância, o silêncio da tristeza.

43 QUARENTA E TRÊS

Quase um mês após o retorno das montanhas Thitiuhrias, Cristal e eu caminhávamos de mãos dadas em direção à casa de Zhenodhita, com Dovília, que agora se encontrava totalmente recuperada de sua forjada doença, inclusive da visão. Durante o período da guerra, Dovília e Cristal resolveram passar os dias na Nova Babilônia para juntarem forças num sentimento positivo, ao lado de Dona Jacinta e Seu Delfino. Assim que cheguei, fui buscá-la com uma comitiva, acompanhando o agrupamento de ex-combatentes humanos. Dovília pediu para ficar mais um pouco por lá e desde a noite anterior se encontrava em Khonhozin de regresso.

— Pobrezinha! No começo se sentiu muito culpada pela morte da mãe — Cristal respondeu à pergunta que sua mãe fizera a respeito de Yambho. — Mas agora está bem melhor. Seu pai é um homem muito sábio e firme nas suas ideias. Virei uma admiradora de sua fé e esperança.

— Mas por que ela deveria se sentir culpada? O que ela fez? — indagou Dovília.

— Eu sou muito amiga dela, mãe. Além de amiga, é minha mestra nas lutas. A questão é que encontrar o livro do profeta se tornou o sonho de muitos jovens. Quando Roberto selecionou recrutas para a viagem e não a incluiu, ela, por conhecer bem suas habilidades e altas notas, ficou demasiado chateada. Depois acabou por descobrir que Ctasrailo fizera o pedido a Roberto para que não a escolhesse.

— Se fosse minha filha, eu faria o mesmo — afirmou Dovília batendo com a mão cerrada sobre a palma da outra.

— Pois é... Cebudebah, o adagão, após acordo com Roberto, comprometeu-se a levar somente combatentes mais experientes. Ela conhece bem Roberto por sua perspicácia, então decidiu que arranjaria um jeito de entrar no navio de Cebudebah. Alguns dias antes da partida, conseguiu emprego de ajudante de cozinha no navio e se disfarçou de forma muito profissional e assim se portou até quando teve certeza de que não podiam mais enviá-la de volta, ou seja, após a entrada no Laquadho Phedto. Vestiu suas vestes militares e se apresentou ao comandante, que quase enfartou quando a viu. No entanto, já não havia mais o que fazer, a não ser ameaçar que na volta da missão ela seria julgada por desobediência.

— E depois? O que aconteceu?

— Quando desembarcaram nas planícies das Thitiuhrias... — falei antes de Cristal e me refiz da falta de educação. — Desculpe-me. Posso continuar, Cristal?

Cristal fez sinal positivo e descrevi tudo o que vimos e encontramos naquele lugar bonito, porém extremamente perigoso. Passei novamente a palavra para Cristal.

— Na noite em que chegaram à mestra das Thitiuhrias, Cebudebah dividiu seu agrupamento para o cumprimento de três diligências. Para a primeira, um grupo de sete fhiias, deu o comando a Yambho, com a finalidade de fazer a busca do livro do profeta Wajumajé. A segunda, comandada por Carijó, tinha a ordem de subir a montanha e, de lá, observar todos os acontecimentos e movimentos da planície e comunicar por código de luz para o comando da terceira missão, que faria as guerrilhas, se fosse necessário, esta comandada por Cebudebah.

— Ela encontrou fácil o livro? — inquietou-se Dovília.

— Não! Procuraram em todos os lugares possíveis durante a noite. E, quando começou a lhes bater o desânimo, Yambho, intuitiva do jeito que é, teve a curiosidade de saber o motivo da pedra amarrada com correntes. Subiu nela e não via sentido naquilo. Até que resolveu seguir para a beirada do abismo, quando notou uma escada em espiral entalhada na própria pedra. Desceu por ela, com uma tocha, e descobriu a existência de mais duas entradas. Na primeira nada encontrou a não ser um esqueleto de um animal, talvez um macaco alado, segundo sua descrição. Foi para a segunda abertura e gritou de alegria ao ver o livro escrito em folhas espessas, cujo material não soube descrever. Antes de chamar suas amigas, ela resolveu ler algumas páginas, que não eram muitas. Teve um sobressalto quando suas amigas gritaram o nome dela para que se apressasse. Yambho subiu e foi avisada de que não tinha mais como saírem, porque Vhenias estava subindo a montanha, segundo alerta de Carijó. Ela pediu para suas amigas descerem uma a uma, ante o perigo de as velhas correntes se partirem. Yambho se mostrou muito sábia e só apresentou o livro quando teve certeza sobre qual era a real intenção de Vhenias. Bateu o martelo no momento em que ele forçou a sua proclamação como imperador. Daí por diante, já sabemos no que deu.

Chegamos à casa de Zhenodhita, que nos acolheu com sua alegria de sempre, apesar de mostrar sinais de abatimento pela perda de sua querida nora. Tebhothin estava com ele, pois Zauhquin tinha assumido diversos compromissos naquele dia. Zhenodhita nos pediu, com delicadeza contumaz, para esperarmos pelo menos uma hora em sua casa, por solicitação do Doutor Couquinhos. Chamou seu neto para ajudá-lo no preparo do pão e do chá, que ele fazia questão de servir-nos. Enquanto se locomoveram para a cozinha, Dovília queria saber mais sobre os desdobramentos finais.

— Se tudo que Vhenias fazia era inspirado nas ideias de Simbholéria, o que aconteceu com ela?

— Dovília, neste ponto, nós bobeamos. Posso até colocar este peso sobre mim! — respondi com as duas mãos em meus ombros. — A primeira ordem dada pelo comandante Cebudebah, assim que aqui chegamos, foi a imediata prisão de Fhenemeh e Bharrigos Durah, porque, durante toda a viagem de regresso, fizeram reiteradas promessas de vingança, além de se comprometerem a continuar o movimento revolucionário. Depois de uma decisão conjunta entre os membros da Unidade, foi dada segunda ordem para busca e prisão de Simbholéria, por conclusão inequívoca de que ela foi a maior idealizadora dos conflitos provocados por Vhenias e seus comparsas. Ocorre que Cebudebah não foi pessoalmente, Zauhquin estava abarrotado de compromissos, e eu, na Nova Babilônia!

Cebudebah não tinha bem claro em seus conceitos quem é Simbholéria na sua essência. Quem sabia de todo o mistério que envolvia aquela mente brilhante para a maldade éramos Zauhquin e eu. Cebudebah, carente das reais definições físicas e psicológicas da mentora de Vhenias, mandou, em seu lugar, um grupo de armíferos para prendê-la em sua mansão. Antes que eles chegassem à porta, uma senhora idosa, excessivamente enrugada, magra ao extremo, com poucos cabelos e todos brancos, cocuruto quase à mostra, cujo coro cabeludo apresentava feridas avermelhadas e roxas e com um de seus olhos esbugalhado e cinzento, passou por eles na calçada do jardim, portando uma bengala e, lá do portão, desejou-lhes sucesso, com uma risada escandalosa. Julgando-a caduca, os armíferos insistiram aos gritos para que a porta fosse aberta e, por não serem obedecidos, suspeitando recusa proposital, arrombaram-na com o peso do corpo. Dentro da casa, encontraram apenas o mordomo Quenquinhas, que, com a suma fleuma, afirmou não ter ouvido as batidas na porta. De boa vontade, Quenquinhas levou os armíferos para os aposentos da dona da casa e depois por todos os cômodos, demonstrando claramente que não entendera o que havia ocorrido. Os armíferos mantiveram guarda dentro e fora da casa por mais de quinze dias, mas nunca mais a proprietária voltou. Nem mesmo em suas posses em Konhozhal ou em qualquer outro lugar do Fhiiaral se ouviu falar dela. Nem mesmo depois de espalhada a sua imagem idosa em cartazes de procura-se por desaparecido, surgiu qualquer notícia de seu paradeiro. Cebudebah e Zauhquin acreditam que ela tenha morrido. Eu não! Assim penso pelo que vi e senti no dia em que minha mente a visitou.

— Eu também não! — afirmou Dovília fazendo o sinal da cruz.

Zhenodhita chamou-nos à mesa de jantar para o lanche da tarde, apesar de já ser quase noite. Contudo nossa confraternização teve pouca duração. Por um aparelho semelhante ao interfone, Doutor Couquinhos nos chamou para o seu laboratório e, por estar ansioso, pediu para que nos apressássemos. Despedimo-nos de Zhenodhita, Tebhotin e Dovília. Esta demonstrava inquietação, a olhos vistos, com a decisão minha e de Cristal de irmos juntos de volta à Terra. Para nós, o comportamento dela era totalmente compreensível pelo fato de ter perdido Cristal quando ainda era um bebê e, agora, feria seu coração a dilacerante incerteza sobre a efetividade da experiência pela qual iríamos passar. A mãe, porém, não quis fazer transparecer claramente seu sentimento e incentivou-nos a todo o custo, entoando com coragem o benefício que isso traria para toda a comunidade da Nova Babilônia, lembrando-nos que a maioria estava lá não por vontade própria e, vez ou outra, ouviam-se pelos cantos da cidade expressões de saudade. Dovília abraçou Cristal com muita força e desejou-lhe um bom passeio, sentando-se em seguida na cadeira para que a filha não notasse suas lágrimas. Zhenodhita, ao se despedir de nós, demonstrou felicidade, mas praguejou no final: "Tomara que essa experiência do velho maluco não dê certo e vocês nunca mais saiam do Fhiiaral". Nervoso pretendeu ser durão: "Agora vão logo! Joaquim, você já conhece o caminho".

Dentro do laboratório, Doutor Couquinhos correu de um lado para outro e, ao nos ver, pediu que aguardássemos um instante, enquanto fazia alguns ajustes aqui, outros acolá e apertou um botão que acionou a abertura de uma parte do teto.

— Ótimo! As luas logo aparecerão! — disse exaltado e feliz.

O velho cientista retirou duas carteiras de bolso de seu jaleco e as ergueu para favorecer nossa visão. Abriu-as, ainda no alto, e cada uma se transformou em banquinho em forma de cone com a ponta para baixo. Colocou os banquinhos embaixo do teto que acabara de abrir. Então se dirigiu para nós.

— Vejamos! Um casal de humanos, muito bonito!

— Obrigada! — respondeu com simpatia Cristal.

— Bem! Vou lhes explicar como tudo funciona. Não há muito segredo. Preparei para que tudo ficasse bem fácil para o manejo, a fim de evitar qualquer tipo de falha — Doutor Couquinhos pegou uma terceira carteira e a nós a apresentou, bem próxima de nossos olhos. — Isso não poder ser perdido de forma alguma. Sem ela, não há possibilidade de volta, porque no seu interior há o metal que faz com que tudo funcione. Perdida a carteira, perdida a volta — depois apontou para uma das primeiras carteiras. — Esta é a carteira preta. Olhem aqui! Há um pequeno botão que a aciona e a transforma num pequeno banco, que, em questão de segundos, após o viajante nele ter sentado, desaparece no espaço. Detalhe muito importante! — olhou bem para o meu rosto fechando um dos olhos e arregalando o outro. — A viagem só é possível com a força da lua cheia. Se chegar à Terra e a lua não estiver cheia completamente, deverá aguardar a próxima. Então nada de lua nova, crescente ou minguante... O experimento simplesmente não funciona. Lua cheia! — apontou para o céu com som prolongado nas palavras. — Lua cheia!

— É fácil realmente, Doutor! — exclamei empolgado.

— Porém há algo de que devo alertá-los! — disse o cientista franzindo a testa.

— Algum risco de não dar certo? — perguntei-lhe apreensivo.

— Não! Não! Garanto 100% de resultado positivo! O único inconveniente que pode ocorrer é a real possibilidade, mesmo com o percentual mínimo, de um dos dois ficar — desta vez, encarou-nos com os dois olhos arregalados, como que solicitando nossa opinião.

— E se um for primeiro e o outro depois? — indagou Cristal.

— Aí, há outro perigo não mais que verdadeiro! Um pode ir para um lugar da Terra e a outra para outro distante... Perto ou então... Muito perto! É aleatório.

— Então penso que é melhor a gente esquecer isso, Cristal. Eu não quero assumir o risco de te perder lá na Terra, ainda mais que você não tem nem identidade. Não! Definitivamente, é melhor não.

— Joaquim, você precisa rever seus familiares. Sua mãe deve estar sofrendo muito com o seu sumiço. O Doutor Couquinhos garante 100% de sucesso na experiência. Vá você. Há muita gente na Nova Babilônia esperando pelo milagre de voltar para os seus. Deus já trouxe você de volta para mim e estou certa de que o fará novamente.

Doutor Couquinhos ficou a nos olhar de boca aberta, com os olhos rasos de água e apertou o botão dos banquinhos para se transformarem em carteira novamente.

— Espere, Doutor, eu vou! — disse com o olhar fixo em Cristal. Ela esboçou um sorriso, com lágrimas nos olhos. Abraçamo-nos e demos um beijo demorado.

— Se vocês continuarem o namoro, teremos que ir para fora, porque as luas estão quase passando.

Sentei-me no banquinho e com um aperto no coração, olhando firmemente para Cristal, pedi que Doutor Couquinhos desse início à experiência, que segundo ele já era perfeita.

QUARENTA E QUATRO

Em questão de segundos, eu abri os olhos e imediatamente percebi que estava de volta à minha terra natal. Mais que depressa, transformei o banquinho em carteira e a guardei no bolso da camisa. Era de manhã, pois o Sol iniciava sua subida ao leste. O local da minha chegada é conhecido como morro do Cruzeiro, de onde se pode enxergar quase a cidade toda. Coloquei boné e óculos escuros, que trouxera na minha mochila, porque não pretendia causar espanto a ninguém, caso fosse reconhecido. Desci o morro e atravessei uma ponte sobre o riacho conhecido como rio do Sapo. Ao entrar na rua principal, notei que a cidade tinha progredido muito em pouco tempo, com radicais mudanças nos projetos, "design" e nomes das lojas e no comércio. Subi pela praça do soldado desconhecido, cujo busto representativo não estava mais lá. Encontrei a praça da igreja matriz totalmente desarborizada e a igreja com pintura nova e as portas, que antes eram em madeira, envidraçadas. Tudo muito estranho de fato. A casa paroquial nova, com alterações arquitetônicas mescladas com a antiga. "Onde foi parar a Prefeitura?" "As ruas todas asfaltadas!" Os terrenos baldios por onde fazíamos caminhos para atalho, todos com construções novas. Conclusão: a cidade havia crescido muito em tão pouco tempo. Outra coisa que me chamou muita atenção foi quando olhei para o horizonte e constatei que não existiam mais as matas que coloriam de verde os vales e montanhas da região. Quase todo o verde fora substituído por plantações de soja e o verde que se via era outro e mais rente ao chão. Meu coração chegou à boca quando virei na esquina do local onde era uma fábrica de tubos, tendo em vista que já estava bem perto da casa de meus pais. No entanto, segurei o meu ímpeto, diante de tanta mudança. Algo estava errado e eu precisava me certificar sobre aquela esquisitice. Passei em frente à nossa casa e aí encarei a realidade: a mesma casa de madeira, todavia velha e abandonada, com uma placa antiga: Avenida Brasil, 620, Vila Paraíso. Fui à casa do vizinho e empenhei-me numa conversa informal com o objetivo de obter respostas. O vizinho, homem de prosa fácil, afirmou-me desconhecer os proprietários do imóvel e que há muito tempo ninguém aparecia ali para efetuar melhorias. Também não soube me detalhar dados dos antigos moradores. A única informação importante que me passou foi a de que, de vez em quando, aparecia ali uma senhora dizendo que vinha para matar saudades de um passado distante. Indagado se sabia onde tal senhora morava, ele me passou o endereço. O meu maior espanto se deu quando o vizinho me disse o ano atual, pois só então compreendi que já se havia passado quarenta e dois anos desde a minha partida para o Fhiiaral. Os meus pés ficaram fora do chão e devo ter empalidecido na frente do homem, tanto que ele me ofereceu um copo de água, que não pude rejeitar. Informei-lhe que gostaria de ver o estado da casa e ele me disse para eu ficar à vontade, pois não estava trancada e que, apesar de o imóvel não lhe pertencer, sempre que podia fazia uma limpeza no quintal e dentro da casa, para evitar a criação de bichos, como ratos, aranhas, escorpiões e outros peçonhentos. O portão com grades de ferro todo corroído estava amarrado com um arame. Desci pela rampa íngreme e curta, cuja cor descorada, imagem viva na minha memória, apresentava apenas alguns sinais de que um dia fora vermelha. Por ali, meu pai descia com nosso fusca verde, automóvel comprado depois de muitos anos de trabalho. Abri a porta da sala, que exibia em suas paredes um azul claro descorado e pisei no assoalho descolorido, que um dia fora amarelo e brilhante, porque cuidado com cera aplicada um dia por semana e lustrado todos os dias com escovão. Algumas partes do forro da sala e dos quartos estavam abertas, certamente pela corrosão da chuva, haja vista as telhas quebradas, que, por essa razão, forneciam a visibilidade do céu. Na cozinha constituída com piso de retalhos de cerâmica, a parede ao lado da porta havia desabado. De repente, surgiu na minha mente a imagem da família reunida em torno da mesa para o jantar. A mãe cozinhou feijão, arroz e carne de panela, além da beterraba. Parece que sinto o gosto daquele alimento preparado com tanto carinho pela mãe e trazido do mercado pelo pai, comprado com o dinheiro do parco salário pelo serviço prestado. No lado de fora, perdi-me nas deliciosas lembranças da infância, apesar da desolação e descuido diante da minha visão.

Deixei aquele lugar pesaroso e me dirigi ao endereço da senhora que visitava de vez em quando a velha casa que um dia fora de minha família. Chegando lá, fui atendido por um jovem que se identificou pelo nome de Gustavo, que, prontamente, foi chamar a sua avó, a qual, segundo ele, trabalhava para terminar uma encomenda de um quadro com pintura autoral. Surgiu na minha frente uma senhora com os cabelos grisalhos, usando óculos de grau, rasteirinha nos pés, vestido floral e um avental todo sujo de tintas de variadas matizes, que parou na minha frente e com um sorriso muito simpático permaneceu estagnada como se procurasse uma lembrança. Sentou-se na cadeira de praia que se encontrava ao seu lado e começou a se abanar.

— Tudo bem com você, vó? — ajoelhou-se preocupado ao seu lado o neto.

— Tudo, querido! — e se dirigindo a mim. — Sente-se, meu jovem, por favor — apontou a outra cadeira ao lado e, voltando-se para o neto, pediu-lhe que lhe trouxesse um copo de água.

Para não gerar desconfianças, disse a ela que estava interessado em comprar o terreno da casa da Vila Paraíso.

— Mas eu não sou proprietária daquele terreno! Por que você veio conversar comigo sobre esse seu interesse?

— Eu estava passando por lá e vi que a casa está abandonada parece fazer muito tempo. Então conversei com o vizinho do lado direito, que me afirmou desconhecer os proprietários, no entanto salientou que a senhora sempre vai até lá para visitar o local, segundo ele para matar a saudade.

— Sim! É verdade! — confirmou bebendo a água do copo e com o olhar fixo para o nada.

Então, reconheci aquele olhar e perguntei para confirmar:

— Desculpe-me, eu ainda não perguntei o nome da senhora.

— Maria Lúcia — respondeu-me com um sorriso.

Desta vez, eu que pedi um copo de água para Gustavo, que atendeu com presteza.

Estava diante da minha irmã mais nova com quarenta e dois anos a mais que eu. Pensei rapidamente e decidi que não poderia me revelar, haja vista a situação esdrúxula que criaria. Quem iria acreditar numa história tão fantástica? Ainda mais depois de tantos anos. Isso foge completamente do racional. O máximo que poderia fazer seria afirmar que era um parente distante. Mesmo assim, se me perguntasse outros detalhes, eu não teria respostas corretas. Seria arriscado. Que embaraçoso! Então decidi continuar a conversa normalmente, porém foi ela quem me tirou do silêncio.

— E o seu nome, qual é? Você mora aqui na cidade?

— Eu sou Jo... É... José! Pode me chamar de Zé. Não, eu não sou daqui. Venho da capital do estado.

— Você me faz recordar alguém. Aliás, é muito semelhante ao meu irmão que... Deixa pra lá. Você quer o que mesmo?

— Eu gostaria de saber quem são os proprietários da casa que mencionei.

— Era um casal jovem que se mudou há uns 10 anos para São Paulo. Nunca mais voltaram, nem para visitar os parentes. De ouvir falar, posso dizer que ninguém sabe se venderam a propriedade, mas você pode se certificar disso no cartório de registro de imóveis. Se tivesse dinheiro, eu mesma iria ao cartório para descobrir e comprar o imóvel. Aquele lugar me traz muitas recordações boas. Foi ali que nasci e só saí para me casar — novamente Maria Lúcia fixou seu olhar em mim e perguntou: — Você não tem nenhum parentesco com pessoas desta cidade?

— Não, senhora — respondi com um peso no coração e instiguei-a a continuar. — Por que, Dona Maria Lúcia?

— Você me lembra de um irmão que perdi há muitos anos. O nome dele era Joaquim, jovem idealista e amoroso. Certo dia, Joaquim saiu de casa e nunca mais voltou. No começo todos pensamos que ele havia apenas ido embora. Depois, com a investigação policial, concluiu-se que ele nunca saíra daqui e que possivelmente tivesse morrido de alguma forma trágica. A morte de Joaquim uniu a família de tal forma que nunca mais houve qualquer tipo de desavenças ente nós e entre meus pais. Eles viveram juntos, unidos no sofrimento e na alegria até o final de suas vidas.

— Faz tempo que eles morreram?

— Há onze anos. Primeiro o pai e, depois de uma semana, a mãe — Maria Lúcia enxugou suas lágrimas. Também não me contive e chorei, justificando-me emotivo ao ver alguém chorar.

— A senhora tem mais irmãos?

— Tenho o mais novo, que se chama Pedro. Ele mora no Rio de Janeiro. É oficial da aeronáutica aposentado. Eu tenho três filhos, a um, dei nome de Joaquim, em homenagem ao meu querido irmão.

Antes que eu partisse, Maria Lúcia quis tirar uma fotografia comigo e, depois, uma somente minha. Disse que iria fazer uma linda arte com minha imagem. Mais uma vez, olhou fixamente para mim e me pediu para dar-lhe um abraço, pois assim pensaria que estava abraçando seu irmão Joaquim. Saí da casa dela me sentindo tonto, com tristeza na alma por não lhe poder revelar minha identidade. Mais tarde me senti reconfortado por saber que meus pais tiveram um final feliz e que Maria Lúcia e Pedro, meus irmãos, estavam bem, principalmente ela, cujo semblante irradiou sincero amor e serena paz.

Parei numa lanchonete para comer alguma coisa e fui servido com um prato feito, era o dia da feijoada. Depois pedi um café, para matar a saudade daquele gosto peculiar. Sentei-me no banco do calçadão, para observar as pessoas e seus novos hábitos. Depois resolvi alugar um quarto para dormir.

Hoje completam-se vinte dias que aqui cheguei e também que comecei a escrever. Amanhã será lua cheia e estou ansioso para rever meu amor. Cristal é a pessoa com quem definitivamente passarei toda a minha vida. Ela é o meu recomeço. Realmente eu não pertenço mais a este lugar. Decidi não levar mais as sementes de café, arroz e feijão. O meu mundo agora é onde fiz história, conquistei muitas amizades e onde está o meu amor.

Até amanhã, Fhiiaral.

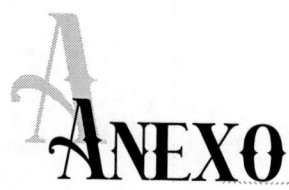

ANEXO

O EXISTENTE

1

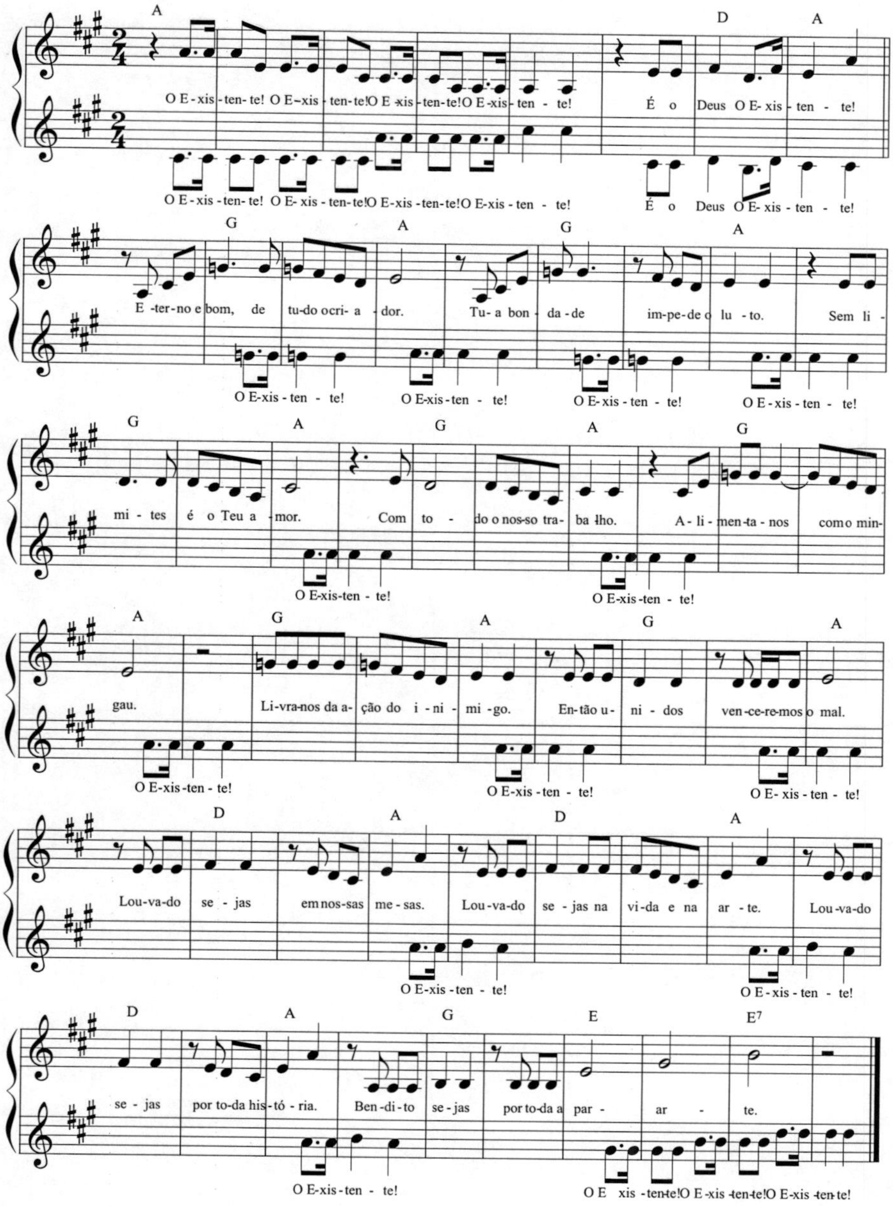
A D A
O E-xis-ten-te! O E-xis-ten-te! O E-xis-ten-te! O E-xis-ten-te! É o Deus O E-xis-ten-te!
O E-xis-ten-te! O E-xis-ten-te! O E-xis-ten-te! O E-xis-ten-te! É o Deus O E-xis-ten-te!
G A G A
E-ter-no e bom, de tu-do o cri-a-dor. Tu-a bon-da-de im-pe-de o lu-to. Sem li-
O E-xis-ten-te! O E-xis-ten-te! O E-xis-ten-te! O E-xis-ten-te!
G A G A G
mi-tes é o Teu a-mor. Com to-do o nos-so tra-ba-lho. A-li-men-ta-nos com o min-
O E-xis-ten-te! O E-xis-ten-te!
A G A G A
gau. Li-vra-nos da a-ção do i-ni-mi-go. En-tão u-ni-dos ven-ce-re-mos o mal.
O E-xis-ten-te! O E-xis-ten-te! O E-xis-ten-te!
D A D A
Lou-va-do se-jas em nos-sas me-sas. Lou-va-do se-jas na vi-da e na ar-te. Lou-va-do
O E-xis-ten-te! O E-xis-ten-te!
D A G E E7
se-jas por to-da his-tó-ria. Ben-di-to se-jas por to-da a par-ar-te.
O E-xis-ten-te! O E xis-ten-te! O E-xis-ten-te! O E-xis-ten-te!